PORTRAITS

CONTEMPORAINS

IV

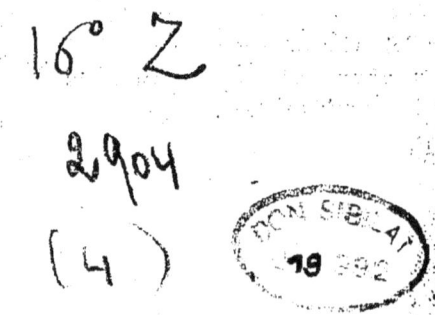

CALMANN LÉVY, ÉDITEUR

OUVRAGES

DE

C.-A. SAINTE-BEUVE

Format grand in-18.

35:7-80. — Corbeil. Imprimerie Crété.

PORTRAITS
CONTEMPORAINS

PAR

C.-A. SAINTE-BEUVE

DE L'ACADÉMIE FRANÇAISE

« Nous sommes mobiles, et nous jugeons
des êtres mobiles..... »
SÉNAC DE MEILHAN

TOME QUATRIÈME

NOUVELLE ÉDITION

REVUE, CORRIGÉE ET TRÈS-AUGMENTÉE

PARIS

CALMANN LÉVY, ÉDITEUR

ANCIENNE MAISON MICHEL LÉVY FRÈRES

3, RUE AUBER, 3

—

1889

PORTRAITS

CONTEMPORAINS

HISTOIRE DE LA ROYAUTÉ

CONSIDÉRÉE

DANS SES ORIGINES JUSQU'AU XIᵉ SIÈCLE

PAR M. LE COMTE A. DE SAINT-PRIEST.

1842.

J'ai tant de respect pour l'histoire, que je ne l'aborde jamais qu'avec crainte et à mon corps défendant. Elle est chose grave, sacrée (1), et pourtant il entre à vue d'œil toutes sortes de hasards dans sa constitution, bien du factice et du convenu dans sa vérité définitive. A examiner attentivement les faits contemporains, à suivre quelques-uns de leurs courants si ondoyants et si di-

---

(1) « Quanta potestas, quanta dignitas, quanta majestas, quantum denique *numen* sit historiæ... » a dit magnifiquement Pline (lettre 27, liv. IX).

vers, il semble qu'il sera impossible de les fixer avec
étendue et variété. Puis vient un moment où, en s'é-
loignant des objets, on sent le besoin de se décider
dans le point de vue et d'en finir. Plus ou moins de
vérité dans le détail n'y fait plus guère rien : l'historien, d'autorité, intervient et redresse les témoins.
L'essentiel est que la chose générale subsiste et reste
établie dans une teneur quelconque qui ne soit pas trop
contraire à la réelle, mais qui surtout aboutisse et se
rapporte aux chemins nouveaux. Ces chemins, il est vrai,
tournent et changent en avançant ; chaque siècle se voit
tenté de refaire à son usage l'histoire du passé. Les témoins n'y sont plus, on a le champ plus libre. Les textes
sont innombrables et contradictoires, ou très-rares et
très-limités : on les remet en question, on les trie, on
les tire. De là mille schismes qui incessamment recommencent. Ce qui est bien certain, c'est qu'il faut aux
peuples une histoire, comme il leur faut une religion.

J'ai souvent aimé à me figurer, moyennant quelques
images qui parlent aux yeux, ces degrés successifs d'ap-
proximation, en quelque sorte décroissante, par où
passe inévitablement l'histoire, toujours refaite à l'u-
sage et dans l'intérêt des vivants. La réalité des choses, à chaque moment, me fait l'effet d'une grande mer
plus ou moins agitée ; les événements qui surgissent
et aboutissent sont les vagues dont se compose la surface mobile ; mais, sous ces vagues apparentes, combien d'autres mouvements plus profonds, plus essentiels, bien qu'avortés et sourds, de qui les derniers
dépendent, et que pourtant il n'est donné à nul œil

de sonder ! Aussi le philosophe, on le conçoit, n'attache pas une très-grande importance, une importance absolue, à la forme extérieure de l'histoire qu'il voit éclore en son temps et *prendre* sous ses yeux : ce n'est pour lui qu'une écorce et qu'une croûte qui pouvait lever de bien des façons.

Cependant, une fois la surface levée d'une certaine façon, une fois les événements accomplis, il n'y a pas moyen de revenir. Historiquement parlant, il n'y a plus qu'une forme à étudier, celle qui s'est produite et qui apparaît. Si l'histoire prétendait reproduire exactement la réalité même, elle devrait viser à être le miroir de cet océan mobile, de cette surface perpétuellement renouvelée, ce qui devient impossible. L'histoire n'est pas un miroir complet ni un fac-simile des faits; c'est un art. L'histoire, quand on parvient à la construire, est un pont de bateaux qu'on substitue et qu'on superpose à cet océan dans lequel, si on voulait s'y tenir, on se noierait sans arriver. Moyennant le pont, on élude ces flots sans fin; on les traverse sur bien des points; on va de Douvres à Calais. Il suffit pour la vérité historique relative que le pont soit, autant que possible, dans quelqu'une des directions principales, et porte sur quelqu'un des grands courants.

Mais le pont de bateaux ne se fait pas toujours; les matériaux manquent ou se perdent; il ne se trouve plus que des jalons, et de place en place, après l'orage, des massifs de pièces interrompues et pendantes. Qu'on veuille réfléchir à l'immensité du champ historique; à part deux ou trois époques d'exception, presque tout est ainsi. Comment suppléer et achever? Le moment vient assez vite où l'on n'a plus à espérer de découvertes, et où l'on n'a plus décidément affaire qu'à un certain nombre de textes, de fragments déterminés. C'est avec cela qu'il faut refaire la ligne, ou la déclarer incomplète. Ici commence le triomphe et l'interminable dispute des érudits.

J'aime avant tout la méthode d'un esprit ferme, positif, inexorable, qui me dénombre et me déduit les faits, les points précis, et me dit : *Rien au delà.* Je sais à quoi m'en tenir, et si ma conjecture va son train, je sais qu'elle est conjecture.

J'aime aussi (sauf retour) la méthode d'un esprit ingénieux, hardi, habile, plein de mouvement, qui ose deviner, reconstruire, et qui m'associe à ses courageuses et doctes aventures.

M. le comte de Saint-Priest vient d'entrer de la sorte avec nouveauté dans une carrière qui, depuis quelques années, avait été parcourue et illustrée en divers sens. Le fort de son livre, qui embrasse une très-vaste étendue historique, porte principalement sur l'origine de la royauté moderne et tend à débrouiller encore une fois les époques mérovingienne et carlovingienne. Arrivé le dernier, il a trouvé moyen d'y jeter toutes sortes de vues nouvelles, inattendues. Ces époques, en elles-mêmes si ingrates et si obscures, sont devenues désormais comme un champ-clos brillant où non-seulement les érudits, mais des écrivains éloquents, arborent leurs couleurs et brisent des lances. Il est vrai **que, si** l'on n'y prend pas garde, la multiplicité des lumières va y refaire jusqu'à un certain point l'effet de l'obscurité primitive. A force d'explications et d'éclairs contradictoires qu'on fera jaillir des mêmes textes, il semblera évident que nulle explication n'est la décisive.

Un premier tournoi eut lieu sur ce même terrain et occupa tout le xviiie siècle. Il s'ouvre par les écrits du comte de Boulainvilliers et va jusqu'à ceux de l'historiographe Moreau. M. Augustin Thierry en a tracé un savant et lucide exposé dans les belles *Considérations* qui précèdent ses *Récits mérovingiens*. Chaque élément est tour à tour en jeu et court sur le tapis, selon le préjugé de l'auteur qui le fait valoir, l'élément aristocratique et frank avec Boulainvilliers, l'élément municipal et gallo-romain avec Dubos, le démocratique avec Mably, le monarchique avec Moreau. Quand le tour des rôles fut épuisé, quand tous les *numéros* historiques furent sortis, il y eut clôture. Puis de nos jours, sous une autre forme, la discussion a été reprise, et l'on peut dire que le tournoi a recommencé. Et d'abord il a semblé que ce n'était plus un tournoi. Les documents se présentaient plus nombreux, plus complets, et éclairés par un sens historique tout neuf, par une comparaison très-attentive. Il n'y avait plus d'ailleurs de préjugé dominant (les contemporains n'ont jamais de préjugés); enfin on se serait cru d'accord. Pourtant dans ces importants travaux de M. Guizot, de M. Augustin Thierry et de son frère Amédée, de M. de Chateaubriand en ses *Études historiques,* de M. de Sismondi, de M. Fauriel, on trouverait lieu de noter au

moins des nuances de systèmes et des traces de direction assez différentes. L'élément, l'intérêt démocratique, celui des communes, ou de ce qui devait un jour
s'appeler de ce nom, dominait en général; la monarchie et l'Église avaient un peu le dessous. Mais voilà que
M. de Saint-Priest, dans ses loisirs du Nord, s'est aperçu
de la lacune et a conçu le dessein de la combler. Il
s'est ressouvenu vivement de l'idée monarchique et a
estimé qu'elle n'avait pas obtenu sa part historique
suffisante, son juste rôle, dans les récents travaux des
plus illustres maîtres sur nos vieilles races. Nourri de
vastes lectures, armé d'une érudition remuante, d'une
hardiesse de construction très-prompte, il a fait brèche
à son tour dans quelques-unes des lignes qui avaient
semblé le mieux retranchées. S'il n'a pas raison, je le
crois bien, dans toutes ses revendications, il y a lieu du
moins qu'on lui réponde : on a désormais à compter et
probablement à transiger sur plus d'un point avec lui.

Je dis que l'ouvrage de M. de Saint-Priest aboutit
principalement et vise sans doute à ces questions de
nos origines nationales. Quoique l'auteur ait pris son
sujet de beaucoup plus haut, et que, loin de *circonscrire
sa carrière,* comme il semble le croire, il l'ait considé-
rablement élargie, le plus incisif de sa docte manœu-
vre, le plus vif de la bataille très-complexe et très-bril-
lante qu'il engage, se livre encore dans le champ de
nos vieilles Gaules. On pourrait s'y méprendre, à ne
voir que le début. Son récit entame et suit l'histoire de
l'idée d'empire, de royauté et de dynastie, à partir
d'Auguste : ses *Prolégomènes* remontent beaucoup plus

haut et nous transportent du premier pas aux plateaux
les plus reculés de la mystérieuse Asie. Lui si Français
d'esprit, il a excédé par ce bout peut-être notre mesure
française, laquelle est restée très-discrète et très-rebelle,
nonobstant le régime oriental et symbolique qu'on a
essayé de nous inculquer. On a beau faire, nous n'aimons en France à sortir de l'horizon hellénique et de ses
lignes distinctes qu'à bon escient. M. Letronne demeure
encore en ces matières notre admirable érudit et notre
critique défensif par excelleuce. Je me figure (car j'ai
besoin d'une explication) que, pendant ces années de
laborieuse absence où l'auteur préparait son important
travail, il nous aura crus plus atteints que nous ne l'é-
tions en effet de cette fièvre du symbolisme historique.
Les premières pages ne sont autre chose qu'un sacrifice, qu'en homme d'esprit il a cru devoir faire, un peu
malgré lui, au goût du temps. Eh bien, ce goût n'avait
pas de racines profondes et ne méritait pas qu'on en
tînt compte :

Je n'ai fait que passer, il n'était déjà plus!

Ajoutez que, dans des considérations générales prises
de si haut, l'auteur est nécessairement forcé de courir,
et que c'est là, pour le lecteur, une préparation plutôt
pénible aux discussions intéressantes, mais sérieuses,
qui vont le réclamer tout entier.

L'ensemble de l'ouvrage est conçu et construit dans
une pensée d'art; il se compose de dix livres, dont chacun embrasse un objet déterminé, et roule autour d'un

sujet habilement choisi, contrasté, balancé, dans lequel l'auteur tente et rencontre souvent des nouveautés très-piquantes et bien des insinuations lumineuses. Comme le sujet général, qui est l'idée de royauté, ne prête pas à un récit continu, il devient quelquefois un prétexte; l'auteur en profite pour se porter aux plus hautes questions historiques qui se lèvent à droite ou à gauche autour de lui : il met le siége devant tous les hauts clochers. Le choix de quelques-uns des sujets secondaires qu'il traverse, et qu'il enserre dans le principal, pouvant sembler arbitraire, c'est avoir fait preuve déjà de beaucoup d'esprit que d'avoir su les grouper de la sorte et les établir. Depuis Auguste jusqu'à Hugues Capet ou à Grégoire VII, le champ était vaste; la ligne qui les joint est sinueuse et prolongée. Elle traverse et côtoie le domaine de bien des érudits et des historiens; elle passe dans la jachère de l'un, par la ferme de l'autre, sous le château-fort de celui-ci, et heurte le mur mitoyen de celui-là. Autrefois on traversait difficilement tant de pays avec si forte marchandise sans payer rançon ; aujourd'hui il y a encore les douanes. Je voudrais bien entendre chaque érudit discuter à fond, ou mieux tirer de son poste à bout portant sur chacun des points du livre qui tombent sous sa portée. Le spirituel auteur les a quelque peu bravés, ce me semble, en passant si hardiment sous leur canon ; il a l'air, et non sans malice, de vouloir leur faire beau jeu et les attirer en plaine par de certaines témérités qu'il sait combiner avec une étude approfondie. Il pousse plus d'un bout de texte en un sens auquel on n'avait

pas songé, et il lui fait rendre de subtiles nuances; il
a des impatiences et des éclairs d'interprétations qu'a-
près tout, en ces matières humaines si complexes, un
esprit supérieur a peine à s'interdire, et que le talent
se plaît à exprimer. Le talent (ne trouvez-vous pas?) a
très-vite quelque chose d'agressif, d'attentatoire, en apparence, à la stricte méthode érudite. La contradiction
même que pourraient opposer, dans le cas présent, ceux
que j'appelle les savants spéciaux, introduirait, j'en
suis sûr, des résultats et des idées qui ne seraient pas
venues sans l'ingénieuse provocation. Quoi qu'il en soit,
et pour ne parler ici que des autorités éminentes, on
aimerait à savoir ce que pense, par exemple, l'historien
de *la Civilisation* sur les chapitres parallèles qui traitent de la transformation romaine; ce que l'historien
du *Paganisme en Occident* trouve à redire peut-être
dans le tableau reproduit de ces mêmes luttes des
deux mondes païen et chrétien; ce qu'oppose sans doute
l'auteur des *Récits mérovingiens* à cette inégalité de
rôle un peu brusque entre Frédégonde et Brunehaut,
et comment enfin l'historien dès longtemps désigné de
Grégoire VII apprécie la peinture de Rome féodale à la
veille de ce pontife (1). Invoquer de tels noms, comme
presque les seuls compétents, pour trancher ou fixer de
près des questions si compliquées et si ardues, c'est
assez déclarer ma propre insuffisance à moi-même, et
aussi mon peu de prétention. Chacun des dix livres de

(1) On aura successivement reconnu M. Guizot, M. Arthur Beugnot, M. Augustin Thierry et M. Villemain.

M. de Saint-Priest mériterait les frais d'un siége à **part,**
d'un siége en règle, dirigé par un homme du métier;
même là où il y aurait capitulation, elle ne serait pas
sans honneur, et l'on en sortirait avec bien des idées
de plus. Mais je dois me borner ici à rendre une impression, non un jugement; à faire comprendre l'ordonnance et le mouvement du livre, peut-être aussi
l'esprit qui l'a inspiré. Et, par exemple, il importe de
bien dégager l'idée principale, l'**idée** monarchique, **de**
la séparer des nombreux accessoires où elle se mêle et
qui peuvent parfois la faire perdre de vue. Cette idée
est en quelque sorte le personnage intéressant et vivant, *l'héroïne* de l'ouvrage; suivons-en l'histoire, selon M. de Saint-Priest, en ne touchant que légèrement
aux épisodes dont elle se trouve, chemin faisant, en-
veloppée.

L'idée de royauté est originaire de l'Asie; elle y a
son berceau et ses racines avec le genre humain; elle
y a crû, dès l'orgine, comme en pleine terre, et n'a
cessé, aux diverses époques, de s'y reproduire dans
son luxe de végétation et de puissance. A Rome l'idée
de royauté, une fois bannie, demeura absente, étrangère, haïe et repoussée bien plutôt que méprisée ; l'auteur tient à établir ce dernier point. Au temps de l'empire, il fallut aux empereurs toutes sortes d'efforts et
de dissimulation pour implanter, à l'encontre du sénat,
quelque chose de l'idée et de l'habitude dynastique.
Les prétoriens étaient, en leurs mains, l'instrument de
cet intérêt domestique et de ces essais d'hérédité.
L'auteur cherche ainsi à introduire une sorte de pen-

sée fixe et de loi dans ces perpétuelles et confuses révoltes du prétoire.

Mais ce ne fut qu'en se rapprochant de l'Asie, en allant chercher dans l'Orient des exemples et des épouses, que les empereurs parvinrent à transporter ou à greffer quelque chose de la religion dynastique sur ce vieux tronc du patriciat romain. L'auteur nous signale ainsi l'influence singulière de quatre femmes syriennes, des *quatre Julies,* comme il les appelle, autour des règnes de Septime, de Caracalla, d'Héliogabale et d'Alexandre Sévère. Ce chapitre est un des plus piquants de l'ouvrage et des plus spécieux dans sa nouveauté.

Le christianisme, qui devenait une puissance dans l'État, favorisait plutôt l'idée dynastique; entre le sénat et César, dès qu'il y avait lutte, il n'hésitait pas. Le sénat, c'était l'ancien ordre païen au complet, politique à la fois et religieux, la religion d'État par excellence, un Capitole ennemi et inexpugnable. César, après tout, n'était qu'un homme et pouvait se gagner.

Mais est-il rigoureusement exact de dire que « les progrès ou les défaites de l'hérédité souveraine, essayée par les empereurs romains, étaient devenus la véritable mesure de la destinée des chrétiens; que, sitôt que le sénat et l'empire non héréditaire emportaient la balance, le christianisme était persécuté; que, sitôt que l'idée orientale ou royale recommençait à prévaloir, les persécutions s'arrêtaient; que le caractère personnel des princes n'avait aucune part à ces oscillations? » Voilà des assertions bien absolues; ce serait la première fois qu'une idée aurait triomphé, du-

rant une longue période, du caractère personnel des
gens. Je ne vois point, par exemple, pourquoi, indépendamment de toute idée d'hérédité ou de non-hérédité,
la nature grossière, cruelle et superstitieuse de Galère,
n'aurait pas arraché l'édit de persécution au caractère
affaibli et vieilli de Dioclétien ; il ne m'est pas très-
prouvé non plus que celui-ci ait eu des engagements secrets avec les chrétiens, et qu'il ait dû paraître ensuite à
leur égard non-seulement un ennemi, mais un *traître*.

Je reviens. L'idée de royauté cheminait donc et gran-
dissait à travers le déclin de l'empire; le christianisme
la favorisait indirectement. A Rome pourtant, qui était
devenue veuve des césars, la papauté insensiblement
héritait de la souveraineté de la Ville éternelle, et attendait avec patience, recueillant, redoublant ses forces
et ses mystères, jusqu'à ce que vînt le jour d'apposer
le sceau et l'onction à une royauté nouvelle.

Le chapitre du livre III, dans lequel l'auteur expose
la transformation de l'ancien patriciat en haut clergé
romain, a semblé à de bons juges un des plus heureux
et des plus satisfaisants de l'ouvrage. Nulle part, je le
crois, on n'avait expliqué d'une manière aussi vivante
et aussi suivie, dans un relief aussi palpable, le fait du
passage même, le secret d'une métamorphose qui, plus
sensible dans ce grand cadre, n'y fut point pourtant
circonscrite et dut se répéter en diminutif sur plus
d'un point de l'empire :

> Des prêtres fortunés foulent d'un pied tranquille
> Les tombeaux des Catons et la cendre d'Émile.

a dit Voltaire. Mais si le prêtre a foulé tout d'abord ces grands parvis d'un pied tranquille, et, il faut ajouter, d'un pas majestueux, si encore aujourd'hui, à voir sa démarche haute dans *Ara cœli,* il a l'air du maître héréditaire et du patricien de céans (*gentemque togatam*), c'est qu'il a été en effet, à l'origine, le légitime descendant, le petit-neveu, en tant qu'il en restait, de ces Catons et de ces Émiles. Ce fond continu de la vieille Rome au sein de la nouvelle s'est empreint jusque dans les formes et dans l'attitude : la pensée du Vatican en a gardé aussi des allures. M. de Saint-Priest, dans les divers chapitres qu'il a consacrés à cette Rome papale, l'a comprise en esprit politique des plus déliés et avec une affinité, si j'ose dire, plus qu'historique.

Cependant l'idée de royauté, dont nous suivons l'histoire, faisait le grand tour ; elle arrivait de l'Asie par le Nord ; elle suivait assez obscurément, durant des siècles, la grande voie des migrations germaniques, et venait planter son drapeau dans les Gaules avec les Franks, avec Clovis.

Elle semblait pénétrer encore plus avant, plus au cœur de l'empire, avec les Goths et Théodoric ; mais les Goths, comme leur illustre chef, admirateurs, imitateurs du génie romain et de cette grandeur déchue, s'y fondirent et y absorbèrent leur originalité ; le Sicambre résista mieux. L'auteur nous a peint en traits énergiques et éloquents ce contraste du caractère des deux races, particulièrement cette attitude négligente et hautaine des Franks, même quand ils s'affublaient des oripeaux de Rome. Si Clovis se laissa faire consul, ce fut le jeu et la cérémonie d'une matinée.

Clovis a été découronné dans ces derniers temps de l'espèce d'auréole et, pour tout dire, de perruque à la Louis XIV, dont avaient cru devoir le décorer les derniers historiens ou compilateurs de nos annales. On l'a, et avec autant de talent que de raison, restitué barbare, et très-barbare malgré son génie. Par une sorte de jeu de bascule qui peut impatienter les historiens, mais qui fera sourire les moralistes, voici pourtant qu'un mouvement contraire le vient reprendre et comme replacer sous l'auréole. M. de Saint-Priest croit qu'on l'a fait trop barbare, trop sauvage, voire même *Osage*, un pur chef de clan, qu'on l'a trop destitué des traditions monarchiques qu'il puisait, lui aussi, de haute source dans la mythologie d'une race sacrée. Les Mérovingiens chez les Franks, comme les Amales chez les Goths, comme les autres races royales des barbares, étaient des Ases, c'est-à-dire des fils des dieux. Il y avait là un premier *droit divin* qui n'est pas sans doute tout à fait celui qu'on professait sous Louis XIV, qui n'a pas été transmis à la monarchie de saint Louis sans interruption, que la féodalité a coupé à plus d'un endroit, et qui a dû se retremper, dans l'intervalle, à l'onction romaine; mais enfin c'était un *droit divin* très-profond, très-vénéré, qui impliquait l'hérédité, sinon par ordre de primogéniture, du moins par égal partage entre tous les fils; qui constituait la qualité de prince du *sang* comme quelque chose de très à part et d'inamissible; qui excluait toute aristocratie dominante et proportionnait le rang des chefs au degré dans lequel ils approchaient le roi. Les assemblées des Franks, avant la conquête, n'avaient aucun caractère aristocratique, et ce ne fut que par une usurpation réelle qu'elles en vinrent depuis à plus d'importance. Posée en ces termes, la question, au premier abord, n'a rien que de plausible et redevient au moins douteuse ; c'est affaire de textes. M. de Saint-Priest les aborde et en serre de près quelques-uns. Il conteste que le roi mérovingien fût soumis à la loi de *composition* qui gouvernait autour de lui, et qu'il ait jamais été cité devant le *mâl* ou assemblée nationale; il revient (1) sur un article de la loi salique duquel on se serait à tort prévalu. Sans entrer dans le fond du débat, et en laissant aux maîtres le soin, s'il y a lieu, de relever le gant, il faut reconnaître que *toute cette forme de discussion est de bonne guerre, de bonne et légitime méthode.*

L'auteur va plus loin : il fait descendre sur cette race mérovingienne et sur son droit inné une sorte de mysticisme demi-asiatique, demi-scandinave, et il en personnifie le résultat idéal dans la figure de Brunehaut. Pour lui, cette belle reine venue d'Espagne est un *type* qui représente, dans sa dernière expression, l'ascendant et l'idée de la royauté barbare sur cette troupe encore nommée les fidèles, mais qui sera bientôt la féodalité armée. Le premier grand échec que reçoit la légitimité mérovingienne date de la condamnation juridique de Brunehaut. Cette noble femme, une fois associée aux destinées des petits-fils de Clovis, aurait tenté, dans

---

(1) *Prolégomènes,* page LXXIII, tome I.

toute sa carrière, de restaurer la puissance déjà décli-
nante de la vieille race, de combattre à mort l'opposition conjurée des leudes et des évêques, et de déjouer,
au nom d'une haute et souveraine idée, les essais de féodalité ou d'aristocratie naissante, ou même d'organisation synodale. Vers ce temps, en effet, l'Espagne et la
Lombardie étaient d'un mauvais exemple pour les
Franks, la Lombardie avec ses trente-cinq ducs et ses
formes précoces de féodalité, l'Espagne avec ses conciles
de Tolède et sa royauté soumise aux évêques. Ces circonstances collatérales, et le jeu qu'elles pouvaient avoir
par contre-coup, sont très-ingénieusement présentés
par M. de Saint-Priest. Brunehaut, pour triompher des
difficultés intérieures et se donner un point d'appui
au dehors, tend la main au pape saint Grégoire, qui
reprenait, de son côté, l'œuvre d'agrandissement du
saint-siége. Elle aide la mission que ce pape envoie en
Grande-Bretagne, et obtient de Rome des conditions
qui, favorables aux priviléges des monastères, tendent
à restreindre le pouvoir des évêques diocésains. Mais
saint Colomban, arrivé tout exprès d'Irlande en France,
y saisit en main l'influence religieuse, contrarie les
directions romaines et se pose en ennemi mortel de
Brunehaut. Ces trois personnages, saint Grégoire, saint
Colomban et Brunehaut, se balancent à merveille.
Celle-ci, dans la réhabilitation idéale qu'on en trace,
aurait du moins eu la gloire d'avoir entrevu à l'avance
quelque vague rayon de la politique de Charlemagne.
Aussi la comparaison qu'on fait d'elle à Frédégonde,
sa rivale accoutumée, semble-t-elle à notre auteur une

injure. Le personnage sanglant de Frédégonde n'est qu'un détail, un accident de la barbarie ; Brunehaut *tient à l'histoire de l'esprit humain*. Quand elle meurt de l'affreux supplice, quand elle disparaît attachée aux crins d'un coursier sauvage, c'est la royauté elle-même, c'est la royauté asiatico-germanique à l'agonie, que le coursier féodal emporte. — Et le talent aussi, l'imagination dans le style, n'est-ce donc pas une espèce de coursier de Mazeppa? Il y a des moments où il entraîne.

Toute cette histoire des Mérovingiens, sillonnée de tels points de vue, gagne singulièrement, sinon en rigueur, du moins en intérêt ; le temps n'est plus où une femme d'esprit, quand elle commençait à lire l'histoire de France, disait : *Moi, je saute toujours la première race*. C'est au contraire la première race qu'il faut lire et relire aujourd'hui pour s'intéresser, pour jouir des scènes neuves, de personnages imprévus, et de tout l'esprit, de tout l'art qu'on y emploie. M. de Saint-Priest est parvenu à rendre beaucoup de physionomie et de lustre à ce personnage de Dagobert, pris d'un certain côté. Ce prince, le dernier vraiment grand de sa race, marcha sur les errements de Brunehaut. Pénétré des vieilles maximes de la royauté germanique, conseillé de saint Éloi et de Dadon, très-ferme personnellement de caractère, il combattit et contint la ligue aristocratique et épiscopale. Les monastères de l'école de Colomban étant, par un revirement assez naturel, devenus hostile à l'intérêt des évêques, il les favorisa contre ceux-ci, rallia les populations, et rendit à l'ensemble de la souveraineté franke un reste de consistance et même de splendeur qui ne tint pas après lui. Il mourut à trente-trois ans, formant l'anneau, et un anneau très-entier, entre Clovis et Charlemagne.

On sait ce que la tradition a fait de lui. J'ai souvent pensé qu'il y aurait un chapitre à écrire : *De ceux qui ont une mauvaise réputation et qui ne la méritent pas.* Montaigne a oublié de le faire. Que de noms en appel contre le hasard y trouveraient place! Il faudrait commencer par Augias, au nom duquel cette locution d'*étables d'Augias* a rattaché une idée odieuse et presque infecte, et qui était le plus riche et le plus royal patriarche des pasteurs, tel que nous l'a représenté l'antique idylle. On n'y oublierait pas surtout Dagobert, *le bon Dagobert*, qui a laissé une réputation débonnaire et assez ridicule, et qui fut peut-être un grand roi, énergique, le *quasi*-Charlemagne de sa race, mort à la fleur de l'âge et dans la vigueur de ses hauts projets (1).

M. de Saint-Priest fait de saint Eloi, de ce fidèle Achate du héros mérovingien, un portrait très-aimable, très-parlant ; il lui retrouve quelque chose de la phy-

(1) La tradition populaire tend à imprimer un certain caractère de débonnaireté et de bonhomie à ce qu'elle touche de longue main familièrement, même quand ce quelque chose a été d'abord héroïque et redoutable. Charlemagne n'y a pas plus échappé que Dagobert, et il joue souvent dans les romans de chevalerie une espèce de rôle de bonhomme entre ses douze pairs et son archevêque Turpin, qui est son saint Eloi. Attila aussi, dans les poëmes germaniques, n'est-il pas devenu le bon Étel? Il peut nous être déjà très-sensible combien ce genre d'adoucissement pénètre de toutes parts dans la tradition populaire grossissante autour du héros d'hier, qui n'était pas tendre précisément. J'ai

sionomie d'un Fénelon primitif. En général, l'auteur affectionne les rapprochements avec le temps présent; ces sortes de comparaisons greffent plus au vif sur le moderne et mordent mieux, pour ainsi dire. La critique pourra trouver qu'il les prodigue; ce n'est pas trop au lecteur de s'en plaindre, car cette manière de mettre un nom de notre connaissance au bout de la pensée éclaire et détermine singulièrement, même quand cela est poussé un peu loin. L'auteur fait ainsi beau jeu aux contradicteurs, en leur offrant son point de vue sous l'aspect le plus propre à être un point de mire.

Cependant, tout aussitôt après Dagobert, la décadence de sa race, un moment retardée, reprend son cours et se déclare par mille symptômes. Le règne des maires du palais, ou de ceux qu'on a qualifiés de ce nom, commence. L'un d'eux, Hébroïn, essaye encore de maintenir en honneur l'idée de vieille race et de défendre le pouvoir sacré de ses rois; mais, après une lutte vigoureuse et des fortunes très-diverses, il succombe; un de ces leudes dont il combattait l'avéne-

---

sous les yeux deux chansons des rues, en tête desquelles Napoléon sur sa colonne est mis en regard (j'en demande bien pardon) de la plus adorable et de la plus ineffable image de la mansuétude divine et humaine, et, dans le parallèle que déduit au long la complainte bien plutôt niaise que sacrilége, il est dit sérieusement :

> Napoléon aimait la guerre,
> Et son peuple comme Jésus!

Je voudrais bien pouvoir n'en conclure qu'une chose, c'est que, même à tort et à travers, l'humanité ne conçoit rien de grand, à la longue, sans une certaine bonté.

ment lui fend la tête d'un coup de hache. « On peut
peser à loisir, écrit l'historien de *la Royauté*, les
crimes, le génie, les vertus et les vices de cet homme
extraordinaire : bornons-nous à dire que la hache de
son assassin brisa toute la race des Mérovéades. Voilà
la gloire de ce Richelieu prématuré. » Un tel nom sur
le front d'Hébroïn, à travers de telles ténèbres, pourra
paraître bien hardiment imposé; il va du moins le
fixer plus nettement dans notre mémoire, et désormais,
qu'on y consente ou non, Hébroïn, à coup sûr, y gagnera.

La famille des Carlovingiens apparaît. M. de Saint-
Priest se déclare avec beaucoup d'insistance contre l'o-
rigine prétendue germanique de cette nouvelle dynastie, et contre l'espèce de caractère d'invasion franke
qu'on a donné à son usurpation sur la première race
abâtardie. Il tient à montrer les Carlovingiens aquitains
d'origine plutôt qu'austrasiens. Il conteste d'ailleurs à
ces dénominations d'Austrasie et de Neustrie une acception bien précise et surtout rivale. La Neustrie n'é-
tait pas plus romaine que l'Austrasie, ni l'Austrasie
plus germanique que la Neustrie. L'Austrasie aurait
plutôt gardé un caractère romain prédominant dû à ces
premières fondations de Cologne, de Mayence, de
Trèves et de Metz. Les ancêtres de Pepin avaient été
évêques de ces dernières villes. La famille carlovingienne se trouverait donc aquitaine d'extraction et, de
plus, sacerdotale, par conséquent toute romaine. C'est
ainsi que, plus tard, l'auteur contestera encore, et cette
fois très-aisément, à la nationalité franke d'avoir joué

aucun rôle dans l'élection de Hugues Capet, par opposition à la nationalité teutonique, Hugues Capet étant plutôt, en effet, d'origine saxonne et germanique. Enfin, et pour ramasser ici les principales contradictions que notre auteur élève contre les autorités célèbres, il ne pense pas qu'on puisse rien conclure de positif des noms plus ou moins romains ou franks par rapport à la race directe des personnages, puisqu'on voit des Gaulois mariés à des Germaines avoir des enfants nommés d'un nom gallo-romain ou germain, à peu près au hasard et très-arbitrairement. Sur tous ces points, on l'a sans peine reconnu, M. de Saint-Priest se présente comme opposant, et s'inscrit en appel contre des portions notables de la doctrine historique de M. Augustin Thierry. Il est des noms si illustres à bon droit et si consacrés, que le premier point d'honneur consiste à ambitionner de se mesurer avec eux. C'est déjà faire éclat dans la carrière et y gagner du lustre, que de donner de la lance contre leur écu. Nous ne croyons pas méconnaître le sentiment avoué du noble survenant, en disant que ce haut hommage ressort de son opposition même.

La légitime gloire du talent qui, le premier en France, nous a rendu le goût et déroulé le tableau de ces grandes époques barbares, qui les a refaites et gravées en traits profonds, sobres et précis, pour notre agrément et à notre usage, cette gloire durable de l'historien épique demeure hors de cause, et ce n'est point par nous ici que la vérité de tel ou tel détail se débattra. Nous achevons de suivre les intéressantes considérations qu'à son tour, et à son point de vue,

M. de Saint-Priest nous développe sur les vicissitudes de l'idée de royauté en ces siècles obscurs. Aux coups que lui porte Pepin d'Héristal, l'antique suprématie mérovingienne, avec l'espèce de fédération allemande et frisonne qui en dépendait, se détruit et se brise. Sous les Mérovingiens, quand le Mérovée ou le Dagobert régnant était puissant et respecté, il se formait, comme naturellement, un essai de grand empire dont les liens assez vagues, des Pyrénées au Weser, trouvaient pourtant leur force et leur entretien dans une sorte de fidélité traditionnelle, de religion pour la race, et de vieil honneur barbare. Si les Carlovingiens reconstruisirent cette unité, et avec bien autrement de volonté et de puissance, ils commencèrent aussi par y porter la plus rude atteinte. Il fallut tout leur génie et leurs exploits pour rétablir le prestige anéanti et pour suppléer aux nuages des fabuleuses origines. La foi catholique y aida. Pepin d'Héristal et Charles Martel se rapprochèrent de Rome et du parti romain dans les Gaules. Ils favorisèrent les missions apostoliques de Willebrod et de Winfried (saint Boniface) dans la Germanie, alors seulement devenue chrétienne. Pepin, premier roi de sa race, recueillit le prix de cette politique ; élu roi à Soissons, il fonde l'ère des royautés nouvelles.

Autrefois (selon la théorie que j'expose) il n'y avait pas d'élection de la part des leudes, il n'y avait qu'*acclamation,* reconnaissance, adhésion, une pure cérémonie : ici le choix formel se déclare et crée le droit qui ne découle plus du sang. Mais ce droit qui naît, qui se fabrique à vue d'œil, qui tire toute sa force de l'utilité et de la fonction, est faible à d'autres égards : il a besoin de consécration et de complément religieux. La papauté est là tout à propos, qui appose une espèce de sacrement au fait nouveau, et qui le confirme par l'onction, ce qui ne s'était pas vu pour Clovis. Telle est la théorie. Ainsi la papauté confirme la royauté, cette royauté de seconde formation ; mais, pour ce qui est de l'*empire*, elle fait plus : la couronne impériale proprement dite, elle la confère et la décerne. Ce fut donc peut-être une grande faute de Charlemagne que d'avoir prétendu ajouter à sa couronne très-bien posée, héréditaire et dès lors indépendante, ce globe impérial mobile qui allait se prendre à Rome, et qui devint une pomme de discorde entre les mains de ses descendants. La suprématie de Rome au temporel et les luttes qu'elle engendre, la féodalité européenne qui sort de l'immense anarchie, le rôle et la part des ordres religieux directeurs de l'esprit du temps, le système de falsifications historiques auxquelles ils tiennent la main, ces graves et toujours si difficiles problèmes occupent finalement l'auteur, qui est forcé de subir, après Charlemagne, la loi de son sujet, c'est-à-dire la diffusion. Le tableau de Rome féodale arrête le regard par l'intérêt extrême de la peinture. On atteint enfin au xie siècle, à cette époque où se reforment partout, et assez petitement d'abord, les royautés politiques ; celle de Hugues Capet est de ce nombre, et si, à son berceau, elle n'a pas, à beaucoup près, la splendeur des débuts carlovingiens, aucune imprudence du moins n'en altère le principe grandissant et n'en compromet l'avenir.

L'auteur, on le voit, s'est tracé un vaste cadre, et il a eu force d'exécution pour le remplir. Jusqu'à quel point, dans cette longue étude du passé monarchique, a-t-il été préoccupé du présent, de ce qui nous touche, et jusqu'à quel point a-t-il pu l'être légitimement ? De tels travaux, si lointains et si purement historiques qu'on les fasse, ont presque toujours leur point d'appui, leur point de départ dans les questions modernes, et leur inspiration première, leur verve, si j'ose dire, vient de là. M. de Saint-Priest a vu sans doute l'idée monarchique beaucoup plus désertée en théorie qu'elle n'est peut-être perdue en fait, et il m'a l'air de ceux qui ne désespèrent pas précisément de son lendemain. La France a longtemps été monarchique ; elle a toujours assez et trop aimé, sauf les intervalles, aller à un seul, obéir à quelqu'un ; et cette idée, qui trouverait ses retours jusque dans le triomphe de la démocratie, vaut bien la peine qu'en temps régulier, et même à travers l'apparente défaveur, on s'y arrête encore : l'observer à loisir et la reconnaître, c'est le bon moyen d'en moins abuser. Historiquement, on peut trouver que, dans les remarquables travaux de l'école moderne, la royauté n'a pas été traitée assez équitablement ; la plupart des historiens de cette école, en effet, sont entrés dans l'étude par la polémique, et leur impartialité, même en s'élargissant graduellement, a toujours gardé le premier pli. M. de Saint-Priest se sera dit qu'il y avait là un sujet tout neuf : retrouver les vieux titres de nos races monarchiques et ceux aussi de l'Église à ces époques. Un livre, j'imagine, n'aura pas laissé d'exercer de l'influence sur la conception du sien. *La Démocratie*, de M. de Tocqueville, paraissait avec éclat vers le temps où lui, d'autre part, il commençait à méditer sa *Royauté*. Le désir d'opposer à l'ouvrage en vogue, sinon un contre-poids, du moins une contre-partie et un pendant, dut le séduire. Plus la forme était différente et plus le terrain des deux sujets éloigné, plus aussi la noble lutte avait tout son jeu. A une démocratie présente et imminente, dont les États-Unis nous offraient à leur manière l'active, la grandiose, mais assez terne image, il était piquant de restituer pour vis-à-vis l'ancien fond monarchique dans son relief le plus coloré. Entre ce double antagonisme, tel que je le suppose, plus à distance avec M. de Tocqueville et plus rapproché avec M. Thierry, la pensée originale avait de quoi s'exciter dans son entrain naturel et ne pouvait qu'acquérir vite tout son ressort.

Ce qui me frappe surtout dans le cours de l'ouvrage, c'est la quantité d'esprit que l'auteur y a versée, je veux dire la quantité de vues, d'aperçus, d'ouvertures de toute sorte et de rapprochements. Je suis fâché pour l'érudition, qui y est fort étendue et de source, que certains détails de reproduction matérielle aient fait défaut. La ponctualité matérielle même (il ne faudrait pas l'oublier) est une partie, non-seulement de la solidité, mais aussi de l'élégance en ces sortes d'ouvrages. Le talent d'expression y est éminent; je ne serais pas étonné que par endroits, pour quelques yeux chagrins, ce talent ne voilât presque, ne déguisât dans de trop riches images le fin de l'esprit et le réel de l'érudition. Plus d'un aperçu ingénieux aurait gagné, je le crois bien, à être rendu d'une manière plus simple, plus purement spirituelle, et avec l'habitude si française de l'auteur. Au reste, ce qui est éclatant, noble et d'une élévation éloquente, je l'accepte de grand cœur et le salue. En fait de talent, le luxe n'est pas déjà chose si vulgaire. Assez d'honnêtes gens dans ces doctes matières s'en scandaliseraient volontiers, et pour cause ; ce serait le cas de leur répondre avec le poëte : « Ah ! cesse de me reprocher les aimables dons de Vénus ; les dons brillants des immortels ne sont jamais à dédaigner ; eux seuls les donnent, et ne les a pas qui veut. » Je ne voudrais décidément rabattre dans la manière de l'auteur que ce qui semblerait trahir le voisinage d'une fausse école dont son excellent esprit n'est pas. M. de Saint-Priest possède à un haut degré les qualités littéraires : il en faisait déjà preuve dans sa jeunesse, et, quoiqu'il l'ait sans doute oublié lui-même aujourd'hui, d'autres que l'inexorable Quérard se souviennent encore de gracieux essais par lesquels il préludait avec aisance et goût dans la mêlée, alors si vive. Je regretterais trop de quitter ses savants volumes sans donner idée du caractère animé, brillant et tout à fait heureux de bien des pages, et je détache de préférence, comme échantillon, celles où il nous exprime l'état vivant des croyances et des mœurs rustiques dans le midi de l'empire au lendemain de Théodose. On pourrait citer d'autres passages plus imposants et plus énergiques, mais aucun assurément de plus gracieux :

« Dans toutes les villes, les temples tombaient à la fois sous la spoliation et l'anathème ; il n'en était pas ainsi des campagnes. Là, les croyances étaient des impressions et non des doctrines ; elles tenaient moins du raisonnement que de l'habitude. Plus naïves et plus matérielles que dans les villes, elles étaient plus persistantes. Lorsque l'empire officiel presque tout entier s'agenouillait devant la Croix, un édit d'Honorius, publié en 399 (1), proscrivait les libations dans les festins, les torches funèbres, les guirlandes d'Hymen et jusqu'à ces dieux Lares tant chantés par les poëtes et si chers aux descendants des Arcadiens et des Pélages. Inutile défense ! on le voit par ces ordonnances mêmes : de toutes les empreintes du paganisme, celle-là seule demeurait inaltérable. Le Jupiter d'Olympie était lentement descendu de son piédestal de marbre ; la virginité de Minerve ne se manifestait plus dans la blancheur symbolique de l'ivoire ; tous les dieux du *lectisterne* gisaient sans honneur au pied de leur lit de pourpre ; mais la Naïade indigène habitait encore sa source, l'Hamadriade locale n'avait point déserté son bois d'oliviers. Ni le glaive ni les édits n'avaient pu dissiper le prestige charmant de ce panthéisme rural, immortalisé par Hésiode et par Virgile : l'*Ager romanus*, les vallons de l'Arcadie ou de la Sabine, conservèrent longtemps ces fêtes gracieuses où Pan et Palès, à l'ombre des platanes, au bruit des fontaines murmurantes, recevaient la brebis marquée de cinabre et la fleur de pur froment. La fiancée, longtemps encore, quitta la maison paternelle au son des flûtes, et,

(1) On peut voir, sur cet édit et sur les circonstances précises, le chap. I, liv. IX de l'*Histoire de la Destruction du Paganisme en Occident*, par M. Arthur Beugnot, et aussi la note qui termine le chap. I, liv. X.

bien avant dans les siècles, la lampe domestique éclaira sous
le chaume des dieux Pénates, exigus comme elle et, comme
elle, pétris d'argile. Malgré les édits sans nombre, ce riant
paysage des Géorgiques ne s'effaça que par degrés et disparut lentement devant le soleil du christianisme. Écrit dans le
IVe siècle, et, selon quelques scholiastes, cent ans plus tard,
le poëme de *Daphnis et Chloé* reproduit sous une forme
idéale sans doute, mais exacte, l'état religieux des campagnes à la dernière époque du culte des dieux. L'aspect
général des localités était encore tout coloré du paganisme.
En Grèce, en Italie, telle bourgade, telle petite ville, étaient
déjà chrétiennes; la foule se rendait dans les basiliques trans-
formées en églises; les préaux, les chemins, étaient semés
de croix; pourtant, au fond du bois, au détour d'un angle
caché par les chênes verts, sur le bord du ruisseau ou du
lac, on voyait se mirer paisiblement dans l'eau la grotte des
Nymphes, *grande et grosse roche, ronde par le dehors, au
dedans de laquelle* se cachaient quelques statuettes en
pierre de Naïades ou de Napées, *les bras nus,... les cheveux
épars sans tresses,... le visage riant et la contenance telle
comme si elles eussent ballé ensemble* (1). Là, se rendaient
les garçons et les filles; ils couronnaient de fleurs les images
des Nymphes, non plus par religion, mais par une sorte
d'instinct machinal; la douce mythologie, inséparable de
toutes les impressions du plaisir, était encore le langage de
l'amour; les cœurs demeurèrent longtemps sous la protection de cet *enfant jeune et beau, qui a des ailes, et pour
cette cause prend plaisir à hanter les beautés ;... qui
domine sur les éléments, les étoiles et sur ceux qui sont
dieux comme lui.* Si le rituel de la théogonie grecque est
resté inséparable de toutes les formes de la galanterie; s'il
constituait, il y a peu de temps encore, ce qu'on appelle
poésie et littérature; si Vénus, Cupidon et les Grâces ont été
fêtés dans nos chansons, qu'on juge de leur empire sur ceux

(1) Longus, d'Amyot.

dont, la veille encore, ils étaient le culte et la foi. Semailles, moissons, vendanges, tout relevait, comme par le passé, de Cérès, de Bacchus et de Pomone.

« Dans cette pastorale exquise, toute la population des campagnes romaines ou grecques est fidèlement reproduite. C'est un mélange singulier des fleurs idéales de l'imagination et des hideuses réalités de la vie servile. On y voit le colon, l'esclave, porter un esprit subtil dans un corps robuste, baigné de laborieuses sueurs. L'extrême nonchalance s'allie au travail excessif, une sécurité complète aux périls les plus imminents. Tant que durent la jeunesse et la beauté, l'existence n'est qu'une fête, par la protection souvent coupable d'un maître. Sous le plus doux ciel du monde, le berger joue de la flûte le long du jour, accoudé sur les rochers et regardant la mer de Sicile. Vienne la vieillesse ou le dégoût du patron, au loisir succède le labeur, à la flûte l'émondoir, à l'indulgence les ergastules et le fouet. La religion n'est plus une croyance, mais une suite de coutumes puériles et gracieuses, renouvelées à des époques précises. Le christianisme ne prit pas d'emblée ces têtes légères, préoccupées de mille petites divinités riantes et protectrices ; il s'y insinua doucement comme une clarté sagement ménagée dans des paupières longtemps aveugles et encore débiles.

« En consultant le roman comme peinture de mœurs, on reconnaît dans *Daphnis et Chloé* des traces sensibles de la période païenne. La passion n'y est pas toujours délicate dans son langage, ni naturelle dans son objet. Cependant, si les vices qui ont déshonoré la Grèce s'y retrouvent dans toute leur laideur, ils ne s'y montrent plus dans leur audace, ils ne sont plus attribués qu'à des êtres difformes ou ridicules, placés par l'esprit. le cœur et le sang, au dernier degré de l'échelle sociale. La jeunesse imprévoyante et frivole se rit encore de ces aberrations, mais ne les partage plus ; Astyle raille Gnathon sans songer à devenir son complice. La révolution opérée dans les mœurs ne se fait encore sentir que par d'imperceptibles nuances ; toutefois elle apparaît

2.

évidente dans une autre partie du tableau : Gnathon l'esclave
est en plein polythéisme ; Astyle, le jeune patron, s'amuse et
se divertit encore aux gaietés païennes ; les amours naïves
et sensuelles des deux bergers flottent entre les deux
croyances ; mais Cléariste et Dionysophane, le vieux patricien et l'antique matrone, ont déjà la dignité, le calme, la
grâce sévère de la famille chrétienne. En croyant les faire
païens, Longus, ou l'auteur, quel qu'il soit, de *Daphnis*,
faisait Dionysophane et Cléariste chrétiens à son insu. »

Ce sont de vraies oasis que de telles pages en si
grave sujet. Ces *restitutions rapides*, ces plaisirs de
coup d'œil, ces *inductions avenantes*, font précisément
le triomphe et le jeu de la critique littéraire. L'histoire
en a profité cette fois, mais elle les admet peu en général ; son front, d'ordinaire impassible, ne laisse
guère monter jusqu'à lui les mille éclairs sous-enten-
dus et les sourires ; — et voilà pourquoi, en pur critique littéraire que je suis, j'ai toujours crainte de
m'approcher, comme aussi j'ai peine à juger du masque
de cette muse sévère.

1er juillet 1842.

M. DE BARANTE.

1843.

L'abus violent qu'on a fait de certains dons, la volonté ambitieuse et bruyante qu'ont marquée certains esprits de conquérir, d'afficher du moins ce qu'ils n'avaient pas naturellement, la perturbation qui s'en est suivie dans les genres les plus graves, bien des circonstances contribuent aujourd'hui à donner un prix tout nouveau et comme un attrait particulier à ces physionomies d'écrivains calmes, modérées, ingénieuses, à ceux qui ont uni l'élévation ou la distinction de l'idée à la discrétion du tour, qui, en innovant quelque peu à leur moment, n'ont détruit ni bouleversé les grandeurs et les vérités existantes, qui se sont mûris à leur tour dans des applications diverses, et ont su imprimer à l'ensemble de leur vie et de leur œuvre la règle souveraine de la bienséance et une noble unité.

M. de Barante est de nos jours un des rares écrivains dont la carrière, non pas entièrement close, mais tout à fait définie, se dessine le mieux sous cet aspect. Cette mesure de nouveauté et de retenue, il l'a tour à tour essayée dans la critique littéraire, et développée plus en grand dans l'histoire ; il n'a cessé de l'observer dans la pratique politique. En nous tenant surtout ici au critique et à l'historïen, nous avons à toucher plus d'un point délicat et compliqué, assez lointain déjà pour qu'il y ait plaisir et profit à y revenir. C'est d'ailleurs le caractère et la qualité de certains esprits que, tout en atteignant à la réputation méritée, ils ne tombent pas dans les grands chemins et sous les jugements courants de la foule ; ils échappent ainsi au lieu-commun de la louange ; ils demeurent des sujets choisis. On n'a qu'une manière encore d'en parler avec quelque à-propos, c'est de les bien connaître.

M. Prosper Brugière de Barante est né à Riom en juin 1782, d'une famille ancienne et considérée, qui, sur la fin du XVIIe siècle, ne fut pas sans payer son premier tribut aux lettres. Claude-Ignace Brugière (ou Breugière) de Barante, bisaïeul de notre contemporain, était venu jeune à Paris, y avait connu Valincourt, l'ami de Boileau, et aussi Le Sage et Fuzelier, cette arrière-garde légère du grand siècle, ce qui ne l'empêcha pas de retourner vivre chez lui en excellent avocat. Il avait traduit quelque chose d'Apulée, et Goujet, en sa *Bibliothèque française* (1), mentionne très-honorablement des observations de lui sur les prétendus fragments de Pétrone trouvés à Belgrade. Le jeune amateur de ces deux profanes anciens n'en de-

_____

(1) Tome VI, page 205.

vint pas moins un grand janséniste et le conseil du parti en Auvergne durant les persécutions du cardinal de Fleury. Ces contrastes sont de bon augure par la façon dont ils se tempèrent. Nous distinguons tout d'abord une souche solide et sérieuse, mais qui permet à la variété de s'y greffer et presque d'y fleurir.

Le fils de Claude-Ignace allait également à Paris dans sa jeunesse, y était recommandé à son compatriote Danchet, et faisait même quelque préface à je ne sais quelle tragédie de cet illustre d'un jour. Mais c'est au père de M. de Barante qu'il faut surtout demander compte de son influence directe et suivie sur l'éducation de son fils.

Élevé à Juilly, au collége de l'Oratoire, puis venu à Paris pour ses études de droit et répandu alors dans des sociétés diverses, particulièrement dans le monde parlementaire, M. de Barante père garda toujours ses premières impressions contre le coup d'État Maupeou. Son âme, qui se formait à ce moment, y contracta pour jamais ce quelque chose de libéral, mais de sage, qui ne cessa pas d'être sa mesure au milieu des orages qu'il eut à traverser. Homme distingué d'ailleurs plutôt que précisément laborieux, de société plutôt que de cabinet, sachant et donnant beaucoup par la conversation, il appartenait à cette classe d'esprits éclairés que produisit avec honneur la fin du xvıııe siècle. Même lorsqu'il fut retourné et fixé à Riom comme lieutenant-criminel du bailliage, il continua d'entretenir avec Paris des rapports fréquents, que son mariage

multiplia encore (1). Ainsi nulle trace de rouille muni-
cipale dans cette vie d'Auvergne, mais l'étendue et l'aisance des relations, en même temps qu'une atmosphère
morale et préservée. Comme nous l'avons déjà observé
pour mademoiselle de Meulan et pour d'autres esprits
influents sortis du même milieu, nous rencontrons ici
un nouvel exemple d'un intéressant berceau placé dans
cette haute classe moyenne, au sein de cette haute société administrative qui vivait avec l'aristocratie sans
en être, et qui devait, dans la génération prochaine,
la remplacer.

Sans entrer dans les détails d'enfance que nous savons écrits et retracé avec émotion par la plume la
mieux informée et la plus fidèle, il convient seulement
pour notre objet de remarquer que l'éducation première de Prosper de Barante fut plutôt domestique que
scolaire. La révolution vint très-vite interrompre les
cours qu'il suivait au collége d'Effiat. Il vit son père arrêté, il l'allait visiter en bonnet tricolore dans la prison
de Thiers, il salua sa délivrance inespérée avec bonheur:
la leçon des choses prit le pas dans son esprit sur la
lettre des livres; et, quand son père, profitant d'un
premier instant de calme, le conduisit à Paris vers la
fin de 95 pour y achever des études commencées surtout par la conversation et dans la famille, le jeune
homme avait déjà beaucoup appris.

Le Paris politique, alors en pleine bigarrure, offrait

---

(1) Il épousa Mlle de Villepion, dont le père était dans les finances
du duc d'Orléans.

un curieux spectacle; il en ressentit d'abord l'intérêt.
La pension où il fut placé le laissait jouir d'une certaine
liberté; l'éducation, ou ce qui s'affichait alors sous ce
nom, était un confus mélange où les restes informes
des anciennes connaissances s'amalgamaient à des fragments de préceptes, débris incohérents de tous les nau-
frages; on faisait la liaison tant bien que mal, moyennant une veine de phraséologie philosophique et phi-
lanthropique à l'ordre du jour. Dans ce vague de direction, le jeune Prosper de Barante s'appliquait à la
géométrie, en vue de l'École polytechnique. Un premier
échec ne le découragea point; il insista, et, à un second
examen, fut admis. Le goût des mathématiques pourtant
survécut peu en lui à ce double effort; celui des sciences
physiques occupa plus longtemps son esprit. Il voyait
le monde dans l'intervalle de ses études, et côtoyait
parfois quelques petits tourbillons renaissants de cote-
ries littéraires, sans s'y trouver attiré. Il attendait en
toutes choses et s'essayait.

Cependant le 18 brumaire s'était accompli; le gouvernement consulaire inaugurait le siècle. M. de Barante
père venait d'être nommé préfet à Carcassonne. C'était
un fonctionnaire comme il en fallait à cette renaissance,
et comme le chef les recherchait volontiers: homme de
justice et d'ordre, nouveau à la fois et ancien, n'ayant
pas trempé dans le régime intermédiaire. Ce changement de position dans la famille inclina sans doute le
fils vers la carrière politique. Il touchait à sa vingtième
année; un voyage qu'il fit à cette époque en Auvergne,
et durant lequel il perdit sa mère, apporta une impres-

sion décisive dans sa vie morale, et détermina l'homme
en lui. Les *Pensées* de Pascal, qu'il lut beaucoup à cette
heure de crise et sous l'interprétation de cette grande
douleur, lui furent (comme j'espère que, pour qui les
lira de même, elles n'ont pas cessé de l'être) salutaires
et fortifiantes. Dès ce jour, le jeune homme se trouva
l'un de ceux qui ne devaient pas continuer purement
et simplement le xviiie siècle; il appartenait déjà d'esprit
et de cœur au groupe qui allait avec mesure, mais non
sans éclat, s'en séparer.

J'ai hâte d'arriver aux écrits où nous avons droit de
nous étendre. De Carcassonne, M. de Barante père fut
envoyé préfet à Genève; c'était passer d'une ville de
province à une cité européenne et à un grand centre.
Son fils, dès lors attaché au ministère de l'intérieurs,
l'y alla visiter. Coppet et sa gloire, et le fruit d'or à
demi défendu, brillaient à deux pas sur la colline.
M. Prosper de Barante apportait là des prédispositions
toutes particulières, une jeunesse pure et sérieuse, une
éducation diverse, un peu inégale, rectifiée par une réflexion précoce, surtout rien de scolaire, rien de cet
enthousiasme purement littéraire qui sent sa rhétorique
et qui la prolonge au delà du moment. De bonne heure
il avait pu voir la vie sous ses différents aspects; il savait déjà le monde, et dans les lettres, dès qu'il y ap-
pliquerait son regard, il devait chercher de l'étendue et
un libre horizon. Tout cela préparait certainement sa maturité ingénieuse. Il y a ainsi un moment dans chaque
vie distinguée où tout s'accumule et conspire, et ne
demande qu'à éclore. Quand le flambeau en lui-même

est si prêt à luire, le foyer, quel qu'il soit, ne manque
jamais.

Aujourd'hui que tout noble centre a disparu, et que
la pensée, si elle veut être pure, cherche vainement un
lieu désintéressé où se groupent avec charme et concert
les activités diverses, ces souvenirs des foyers et comme
des patries autrefois brillantes sont bien faits pour rappeler un moment le regard en arrière et le reposer.
Après les désastres de tant d'années orageuses, on le
conçoit, c'était mieux qu'un arc-en-ciel et qu'une promesse que cette réunion d'élite, cette émulation com-
binée des plus vives et des plus rares intelligences. La
science originale et perçante d'un Schlegel, la digres-
sion inépuisable et spirituellement rapide d'un Benjamin Constant, faisaient déjà un beau fonds, sans compter
ces hôtes de chaque jour qui y passaient, et qui, sous
la baguette magique de la Muse du lieu, y revêtaient
toute leur fraîcheur, y rendaient toutes leurs étincelles.

M. de Barante, une fois entré dans le cercle, dut y
recevoir beaucoup; mais il y porta, il y garda à coup
sûr un caractère propre. Jeune, au sein de cette société
enthousiaste, il ne se départit point de la réserve ni du
goût. Cette règle morale qu'on ne craindrait pas de dire
qu'il observa jusque dans le sentiment, nous la retrouvons nettement traduite dans son expression d'écrivain.
Il eut ce que Mme de Staël a qualifié heureusement
une *réserve animée*, de la discrétion dans le trait, une
justesse prompte, quelque chose de ce que Mlle de Meulan, de son côté, marquait également. Tout auprès de
cette exaltation un peu factice de Benjamin Constant,

il sut se faire des points fixes. A l'excès paradoxal de Schlegel il opposa l'impartialité. *Impartialité,* ce fut de bonne heure sa devise, son inspiration originale en critique, comme par la suite en histoire.

Tel nous le montre son Discours ou *Tableau de la Littérature française au* XVIIIe *siècle,* ouvrage conçu durant ces années et qui parut pour la première fois en 1809. Ce petit volume, qui présentait moins des développements que des résultats, a trop bien réussi, il a trop contribué à répandre et à faire accepter de tous aujourd'hui les conclusions qu'il exprimait, pour qu'on n'ait pas besoin de se reporter au moment où il parut, si l'on veut en apprécier l'originalité. Chose singulière! la critique littéraire à la fin du XVIIIe siècle, de cette époque éminemment philosophique, était devenue, chez la plupart des disciples, purement méticuleuse et *littérale :* elle ne s'attachait plus guère qu'aux mots. L'école d'où sortait M. de Barante la ramena aux idées, et rétablit le point de vue élevé que la littérature doit tenir dans une société polie, mais sérieuse. Quand je dis que la critique issue en droite ligne de la philosophie du XVIIIe siècle se prenait surtout aux mots, je sais bien que parmi ces mots on faisait sonner très-haut ceux de *philosophie* et de *raison;* mais, sous ce couvert imposant et creux, on était trop souvent puriste et servile. Une autre école, opposée à cette philosophie, produisait alors d'éloquents écrivains, des critiques instruits et piquants sans doute; mais c'était une réaction qui, en parant à un excès, poussait à un autre. Dans le courant même des idées du moment et de celles de l'avenir, quelques esprits eurent l'honneur, les premiers, de noter avec précision ce qu'on appelle en mer le changement des eaux, de signaler ce qui devait se poursuivre et ce qui devait se modifier, de marquer, en un mot, la *transition sans rupture* entre les idées du xviiie siècle et les pensées de l'âge commençant. Dans cette direction exacte que je tâche de définir, et à ne les prendre que comme critiques, il faut nommer Mme de Staël, Benjamin Constant, Mlle de Meulan et M. de Barante. Ce dernier, plus jeune, moins engagé, fut aussi celui qui résuma le plus nettement. « L'auteur du Discours dont il s'agit, écrivait Mme de Staël, est peut-être le premier qui ait pris vivement la couleur d'un nouveau siècle. » Cette couleur consistait déjà à réfléchir celle du passé et à la bien saisir plutôt qu'à en accuser une à soi. Pourtant, si, pour mieux voir, l'auteur ici se mettait volontiers en idée à la place de ceux qu'il jugeait, il n'abdiquait pas la sienne. Il tendait à substituer aux jugements passionnés et contradictoires une critique relative, proportionnée, explicative, historique enfin, mais qui n'était pas dénuée de principes; loin de là, une sorte d'austérité y mesurait à chaque moment l'indulgence. Ainsi il jugeait le xviie siècle et le xviiie, rendant au premier sa part, sans immoler le second. Le nôtre, en avançant, a de plus en plus marché dans cette voie d'intelligence et d'impartialité, mais en s'embarrassant de moins en moins des principes. Il est presque arrivé déjà à la moitié de son terme, et il semble vouloir justifier cette parole que Mme de Staël proférait sur lui dès l'origine :

« Le XVIIIe siècle énonçait les principes d'une ma-
« nière trop absolue; peut-être le XIXe commen-
« tera-t-il les faits avec trop de soumission. L'un
« croyait à une nature de choses, l'autre ne croira
« qu'à des circonstances. L'un voulait commander l'a-
« venir, l'autre se borne à connaître les hommes. »
Pronostic si plein de sagacité et de sens! Combien n'en
rencontre-t-on pas de tels au sein de cette parole généreuse, de cette nature enthousiaste et douée des hautes
clartés!

Le caractère de ce premier écrit de M. de Barante a
donc été d'introduire une vue moderne dans la critique.
Il n'y avait rien là d'appris ni de répété des livres ; les
idées étaient neuves; la conversation et la discussion
les avaient mûries. On peut dire que, pour bien des esprits distingués, c'était un compte rendu de leurs impressions et de leurs jugements sous une forme nette
qu'ils durent vite adopter et reproduire (1). Littérairement, on trouverait des objections, on voudrait du
moins des amendements à quelques sentences dans lesquelles le critique, en abrégeant, a trop tranché. Il est
bien dur, par exemple, de venir dire, en parlant de
Diderot : *le talent dont il a donné quelques indices....*

---

(1) On l'a très-bien remarqué, M. de Barante arrive, procède
volontiers sur toute chose, avec une théorie mesurée, qu'il présente aussitôt d'une manière agréable et succincte; il est bien
fidèle en cela au vrai sens de ce mot *doctrinaire* dont on a tant
abusé. Sa critique diffère essentiellement de celle de Chénier,
dans la même forme concise du *tableau*, en ce que Chénier résume
d'un trait le caractère littéraire d'un talent, et que M. de Barante
résume d'un mot l'*idée* de ce talent.

Je ne saurais non plus accorder que la plaisanterie de Bayle soit *presque toujours lourde et vulgaire.* Que cette plaisanterie et l'habit qu'elle porte ne soient plus de mode, à la bonne heure! Que ce soit un habit de savant, et qui même n'ait jamais été à aucun moment taillé dans le dernier goût, c'est très-vrai encore. Mais sous cette coupe un peu longue et ces manches qui dépassent, prenez garde, l'ongle s'est montré, non pas du tout un ongle de pédant, il a la finesse. Ce ne sont là, au reste, que de simples points; l'ensemble des conclusions, même en ce qu'elles parurent avoir d'abord de rigoureux, demeure approuvé.

Vers le temps de la publication de cet ouvrage, la situation politique de M. de Barante commençait à se dessiner avec distinction. Simple auditeur au Conseil d'État vers 1805, s'il se sentait peu favorable d'affection au gouvernement impérial, il ne s'en montra que plus strict dans l'accomplissement de ses devoirs. Sa liaison avec Coppet, ses visites à Mme de Staël durant le séjour, ou, comme on disait, l'exil d'Auxerre, tout cet attrait prononcé pour une noble disgrâce, ne laissaient pas d'introduire des chances périlleuses dans sa carrière, dans celle même de son père vénéré (1). Il dut y avoir là des luttes morales, touchantes, qu'on ne peut s'empêcher de soupçonner, qu'il ne nous appartient pas de sonder dans toutes leurs délicatesses. Le gouvernement d'alors était très-ombrageux sur les moin-

(1) M. de Barante père fut révoqué de sa préfecture de Genève à la fin de 1810.

dres affaires d'écrivain. Un article du *Publiciste* dans lequel, à propos de *la Mort d'Henri IV* de Legouvé, M. de Barante, sous le voile de l'anonyme, soutenait les avantages de la vérité historique au théâtre, le mit en contradiction avec Geoffroy. *Le Publiciste,* toujours sous les mêmes initiales (A. M., je crois), soutint sa thèse. Geoffroy lança une réplique violente, au moins eu égard au diapason du temps. Cela fit bruit, et le jeune auditeur fut envoyé en Espagne pour y porter des dépêches. Plus tard, après Iéna, M. de Barante eut une mission en Allemagne; il séjourna à Breslau. Ce spectacle des pays conquis et de l'odieuse administration qui pesait sur eux, frappa vivement son âme équitable et compatissante; il n'en put contenir l'impression en écrivant à son père. Que la lettre ait été interceptée ou non, il fut rappelé peu après et nommé sous-préfet à Bressuire. Cette nouvelle destination, qui lui procurait solitude et loisir au fond du Bas-Poitou, lui convenait; c'est à ce moment qu'il recueillit ses idées sur la littérature du xviiie siècle et en rédigea le tableau. Il traduisait aussi dès lors la plupart des pièces dramatiques de Schiller, dans la compagnie de M. de Chamisso. Bientôt un mariage selon ses vœux allait fixer son bonheur et enchaîner sa destinée avec grâce à l'un des noms les plus aimables du siècle illustre qu'il venait de juger (1). Vers le même temps il faisait de près connaissance avec les Vendéens, avec l'héroïque famille de la Rochejaquelein. En écoutant ces souvenirs

----

(1) Mme de Barante est une d'Houdetot.

encore fervents, et dont chaque coin de haie gardait
l'écho, l'idée lui venait d'en faire part un jour au public, de mettre du moins sa plume au service d'une
pieuse et honorable confidence.

Il la méritait à bien des titres. Son administration,
en ces temps et en ces lieux difficiles, lui valut tous les
suffrages, toutes les affections. Préfet de la Vendée
en 1809, puis à Nantes à dater de 1813, il eut à contenir bien des mécontentements, à amortir bien des
rigueurs, à concilier les devoirs du fonctionnaire et
ceux de l'homme. Ce serait trahir ici ces choses généreuses que d'y insister. Contentons-nous d'en atteindre
le bienfait, en quelque sorte, dans les *Mémoires* de
Mme de La Rochejaquelein, produit littéraire heureux
de cet esprit de conciliation et de sympathie, fruit
charmant né, pour ainsi dire, de cette greffe des deux
France.

Ces *Mémoires,* qui parurent à la première Restauration et qui en promulguaient assurément les titres les
plus glorieux, n'avaient d'ailleurs (est-il besoin de le
dire?) aucune prétention littéraire à proprement parler.
Expression fidèle de la pensée de l'auteur, ils étaient
seulement redevables à M. de Barante de ces soins de
révision et de correction, dont le plus vrai succès consiste à ne laisser aucune trace d'eux-mêmes. La description du Bocage, dans le troisième chapitre, était
toute de lui; la préface en prévenait le lecteur, sans
quoi on n'eût point songé à isoler le morceau, tant le
tout se fondait avec goût et courait avec une grâce sévère. Pas un trait n'altérait la simplicité touchante,

qui seule convenait au témoignage des grandes choses
et des hautes infortunes dans la bouche de la noble
veuve de Lescure. Le concert des deux auteurs, en un
mot, avait été si parfait, que rien n'avertissait qu'il y
en eût un et que toute idée d'auteur disparaissait. On
lut avec émotion, on connut pour la première fois dans
son entière sincérité cet épisode unique, cette première
Vendée restée la plus grande et la seule vraiment naïve ;
on salua, on suivit avec enthousiasme et avec larmes
ces jeunes et soudaines figures d'une Iliade toute voisine et retrouvée à deux pas dans les buissons et derrière les haies de notre France ; ces défis, ces strata-
gèmes primitifs, ces victoires antiques par des moyens
simples ; puis ces malheurs, ce lamentable passage de
la Loire, ce désastre du Mans, cette destruction errante
d'une armée et de tout un peuple. La vieille France,
après cette lecture, pouvait tendre la main à l'autre,
sans se croire trop en reste de gloire et de martyre :
Moscou et le Mans, la Bérésina et la Loire ! Qu'importe
l'espace et le lointain? ne voyez que l'héroïsme. La
Vendée enfin avait trouvé pour sa digne époque un
historien. Il existe un manuscrit des Mémoires dans
lequel on lit (j'ai pu m'en assurer) des détails intéressants que l'imprimé ne reproduit pas toujours. Il en
est sur les premières années de Mme de Lescure avant
son mariage, sur Versailles au 5 octobre, et sur Paris
au 10 août. Il en est d'autres qui ajouteraient dans
quelques points aux informations particulières sur les
dissidences des chefs entre eux. On conçoit que des
considérations personnelles, des ménagements dus à

des souvenirs si saignants, aient imposé quelques réticences ; mais les années, en avançant, permettent beaucoup (1).

La Restauration, au moins au début, semblait remplir un des vœux de M. de Barante ; ses liaisons sociales,
on l'a vu, ses goûts modérés, ses lumières, et, pour
les nommer par leur nom, ses vertus civiles, le dispo-
saient à l'ordre constitutionnel sagement entendu, c'est-
à-dire à ce qu'on augurait du régime nouveau. Démis-
sionnaire de sa préfecture durant les Cent-Jours, il
devint, à la seconde rentrée, secrétaire général de
l'intérieur, puis directeur général des contributions
indirectes, et il ne quitta cette position qu'à la retraite
de ses amis doctrinaires, quand ils firent leur scission
avec le second ministère de M. de Richelieu. Il crut

(1) Le prince de Talmont, on le voit par les Mémoires imprimés,
était celui de tous les chefs qui, par ses antécédents et son caractère, se trouvait le moins en accord avec ces mœurs simples,
frugales, chrétiennes, et avec cette espèce d'égalité fédérale des
gentilshommes vendéens. Arrivé d'hier de Versailles, tout plein
des habitudes du bel air, il mettait au service de la cause, les
jours de combat, la plus brillante valeur, après quoi il ne se souciait guère de rien de sage ; et, pour ne citer qu'un trait qui le
peint, un jour, après ce fatal passage de la Loire, qu'il avait surtout conseillé pour se rapprocher de ses vassaux, ayant trouvé au
château de Laval une ancienne bannière de famille, une bannière
des La Trémouille, bleu et or, il imagina de la faire porter devant lui. Mais M. de La Rochejaquelein, à la première vue de ce
drapeau, le sabra en s'écriant : « Prince, nous ne suivons que
les Fleurs de Lis ! » — Et c'est ce même prince de Talmont qui,
plus tard, lui-même, eut ce mot sublime pour toute réponse
aux juges qui l'interrogeaient : « Faites votre métier, j'ai fait mon
devoir. »

même, à cette époque, devoir payer sa dette aux controverses du jour par une brochure intitulée *Des Communes et de l'Aristocratie*, qu'il a réimprimée depuis en la dégageant de ce qu'elle avait de trop accidentel et de polémique. Depuis ce moment, et durant les neuf dernières années de la Restauration, il se contenta de servir sa nuance d'opinion par ses discours et ses votes à la Chambre des pairs, en même temps qu'il honorait ses loisirs par la composition de sa grande histoire.

L'*Histoire des Ducs de Bourgogne,* publiée de 1824 à 1827, obtint un succès prodigieux qui s'est depuis soutenu, et elle portait avec elle un système qui a été controversé dès l'origine. Nous voudrions surtout ici tâcher d'en bien expliquer et d'en raconter en quelque sorte la pensée, en nous servant presque de la méthode de l'auteur, c'est-à-dire sans trop prétendre juger d'abord, et il se trouvera peut-être que tout naturellement ensuite le jugement ressortira.

Le xviiie siècle avait usé et abusé de l'histoire philosophique, de celle où l'historien intervenait à chaque instant et s'imposait à son sujet. Voltaire en avait donné l'exemple avec séduction ; Robertson y avait porté une mesure spécieuse, et Raynal un excès rebutant. Gibbon et Hume avaient su combiner avec des opinions très-marquées, et presque des partis pris, de hautes qualités de science et de clairvoyance auxquelles on a trop cessé de rendre justice. Pourtant, de cette habitude générale de continuellement juger le passé au point de vue du présent, était né en quelques esprits élevés le désir bien naturel d'une méthode contraire, où l'on irait d'abord à l'objet pour l'étudier en lui-même et en tirer tout ce qu'il contient.

Un historien très-estimable et très-méritant, M. de Sismondi, plus soucieux des sources et plus porté aux recherches originales qu'on ne l'avait été avant lui, gardait avec cela les formes de l'école philosophique; il imposait ou du moins il accolait son opinion du jour au fait d'autrefois. Placé au point de transition des deux manières, elles se heurtaient plutôt encore qu'elles ne s'unissaient en lui.

M. de Barante, dès son premier coup-d'œil, s'était montré choqué des abus de la méthode dite philosophique en histoire; il fut conduit au désir d'en purger absolument le noble genre, et de lui rendre, s'il se pouvait, son antique sincérité. Le grand exemple présent de Walter Scott venait apporter des preuves vivantes à l'appui de cette manière, en dehors, il est vrai, du cercle régulier de l'histoire, mais si près qu'il semblait qu'il n'y eût qu'un pas à faire pour y rentrer.

En France, vers 1820, des esprits éminents s'occupaient avec ardeur, chacun dans sa voie, de cette réforme considérable. Celui qui la professa le premier et avec le plus d'autorité, le maître des théories en cette matière, M. Guizot, continuait pourtant lui-même l'histoire philosophique, tout en la transformant; il analysait les faits, les élevait à l'idée, les réduisait en éléments, les groupait enfin et les distribuait selon les vues de l'esprit; mais, comme cet esprit était très-étendu,

très-perçant, très-impartial dans l'ordre des idées, il
évitait cette direction exclusive qu'on reprochait aux
écrivains du xviiie siècle. Cependant la pratique historique laissait de ce côté à désirer ; malgré l'élévation de
l'enseignement, malgré ce talent de narrateur dont il
devait faire preuve à son tour dans son *Histoire de la
Révolution d'Angleterre*, M. Guizot n'aimait pas avant
tout à raconter ; on l'a dit mieux que nous ne le pourrions redire (1), l'exposition qui abrége en générali-
sant avait pour lui plus d'attraits ; bien des faits sous
sa plume étaient resserrés en de savants résumés qui
eussent pu aussi se dérouler autrement et prendre couleur. En un mot, le talent supérieur qu'on a vu éclater
depuis sur un autre théâtre faisait dès lors ses réserves
en quelque sorte : l'orateur parlementaire se marquait
dans l'historien.

Un rapprochement, un contraste m'a dès longtemps
frappé, et il vient ici assez à propos, puisqu'il s'agit
de récit. Voyez le premier, le plus jeune de nos vieux
chroniqueurs. Joinville est simple, naïf, candide ; sa
parole lui échappe, colorée de fraîcheur, et sent encore
son enfance ; il s'étonne de tout avec une bonne foi
parfaite ; les choses du monde sont nées pour lui seulement du jour où il les voit. Par combien de degrés
l'affaire historique a marché, et qu'il y a loin de là au
rapporteur philosophe qui considère et qui décompose,
qui embrasse du même œil aguerri les superficies diverses, qui communique à chaque observation, même

(1) *Globe*, 3 juin 1828.

naissante, quelque chose d'antérieur et d'enchaîné!
Ce qu'il sait d'hier ou du matin, il semble le savoir
de toujours (1).

Un autre esprit, maître plutôt en fait d'art, un écrivain, un peintre original et vigoureux, allait aborder
l'histoire de front par une prise directe, immédiate ; il
allait y porter une manière scrupuleuse et véridique,
et, si l'on peut dire, une fidélité passionnée. S'attachant à des époques lointaines, peu connues, réputées
assez ingrates, traduisant de sèches chroniques avec
génie, il devait serrer tout cela de si près et percer si
avant, qu'il en tirerait couleur, vie et lumière. Il semblerait créer en trouvant. C'est assez indiquer le rôle
de M. Augustin Thierry.

M. de Barante, qui concevait son ouvrage vers le
même temps, eut une idée plus simple et dont l'exécution
dépendait surtout du choix de l'époque. Aussi ne faut-il
pas accorder, je le crois, à sa très-ingénieuse préface
une portée plus grande que celle à laquelle il a prétendu : « Dès longtemps, dit-il, la période qu'embras-
« sent les quatre règnes de cette dynastie (*les Ducs de*
« *Bourgogne de la maison de Valois*) m'a semblé du
« plus grand intérêt. J'ai cru trouver ainsi un moyen
« de circonscrire et de détacher de nos longues annales
« une des époques les plus fécondes en événements et
« en résultats. En la rapportant aux progrès successifs
« et à la chute de la vaste et éclatante domination des

----

(1) « Ce qu'il a appris le matin, il semble le savoir de toute
éternité. » Le mot a été dit en effet.

« princes de Bourgogne, le cercle du récit se trouve
« renfermé dans des limites précises. Le sujet prend
« une sorte d'unité qu'il n'aurait pas si je l'avais traité
« à titre d'histoire générale. » Ainsi, dans ce choix des
quatre ducs de Bourgogne, M. de Barante voyait surtout une manière ingénieuse de découper et de prendre
de biais un large pan de l'histoire de France. Or, cette
époque des xive et xve siècles était précisément la plus
riche en chroniques de toutes sortes, et déjà assez française pour qu'en changeant très-peu aux textes, on pût
jouir de la saveur et de la naïveté : naïveté relative et
d'autant mieux faite pour nous, qu'elle commençait à
soupçonner le prix des belles paroles. Parmi les chroniqueurs de cet âge, il en était un surtout, le premier en
date et en talent, que M. de Barante ne prétendait pas
découvrir à coup sûr, mais qui, bien moins en circulation alors que depuis, a eu, grâce à lui d'abord, sa reprise de vogue en ces années et tout un regain d'arrière-
saison. Je veux parler de l'Hérodote du moyen âge, de
celui que présageait Joinville, de Froissart, dont Gray,
écrivant à Warton en 1760, disait : « Froissart est
« un de mes livres favoris. Il me semble étrange
« que des gens qui achèteraient au poids de l'or une
« douzaine de portraits originaux de cette époque pour
« orner une galerie, ne jettent jamais les yeux sur tant
« de tableaux mouvants de la vie, des actions, des
« mœurs et des pensées de leurs ancêtres, peints sur
« place, avec de simples, mais fortes couleurs. » En
France, Saint-Palaye déjà l'avait rappelé à l'attention
des érudits; M. de Barante le mit en valeur pour

tous (1). Il lui dut lui-même ses principales ressources au
début et comme la mise en train de son œuvre. Froissart au point de départ, Comines au point d'arrivée,
les deux termes du voyage étaient rassurants, et le chemin entre les deux n'était pas dépeuplé de pèlerins et
de conteurs, Monstrelet, le Religieux de Saint-Denis et
bien d'autres.

Il sembla donc à M. de Barante que, par une construction artistement faite de ces scènes originales et
en se dérobant soi-même historien, il était possible de
produire dans l'esprit du lecteur, à l'occasion des aventures retracées de ces âges et avec l'intérêt d'amusement qui s'y mêlerait, une connaissance effective
et insensiblement raisonnée, un jugement gradué et
fidèle. Il pensa que rien qu'avec des récits contemporains bien choisis, habilement présentés et enchâssés,
on pouvait non-seulement rendre aux faits toute leur
vie et leur jeu animé, mais aussi en exprimer la signi-
fication relative (2). En venant plaider dans sa préface
contre l'histoire officielle et oratoire, il n'a jamais demandé, il n'a pu demander que l'histoire vraiment

---

(1) M. Dacier avait commencé une édition des *Chroniques* de
Froissart, mais qui fut interrompue par la révolution. La nouvelle
édition complète, publiée par les soins de M. Buchon, parut en
1824. M. de Barante avait donné l'article Froissart dans la *Biographie universelle* (1816); sa prédilection s'y déclare.

(2) « M. de Barante se fait chroniqueur dans son *Histoire des
Ducs de Bourgogne*, laissant, dit-il, parler les faits, laissant les
temps se raconter eux-mêmes, mais leur soufflant tout bas tout ce
qu'ils doivent dire. » (Cours de littérature de M. Vinet, Lausanne,
1844.)

philosophique fût supprimée; il n'a pas dit, à le bien
entendre, il n'a pas cru que l'histoire morale, celle des
Tacite, des Salluste et des grands historiens d'Italie,
dût cesser d'avoir ses applications diverses, surtout à
des époques moins extérieures et plus politiques, aux
époques d'intrigue et de cabinet : mais, ce jour-là, il
demandait pour le genre qui était le sien, *pour cette
méthode appliquée une fois à une époque particulière
qui y prêtait*, il demandait place au soleil et admis-
sion légitime, et, en homme d'esprit, il a trouvé à ce
propos toutes sortes de raisons et de motifs qu'il a dé-
duits; et il en a su trouver un si grand nombre là
même où l'on s'était dit qu'il y avait objection, qu'on a
pu croire que les conclusions chez lui dépassaient le
but. Il ne voulait, en effet, qu'autoriser auprès du public l'imprévu de son essai, et l'essai, dans ces limites
précises, a complétement réussi.

On n'attend pas que nous nous engagions dans une
analyse, que nous allions resserrer ce que l'auteur, au
contraire, a voulu étendre, que nous décolorions ce
qu'il a laissé dans sa fleur de récit. M. de Barante a
eu l'honneur, en ce grand mouvement historique qui
fait encore le lot le plus clair de notre moderne conquête, d'introduire une variété à lui, un vaste échantillon qu'il ne faudrait sans doute pas transposer à
d'autres exemples, mais dont il a su rendre l'exception d'autant plus heureuse en soi et plus piquante. Il
a osé lutter avec le roman historique, alors dans toute
sa fraîcheur et sa gloire, il l'a osé presque sur le même
terrain, avec des armes plutôt inégales, puisque la fic-

tion lui était interdite, et il n'a pas été vaincu. Son Louis XI, pour la réalité et la vie, a soutenu la concurrence avec *Quentin Durward*. Si l'on voulait citer des morceaux, on aurait la bataille d'Azincourt, le meurtre de Jean sans Peur, l'épisode de la Pucelle, la rentrée de Charles VII, à Paris opposée à celle du roi anglais Henri VI, et tant d'autres pages d'émotion ou de couleur; mais ce serait faire tort et presque contre-sens à la méthode de l'auteur que de se prendre ainsi à des morceaux, là où il a voulu surtout le développement varié et continu. Un critique historique distingué et modeste (1), qui a pu, dans *le Globe*, entretenir le public jusqu'à six fois, et toujours avec intérêt, des livraisons successives des *Ducs de Bourgogne*, s'est appliqué à faire ressortir ce qui résultait des divers tableaux en conséquences politiques et en déductions morales sur le caractère des hommes et des temps; il s'est plu à ajouter au fur et à mesure cette pointe de *conclusion* que le narrateur précisément se retranchait. A voir combien il y a peu à mettre pour tirer cette conclusion et la faire sentir, on se demande avec le critique pourquoi cette discrétion extrême. Est-ce exagération d'un système absolu dont un homme d'esprit a peine lui-même à se défendre? N'est-ce pas plutôt nécessité et convenance d'une méthode une fois adoptée? Il fallait conserver à tout le livre sa couleur, son unité, se priver de quelques avantages pour en recueillir d'autres. En un mot, s'il m'est permis de reprendre une image déjà

(1) M. Trognon.

employée, une fois entré en lice avec le roman historique, et le tournoi ouvert aux yeux des juges, il fallait
tenir la gageure et ne pas recourir aux armes défen-
dues.

Et n'est-ce pas un peu ainsi que le bon sire de La
Laing faisait, aux prises avec le chevalier anglais, en
ce galant tournoi de Bruges? C'était l'âge des joutes
magnifiques; l'historien s'en est posé une à lui-même,
avec les règles du combat.

Il n'en restera pas moins vrai en principe que, puisqu'après tout l'historien fait toujours quelque peu l'histoire, soit qu'il articule à l'occasion ses pensées, soit
qu'il se borne à extraire, à disposer les faits de manière
à produire indirectement l'effet qu'il désire, il n'y a
pas lieu, dans le champ ordinaire de ce noble genre, à
tant de scrupule artificiel, à tant d'effacement de soi, à
tant de confiance surtout en la réflexion du lecteur. Il
est des moments, rares, il est vrai, mais indiqués, où
l'historien intervient à bon droit dans le fait et le prend
en main; et, quand le lecteur sent qu'il a affaire à
une pensée ferme et sûre, il aime cela.

Au reste, à mesure que M. de Barante avançait dans
son histoire et qu'il l'embrassait tout entière, il se
trouvait insensiblement poussé à en tirer plus qu'il
n'avait prévu d'abord. Dans les derniers volumes, on
l'a remarqué, les tableaux se resserrent; il est conduit
à laisser moins aisément courir sa plume à la suite des
vieux chroniqueurs. C'est surtout dans la lutte de
Louis XI et de Charles le Téméraire que cet état se
marque le mieux, et en même temps son opinion se

fait jour. Que le Charles XII d'alors se précipite fatalement par ses fautes, que Louis XI s'éteigne à petit feu dans ses hypocrites intrigues, l'historien saura faire entendre le jugement des peuples sur leur tombe. Un sentiment moral, sympathique, humain s'exhale partout de ces pages, qui n'affectent point de rester froides en se montrant plus colorées. Impuissant que je suis à apporter mon tribut en telle matière et à payer un hommage tout à fait compétent à l'auteur, soit par une approbation approfondie, soit même sur quelques points par une contradiction motivée, je veux du moins signaler, à propos de cette héroïque destinée de Charles le Téméraire, quelques renseignements peu connus, quelques vues neuves que j'emprunterai aux recherches d'un savant étranger, non point étranger par la langue. Les grands désastres de Charles appartiennent en propre à l'histoire de la Suisse, dont ils sont comme le plus glorieux butin, et, par cet aspect, ils ont rencontré naturellement pour narrateur et pour peintre l'admirable Jean de Muller, le plus antique des historiens modernes. Or, à la suite de la traduction récente due à la plume de M. Monnard (1), on trouve dans les tomes VII et VIII, à titre d'appendice, d'excellentes dissertations de M. de Gingins, qui prennent ces événe-

---

(1) Cette histoire, exactement traduite, savamment annotée, et à laquelle MM. Vuillemin et Monnard donnent des suites développées qui s'étendront jusqu'à nos jours, mériterait un examen tout particulier, qui rappellerait utilement l'attention sur ces hauts mérites et ces originales beautés, si austères à la fois et si cordiales de Jean de Muller.

ments fameux par un revers assez inattendu, mais désormais impossible à méconnaître, sauf la mesure. M. de Gingins, à peine cité en France, est un de ces érudits qui, sans se soucier de l'effet vulgaire, poursuivent un résultat en lui-même, à peu près comme M. Letronne quand il avise un point de géographie, ou comme M. Magendie quand il interroge à fond un rameau de nerf. De plus, dans le cas présent, un mobile particulier l'animait : né au sein de la Suisse romande, pour laquelle ses aïeux combattaient en chevaliers, il s'est senti sollicité à en rechercher le rôle dans ces guerres et à s'y intéresser en patriote non moins qu'en curieux. Toute la Suisse, en effet, ne se rangeait pas alors dans un seul camp, et, avec le Bourguignon, la portion dite française fut vaincue. Le pays de Vaud notamment, qui relevait de la Savoie, mais dont le baron et seigneur, le comte de Romont, était d'ailleurs attaché au duc de Bourgogne, eut à subir de la part des Allemands une irruption inique, non motivée, et marquée des plus cruelles horreurs. Selon M. de Gingins, cette querelle compliquée des Suisses contre le duc Charles ne saurait se justifier au point de vue national, ni dans ses préliminaires, ni dans ses différentes phases. Ennemis héréditaires de la maison d'Autriche, amis incertains et très-récents de la couronne de France, les Confédérés avaient, au contraire, toujours trouvé dans la maison de Bourgogne une alliée sûre et fidèle. Intérêts de commerce et d'échange, intérêts politiques, tout les liait ; la Franche-Comté de Bourgogne était devenue presque la seconde patrie des Suisses. Comment donc expli-

quer le brusque revirement qui les mit aux prises ?
Les intrigues de l'archiduc Sigismond pour récupérer
la Haute-Alsace, qu'il avait cédée au duc Charles dans
un moment de détresse; l'or et surtout les paroles de
Louis XI, qui le mirent à même de la racheter à l'improviste, amenèrent la première phase dans laquelle
les Suisses, entraînés par Berne, et agresseurs hors de
chez eux, épousèrent une querelle qui n'était pas la
leur, se jetèrent à main armée entre la Franche-Comté
et l'Alsace, franchirent le Jura neuchâtelois, et devinrent patemment les auxiliaires actifs d'un vieil ennemi
contre un prince qui ne leur avait jamais été que loyal.
La seconde phase de cette guerre, la mémorable campagne de 1476, à jamais illustrée par les noms de Gran-
son et de Morat, cette lutte corps à corps dans laquelle
il semblerait que les Suisses traqués ne faisaient que se
défendre, est plus propre sans doute à donner de l'illusion; mais même dans ce second temps, si on veut
bien le démêler avec M. de Gingins, on est fort tenté
de reconnaître que le duc Charles (Charles le *Hardi*,
comme il l'appelle toujours, et non le *Téméraire*) ne
franchissait point le Jura en conquérant; il venait rétablir le comte de Romont et les autres seigneurs vau-
dois dans la possession de leur patrimoine, dont les
Suisses les avaient iniquement dépouillés pour leur
attachement à sa personne; il venait délivrer le comté
de Neufchâtel de l'occupation oppressive des Bernois.
Toute la gloire du succès et l'éblouissement d'une journée immortelle ne sauraient atténuer à l'œil impartial ces faits antérieurs et les témoignages qui les éclai-

rent. Enfin la campagne qui se termina à la bataille de Nancy, et qui forme la troisième période de la guerre de Bourgogne, cette expédition dans laquelle le duc de Lorraine recruta dans les cantons, moyennant solde fixe, les hommes d'armes de bonne volonté, ne fut à aucun titre une guerre nationale, pas plus que toutes celles du même genre où les troupes suisses *capitulées* ont figuré depuis. L'ensemble d'une telle querelle, entièrement politique et même mercenaire, où les Confédérés servirent surtout l'ambition de Berne, ne saurait donc s'assimiler que par une confusion lointaine à ce premier âge d'or helvétique, à cette défense spartiate et pure des petits cantons pauvres et indépendants. Mais, en revanche, l'éclat du triomphe émancipa hautement la Suisse, la mit *hors de page,* elle aussi, et au rang des États ; et comme l'a très-bien dit un autre historien de ces contrées : « La bataille de Morat a « changé l'Europe ; elle a dégagé la France, relevé l'Au- « triche, et ouvert à ces deux puissances le chemin de « l'Italie, que la maison de Bourgogne était tout au « moins en mesure de leur barrer. Aussi, voyez les « Suisses pendant les trente années qui s'écoulèrent « entre Morat et Marignan ! Rien alors ne se fait sans « eux, et les plus grands coups, ce sont souvent eux « qui les donnent (1). »

Quoi qu'il en soit des vues nouvelles que ce coin de la question, tardivement démasqué, ne peut manquer

---

(1) *Histoire de la Révolution helvétique dans le canton de Vaud,* par M. J. Olivier (1842).

d'introduire dans l'histoire finissante de la maison de Bourgogne, l'effet des beaux récits de Jean de Muller et de M. de Barante subsiste ; l'impression populaire d'alors y revit en traits magnifiques et solennels que le plus ou le moins de connaissance diplomatique ne saurait détruire. Cette destinée fatale qui pesa sur le malheureux Charles, à mesure qu'on l'approfondira davantage, ne peut même que gagner en pathétique sombre.

Nous allions oublier de dire qu'avant la publication de son histoire, M. de Barante avait contribué pour sa bonne part à l'introduction des Théâtres étrangers parmi nous. Traducteur des œuvres dramatiques de Schiller, il a mis en tête une notice développée, telle que la peut dicter une haute et fine raison. Il a également traduit l'*Hamlet* dans le *Shakspeare* publié par M. Guizot. En tout cela encore il s'est montré partisan et organe d'une réforme supérieure et modérée.

Après le succès éclatant de son histoire, M. de Barante dut concevoir quelques autres projets que son talent vif et facile lui eût permis sans doute de mener à fin ; la révolution de Juillet est venue les interrompre, en le jetant encore une fois dans la vie politique active. Nous noterons pourtant une charmante petite nouvelle de la famille d'*Ourika* et du *Lépreux*, intitulée *Sœur Marguerite*; échappée à la plume de notre ambassadeur à Turin, en 1834, elle a témoigné de cette délicate variété de goût qu'on lui connaissait, et de cette jeunesse conservée de cœur. C'est l'histoire, sous forme de souvenir, d'une jeune personne, fille d'un médecin d'aliénés, laquelle se prend à vouloir guérir l'un deux, l'un des moins atteints, et ne réussit qu'à lui inspirer un sentiment que peut-être elle partage. Il se croit guéri, il la demande à son père qui la refuse. Le père est tué par le jeune homme dans un accès de fureur. Elle-même finit par se faire sœur de charité dans l'établissement où le pauvre insensé achève de mourir (1).

Employé bientôt dans une plus lointaine ambassade, et passé de Turin à Pétersbourg, si brillant et si flatteur que fût le succès personnel qu'il y obtint, M. de Barante n'a pas été sans éprouver durant quelques années cette tristesse de voir finir les saisons loin de son pays, loin des relations contemporaines qui furent chères et qu'on ne remplace plus. Du moins il a dû à cet éloignement de ne pas assister de près aux déchirements de ces mêmes amitiés, de n'y prendre aucune part, de les pouvoir garder toutes en lui avec une inviolable fidélité. Réimprimant en 1829 son ancienne brochure *Des Communes et de l'Aristocratie*, il s'était félicité d'en retrancher ce qui tenait aux controverses antérieures des partis : « Il y a un grand contente- « ment, disait-il, à supprimer les vivacités d'une vieille « polémique, à se censurer soi-même ; à se trouver en « harmonie avec des hommes honorables dont autre « fois on était plus ou moins divisé ; à se sentir plus « toléré et plus tolérant ; à reconnaître qu'autour de soi « tout est plus calme dans les opinions et les souve-

(1) *Sœur Marguerite* se trouve au tome III des *Mélanges histo- riques et littéraires* de l'auteur (1835).

« nirs. » Ce passage dut plus d'une fois lui revenir en mémoire, ce me semble, avec le regret de penser qu'il ne se rapportait pas également à d'autres, et qu'à mesure que les choses étaient réellement plus calmes, les esprits des amis entre eux devenaient précisément plus aigris. Quant à lui, dans ses retours et ses séjours en France, il maintient ce rôle honorable et affectueux qui fait oublier le politique et qui sied à l'ami des lettres. Toutes les fois qu'il a dû prendre la parole dans des solennités publiques (et il l'a fait récemment en plusieurs occasions), on a retrouvé avec plaisir son esprit ingénieux et grave ; l'idée morale, la disposition religieuse, qu'il a témoignée de tout temps, semble même prévaloir en lui avec les années, et rien n'altère cette sorte d'autorité légitime qu'on accorde volontiers, en l'écoutant, à l'écrivain éclairé, à l'homme de goût et à l'homme de bien.

15 mars 1843.

M. THIERS.

1845.

Nous sommes bien en retard avec M. Thiers : il est à la veille de publier son *Histoire du Consulat et de l'Empire,* et nous ne lui avons pas encore payé l'examen qui lui est dû comme à l'historien le plus populaire de la Révolution, au publiciste le plus habile et le plus considérable qu'ait porté la presse libérale des quinze ans. Nous allons tâcher de le faire ici, en nous tenant pour plus de simplicité à l'écrivain, et en laissant en dehors l'orateur et l'homme politique qui a grandi depuis, et qui s'est de plus en plus développé à travers des phases diverses, et qui n'a pas encore donné son dernier mot. M. Thiers, à dater du jour de son arrivée d'Aix à Paris jusqu'au manifeste du *National* le 27 juillet 1830, c'est là notre sujet pour le moment ; et le sujet est riche, il est attrayant et varié, il prête déjà, dans ces limites où nous le circonscrivons aujourd'hui, à un jugement d'ensemble, à un jugement impartial, incontestable, bien actuel pourtant, et dont plus d'un trait se reflétera sur les circonstances présentes de ce merveilleux esprit, si fécond chaque jour en preuves nouvelles. La carrière de M. Thiers se partage en deux moitiés distinctes, et il a su déjà se faire tout un passé; et à travers tout, comme jet naturel, comme vivacité brillante et fraîcheur, jamais esprit n'est resté plus voisin de sa source et plus le même.

Né à Marseille en 1797, élevé à titre de boursier au lycée de sa ville natale, M. Adolphe Thiers alla, vers la fin de 1815, suivre les cours de droit à la faculté d'Aix. Dans les hautes classes de ses études à Marseille, il était devenu, nous dit-on, assez bon humaniste et latiniste, mais surtout il avait poussé les mathématiques en vue de la carrière militaire, à laquelle tout alors se reportait. L'Empire tombant, il se tourna vers le droit et commençait à y réussir. Ces années d'études à Aix ont laissé des traces. C'est là qu'il se lia avec M. Mignet de cette inaltérable et indissoluble amitié qui les honore tous les deux, d'une de ces amitiés que si peu d'hommes de talent savent continuer inviolable entre eux après la jeunesse. Tout en s'appliquant sérieusement à sa profession d'avocat, M. Thiers s'occupait beaucoup, à cette époque, de philosophie, de haute analyse spéculative, soit mathématique, soit même méaphysique; l'optimisme de Leibniz le tentait, et Descartes ne lui était pas du tout indifférent. Cette préoccupation chez un esprit aussi pratique, et qui s'en est montré assez dégagé depuis, pourra paraître singulière à ceux qui ne savent pas combien ces natures actives qu'on voit aboutir ensuite sur tel ou tel point ont été capables, dans leur avidité première, de toutes sortes d'essais, d'entrains curieux en tous sens et de préparations studieuses. On a quelque témoignage de cette veine de réflexions philosophiques et morales dans un *Eloge de Vauvenargues,* sujet qu'avait proposé l'Académie d'Aix, et pour lequel M. Thiers obtint le prix. Ce prix pourtant ne fut point remporté d'emblée, et l'anecdote s'en est conservée assez piquante. Dans cette ville du Midi, toute fervente encore des passions de 1815, le jeune avocat libéral était fort protégé et encouragé par un magistrat de vieille roche, M. d'Arlatan de Lauris, qui goûtait son esprit et présageait ses talents. A la vivacité avec laquelle M. d'Arlatan défendit au sein de l'Académie le discours anonyme, mais qui n'était pas un secret pour lui, les adversaires politiques devinèrent qu'il s'agissait de M. Thiers, et ils s'arrangèrent pour faire remettre le prix à l'année suivante, comme si le morceau ne se trouvait digne en effet que du second rang. Le lauréat évincé ne se tint pas pour battu, et aux approches du terme fixé, il fabriqua en toute hâte un nouveau discours, qu'il fit cette fois arriver de Paris par la poste. Le secret fut bien gardé. La cabale s'empressa, comme c'était immanquable, d'admirer l'éloge nouveau-venu et de l'opposer au précédent, si bien qu'on lui décerna le prix, et à l'autre seulement l'accessit. Or, en décachetant les noms, il se trouva que tous deux étaient de M. Thiers. Qui fut confus? messieurs les académiciens. Qui rit de bon cœur ? M. d'Arlatan. Cette espiéglerie, venant couronner le vrai talent, eût achevé d'établir à Aix la réputation du jeune avocat, si M. Thiers n'était parti vers ce temps-là même pour la capitale.

Nous retrouvons dans un article du *Constitutionnel*
(30 novembre 1821) un extrait de cet *Eloge de Vauvenargues* et les principaux points que le jeune auteur y
avait touchés; Montaigne, La Rochefoucauld, La Bruyère,
y ont chacun leur esquisse au passage, et ces appré-
ciations des moralistes par une plume de vingt-trois
ans nous semblent justes autant que délicates, et de
cette netteté déjà dont l'heureux style de M. Thiers
ne se départira jamais. A propos de Montaigne, par
exemple, il dira:

« Montaigne, élevé dans un siècle d'érudition et de disputes, accablé de tout ce qu'il avait lu, et n'y trouvant aucune solution positive, préfère le doute comme plus facile, et
peut-être aussi comme plus humain, dans un temps où l'on
s'égorgeait par conviction. Aimant tout ce qu'aimait Horace,
et comme lui placé dans un siècle où il n'y avait pas mieux
à faire, il célèbre le plaisir, le repos, et se fait une voluptueuse sagesse. Parlant de lui-même naturellement et volontiers, écrivant avant le règne des bienséances, il est naïf,
original, un peu cynique; il fatigue par son érudition, qui
est de trop dans son livre comme dans sa tête; il doit beaucoup au tour piquant de son esprit, mais beaucoup à sa
langue; il instruit, mais plus souvent il fournit, pour les
vérités usuelles, des expressions inimitables. Tout homme
qui aime une heureuse oisiveté, qui au milieu des guerres
civiles ne sait où est la patrie, au milieu des disputes où est
la vérité; qui est prudent, réservé, franc toutefois, parce
qu'il s'estime, cet homme sera Montaigne, c'est-à-dire un
indifférent que Solon eût condamné, mais dont nous aimons,
nous, la douceur, la grâce et la prudence. »

La Bruyère n'y est pas moins justement saisi, et on y
peut noter un trait de finesse pénétrante:

4.

« La Bruyère avait un génie élevé et véhément, une âme forte et profonde. Logé à la cour sans y vivre et placé là comme en observation, on le voit rire amèrement et quelquefois s'indigner d'un spectacle qui se passe sous ses yeux. Il observe ceux qui se succèdent et les dépeint à grands traits, souvent les apostrophe vivement, court à eux, les dépouille de leurs déguisements et va droit à l'homme, qu'il montre nu, petit, hideux et dégénéré. *On voit dans Tacite la douleur de la vertu, dans La Bruyère son impatience.* L'auteur des *Caractères* n'est pas ou indifférent comme Montaigne, ou froidement détracteur comme La Rochefoucauld ; c'est l'homme, son frère, qu'il trouve ainsi avili, et duquel il dit avec un regret douloureux : « Il devait être meilleur. »

Quant à Vauvenargues, M. Thiers estime que, seul, il a donné une doctrine complète sur l'homme, sa nature et sa destination ; et si c'est là beaucoup dire, il montre du moins que, sans nier le mal, et sans se l'exagérer non plus, Vauvenargues, dans son optimisme pratique, a considéré le monde comme un vaste tout où chacun tient son rang, et la vie comme une action où, à travers les obstacles, la force humaine a pour but de s'exercer. Ces premières pages de M. Thiers sont d'un heureux augure ; elles attestent déjà un auteur qui pense par lui-même et qui n'a nullement besoin de déclamation ; elles n'ont pas d'efforts, et elles ont de la portée.

Écrire comme on pense, *modeler son style sur les choses,* les bons esprits en viennent là d'ordinaire en avançant ; mais M. Thiers ne conçut jamais d'autre théorie, même à ses débuts, même en ce concours aca-

démique. Cette absence complète de rhétorique vaut
la peine d'être notée.

Un autre point qui ne mérite pas moins de l'être,
c'est cette prédilection déclarée pour l'*action,* qui se retrouvera dans toutes les circonstances de la vie et dans
toute l'habitude de la pensée chez M. Thiers. Ainsi,
après avoir montré Vauvenargues jeté dans les camps
presque au sortir de l'enfance, perdant la santé, mais
se trempant l'âme dans les fatigues et, pour tout dire,
étudiant ses semblables du sein des glaces de Moravie :

« Qu'apprit-il durant ces cruelles épreuves ?... Que l'homme
est malheureux et méchant, que le génie est un don nuisible
et Dieu une puissance malfaisante ?... Certes, beaucoup de
philosophes, sans souffrir, ont avancé pire, et Vauvernagues,
qui souffrait cruellement, n'imagina rien de pareil. Le monde
lui parut un vaste ensemble où chacun tient sa place, et
l'homme un agent puissant dont le but est de s'exercer ; il
lui sembla que, puisque l'homme est ici-bas pour agir, plus
il agit, plus il remplit son but.

« Vauvenargues comprit alors les ennuis de l'oisiveté, les
charmes du travail, et même du travail douloureux ; il conçut un mépris profond pour l'oisiveté, une estime extrême
pour les actions fortes. Dans le vice même, il distinguait la
force de la faiblesse, et, entre Sénécion, vil courtisan sous
Néron, et Catilina, monstrueux ennemi de sa patrie, il préférait pourtant le dernier, parce qu'il avait agi... »

Et encore :

« Le monde, suivant Vauvenargues, est ce qu'il doit être,
c'est-à-dire fertile en obstacles ; car, pour que l'action ait
lieu, il faut des difficultés à vaincre, et le mal est ainsi expliqué. La vie enfin est une action, et, quel qu'en soit le

prix, l'exercice de notre énergie suffit pour nous satisfaire,
parce qu'il est l'accomplissement des lois de notre être.
Telle est en substance la doctrine de Vauvenargues. On
le nomme un génie aimable, un philosophe consolant; il n'y
a qu'un mot à dire : il avait compris l'univers, et l'univers
bien compris n'est point désespérant, mais offre au contraire
de sublimes perspectives. »

Je n'ai pas craint de citer, parce que tout l'instinct
de l'homme se révèle déjà dans ces premiers écrits, et
que, si l'on a sans doute un peu au delà de Vauvenargues dans ce besoin d'action si caractérisé, on a déjà
beaucoup de M. Thiers. C'est bien le même qui, dix ans
plus tard, dans un admirable article sur les *Mémoires*
de Gouvion Saint-Cyr (1), après avoir montré, à la
louange des grands capitaines, que penser fortement,
clairement, non pas au fond de son cabinet, mais au
milieu des boulets, est, à coup sûr, l'exercice le plus
complet des facultés humaines, c'est lui qui ajoutera en
des termes tout à fait semblables : « Ceux qui ont rêvé
« la paix perpétuelle ne connaissaient ni l'homme ni
« sa destinée ici-bas. L'univers est une vaste action,
« l'homme est né pour agir. Qu'il soit ou ne soit pas
« destiné au bonheur, il est certain du moins que ja-
« mais la vie ne lui est plus supportable que lorsqu'il
« agit fortement; alors il s'oublie, il est entraîné, et
« cesse de se servir de son esprit pour douter, blas-
« phémer, se corrompre et mal faire. »

M. Thiers n'a jamais manqué, à l'occasion, de se
prononcer contre cette disposition d'esprit si commune

(1) *Revue française,* novembre 1829.

de nos jours, qui consiste à se replier sur soi, à s'analyser, à raconter ses propres émotions au lieu de chercher à s'en procurer de nouvelles ou d'en produire chez
d'autres; il appelle cela le genre *impressif* et le croit
contraire à la destinée naturelle de l'homme, laquelle
est plutôt dans le sens *actif*. Il abonde, lui, dans ce
dernier sens.

Vers le même temps où se mettait en marche ce jeune
esprit, assurément le moins rêveur, un autre grand
talent se déclarait aussi, qui semblait, au contraire, appelé à donner à la moderne rêverie et au monde intérieur son expression la plus suave et la plus ample, la
plus enchanteresse et la plus harmonieusement sensible. M. de Lamartine, tel que ses premières œuvres le
révélaient, et que rien depuis ne l'a pu effacer encore,
était le plus sublime des rêveurs, de ceux qui exhalent
et qui chantent leur âme. L'un et l'autre se trouvaient
si éloignés à leur point de départ, qu'ils semblaient
vraiment ne devoir jamais se croiser. Nous les verrons,
au commencement de 1830, s'aborder, se saluer une
première fois avec une courtoisie toute chevaleresque,
en attendant que plus tard ils se rencontrent face à face,
la haute rêverie prétendant à n'en plus être et aspirant
à l'action. Quoi qu'il en soit, tous les deux y représentent, comme deux chefs, les deux grands instincts et
les deux principaux courants de ce siècle, duquel on a
pu dire tour à tour qu'il est un siècle d'action et un âge
de rêverie ; une époque vague, sceptique, et une époque positive. Ce parallèle, on le sent, avec ses contrastes, avec ses contacts aussi, serait fécond, mais délicat

à poursuivre; nous le posons seulement, et nous passons.

M. Thiers était nouvellement arrivé à Paris en septembre 1821. Nous avons la date précise dans une page d'*album* écrite de sa main sous ce titre : *Arrivée d'un jeune méridional à Paris*; c'est une description de ses premières et confuses impressions à une première vue, c'est sa satire à lui des *Embarras de Paris* :

« Bientôt courant dans les rues, l'impatient étranger ne sait où passer. Il demande sa route, et tandis qu'on lui répond, une voiture fond sur lui; il fuit, mais une autre le menace. Enfermé entre deux rues, il se glisse et se sauve par miracle. Impatient de tout voir, et avec la meilleure volonté d'admirer, il court çà et là. Chacun le presse, l'excite, en lui recommandant un objet; il voit pêle-mêle des tableaux noircis, d'autres tout brillants, mais qui offusquent de leur éclat; des statues antiques, mais dévorées par le temps; d'autres conservées et peut-être belles, mais point estimées par un public superstitieux; des palais immenses, mais non achevés; des tombeaux qu'on dépouille de leur vénérable dépôt, ou dont on efface les inscriptions; des plantes, des animaux vivants ou empaillés; des milliers de volumes poudreux et entassés comme le sable; des tragédiens, des grimaciers, des danseurs. Au milieu de ses courses, il rencontre une colonnade, chef-d'œuvre de grandeur et d'harmonie... C'est celle du Louvre... Il recule pour pouvoir la contempler, mais il heurte contre des huttes sales et noires, et ne peut prendre du champ pour jouir de ce magnifique aspect. On déblayera ce terrain, lui dit-on, etc., etc. — Quoi! se dit l'enfant nourri sous un ciel toujours serein, sur un sol ferme et sec, et au milieu des flots d'une lumière brillante, c'est ici le centre des arts et de la civilisation! Quelle folie aux hommes de se réunir ainsi dans un espace

trop vaste pour ceux qui ont à le parcourir, trop étroit pour
ceux qui doivent l'habiter ; où ils fondent les uns sur les
autres, s'étouffent, s'écrasent, avec la boue sous les pieds et
l'eau sur la tête! etc., etc. »

Patience ! lorsque M. Thiers sera un jour ministre de
l'intérieur ou des travaux publics, il saura mettre
ordre à cela. Il serait piquant d'écrire, en regard de
cette page de jeunesse, le résumé de son budget de
ces années (1832-1834) concernant les embellissements
de Paris.

Les impressions du jeune Marseillais dans ce monde
nouveau qui s'ouvrait à lui furent bientôt d'un tout
autre ordre. Recommandé à Manuel, il le fut par lui à
M. Laffitte, à M. Étienne, et entra au *Constitutionnel* en
même temps que M. Mignet entrait au *Courrier*. Les
deux amis réussirent aussitôt, chacun dans sa ligne
parallèle et dans sa nuance. Tandis que l'un burinait
déjà jusque dans ses moindres pages les traits d'une
pensée grave, élevée et un peu puritaine, l'autre lançait sur tout sujet son esprit prompt, alerte et vigoureux. Du premier jour, M. Thiers fut aisément égal ou,
pour parler vrai, supérieur (M. Étienne à part) à la
rédaction habituelle du *Constitutionnel*, et il laissait
surtout bien loin derrière lui toutes ces jeunes recrues
si naturellement traînantes, les Bodin, Léon, Thiessé
et autres. Ce qu'il y avait de peu compliqué dans les
théories, soit politiques, soit littéraires, du *Constitutionnel,* ne lui déplaisait pas ; l'esprit de M. Thiers est
de ceux qui, bien différents en ce point de plusieurs
autres esprits distingués et dédaigneux de ce temps-ci,

ne se rebutent jamais du simple, et il se réservait d'en
relever ce qui touchait au commun par la vivacité
et l'à-propos de ses aperçus. Nous pourrions remarquer
et choisir plus d'un de ces articles de début; mais aucun ne nous paraît plus caractéristique de cette première manière, déjà si ferme et si sûre, que celui
qu'il écrivit sur la brochure de M. de Montlosier,
ou, comme il l'appelle, sur ce long cauchemar de
300 pages, intitulé *De la Monarchie française au
1er mars 1822*. L'offense d'un esprit juste à voir un
tel ramas d'incohérences, la douleur d'un jeune homme
à voir un vieillard s'égarer si violemment, le ressentiment d'un homme nouveau qui prend sa part dans
l'injure proférée par le patricien endurci, et le zèle du
futur historien à venger des noms vénérés, le respect
aussi des cheveux blancs qui, sans l'amortir, rehausse
plutôt et aggrave la vigueur de la réplique, tous
ces sentiments très-mesurés, très-apparents, respirent
dans l'excellent article que le jeune publiciste, par une
forme anticipée, convertit volontiers en une sorte de
discours directement adressé à l'adversaire :

« Non, s'écrie-t-il, non, nous n'avions pas, avant 89, tout
ce que nous avons eu depuis ; car il eût été insensé de se
soulever sans motif, et toute une nation ne devient pas folle
en un instant.

« Ces concessions que vous appelez des bienfaits, et moi
des restitutions, n'ont été conquises que par la Révolution ;
ce mot seul les rappelle toutes, et le mot opposé rappelle leur
privation. Songez-y bien, monsieur le comte, les premiers
ordres, ducs, prélats, présidents, avaient refusé l'impôt ter-
ritorial ; ils avaient demandé les États-généraux pour mena-

cer la Cour. Lorsqu'ils furent pris au mot, ils n'en voulurent
plus; ils refusèrent le doublement du tiers état et le vote par
tête; ils ne consentirent à l'égalité des charges que lorsqu'ils
se virent exposés à tout perdre par un refus; ils n'abandon-
nèrent leurs priviléges que par un mouvement de pudeur
excité dans la nuit du 4 août. Songez qu'avant 89, nous n'a-
vions ni représentation annuelle, ni liberté de la presse, ni
liberté individuelle, ni vote de l'impôt, ni égalité devant la
loi, ni admissibilité aux charges. Vous prétendez que tout
cela était dans les esprits, mais il fallait la Révolution pour
le réaliser dans les lois; vous prétendez que c'était écrit
dans les cahiers, mais il fallait la Révolution pour l'émission
des cahiers. »

Et plus loin, à propos des recettes féodales que
M. de Montlosier propose comme remèdes à la situation
du moment :

« Tout cela donc ne signifie rien. Mais quelques hommes
dépités veulent se satisfaire; ils trouvent un prétexte pour
nous injurier et nous couvrir de leur mépris. Ce que je connais de plus déplorable au monde, c'est de voir des vieillards
avoir tort, et je n'ai jamais tant souffert qu'en voyant M. de
Montlosier se permettre la violence et l'injure. Il parle sans
cesse des vanités plébéiennes; il rappelle continuellement
notre bassesse et nos crimes. Je n'invoquerai pas les lois
contre cette insulte aux classes, mais j'opposerai à ces in-
jures chevaleresques le langage de ma raison bourgeoise et
écolière. — Oui, dirai-je à M. de Montlosier, nous avons des
prétentions comme vous : c'est l'orgueil qui, chez nous, demande l'égalité, et qui, chez vous, la refuse; mais entre ces
deux orgueils, lequel est coupable, de celui qui demande le
droit commun, ou de celui qui le conteste? Vous ajoutez
que, parvenus à l'égalité, nous voulons dominer, et qu'une
fois dominateurs, nous sommes aussi dédaigneux que vous-

mêmes, et vous citez la noblesse impériale. **Vous avez raison**; mais moi, je n'attache pas l'orgueil au sang comme vous
y attachez le mérite : je l'impute aux situations. Quand les
plébéiens sont placés où vous êtes, ils peuvent s'oublier
comme vous; mais, en attendant que nous partagions vos
torts, permettez-nous de les blâmer. Je suis tout aussi franc
que vous, et, je l'avouerai, de votre côté et du nôtre, il n'y
a que des hommes et des passions d'hommes. Il n'y a entre
vous et nous de différence que la justice de la cause. Chez
nous comme chez vous, il peut y avoir eu des vanités, des
passions féroces. Des plébéiens nés dans vos rangs auraient
déclaré la guerre à leur patrie; mais convenez aussi que des
nobles nés dans nos rangs auraient pu être dans le Comité
de salut public. Nous sommes tous hommes, monsieur le
comte, et cette condition est dure. **Tous les partis ont leurs
bons et leurs méchants**, et ne diffèrent que par le but; mais
vous conviendrez qu'entre un *Bailly* mourant la tête et le
cœur pleins de vérité, et un d'Éprémesnil mourant plein d'en-
têtement, quoique le sacrifice soit le même, le mérite ne
l'est pas. Tous deux ont succombé pour leur cause, mais lequel pour la vérité? »

Certes la conviction, le sentiment profond de ce que
j'appellerai *la vérité sociale,* éclate dans ces pages où
le jeune écrivain, si prononcé pour les choses, ne se
montre guère disposé à de grandes illusions sur les
hommes. Cet article pourrait se dire assez justement
un *article-ministre*; l'instinct s'y montre, la vocation
y perce, le pronostic aurait pu dès lors se tirer. Et
ceci me rappelle en effet que, dans ces années de
début, un soir que, sur un des sujets de conversation
politique à l'ordre du jour, M. Thiers avait brillam-
ment parlé; Félix Bodin, qui l'avait écouté sans l'in-

terrompre, s'approcha du lui lorsqu'il eut fini, et lui
dit : « Mais savez-vous, mon cher ami, que vous serez
ministre ? » Le compliment fut reçu sans étonnement
et comme par quelqu'un qui pouvait répondre : « Je
le sais. »

Il ne faudrait pas que nos jeunes gens d'aujourd'hui
se réglassent là-dessus dans leurs ambitions futures ;
outre que de tels talents sont infiniment rares, les
temps aussi sont fort changés. Il y avait alors des partis en ligne, de grandes opinions rangées en présence ;
il y avait des positions régulières à emporter, des principes légitimes à faire prévaloir, une *vérité sociale* en
un mot, et c'est la conscience de cette vérité qui dé-
veloppait et doublait les jeunes talents, occupait les
jeunes passions, et leur donnait tout leur emploi dans
une direction à la fois utile et généreuse.

Mais ce n'était pas en politique seulement que la
plume de M. Thiers faisait ses premières armes ; alors,
comme aujourd'hui, on était fort tenté, au début, d'é-
crire sur toutes sortes de sujets. Je ne sais plus qui a
dit : On commence toujours par parler des choses, on
finit quelquefois par les apprendre. Le fait est que les
mieux doués commencent par deviner ce qu'ils finissent
ensuite par bien savoir. C'est ce qui arriva au jeune
écrivain pour le salon de peinture de 1822, dont il
rendit compte dans *le Constitutionnel* ; ces mêmes articles parurent durant l'année, réunis en brochure,
Quoi qu'en puisse penser aujourd'hui l'auteur, très-
sévère sur ces premiers essais et dès longtemps mûri
en ces matières, j'ose lui assurer que cette brochure se

relit encore avec plaisir, avec utilité. Si le coup d'œil historique sur les révolutions de la peinture laisse infiniment à désirer et peut compter à peine en ce qui concerne l'Italie, que M. Thiers n'avait pas visitée encore, les considérations générales sur le goût, sur la critique des arts et sur les divers mérites propres à ceux du dessin, restent des pages très-agréables et très-justes, des gages d'un instinct très-sûr et d'une inclination naturellement éclairée. L'examen de la *Corinne au cap Misène,* de Gérard, amène un portrait de Mme de Staël et une appréciation qu'on a droit de trouver rigoureuse, mais qui n'est pas moins pleine de sens et bien conforme à ce que M. Thiers devait sentir en effet. Il n'y a même de tout à fait injuste dans ce jugement que l'avantage décidé que le critique accorde au peintre sur le romancier. Ce même *Salon* de 1822 renferme de généreux conseils à Horace Vernet (1) et une page commémorative pour le jeune Drouais; Drouais, ce premier élève de David, « qui mourut, dit M. Thiers, dévoré de ses feux et ravi avant l'âge, comme Gilbert, André Chénier, Hoche, Barnave, Vergniaud et Bichat. »

M. Thiers, à son aurore, avait surtout et *il n'a jamais perdu* le culte de ces beaux noms, de ces jeunes

(1) « Il est jeune, favorisé de la fortune et de la gloire, entouré d'amis qui l'admirent, d'un public qui l'applaudit avec une complaisance toute particulière; mais la vie ne saurait être si facile; il faut un tourment à M. Horace Vernet : que ce soit l'idée de la perfection... » *Tout ce chapitre* VIII est d'une critique chaude, cordiale et franche ; c'est du Diderot simple.

gloires, de ces victimes à jamais couronnées : historien, il leur dressera un autel, et, dans des pages dont on se souvient, il s'inspirera éloquemment de leur mémoire. On lui a, plus d'une fois, reproché de n'avoir pas de principe théorique général, de ne pas croire assez au droit pris d'une manière abstraite ou philosophique, d'accorder beaucoup au fait. Je ne discute pas ce point, quoiqu'en ce qui concerne l'art on le trouve bien décidément croyant au vrai et au beau. Mais il avait, il a ce que j'aime à nommer le sentiment *consulaire*, c'est-à-dire un sentiment assez conforme à cette belle époque, généreux, enthousiaste, rapide, qui conçoit les grandes choses aussi par le cœur et qui fait entrer l'idée de postérité dans les entreprises; ce qui le porte à s'enflammer tout d'abord pour certains mots immortels, à s'éprendre pour certaines conjonctures mémorables et à souhaiter, par quelque côté, de les ressaisir; ce qui lui faisait dire, par exemple, à M. de Rémusat, vers ce temps des nobles luttes commençantes : « Nous sommes la jeune garde (1). » Cette étincelle sacrée, qui l'anime comme historien, ne lui a fait défaut en aucune autre application de sa pensée, et, tout pratique qu'il est et qu'il se pique d'être, je ne répondrais pas qu'elle ne l'ait embarrassé plus d'une fois comme politique.

Dans l'automne de 1822, M. Thiers voyagea dans le Midi et aux Pyrénées, en faisant le tour par Genève,

(1) Voir, dans l'article de M. de Rémusat sur M. Jouffroy, les belles pages sur les jeunes générations en marche vers 1823. (*Revue des Deux Mondes*, 1er août 1844, pages 435-438).

Marseille, jusqu'à Bayonne, et en pénétrant dans les
montagnes à cette extrême frontière où s'agitaient l'a-
gonie de la Régence d'Urgel et les débris de l'armée de
la Foi. La relation de ce voyage parut en 1823 sous ce
titre : *Les Pyrénées et le Midi de la France pendant les
mois de novembre et décembre 1822.* Le but principal de
cet écrit, tout de circonstance, était de donner des
notes exactes et de rapporter de fraîches informations
sur ces mouvements politiques auxquels l'opinion prenait alors tant d'intérêt. Mais, la part faite à ces observations et préoccupations *libérales,* ce petit écrit se
recommande encore, après bien des années, par
quelques pages plus durables : des descriptions lumineuses et faciles annoncent, dans le voyageur, l'habitude précoce et la faculté de voir géographiquement
des ensembles, de décrire de haut et sans effort la
configuration des lieux et des bassins qui se dessinent
devant lui. Les chapitres sur Marseille sont à la fois
plein d'amour et de réflexion : on n'a jamais mieux
rendu, ni d'un trait plus approprié, la beauté de ligne
et de lumière de ce golfe de Marseille, cette végétation rare et pâle, si odorante de près, la silhouette et
les échancrures des rivages, la Tour Saint-Jean qui les
termine, « au couchant, enfin, la Méditerranée qui
« pousse dans les terres des lames argentées ; la Mé-
« diterranée avec les îles de Pomègue et de Ratoneau,
« avec le château d'If, avec ses flots tantôt calmes ou
« agités, éclatants ou sombres, et son horizon im-
« mense où l'œil revient et erre sans cesse en décri-
« vant des arcs de cercle éternels. » L'histoire civile de

Marseille, avec ses vicissitudes et ses revirements, s'y résume très à fond ; son génie s'y révèle à nu, raconté avec feu par le plus avisé de ses enfants. Marseille, qui se croyait encore royaliste, y est démontrée la cité la plus démocratique du Midi ; et, lui promettant dans un très-prochain avenir l'union de la richesse et des lumières, l'auteur finit le tableau d'un trait : « Il tient à son sol, à son sang, de tout faire vite, le bien comme le mal. »

Mais je n'aurais pas tout dit de cet écrit presque oublié, et je croirais manquer à ce que la critique doit aux premiers essais de l'auteur qu'il étudie, si je n'indiquais, ou plutôt si je n'extrayais tout un tableau qu'on ne songerait pas à y chercher, et qui me semble la perfection même. Il y a dans la première touche de la jeunesse, quand elle réussit, une grâce, une fraîcheur, une *félicité*, qui pourra se conserver ensuite plus ou moins légère, se ménager jusque sous des qualités plus fortes, mais que rien désormais n'égalera. Voici le tableau : c'est la vallée d'Argelez, vue du prieuré de Saint-Savin. Le passage est un peu long, mais il ne semblera point tel, nous l'espérons, à qui l'aura lu en entier. Nous ne savons si le peintre des Pyrénées, Ramond, a fait une description plus fidèle ; il n'en a pas rencontré assurément de plus transparente et de plus limpide :

« Tandis que je gravissais, dit le voyageur, par une matinée très-froide, le sentier escarpé qui conduit à Saint-Savin, un brouillard épais remplissait l'atmosphère. Je voyais à peine les arbres les plus voisins de moi, et leurs troncs se dessinaient comme des ombres à travers la vapeur. A peine arrivé au sommet, je fus ravi de me trouver au pied d'une gothique chapelle, et ses ogives, ses arcs si divisés, ses fenêtres en forme de rosaces, ses vitraux de couleur à moitié brisés, me charmèrent. Enfin, me dis-je en passant sous l'antique porte, voici une véritable abbaye. C'était pour mon imagination un ancien vœu réalisé. Des Espagnols travaillaient dans la cour. Ces robustes ouvriers remuaient avec gravité d'énormes pierres, et j'appris qu'à cause de leur patience et de leur sobriété, on les employait dans nos Pyrénées françaises aux travaux les plus difficiles. Mon compagnon de voyage demanda le propriétaire, et tout à coup un petit homme vif et gai se présenta en disant : « Voici le prieur ; que lui demande-t-on? — Voir la vallée et son prieuré. — Bien venus, nous dit-il, bien venus ceux qui veulent voir la vallée et le prieuré! » Il nous ouvrit alors une porte qui, de cette cour, nous jeta sur une terrasse. « Tenez, ajouta-t-il, vous venez au bon moment ; regardez et taisez-vous. » Je regardai en effet et de longtemps je n'ouvris la bouche. La terrasse sur laquelle nous nous trouvions était justement à mi-côte, c'est-à-dire dans la véritable perspective du tableau, en outre sous son vrai jour, car le soleil se levant à peine donnait un relief extraordinaire à tous les objets. Le brouillard, que j'avais un instant auparavant sur la tête, était alors au-dessous de mes pieds ; il s'étendait comme une mer immense et allait flotter contre les montagnes et jusque dans leurs moindres sinuosités. Je voyais des bouquets d'arbres dont le tronc était plongé dans la vapeur et dont la tête paraissait à peine ; des châteaux à quatre tours qui ne montraient que leurs cônes d'ardoise. La moindre brise qui venait soulever cette masse l'agitait comme une mer. Auprès de moi elle venait battre contre les murs de la terrasse, et j'aurais été tenté de me baisser pour y puiser comme dans un liquide. Bientôt le soleil, la pénétrant, l'agita profondément et y produisit une espèce de tourmente. Soudain elle s'éleva dans l'air comme une pluie d'or ; tout disparut à travers

cette vapeur de feu, et le disque même du soleil fut entièrement caché. Ce spectacle avait le prestige d'un songe ; mais,
un instant après, cette pluie retomba, l'air se retrouva aussi
pur, le brouillard aussi épais, mais moins élevé. Grâce à cet
abaissement, de nouveaux arbres montraient leurs têtes ; des
coteaux inaperçus tout à l'heure présentaient leurs cimes
grises ou verdoyantes. Ce mouvement d'absorption se renou-
vela plusieurs fois, et, à chaque reprise, le brouillard, en
retombant, se trouvait abaissé, et une nouvelle zone était
découverte. Nous rentrâmes alors chez le possesseur qui, en
vertu des lois de la Constituante, a succédé aux riches oisifs
qui s'ennuyaient autrefois de ce beau spectacle et n'y voyaient
que des rochers et d'humides vapeurs. C'est le médecin de
Cauterets qui a fait cette acquisition et qui est le patron naturel de ces montagnards, leur conseil dans toutes leurs affaires, leur organe auprès de l'autorité, leur médecin quand
ils sont malades. Il s'est nommé le prieur de Saint-Savin ;
les habitants lui en ont donné le titre, et il a obligé l'évêque
même à le lui conserver. . . . .
. . . . Je me rendis de nouveau sur la
terrasse pour jouir d'un spectacle tout différent, celui de la
vallée délivrée des brouillards, fraîche de la rosée et brillante
du soleil. Dans ce moment le voile était tiré : je voyais tout,
jusqu'à l'écume des torrents et au vol des oiseaux ; l'air était
parfaitement pur ; seulement, quelques nuages qui se trouvaient sur la direction ordinairement plus froide des eaux ou
des courants d'air circulaient encore dans le milieu du bassin, se traînaient peu à peu le long des montagnes, remontaient dans leurs sinuosités, et venaient se reposer enfin autour de leurs pointes les plus élevées, où ils ondoyaient
légèrement. Mais la vallée, comme une rose fraîchement épa-
nouie, me montrait ses bois, ses coteaux, ses plaines vertes
du blé naissant ou noires d'un récent labourage ; ses étages
nombreux couverts de hameaux et de pâturages, ses bos-
quets flétris, mais conservant encore leur feuillage jaunâtre ;
enfin des glaces et des rochers menaçants. Mais ce qu'il est

impossible de rendre, c'est ce mouvement si varié des oiseaux de toute espèce, des troupeaux qui avançaient lentement d'une haie à l'autre, de ces nombreux chevaux qui bondissaient dans les pâturages ou au bord des eaux ; ce sont surtout ces bruits confus des sonnettes des troupeaux, des aboiements des chiens, du cours des eaux et du vent, bruits mêlés, adoucis par la distance, et qui, joignant leur effet à celui de tous ces mouvements, exprimaient une vie si étendue, si variée et si calme. Je ne sais quelles idées douces, consolantes, mais infinies, immenses, s'emparent de l'âme à cet aspect, et la remplissent d'amour pour cette nature et de confiance en ses œuvres. Et si, dans les intervalles de ces bruits qui se succèdent comme des ondes, un chant de berger résonne quelques instants, il semble que la pensée de l'homme s'élève avec ce chant pour raconter ses besoins, ses fatigues au ciel, et lui en demander le soulagement. Oh ! combien de choses ce berger, qui ne pense peut-être pas plus que l'oiseau chantant à ses côtés, combien de choses il me fait sentir et penser ! Mais cette douce émotion passe comme un beau rêve, comme un bel air de musique, comme un bel effet de lumière, comme tout ce qui est bien, comme tout ce qui, nous touchant vivement, ne doit par cela même durer qu'un instant. »

Certes de telles pages, négligemment jetées et venues comme d'elles-mêmes dans une brochure plutôt politique, attestent mieux que tout ce qu'on pourrait dire un coin de nature d'artiste bien mobile et bien franche (*genuine*), ouverte à toutes les impressions, et digne, à certains moments, de tout comprendre et de tout sentir. Il y a telle page de Jouffroy où il nous représente aussi le pâtre mélancolique et taciturne au haut de sa montagne ; mais ici, chez M. Thiers, le berger chante. Dans leurs deux tableaux, le politique comme le philosophe, en s'oubliant, s'élevaient chacun à la poésie, à l'art naturel et simple, à la pure source première du beau et du grand.

Ce n'était là pourtant (M. Thiers nous en avertit) qu'un instant rapide et qu'un éclair : hâtons-nous de rentrer avec lui dans la pratique et la réalité. L'année même où parut cette relation de voyage, il prenait la part la plus active à la rédaction d'un recueil qui ne vécut que peu, mais qui était un heureux signal, les *Tablettes universelles.* Si bien posé qu'il se trouvât au *Constitutionnel,* en effet, ce cadre déjà formé ne suffisait point à l'activité de M. Thiers; il sentait qu'il y avait à s'émanciper, à coloniser ailleurs. Les *Tablettes* furent la première tentative d'union entre les jeunes générations venues de bords différents, celle des proscrits de l'Université (Jouffroy, Dubois, etc.), les jeunes doctrinaires, fleur des salons sérieux (M. de Rémusat en tête), et les deux méridionaux directement voués à la révolution, MM. Mignet et Thiers. M. Thiers se chargea aux *Tablettes* du *bulletin politique* (signé ***), qu'on attribua d'abord à la fine plume de M. Étienne, et, durant cette année décisive de la guerre d'Espagne et de la lutte sourde du cabinet entre M. de Chateaubriand et M. de Villèle, il ne cessa de se montrer un chroniqueur attentif et pénétrant, décochant à chaque bulletin son épigramme, que modéraient déjà l'intelligence des hommes et l'entente du jeu. Comme diversion à cette vive escarmouche politique (M. Thiers abondera de tout temps en ces sortes de diversions), je noterai un article de lui sur l'architecture gothique (1), à propos de la description de la cathédrale de Cologne, par Boisserée. L'idée de M. Boisserée, qui déduit l'architecture ogivale de l'espèce d'*aspiration* qu'exercèrent les hautes tours destinées aux cloches sur le reste de l'édifice, cette vue ingénieuse, mais qui n'est qu'un des éléments de la vérité, se trouve exposée plutôt que discutée par M. Thiers. Plus tard, dans ses nombreux voyages en Italie, au bord du Rhin, en Allemagne, et à l'aide de comparaisons multipliées, M. Thiers concevra à son tour, sur l'ensemble de l'architecture, tout un système historique et générateur complet, tout un livre mouvant et presque passionné, qui est écrit dans sa tête, qui vit dans sa conversation, mais qu'on ne saurait toucher en cet endroit sans anachronisme. Nous n'avons noté en passant l'article sur l'œuvre de Boisserée que pour prendre acte de la vocation et signaler en tous sens les aptitudes diverses.

Les deux premiers volumes de l'*Histoire de la Révolution* paraissaient dans l'automne de l'année 1823. Cette histoire, qui a eu tant de vogue et d'influence, une influence qui n'est pas épuisée encore, fut commencée un peu au hasard, et naquit par occasion. La première idée en vint à Félix Bodin, qui poussa M. Thiers à l'entreprendre, et qui, le voyant ensuite si bien attaquer l'œuvre, y renonça lui-même avec une parfaite bonne grâce. Bodin était un homme instruit, de bonne heure fatigué, et d'une haleine courte qui ne dépassait guère le résumé historique, genre exigu dont

(1) N° du 17 Janvier 1824.

il est le père. Il avait acquis une assez grande réputation à ce quart d'heure de 1823, et son nom faisait, au besoin, une manière d'autorité et quasi de patronage. Ce nom auxiliaire se trouva donc associé à celui de M. Thiers pour les deux premiers volumes, qui formèrent la première livraison : il ne disparut qu'au troisième. Dans ces deux premiers volumes, qui comprennent l'Assemblée constituante et presque toute la législative, le jeune historien débute, on le voit bien ; il n'a pas encore trouvé sa méthode ni son originalité. A l'exemple de la plupart des historiens, après une étude plus ou moins approfondie des faits, après une recherche bientôt jugée suffisante, et s'étant dit une fois : *Mon siège est fait,* il s'en tire par le talent de la rédaction, par l'intérêt dramatique du récit, et par des portraits brillants. Celui de Mirabeau, sous sa plume, méritait fort d'être remarqué ; le caractère et la grandeur du personnage y étaient vivement produits, même avec trop de prestige, et l'on pouvait relever déjà, dans l'appréciation de certains actes, trop de coulant et d'indulgence. Cependant, ces deux premiers volumes parus, M. Thiers sentit (et lui-même en convient avec cette sincérité qui est un charme des esprits supérieurs) (1) qu'il avait presque tout à apprendre de son

(1) Ce passage, ainsi que plusieurs autres, a fort égayé l'un des rédacteurs du *Quarterly Review,* qui, dans un article des plus injurieux à *M. Thiers (septembre 1845), nous a fait l'honneur de* nous mêler pour une très-honorable part. Mais, dans ces portraits familiers où nous causons de notre sujet en présence d'un public bien informé, nous n'avons jamais eu la prétention de grossir notre ton jusqu'à être entendu par delà le détroit; le porte-voix

sujet, et qu'une rédaction spirituelle après lecture courante des pièces et des mémoires antérieurement publiés n'était pas l'histoire telle qu'il était capable de la concevoir. Il se mit dès lors à étudier résolûment ce qui fait la matière essentielle de toute histoire, c'est-à-dire le corps et les ressorts de l'État. Il connaissait par Manuel le baron Louis; il s'adressa directement à celui-ci pour certaines études spéciales dont les historiens hommes de lettres se dispensent trop aisément. Une simple teinture, à lui, ne lui suffisait pas; il veut, en tout, mettre la main à l'œuvre, sonder du doigt les arcanes. Tout un hiver, chaque matin, il va donc étudier chez le vieil économiste avec son budget sous le bras, comme on irait prendre des leçons. Ce budget normal bien connu lui servait ensuite à comprendre les expériences financières de Robert Lindet et de Cambon. Le baron Louis, bonne tête politique, très-opposé d'ailleurs au système continental de l'Empire et grand partisan de la liberté du commerce, trouvait dans M. Thiers un élève qui se permettait quelquefois de n'être pas de son avis et de le combattre : le digne homme d'État se plaisait à voir un jeune esprit net et ferme s'exercer ainsi à la discussion sérieuse, et il le favorisait. Plus tard, après juillet 1830, et sous M. Louis, ministre, M. Thiers, placé tout à côté de lui et au cœur de la machine, complétera en grand ces fortes études financières si bien commencées.

n'est point du tout notre fait : trop heureux si, de près, nous paraissons observer des nuances fidèles.

En même temps qu'il s'informait des finances, il essaya d'entreprendre la guerre avec le général Foy, surtout avec Jomini, qui était alors à Paris, et qu'il vit beaucoup. Il avait des amis artilleurs à Vincennes, il causait et discutait sur le terrain avec eux, se faisait démontrer les fortifications, l'attaque, la défense, et rien ne le flattait tant que d'être salué par eux, à cette fin d'école, un bon officier du génie. Dès lors se déclarait son goût pour les cartes géographiques, stratégiques, auxquelles il attache une importance plus que militaire (1); il en faisait une collection, qu'il a augmentée depuis, et qui est une des plus belles qui se puisse voir. Le résultat historique de telles préparations inaccoutumées allait éclater avec bonheur, dès le début de son troisième volume, par l'admirable exposé de la campagne de l'Argonne.

Ainsi donc, nous prenons sur le fait la méthode de M. Thiers en histoire, la manière dont il devint historien, et en quoi il diffère essentiellement des autres grands talents contemporains qui se sont illustrés dans ce genre. Il faut toujours mettre à part M. Guizot, dont les instincts parlementaires et d'homme d'État, d'orateur d'État, se déclaraient hautement d'avance et dans le choix des sujets et dans l'esprit suivant lequel

---

(1) « L'histoire de la guerre est une des bases de la science politique. On ne sait à fond la carte d'un pays qu'en étudiant les combats dont il a été le théâtre, et on ne connaît bien les relations d'un pays avec les autres qu'en connaissant bien sa carte. » (Article de M. Thiers sur les *Mémoires* du maréchal Gouvion Saint-Cyr.)

il les traitait. Même en faisant de l'histoire, M. Guizot méditait autre chose. La remarque est plus vraie encore de M. Thiers. Son ambition au début, son instinct naturel n'est pas de retrouver, de produire l'histoire épique ou pittoresque (comme on y a si heureusement réussi, mais un peu après coup), et il ne vise nullement à faire œuvre littéraire. Il aime par goût les choses du gouvernement ; mis en présence, il veut les apprendre, les étudier en elles-mêmes, il s'y porte avec passion. Homme politique ou destiné à l'être, il jette ses études dans l'histoire. L'histoire, pour lui, c'est donc l'occasion, le moyen, l'application, comment dirai-je ? le résidu ou le trop-plein de son travail, non pas le but direct ni l'objet. Cela se trouve vrai et pour son *Histoire de la Révolution* et pour celle qu'il a commencée de Florence ; dans cette dernière, l'*art* lui faisait l'attrait principal ; le sujet, là aussi, n'est que le prétexte, et c'est la recherche avant tout qu'il aime. Mais aujourd'hui, pour l'histoire du Consulat et de l'Empire, il avoue que son ambition est autre, et qu'elle ne saurait raisonnablement dépasser une telle matière. Le but ici est amplement suffisant, et il ne se propose que de le remplir. Toutes les études politiques, gouvernementales, stratégiques, etc., etc., aboutissent là, en effet, dans le plus vaste et le plus glorieux cadre ; il s'en empare. « Quelle bonne fortune ! s'écrie-t-il et a-t-il droit de s'écrier dans cet égoïsme de l'artiste amoureux de son objet ; on m'a été prendre Alexandre du fond de l'antiquité, et on me l'a mis là, de nos jours, en uniforme de petit capitaine et avec tout le génie de la science moderne. » Pour la première fois donc l'historien a fait, a voulu faire un ouvrage.

Revenons aux débuts. M. Thiers, disions-nous, n'est entré pleinement dans l'histoire de la révolution française qu'à son troisième volume ; il y arrive, pour ainsi dire, avec les Marseillais eux-mêmes, à la veille du 10 août. Comme ces hommes de révolution, ces généraux et ces gouvernants improvisés, dont il a si bien senti et rendu la nature, il se forme en avançant, selon les nécessités du sujet, il supplée aux routines par une rapide expérience. On n'attend pas que j'entre ici dans une analyse suivie et développée de cette narration qui, eu égard à la nature des choses racontées, n'a s uvent que trop d'intérêt et d'attrait. Moi-même, en mes années de noviciat, j'ai eu l'honneur de saluer, d'accueillir à leur naissance ces volumes de l'*Histoire de la Révolution,* je leur ai consacré dans *le Globe* quatre articles que j'aimerais encore à signer aujourd'hui (1). Au milieu des hommages de sympathie et d'admiration dont la jeunesse est prodigue et qui ne pouvaient être mieux placés qu'en cette rencontre, je me permettais quelques observations et restrictions sur le passage trop facile que l'historien se ménageait de la Gironde à la Montagne : « Ici, avait-il dit en « concluant éloquemment son quatrième volume et la « journée du 2 juin, ici commencent des scènes plus

(1) 10 et 19 janvier 1826, 28 avril et 12 mai 1827 ; je n'en sépare pas un article corrélatif au sujet du Tableau historique de M. Mignet, 28 mars 1826.

« grandes et plus horribles cent fois que toutes celles
« qui ont indigné les girondins. Pour eux, leur his-
« toire est finie; il ne reste plus à y ajouter que le
« récit de leur mort héroïque. Leur opposition a été
« dangereuse, leur indignation impolitique; ils ont
« compromis la révolution, la liberté, la France; ils
« ont compromis même la modération en la défendant
« avec aigreur, et, en mourant, ils ont entraîné dans
« leur chute ce qu'il y avait de plus généreux et de
« plus éclairé en France. Cependant j'aurais voulu
« être impolitique comme eux, compromettre tout ce
« qu'ils avaient compromis, et mourir comme eux en-
« core, parce qu'il n'est pas possible de laisser couler
« le sang sans résistance et sans indignation. » Et
pourtant, en poursuivant son récit, l'historien entraîné
passe outre : « On ne pourrait mettre au-dessus d'eux,
« dit-il encore, que celui des montagnards qui se serait
« décidé pour les moyens révolutionnaires par poli-
« tique seule et non par l'entraînement de la haine. »
Et ce rôle du montagnard, il l'accepte, il le personnifie avec intégrité, avec grandeur, mais avec trop
d'oubli des alentours, dans Carnot, dans Robert Lindet
ou Cambon, et il s'attache jusqu'au bout, jusqu'au
haut de la Montagne, aux destinées de la patrie qu'il
ne sépare, à aucun moment, des destinées de la révolution. Dans cette Montagne, plus sanglante que la
roche Tarpéienne ou les Gémonies, il ne cesse, en un
mot, de voir le Capitole de la patrie en danger.

Ici de graves questions se soulèvent, questions de
principes et de sentiment. Et il nous faut bien d'abord

toucher quelque chose de la doctrine générale de la
fatalité tant reprochée aux deux jeunes historiens de la
révolution. On a tant parlé en tous sens de cette doctrine qu'on rattache communément à leurs noms, qu'il
est impossible qu'on ne l'ait pas exagérée, comme cela
arrive toujours. Le fait est qu'elle ressort du récit de
M. Thiers à la réflexion, bien plutôt qu'elle n'est pro-
fessée par lui. Il raconte et suit vivement les phases
de la révolution, il les expose avec tant de lucidité, de
vraisemblance et d'enchaînement, qu'on finit, ou peu
s'en faut, par les juger inévitables. De là à excuser, à
absoudre, à admirer même quelquefois les hommes
qui ont figuré dans chaque phase avec désintéresse-
ment et grandeur, il n'y a qu'un pas, et l'historien, si
l'on n'y prend garde, vous le fait faire. J'ai déjà moi-
même tant discuté ailleurs (1) cette théorie de la fatalité, cette forme particulière de la philosophie de
l'histoire, qu'il me répugne de m'y étendre de nouveau : qu'on me permette seulement de dire que je
ne suis pas de ceux qui croient en général à un si visible et si appréciable enchaînement des choses humaines. Je crois volontiers à une loi supérieure des
événements, mais aussi à la profonde insuffisance des
hommes pour la saisir, et il y a trop de source d'erreur à ne faire que l'entrevoir : la clef qu'on croit
tenir nous échappe à tout moment. Il n'appartient
qu'à Pascal sans doute d'oser dire crûment que, si le
nez de Cléopâtre avait été plus long ou plus court, la

_____

(1) Dans les articles du *Globe* précédemment indiqués.

face du monde aurait changé, et de se prévaloir nom-
mément, comme il fait, du *grain de sable* de Cromwell; mais il me semble, dans le cas présent, avec
Rœderer (1), que le renversement du trône au 10 août
n'était pas une conséquence inévitable de la révolution
de 89; qu'il n'était pas absolument nécessaire que
l'infortuné Louis XVI se rencontrât aussi insuffisant
comme roi; une dose en lui de capacité ou de résolu-
tion de plus eût pu changer, modifier la direction des
choses dès le début. Il me semble avec un historien
philosophe, le sage Droz, que la révolution aurait pu
être dirigée dans les premiers temps; et, une fois
même qu'elle fut lancée et déchaînée à l'état d'ava-
lanche, il dépendit de bien des accidents d'en faire
dévier la chute et le cours. On a beau jeu de parler
après coup de la conséquence inévitable des principes,
mais, dans le fait, ils auraient pu courir et se heurter
de bien des manières. Depuis quand a-t-on vu qu'un
char, aveuglément lancé, portât-il une nation, ne pouvait verser à un tournant? Bonaparte, pour ne citer
qu'un moment décisif, pouvait ne pas être au 13 vendémiaire sous la main de Barras; il pouvait être allé
se promener à la campagne ce jour-là, et, la Convention une fois renversée par les sections, que serait-il
arrivé? Les philosophes et les méditatifs aiment à se
poser ces questions; l'historien, je le sais, n'y est pas
également obligé. Comme il ne s'adresse qu'aux faits
accomplis, et qu'il faut bien que ces faits, pour s'ac-

---

(1) *Chronique des Cinquante jours,* pages 1 et 2.

complir, aient eu, dans leur rapport et leur succession,
tout ce qui les rendait possibles, l'historien, dans sa
rapidité, peut être sujet à les si bien lier et enchaîner,
qu'à force d'être trouvés naturels, ils paraissent ensuite un peu trop nécessaires. L'histoire de M. Thiers
produit trop ce genre d'illusion. Ici, comme bien souvent ailleurs, quand on le lit comme on l'entend, on
marche avec lui sans se heurter aux objections ; c'est
son art et son prestige. Lui-même, on se demande s'il
les a vues, tant il est habile et prompt à les éluder,
tant l'on va sur ses pas à la persuasion d'un train facile. Quant au reproche d'avoir *formulé,* comme on
dit, la marche de la révolution à l'état de loi fatale, il
s'adresserait plutôt à M. Mignet qui, le premier, a dégagé expressément les conclusions ; mais je me hâte
d'ajouter que ce genre de reproche s'adresserait aussi
bien à tout historien ou philosophe de l'ordre providen-
tiel, à De Maistre par exemple, et qu'il pourrait remonter tant soit peu jusqu'à Bossuet. « Ceci a été, donc
ceci a dû être, et il a fallu nécessairement tout ce mal
pour enfanter ce bien ; » ce ne sont pas seulement des
fatalistes qui tiennent ce langage, et M. Mignet, par le
haut développement grave et moral qui lui concilie
tous les respects, a montré assez qu'il ne l'est pas.

L'histoire seule de M. Thiers ne nous paraîtrait pas
devoir soulever toutes ces questions qui, ainsi posées,
jurent plutôt avec la forme de cet entraînant récit. Ce
qu'on a droit de trouver, c'est que ce récit est souvent
plus simple, plus lucide que les choses elles-mêmes ;
qu'il n'y est pas tenu assez compte des obstacles, des mi-

sères, des crimes, et qu'aussi, à force de se bien expliquer les situations successives et d'y entrer, les
hommes (certains hommes aveugles et coupables) n'y
sont pas assez marqués du signe qui leur appartient.
La vivacité du sens historique s'y substitue presque
partout à la sévérité morale des jugements ; sur ce
point il n'y a pas de système, il y a de l'oubli.

Ce n'est pas que les victimes, toutes les fois qu'elles
passent, n'obtiennent de l'historien, quand elles en
sont dignes, des accents de pitié et d'éloquence. Rien
de plus pathétique chez lui que la mort des girondins,
que celle de Marie-Antoinette. On peut trouver seulement que cette pitié pour les innocents n'est pas égalée par son indignation contre les bourreaux, et il
semble qu'on puisse appliquer à son attitude ce vers
du poëte :

> Mens immota manet, lacrymæ volvuntur inanes.

N'oublions pas toutefois que, dans les simples et admirables pages où il raconte, après le 9 thermidor, la
condamnation et la mort stoïque de Romme, Goujon,
il s'écrie avec âme : « On profita de cette occasion pour
« ordonner une fête commémorative en l'honneur des
« girondins. Rien n'était plus juste : des victimes aussi
« illustres, quoiqu'elles eussent compromis leur pays,
« méritaient des hommages ; mais il suffisait de jeter
« des fleurs sur leur tombe, il n'y fallait pas de sang.
« Cependant on en répandit à flots ; car aucun parti,
« même celui qui prend l'humanité pour devise, n'est
« sage dans sa vengeance. » Voilà des accents miséri-

cordieux bien naturels et qui répondent à l'imputation de système.

Telle que nous la voyons, et avec ce mélange de qualités vives et d'oublis, l'histoire de M. Thiers a rencontré du premier jour deux classes inconciliables de lecteurs. Les témoins plus ou moins victimes de la révolution n'ont jamais consenti à y reconnaître cette marche régulière jusque dans le sang, cet ordre dans le désordre ; ils ne se sont jamais laissé conduire par l'historien, si engageant qu'il fût, à ce point de vue distant où la perspective se dégage, où souvent elle se crée aussi. En revanche, les hommes tout à fait nouveaux, ceux qui, n'ayant rien vu de cette révolution, en ont admiré au berceau le sombre éclat, les patriotiques orages, et qui en recueillent ou qui même veulent en espérer encore les bienfaits, ceux-là ont accepté couramment et avec enthousiasme l'œuvre de M. Thiers ; ils l'ont reçue en même temps que les chansons de Béranger, comme un héritage.

Ce livre, ainsi entendu, est la vraie histoire et comme la feuille ou la carte de route des générations qui sont encore en marche ; c'est le journal de l'expédition, écrit à la veille du dernier triomphe. Quand on est arrêté, c'est différent ; on veut plus de réflexion, plus de philosophie, on réagit contre les faits ; mais, pour se laisser guider au fil du courant, rien de plus séduisant, de mieux vu et de plus rapide ; les obstacles disparaissent, sont aplanis. Ce récit dramatique encourage, enflamme, et produit un peu l'effet d'une *Marseillaise* ; il fait aimer passionnément la révolution.

A ce degré, est-ce un bien? est-ce un mal? Questions brûlantes, sur lesquelles l'historien lui-même, devenu homme de gouvernement, a dû hésiter quelquefois. Ce qu'il y a de positif, c'est que le succès, d'abord lent à se décider, est, avec les années, devenu immense, populaire; la révolution de Juillet l'a accéléré et, pour ainsi dire, promulgué. A l'heure qu'il est, 80,000 exemplaires sont en circulation dans le monde. Ces dix volumes d'histoire ont eu tout d'un coup la vogue de certaines compositions romanesques ou de certains pamphlets immortels; et, en effet, ce n'est point, d'ordinaire, à des œuvres tout impartiales, toutes tempérées d'éléments rassis, que se prend ainsi la flamme.

Quoi qu'il en soit des circonstances passagères, cette histoire, qui, à partir de son troisième volume, forme un tout si animé, si consistant, ne saurait s'effacer désormais ni s'abolir; elle aura laissé dans la mémoire française de belles traces, des portions lumineuses, des expositions financières, militaires, données pour la première fois, et aussi des mouvements qui seront toujours cités comme exemples d'une inspiration patriotique bien pure, d'une naturelle et bien vive éloquence. Je n'en sais pas de plus mémorable élan que l'espèce d'épilogue qui termine le huitième volume, et qui couronne le récit des victoires toutes républicaines de la première campagne d'Italie. On ne nous saura pas mauvais gré de représenter ici la noble page tout entière :

« **Jours à jamais célèbres** et à jamais regrettables pour nous ! s'écrie l'historien, dont le ton s'élève un moment jusqu'à l'hymne ; à quelle époque notre patrie fut-elle plus belle et plus grande ? Les orages de la révolution paraissaient calmés ; les murmures des partis retentissaient comme les derniers bruits de la tempête : on regardait ces restes d'agitation comme la vie même d'un État libre. Le commerce et les finances sortaient d'une crise épouvantable ; le sol entier, restitué à des mains industrieuses, allait être fécondé. Un gouvernement composé de bourgeois, nos égaux, régissait la république avec modération ; les meilleurs étaient appelés à leur succéder. Toutes les voix étaient libres. La France, au comble de la puissance, était maîtresse de tout le sol qui s'étend du Rhin aux Pyrénées, de la mer aux Alpes. La Hollande, l'Espagne, allaient unir leurs vaisseaux aux siens et attaquer de concert le despotisme maritime. Elle était resplendissante d'une gloire immortelle. D'admirables armées faisaient flotter ses trois couleurs à la face des rois qui avaient voulu l'anéantir. Vingt héros, divers de caractère et de talent, pareils seulement par l'âge et le courage, conduisaient ses soldats à la victoire : Hoche, Kléber, Desaix, Moreau, Joubert, Masséna, Bonaparte, et une foule d'autres, s'avançaient ensemble. On pesait leurs mérites divers ; mais aucun œil encore, si perçant qu'il pût être, ne voyait dans cette génération de héros les malheureux et les coupables ; aucun œil ne voyait celui qui allait expirer à la fleur de l'âge, atteint d'un mal inconnu, celui qui mourrait sous le poignard musulman ou sous le feu ennemi, celui qui opprimerait la liberté, celui qui trahirait sa patrie ; tous paraissaient grands, purs, heureux, pleins d'avenir ! Ce ne fut là qu'un moment ; mais il n'y a que des moments dans la vie des peuples, comme dans celle des individus. Nous allions retrouver l'opulence avec le repos ; quant à la liberté et à la gloire, nous les avions ! Il faut, a dit un ancien, que la patrie soit nonseulement heureuse, mais suffisamment glorieuse. Ce vœu était accompli. Français qui avons vu depuis notre liberté étouffée, notre patrie envahie, nos héros fusillés ou infidèles à leur gloire, n'oublions jamais ces jours immortels de liberté, de grandeur et d'espérance ! »

Malheur à qui, jeune et né dans les rangs nouveaux,
n'a pas senti un jour, en lisant cette page, un batte-
ment de cœur et une larme! Notez bien cette pensée :
« Il n'y a que des moments dans la vie des peuples,
comme dans celle des individus; » cela ne rappelle-t-il
pas la belle description de la vallée d'Argelez vue de
Saint-Savin, par où M. Thiers a débuté, et le sentiment
tout pareil qui la termine, sentiment de l'apparition
fugitive du beau et du bien qui passe avec l'éclair? Il y
a là comme une mélancolie rapide qui ajoute à l'émotion heureuse et qui se mêle, pour l'aiguiser, à l'ivresse
de la gloire non moins qu'à celle du plaisir. Ces orga-
nisations du Midi ont plus que d'autres le secret, en
toute chose, de la brièveté de la vie, comme elles en
ont plus vive l'étincelle : *Carpe diem.*

Le style de cette histoire, et en général le style de
M. Thiers, est ce dont on se préoccupe le moins en le
lisant ; il vient de source, il est surtout net, facile et
fluide, transparent jusqu'à laisser fuir la couleur. L'auteur ne raffine jamais sur le détail, et on ne s'arrête
pas un instant chez lui à l'écrivain. Sa pensée sort
comme un flot, que suit un autre flot : de là parfois
quelque chose d'épars, d'inachevé dans l'expression.
mais que la suite aussitôt complète. En y réfléchissant
depuis, l'historien a cherché à se faire la théorie de sa
manière. Il dit en riant qu'il a le fanatisme de la
simplicité; mais, bien mieux, il en a le don et l'instinct
irrésistible. Il croit volontiers qu'en histoire les modernes ne doivent viser qu'au fait même, à l'expression
simple de leur idée : moindres que les anciens à tant

d'égards, ils sont plus savants, plus avancés dans les diverses branches sociales, obligés dès lors de satisfaire à des conditions plus compliquées, et leur principal besoin, en s'exprimant, est d'autant plus d'être clair, net, et de tout faire comprendre. C'est aussi en ce sens qu'ils ont à ressaisir peut-être leur originalité la plus vraie. Il y a bien des manières sans doute d'écrire dignement l'histoire ; mais, dans les manières plus curieuses de forme, il court risque de se glisser quelque imitation, quelque pastiche de l'antiquité. Voltaire y échappe entièrement, M. Thiers aussi. Dans son *Histoire de l'Empire,* il s'est efforcé de joindre à ses qualités simples celle qui y mettrait le relief et le cachet, la concision. Arriver à être court en restant facile et sans cesser d'être abondant par le fond, ce résultat obtenu résumerait la perfection de sa manière.

Pendant que M. Thiers écrivait son *Histoire de la Révolution,* ou peu après l'avoir terminée, il laissait échapper quelques articles ou morceaux de critique, soit au *Constitutionnel* toujours, soit au *Globe,* où il faisait une fois le *Salon* (septembre 1824) (1). Son morceau sur Law, mis en tête d'une certaine *Encyclopédie progressive* qui n'alla pas plus loin (1826), mérite d'être tout particulièrement remarqué, et il fut très-lu au moment de la publication. L'auteur tient encore, et avec raison, à cet ancien travail dans lequel il jeta ses

---

(1) Il n'en fit pas moins ce même *Salon* dans le même temps au *Constitutionnel.* Félix Bodin, qui ne savait pas de qui étaient les articles du *Globe,* dit un jour à M. Dubois : « Mais on vous pille au *Constitutionnel.* » C'était M. Thiers qui se multipliait.

propres idées sur les banques. Il le rédigea sur un recueil d'édits du temps de Law ; on crut qu'il avait
puisé à des mémoires particuliers. Avec des édits,
comme avec des traités, comme avec toutes sortes de
pièces officielles, il y a moyen de refaire toute l'histoire,
mais il faut savoir les *lire*. En général, savoir lire les
pièces, c'est là un des secrets de l'originalité historique
de M. Thiers. M. Duchâtel parla de ce travail sur Law,
dans deux articles du *Globe* (2 et 12 août 1826), et dis-
cuta, avec quelque contradition et en toute franchise,
certaines des idées financières, relatives au papier-
monnaie, que l'auteur y avait rattachées. Quant à la
partie historique, qui lui paraissait irréprochable, il en
disait : « M. Thiers vient de nous donner une histoire
« du système de Law, où, avec l'impartialité et l'éten-
« due d'esprit qui le distinguent, il a exposé et jugé
« les plans du financier écossais, fait la part de l'éloge
« et du blâme, des grandes conceptions et des erreurs.
« Il a montré que, si le système est tombé, ce n'est
« point par le vice de son principe, mais par des fautes
« d'exécution... Il est impossible de porter plus de
« clarté dans les détails d'une opération financière
« que ne l'a fait M. Thiers en retraçant la marche du
« système : c'est la même précision et la même netteté
« que dans les belles pages de son *Histoire de la Révolu-*
« *tion* sur les assignats et le maximum. Il a aussi peint,
« avec un rare talent, les passions nouvelles que le
« système avait soulevées... » Ainsi jugeait M. Duchâtel
de ce savant et lucide exposé : il est bon, en chaque
matière, de recueillir au passage les paroles des maîtres.

Parmi les morceaux épars de M. Thiers, je signalerai encore, dans la *Revue française* (novembre 1829), un article développé sur les *Mémoires* du maréchal Gouvion Saint-Cyr, qui parut, au premier abord, n'avoir pu être écrit que par un homme du métier, et qui valut à l'auteur les compliments du guerrier mourant. C'est tout simplement un des plus beaux morceaux de haute critique qui se puisse lire en telle matière. L'auteur y commence par exposer les qualités complexes qui font le grand homme de guerre : ingénieur, géographe, connaissant les hommes, sachant les manier, puis administreur en grand et presque un commis dans le détail, il faut que l'homme appelé à commander aux autres sur les champs de bataille soit préalablement tout cela ; mais ce n'est rien encore :

« Tout ce savoir si vaste, ajoute M. Thiers en couronnant le merveilleux portrait, il faut le déployer à la fois et au milieu des circonstances les plus extraordinaires. A chaque mouvement, il faut songer à la veille, au lendemain, à ses flancs, à ses derrières ; mouvoir tout avec soi, munitions, vivres, hôpitaux ; calculer à la fois sur l'atmosphère et sur le moral des hommes ; et tous ces éléments si divers, si mobiles, qui changent, se compliquent sans cesse, les combiner au milieu du froid, du chaud, de la faim et des boulets. Tandis que vous pensez à tant de choses, le canon gronde, votre tête est menacée ; mais ce qui est pire, des milliers d'hommes vous regardent, cherchent dans vos traits l'espérance de leur salut. Plus loin, derrière eux, est la patrie avec des lauriers ou des cyprès ; et toutes ces images, il faut les chasser, il faut penser, penser vite, car une minute de plus, et la combinaison la plus belle a perdu son à-propos, et, au lieu de la gloire, c'est la honte qui vous attend.

« Tout cela peut sans doute se faire médiocrement, comme
toute chose d'ailleurs, car on est poëte, savant, orateur mé-
diocre aussi; mais cela fait avec génie est sublime. Penser
fortement, clairement, au fond de son cabinet, est bien beau
sans contredit; mais penser aussi fortement, aussi clairement,
au milieu des boulets, est l'exercice le plus complet des facultés humaines. »

Thomas, si l'on s'en souvient, en son Éloge de Du-
guay-Trouin et dans une page qu'on dit éloquente, a
décrit les difficultés et les dangers des combats de mer,
plus terribles que ceux de terre; mais ici que le Thomas est loin! Ce n'est pas un morceau de rhétorique,
un beau lieu-commun académique, on a la réalité
grande et simple. M. Thiers, qui loue chez le maréchal
Saint-Cyr la *beauté* du récit militaire, définit ainsi
cette expression qui s'applique si souvent à lui-même :
« Nous considérons, dit-il, comme beauté dans un récit militaire, la clarté, la précision, et le degré de couleur qui s'accorde avec une exposition savante. »
M. Thiers, qui par goût est moins de l'école de l'armée
du Rhin que de celle de l'armée d'Italie, sait joindre à
ces qualités du récit la rapidité de l'éclair.

Cependant, au sortir de cette longue *Histoire de la
Révolution*, l'esprit actif de M. Thiers, excité encore et
accéléré par un exercice continuel, avait besoin d'un
champ nouveau et d'une vaste entreprise. On le poussait dès lors à passer outre et à raconter sans désem-
parer le Consulat et l'Empire; mais c'était prématuré,
et le train de ses idées le portait ailleurs. En étudiant
les cartes stratégiques, sa passion favorite, et à force

de considérer la surface de l'Europe et la configuration
du sol, il s'était fait un ensemble d'idées, tout un
système qui, selon lui, expliquait l'histoire, et il dé-
duisait de la connaissance précise des divers bassins,
non-seulement les migrations et le cours, mais aussi
les caractères et les mœurs des peuples. Il ne projetait
donc rien moins, à cette époque, qu'une *Histoire générale* d'après ce système. Pour exécuter un tel projet,
il fallait sortir de chez soi et de dessus les cartes,
voyager tout de bon, voir le monde : il y songea sérieusement. Mais n'admirez-vous pas cette activité en
tous sens, et comment cet esprit curieux, entraîné, se
portant d'instinct aux grands sujets comme à son niveau, jette tout son feu d'universalité avant d'entrer
dans l'œuvre pratique? Quand je dis qu'il le jette, je
me reprends, il saura bien en garder toujours quelque
chose. Tous ceux qui ont le plaisir de connaître depuis
longtemps M. Thiers se rappellent encore, et non sans
charme, cette phase, en quelque sorte, scientifique
de sa vie. Il étudie Laplace, Lagrange, il les étudie
plume en main, en s'éprenant des hauts calculs et en
les effectuant; il trace des méridiens à sa fenêtre; il
arrive, le soir, chez ses amis, en récitant d'un accent
pénétré cette noble et simple parole finale du *Système du
Monde* : « Conservons, augmentons avec soin le dépôt
de ces hautes connaissances, *les délices des êtres pen-
sants;* » et il l'admire comme il fera tout à l'heure
pour telle parole de Napoléon. On le croirait uniquie-
ment fait, tant il les comprend, pour habiter en ces
clartés sereines de l'intelligence. Enfin, il veut décidé-

ment partir avec le capitaine Laplace pour le voyage
de circumnavigation qui se préparait. Ce dernier projet fut, de sa part, en voie d'exécution; il en parla à
M. de Bourqueney, qui, à son tour, en dit un mot à
M. Hyde de Neuville. Celui-ci consentit très-volontiers
à voir M. Thiers, et lui fit même proposer d'être le rédacteur du voyage; M. Thiers ne demandait que le
passage. M. Hyde de Neuville est le seul ministre de la
Restauration qu'il ait vu. L'historien de la révolution
française faisait déjà ses adieux à ses amis et allait
s'embarquer, quand le ministère Martignac tomba. —
« Ah ! çà, il s'agit bien de partir, lui dit-on de toutes
parts ; restez et combattons ! »

N'est-ce pas ainsi que Cromwell (ce souvenir, bon
gré, mal gré, saute tout d'abord à l'esprit) faillit partir
un jour pour l'Amérique, à la veille de 1640 ? il avait
déjà le pied sur le vaisseau quand un ordre de la cour
y mit obstacle. Si on le laissait faire, le puritanisme
religieux l'emportait au bout du monde, comme la curiosité scientifique emmenait M. Thiers. Je ne compare
pas, on le sent bien, celui-ci à Cromwell ; mais le fait
est que *le National* ne nuisit pas, je pense, à l'événement de 1830, et que de toutes les machines de siége
d'alors, ce fut la mieux dressée et la mieux servie.

Quelques années après, M. Thiers, ministre de l'intérieur, donnait à dîner au capitaine Laplace, qui revenait de son expédition avec son monde décimé par
les fatigues et les maladies. Il y a de ces jeux de la
fortune.

Nous voici au moment où commence l'œuvre pratique de M. Thiers : il fonde *le National* avec ses amis, Mignet, Carrel, Sautelet, et le premier numéro paraît le 3 janvier 1830. Laissons de côté des voiles inutiles, qui n'en sont plus pour personne : le ministère Polignac avait été constitué exprès pour lancer les ordonnances ; *le National* fut créé exprès, et le cas prévu échéant, pour renverser la dynastie parjure ; tout y fut dirigé dans ce but, et avec le soin vraiment patriotique de ne frapper qu'à la tête, en respectant autant que possible le corps de l'État. *Le National* mit dès son premier numéro la Restauration en état de siége, avant qu'elle nous y mît elle-même en juillet ; c'est qu'elle nous y avait déjà mis *in petto* dès le premier jour de ce ministère de surprise qui, le 8 août 1829, consterna la France.

A mon sens, la légimité de l'entreprise du *National* ne saurait être l'objet d'un doute auprès de ceux qui, même sans en vouloir radicalement à la Restauration, exigeaient d'elle avant tout la sincérité du régime constitutionnel. Bien des choses se sont passées depuis, bien des espérances et des rêves ont été déçus, bien de nobles croyances ont pu être flétries ; eh bien! je crois que tous ceux qui participèrent alors à l'œuvre d'opposition et bientôt de délivrance, qui y mirent plus ou moins du leur, soit de leurs actes, soit de leurs vœux, ont encore droit de se dire : « Non, nous n'avons pas erré, » et qu'ils ont aussi le devoir d'ajouter : « Si nous avions à recommencer, même en sachant l'avenir, ce serait encore à refaire. »

Ceci dit une fois et pour nous mettre la conscience

tout à fait à l'aise, l'étude de l'attaque, au point de
vue tout à fait stratégique, nous devient singulièrement curieuse : rien de plus instructif, de plus dramatique aujourd'hui que cette lecture du *National*. Je n'ai
pas ici à savoir si M. Thiers, homme politique, a toujours vu de près les choses aussi nettement qu'il les a
devinées alors; mais on peut affirmer qu'on n'a jamais
deviné avec plus de perspicacité, de certitude. Jamais
officier d'artillerie n'a établi une batterie de brèche ni
pointé avec plus de précision qu'il ne dressa alors
cette batterie du *National;* jamais effet ne fut plus
prévu, mieux calculé, plus justifié aussi (c'est trop évident aujourd'hui) par l'incurable et immuable ineptie
des hommes funestes qui s'identifiaient à ce moment
avec la Restauration finissante, de ces hommes qui, selon une expression énergique (de M. Royer-Collard),
avaient, dès leur avénement, *les ordonnances écrites sur
le visage.* C'est contre eux, c'est en vue de leur démence, que se fit cette vigoureuse et vigilante entreprise du *National,* un vrai modèle en son genre, et l'on
a pu dire spirituellement du tacticien en chef qui la
dirigea : « C'est son siége de Toulon. »

Quelque efficace qu'ait été, en effet, l'assistance de
ses collaborateurs et particulièrement de M. Mignet
(Carrel, à cette date, n'était pas tout à fait encore au
rang qu'il conquit depuis), l'idée qui prévalut au début du *National* et en dirigea toute la polémique appartient surtout à M. Thiers ; il l'introduisit le premier et
en démontra vivement l'usage ; cette idée, en deux
mots, la voici : « Enfermer les Bourbons dans la Charte,

dans la constitution, fermer exactement les portes; ils sauteront immanquablement par la fenêtre. » — « Tenons bon, disait encore M. Thiers à ses amis plus exagérés ; soutenons que la monarchie représentative est le plus beau système possible (et M. Thiers le pensait en effet), définissons-la et circonscrivons-la dans toutes ses branches ; usons de tous nos moyens légaux : vous n'aurez pas un seul procès, et eux, ils n'auront plus qu'à faire leurs folies pour leur compte ; gardez-vous d'en douter, ils les feront. » — Cette idée, que je traduis ainsi tout net, s'énonçait en des termes très-approchants au sein même du journal. Dès le premier numéro, dans le programme d'ouverture, le mot hardi était lâché: « Aujourd'hui, est-il dit, cette position (des « adversaires) est devenue plus désolante. Enlacés dans « cette Charte en s'y agitant, ils s'y enlacent tous les « jours davantage, jusqu'à ce qu'ils y étouffent ou « qu'ils en sortent : comment? nous l'ignorons ; c'est « un secret inconnu de nous et d'eux-mêmes, quoique « caché dans leur âme. »

Homme pratique, voilà donc M. Thiers qui, pour mieux l'être, fait le spéculatif par moments ; on croirait, à de certains jours, avoir affaire à un pur métaphysicien constitutionnel ; il se retranche dans les questions de *forme* et de *théorie* du gouvernement représentatif, sachant bien que c'est là, dans le cas présent, l'arme immédiate. Sous air de reprendre et de professer Delolme, il est aussi révolutionnaire qu'il le faut.

L'habileté était de dire qu'on ne l'était pas ; la vé-

rité et l'honnêteté étaient de ne l'être que dans la mesure nécessaire, inévitable. Tandis que des hommes de
l'opposition, en cela peu politiques (Benjamin Constant,
par exemple), voulaient essayer, à la discussion, de
faire réduire les services publics, M. Thiers conseillait,
au contraire, le rejet pur et simple du budget ; « ne pas
affaiblir le gouvernement, le changer de mains. » La
théorie que soutint constamment *le National* était celle-
ci : « Il n'y a plus de révolution possible en France, la
révolution est passée; il n'y a plus qu'un accident.
Qu'est-ce qu'un accident? Changer les personnes sans
les choses. » Ce que nous résumons en ces termes se
lit avec très-peu d'adoucissement en dix ou vingt endroits du *National :*

« Nous ne savons pas l'avenir, disait M. Thiers dans le
numéro du 29 janvier, nous ne savons que le passé; mais,
puisqu'on cite toujours le passé, ne pourrait-on pas citer
plus juste? On rappelle tous les jours l'échafaud de Charles Ier,
de Louis XVI. Dans ces deux révolutions qu'on cite, une
seule est entièrememt accomplie, c'est la révolution anglaise.
La nôtre l'est peut-être, mais nous l'ignorons encore. Or,
dans cette révolution anglaise, que nous connaissons tout
entière, y eut-il deux soulèvements populaires ? Non, sans
doute. La nation anglaise se souleva une première fois, et,
la seconde, elle se soumit à la plus avilissante oppression,
elle laissa mourir Sidney et Russel, elle laissa attaquer ses
institutions, ses libertés, ses croyances, mais elle se détacha
de ceux qui lui faisaient tous ces maux. Et quand Jacques II,
après avoir éloigné ses amis de toutes les opinions et de
toutes les époques, se trouva isolé au milieu de la nation
morne et silencieuse; quand, éperdu, effrayé de sa solitude,
ce prince qui était bon soldat, bon officier, prit la fuite, per-

sonne ne l'attaqua, ne le poursuivit, ne lui fit une offense :
on le laissa fuir en le plaignant.

« Il est donc vrai que les peuples ne se révoltent pas deux
fois. »

M. Mignet, insistant sur le même rapprochement historique, écrivait le 12 février :

« Elle (la nation anglaise) fit donc une simple modification
de personnes en 1688, pour compléter une révolution de
principes opérée en 1640, et elle plaça sur un trône tout
fait une famille qui avait la foi nouvelle. L'Angleterre fut
si peu révolutionnaire à cette époque, que, respectant autant
qu'il se pouvait le droit antique, elle choisit la famille la plus
proche parente du prince déchu. »

Tout ceci visait de près à la prophétie. Comme si ce
n'était pas assez clair, la *Quotidienne*, irritée, posait
là-dessus au *National* plusieurs questions insidieuses,
auxquelles M. Thiers répondait fort agréablement le
14 février ; il repoussait toujours cette idée d'une révolution à la façon de 89 :

« Un autre motif nous portait à repousser l'idée d'une pareille répétition : c'est la gravité de l'événement. Une révolution est une chose si terrible, quoique si grande, qu'il
vaut la peine de se demander si le Ciel vous en destine une.
Examinant sérieusement la chose, nous nous sommes dit
qu'il n'y avait plus de Bastille à prendre, plus de trois ordres
à confondre, plus de nuit du 4 août à faire, plus rien qu'une
Charte à exécuter avec franchise, et des ministres à renverser
en vertu de cette Charte. Ce n'est pas là sans doute une besogne bien facile, mais enfin elle n'a rien de sanglant, elle
est toute légale ; et bien aveugles, bien coupables seraient
ceux qui lui donneraient les caractères sinistres qu'elle n'a
pas aujourd'hui. »

Le 19 février, il allait plus loin et se découvrait davantage :

« La France, osait-il dire, doit être bien désenchantée des personnes : elle a aimé le génie, et elle a vu ce que lui a coûté cet amour. Des vertus simples, modestes, solides, qu'une bonne éducation peut toujours assurer chez l'héritier du trône, qu'un pouvoir limité ne saurait gâter, voilà ce qu'il faut à la France! voilà ce qu'elle souhaite (1), et cela encore pour la dignité du trône beaucoup plus que pour elle : car le pays, avec ses institutions bien comprises et pratiquées, n'a rien à craindre de qui que ce soit.

« La question est donc uniquement dans les choses. Elle pourrait être un jour dans les personnes, mais par la faute de ces dernières. Le système est indifférent pour les personnes; mais si elles n'étaient pas indifférentes pour le système, si elles le haïssaient, l'attaquaient, alors la question deviendrait question de choses et de personnes à la fois. Mais ce seraient les personnes qui l'auraient posée elles-mêmes. »

Cet article du 19 février et un autre de Carrel du jour précédent fournirent matière à un procès et à une condamnation, qui ne ralentirent en rien l'audace polémique du *National*. On était lancé ; il n'y avait plus ni repos ni trêve, et il faut avouer que si, par impossible, le ministère avait eu la velléité de renoncer à son coup d'État, il en eût été fort empêché par le harcellement

(1) Il est juste de remarquer qu'à l'époque où M. Thiers écrivait ces phrases, il n'avait jamais eu l'honneur de voir M. le duc d'Orléans ; il avait suivi de bonne heure en cela le conseil que lui avait donné Manuel, et aimait mieux aller ainsi de l'avant, sans se lier. Il ne vit M. le duc d'Orléans pour la première fois que dans la nuit du vendredi au samedi 31 juillet 1830.

même et le défi de ces sommations incessantes. Tous
les matins, surtout à dater du mois de juillet, *le National* agite, discute avec sang-froid et retourne sous
toutes les faces cette hypothèse imminente du coup
d'État. Le coup d'État sera-t-il remis après les premières discussions avec la Chambre? Aura-t-il lieu
avant la convocation? Sera-ce demain? ou bien ne
sera-ce que dans six semaines? Tous les matins, on a
ainsi des nouvelles du coup d'État; c'est un coup de
cloche perpétuel, assourdissant; c'est le cauchemar du
ministère, c'est l'abîme qu'on lui montre toujours ouvert sous ses pas. Il y avait de quoi jeter hors des
gonds de moins pauvres têtes, de quoi pousser de guerre
lasse tout ce triste cabinet, ainsi enfermé sous clef dans
la Charte, à sauter en effet par la fenêtre, non pas seul,
hélas! mais avec sa dynastie.

Je suis à la fin de ce siége de sept mois terminé par
un véritable assaut; j'en ai hâte, car, après tout, je ne
veux pas franchir d'un pas en politique le seuil de
juillet 1830. Un mot seulement sur le dernier acte qui
couronne chez M. Thiers le journaliste, je veux dire la
protestation du 27 juillet.

Les ordonnances avaient paru le 26 au matin; dans
la journée on se réunit au *National*, dont les salons
élégants et vastes s'offraient commodément rue Nevve-
Saint-Marc; c'étaient les journalistes de l'opposition, du
Constitutionnel, du *Courrier*, du *Temps*, du *Globe*, etc.,
qui se trouvaient là, et aussi quelques députés qui sortaient de chez M. Dupin. Dans cette réunion, la part et
l'influence de M. Thiers furent très-nettes, très-déci-

dées. Sans prétendre diminuer le rôle de personne, je résumerai le sien en peu de mots quant au sens et au mouvement, sinon pour les paroles mêmes : « — Eh « bien ! qu'allez-vous faire ?... de l'opposition dans les « journaux, des articles?... Allons donc! il faut un acte. « —Et qu'entendez-vous par acte? —Un signal de *déso-* « *béissance* à une loi qui n'en est pas une ; une protesta- « tion. — Eh bien ! faites-la. » — On nomma, en consé- quence, une commission composée de MM. Châtelain, Cauchois-Lemaire et Thiers. Ce fut lui-même qui rédigea la protestation ; il y mit l'idée essentielle : « Les écri- vains des journaux, appelés les premiers à obéir, doivent donner l'exemple de la résistance. » Là était le signal. Cela fait et approuvé, quelques-uns dirent : « Bon! nous mettrons la protestation comme article dans nos jour- naux. » — Non pas, il faut des noms au bas, répondit le rédacteur, il faut des têtes au bas. » Une assez longue discussion s'ensuivit avant d'obtenir toutes les signatu- res, mais la plupart s'étaient empressés généreusement.

Cet acte de protestation, rédigé en ce sens, est le dernier mot très-précis, très-sagace et à la fois très- résolu de toute la polémique du *National*, et de la car- rière de M. Thiers en tant que journaliste d'opposi- tion. Sa conduite, en ces grands moments décisifs (du 26 au 31 juillet), peut se résumer en deux traits : il contribua plus que personne à l'acte initial (la protes- tation), et autant que personne à l'acte final (Orléans). Le détail de ces journées, leur lendemain, et la carrière aussitôt commençante de l'homme de gouvernement, ne nous concernent plus ici, et sortent de notre portée dans cette simple esquisse littéraire que nous essayons.

Puisque nous en sommes à refeuilleter ces souvenirs du *National,* il y a pourtant quelque chose à dire sur la littérature proprement dite et sur la place qu'elle tint dans ce journal influent. Elle n'y joua jamais qu'un rôle assez secondaire. Malgré l'excellence des plumes politiques, malgré la distinction de quelques collaborateurs littéraires, tels que Mérimée, Peisse, la critique fine, la culture délicate eut peu d'accueil et d'accès ; la poésie surtout s'y trouva presque toujours traitée avec rigueur et un peu rudoyée comme dans un camp. Les esprits nets, précis, applicables, de ce groupe historique, répugnaient à des tentatives modernes dont les résultats n'étaient point assez dégagés sans doute, mais qui auraient peut-être mérité dans le détail attention et indulgence. Carrel malmenait *Hernani* (1) avec un surcroît de logique et une verdeur de séve qui n'avait pas encore trouvé son issue. En général, le ton du journal, à cet endroit littéraire, était chagrin, et la mauvaise humeur dominait.

M. Thiers, lui, n'en eut jamais. Naturellement passionné pour le grand et le simple, amoureux de ses propres études et vivant dans l'abondance des pensées, il ne s'occupait guère de ces tentatives d'alentour qui remuaient, plus qu'il ne le croyait, des intelligences sérieuses ; et si, à la rencontre, son regard venait à s'y arrêter, il y opposait aussitôt un tel idéal de simplicité

(1) 8, 24 et 29 mars.

et de pureté, que les contemporains le plus souvent n'avaient rien à faire en comparaison. En une seule circonstance, il sortit de son indifférence habituelle à cet égard, et fit une éclatante exception pour M. de Lamartine. Tous deux bienveillants d'imagination et optimistes par nature, tous deux larges, faciles de talent, également alors ennemis de l'affectation, et tout au plus négligés, ils n'étaient pas, au milieu de leurs nombreuses différences, sans quelque rapport d'inclination et de manière. Le célèbre poëte, après une longue absence, était revenu se fixer à Paris au commencement de 1830 ; il publiait ses *Harmonies poétiques* et obtenait place enfin à l'Académie française. M. Thiers en prit occasion pour de gracieuses avances; il voulut rendre compte lui-même, dans *le National,* de la séance de réception et de la publication des *Harmonies.* Dans l'un et l'autre article (1), il s'exprimait, sauf de légères réserves, sur le ton de l'admiration et de l'attrait. Cet attrait alors était réciproque ; ces deux grands esprits, partis de deux rivages opposés, se traitaient comme des hôtes d'un jour qui se font fête et qui s'honorent. On a vu par degrés cette bonne harmonie s'altérer, à mesure que le poëte s'est senti devenir un politique, et depuis qu'il a son drapeau sur la même rive.

Dans un article du *National* (24 juin) sur les *Mémoires* de Napoléon, M. Thiers exprime plus formellement qu'il n'a fait nulle part ailleurs son idéal de style moderne, tel qu'il l'entend.

(1) 3 avril et 21 juin.

« Nous ne pouvons plus avoir, dit-il, cette grandeur tout
à la fois sublime et naïve qui appartenait à Bossuet et à Pascal, et qui appartenait autant à leur siècle qu'à eux ; nous ne
pouvons plus même avoir cette finesse, cette grâce, ce naturel exquis de Voltaire. Les temps sont passés ; mais un style
simple, vrai, calculé, un style savant, travaillé, voilà ce
qu'il nous est permis de produire. C'est encore un beau lot
quand, avec cela, on a d'importantes vérités à dire. Le style
de Laplace dans l'*Exposition du système du monde,* de
Napoléon dans ses *Mémoires*, voilà les modèles du langage
simple et réfléchi propre à notre âge. »

Et il finit par risquer ce mot qui, depuis, a tant fait
fortune : « Napoléon est le plus grand homme de son
« siècle, on en convient ; mais il en est aussi le plus
« grand écrivain. » Il faudrait bien de la pédanterie
pour venir contester, contrôler un jugement si piquant,
si vrai même, à l'entendre d'une certaine manière.
Oui, sans doute, comme M. Cousin l'écrivait récemment (1), « le style n'est rien que l'expression de la
pensée et du caractère : quiconque pense petitement et
sent mollement n'aura jamais de style ; quiconque, au
contraire, a l'intelligence élevée, occupée d'idées grandes et fortes, et l'âme à l'unisson de cette intelligence,
celui-là ne peut pas ne pas écrire de temps en temps
des lignes admirables, et, si à la nature il ajoute la
réflexion et l'étude, il a en lui de quoi devenir un
grand écrivain. » Napoléon, certes, réunissait en lui
plusieurs de ces hautes conditions, et, toutes les fois
qu'il a parlé de ce qu'il savait à fond, il a dit les

(1) *Jacqueline Pascal* (1845), page 29.

choses d'une manière parfaite, définitive. Et puis l'idée
du grand homme s'ajoute aussitôt à son expression
simple, l'imagination du lecteur fait le reste, et l'œil
ébloui met le rayon. Mais ce n'est pas la théorie que je
discute en ce moment; je n'ai voulu que prendre sur
le fait l'idéal de simplicité et de réalité de M. Thiers
comme écrivain.

Depuis juillet 1830, durant les intervalles et les intermittences du pouvoir, M. Thiers a trouvé dans ses
goûts éclairés et actifs, dans sa curiosité infatigable,
inventive, et dans son bonheur d'apprendre, bien
mieux qu'une consolation et qu'un refuge ; on serait
tenté par moments de croire qu'il s'y oublie, tant il s'y
enchante. Il était allé en Italie une fois sous la Restauration, il y est retourné quatre fois depuis, et dans
ces divers séjours prolongés, surtout à Florence, il a
développé, perfectionné et enrichi par toutes sortes
d'études sa passion pour les arts, son culte de la beauté
visible. D'une pensée trop empressée et trop immédiate pour s'arrêter volontiers à l'étude des langues, il
a fait exception pour celle de Dante et de Machiavel,
avec lesquels il commerce directement, et il les met
tout d'abord au rang de ses dieux. En tout, l'expression a beau être grandiose et mâle, il la veut encore
simple ; il admire Corneille, dit-il, mais il préfère Racine à Corneille, et il préfère Raphaël à Racine, et à Raphaël peut-être le Parthénon. Il s'est beaucoup occupé,
on le sait, d'une histoire de Florence; il ne s'est pas
moins occupé d'une histoire générale de l'architecture.
Dans ce dernier art pris en grand, qui embrasse la

sculpture et la peinture, il retrouve l'âme visible des
peuples, toute leur histoire et leur civilisation résumée
et figurée. Mêlant, selon son habitude, à ces considérations générales des données positives et techniques.
et ne négligeant aucun détail matériel (tel que la coupe
des pierres, leur attache, etc., etc.), il croit être arrivé
à des résultats capables de satisfaire, et, par exemple,
il se voit en mesure d'expliquer, de motiver en détail
le passage de l'architecture grecque à la romaine, par
la nécessité d'agrandir la première en l'adaptant à de
certains usages déterminés du peuple-roi, et par le
mélange du goût oriental. Puis viennent les basiliques,
l'art roman, le mélange de l'ogive du nord avec l'art
arabe : il a là toute une théorie déduite historiquement,
et qu'il croit pleinement justifiable sous le point de
vue technique aux yeux des gens du métier. Il y joint,
dans ses diverses transformations, l'architecture civile,
et n'a garde d'omettre la militaire. Nous pourrions, en
d'autre temps, essayer d'entrer dans ces aperçus, emprunter à la parole même de l'auteur quelques-uns des
développements dont elle est fertile, ou même chercher
à obtenir de sa faveur quelque fragment de l'histoire
de Florence ; mais l'attente universelle est ailleurs en
ce moment, et c'est une autre pièce que le parterre
assemblé réclame déjà à grands cris de toutes parts.

Sans donc sortir de l'unité d'intérêt, bornons-nous à
tâcher de marquer encore par quelques traits expressifs
ce merveilleux esprit qui, à ce titre même d'esprit, n'a
point de supérieur parmi ceux de notre époque. Je n'ai
certes pas la prétention de l'embrasser et de le définir

dans toutes ses parties, mais je me plais à le parcourir librement dans quelques-unes de celles qui nous sont le plus ouvertes et le plus permises. Le trait le plus caractéristique et le plus distinctif qu'il offre, selon moi, est la *fraîcheur de curiosité*. On a dit d'un autre esprit bien éminent de nos jours (de M. Guizot), que ce qu'il avait appris de ce matin, il avait l'air de le savoir de toute éternité, tant sa haute réflexion donnait vite à chaque connaissance une teinte profonde et comme reculée. C'est justement le contraire chez M. Thiers. Tout ce qu'il voit pour la première fois, il le découvre, il le raconte avec la vivacité de la découverte, avec une netteté comme matinale, avec une sorte de naïveté (je demande bien pardon du mot) dans laquelle il se mêle bien assez de finesse pour qu'on ne sache plus comment la définir, avec une ampleur sans effort où l'on oublie bien aisément de trouver du superflu. Le résultat même de ses études les plus habituelles, les plus antérieures, il le produit et le déroule volontiers sous une lumière légère et sur une surface sans ombre. Tandis qu'il parle ou qu'il écrit, il vous associe insensiblement à son récit, à sa nouveauté ; il vous emmène avec lui dans son courant plus ou moins rapide, et, au bout de quelque temps, si l'on n'y prend garde, ses conclusions, ses impressions sont devenues les vôtres ; toutes les objections ont disparu. Tel il est en chaque matière, tel dans son récit historique comme dans ses développements de tribune, dans son rapport d'hier et dans son discours de demain.

Pour moi, l'esprit de M. Thiers me réalise précisé-

ment l'idée du contraire de la sécheresse ou de la sté-
rilité, c'est-à-dire qu'il est la fertilité même. C'est un
terrain où l'on n'a qu'à toucher comme à fleur de terre
pour que les sources jaillissent à chaque pas, se diver-
sifiant en mille sens avec abondance et limpidité. Il fait
couler les idées des faits, il met du mouvement et de
la vie à tout; chaque étude s'anime, se dresse devant
lui et se prolonge en perspectives à la fois très-précises
et pourtant embellies. En même temps que le détail
se multiplie à plaisir sous son regard et se décompose
en ses moindres points, l'ensemble prend de la construction et de la grandeur; il y a toujours des horizons. C'est certainement un des hommes (et M. Cousin partage pour les mêmes raisons cet avantage-là)
qui, sortis du pouvoir et de la politique, ont le moins
de chance de s'ennuyer en regrettant. Il n'a qu'à choisir entre ses aptitudes et ses verves, ou plutôt elles
ne lui laissent pas le temps de choisir ; la fertilité de
son esprit l'amuse lui-même. Mais aujourd'hui il y a
mieux, et c'est une entreprise auguste qui le passionne.

Dans l'appréciation d'un esprit, il faut tenir compte
de la multiplicité d'aptitude et de l'étendue du champ.
Il y a des gens de grand esprit, d'un esprit ou très-fin
ou très-élevé, et égal à tout, qui se réservent, qui se
ménagent, qui répugnent à certains sujets, qui se can-
tonnent dans de certains autres et encore n'y procè-
dent que graduellement. M. Thiers est un esprit toujours prêt, qui se jette en pleine idée, en plein sujet,
à tout instant; c'est en un mot un des esprits les plus
résolus et les moins paresseux qui se puissent concevoir.

Je ne crains pas de me répéter un peu, d'aller et de revenir plus d'une fois sur les mêmes traces en un sujet dont je ne puis faire tout le tour. Je voudrais du moins, en laissant l'homme politique à part, et dans les limites en quelque sorte littéraires qui me sont tracées, bien poser la qualité incontestable et fondamentale. Or personne, je le pense (et cette conclusion ressortirait de notre seule étude), personne ne refusera à M. Thiers d'être l'esprit le plus net, le plus vif, le plus curieux, le plus perpétuellement en fraîcheur et comme en belle humeur de connaître et de dire. Sa plume, qui court comme sa parole, a de plus, dans les grands sujets, des vigueurs généreuses. Ces grands sujets le ravissent tout naturellement et lui saisissent le cœur. Par cette vocation déclarée et par la supériorité aisée qu'il y porte, il élève bien haut son niveau intellectuel.

Sans m'arrêter à discuter le pour ou le contre de telle ou telle opinion, de telle ou telle idée, je me suis attaché, selon mon habitude, à caractériser plutôt la qualité, la nature du fonds même où elles germent, et la manière dont elles s'y produisent. Cette analyse a laissé sans doute bien des circonstances essentielles en dehors, mais elle a touché à fond, si je ne me trompe, les parties les plus vives de cette belle organisation, et elle donne surtout l'idée d'un grand ensemble.

———

P. S. (1) Au moment où nous terminons ces pages

(1) On reproduit ici ce *Post-Scriptum* qui parut à la suite de l'article précédent et qui fut écrit sous l'impression d'une pre-

qui, dans l'attente actuelle du public, ne peuvent guère
avoir qu'un mérite d'avant-propos, la bienveillance de
l'auteur nous permet de prendre connaissance du commencement de l'*Histoire du Consulat*. La première livraison, qui comprend jusqu'au Consulat à vie, va former trois volumes; nous achevons la lecture du premier. Il ne nous appartient pas de devancer le jugement de tous, mais notre impression n'est pas douteuse,
et, comme un messager porteur d'une bonne et grande
nouvelle, nous ne la cacherons pas. Rien, selon nous,
ne surpasse l'intérêt puissant, varié, majestueux, de
l'œuvre jusqu'au moment où nous l'avons suivie, et la
façon dont elle est tout d'abord posée est mieux qu'un
gage ; on va tenir un résultat. Ce premier volume comprend quatre livres, car l'ouvrage est divisé en livres
dont chacun porte un nom, le nom du fait dominant;
ainsi le premier livre a pour titre *Constitution de
l'an VIII*; le second *Administration intérieure*; le troisième *Ulm et Gènes* ; le quatrième *Marengo*, etc. Dans
le premier, qui commence au lendemain du 18 brumaire, on trouve, à la suite des premières mesures in-
dispensables et provisoires de réorganisation, l'exposé
et la discussion de la Constitution de Sieyès; on a le
rêveur et le spéculatif en face du grand homme d'action. Aucun n'est sacrifié, et Sieyès n'a jamais paru
plus profond, plus sagace qu'au sortir de cet échec

mière lecture. Une bonne partie des éloges qu'enlevait le **premier**
volume de l'*Histoire du Consulat* peuvent s'appliquer **avec non**
moins de justice aux volumes suivants.

qu'il essuie dans son système. Je dis qu'il n'est pas sacrifié, et personne, dans ce que nous avons lu, ne l'est par M. Thiers. Tout annonce qu'il est résolu à mettre en valeur chaque portion de son sujet. Dès les premières pages, on sent un esprit de modération élevé, supérieur, qui ne vient pas du désir de répondre à certaines objections anticipées, mais qui n'est que l'âme de l'histoire hautement comprise par une intelligence généreuse. Le livre second tout entier est consacré au mécanisme nouveau de la réorganisation départementale, judiciaire, financière, « à cette œuvre de réorganisa-
« tion, est-il dit, dont le jeune général faisait son oc-
« cupation constante, dont il voulait faire sa gloire, et
« qui, même après ses prodigieuses victoires, est restée,
« en effet, sa gloire la plus solide. » Dans cet exposé multiple, l'historien a fait usage, comme on pense bien, de toutes les ressources lumineuses qu'on lui connaît, mais il les a poussées à leur dernier terme. Son premier ouvrage historique n'avait été pour lui qu'une façon d'apprentissage de la politique ; ici, sa vie politique et ministérielle a évidemment servi d'école définitive à l'historien. Dans ce qu'il nous a été donné de lire, il n'est pas un point qui ne porte sur un fait, sur une notion précise ; quelques réflexions sobres, quelques maximes d'expérience et de morale sociale, jetées à propos, ne font que donner jour aux idées qui naissent en foule dans l'âme du lecteur. La distribution même des livres révèle un art de composition qui sait ménager la variété et veut maintenir l'équilibre. Ce second livre, que termine avec convenance la cérémonie

de l'Éloge de Washington, appartient sans partage à l'inauguration de la gloire civile. Quant aux deux suivants, purement militaires, qui comprennent les opérations de cette campagne de 1800, Moreau sur le Rhin et le Danube, Masséna dans Gênes, Bonaparte à travers les Alpes et à Marengo, on devine assez quel parti a pu tirer de ces contrastes héroïques et de ce concert de miracles la plume de M. Thiers ; mais c'est par la simplicité seule, par la grandeur et la netteté des lignes, que son récit prétend à les égaler. Pas un effet cherché ; l'animation n'est que celle du sujet, l'éloquence n'est que celle des choses. Parfois un simple mot jeté, un mouvement rapide trahit l'émotion de l'historien et fait naître une larme : ainsi, quand au moment le plus désastreux de la bataille de Marengo, et lorsqu'on la croit perdue, il montre Desaix de loin devinant le danger et accourant à temps en forces au bruit du canon, qui ne s'écrierait avec lui, dans un présage douloureux vers la journée fatale des derniers malheurs : « Heu- « reuse inspiration d'un lieutenant aussi intelligent « que dévoué ! heureuse fortune de la jeunesse !... » Et lorsque, cette campagne terminée, après nous avoir fait partager l'ivresse de la victoire et avoir présenté les prémices de la paix, l'historien conclut par ces seuls mots : « La France, on peut le dire, n'avait jamais vu « d'aussi beaux jours », qui ne sentirait ce que perdrait la vérité nue de ces paroles à un trait de plus ? —Mais je m'aperçois que je parle au public trop vivement peut-être de ce qu'il lui faut attendre quelques jours encore, et que j'irrite une impatience que je ne suis pas en mesure de satisfaire. Il serait difficile d'ailleurs, dans une œuvre qui ne vise pas aux tableaux et qui forme un tout vivant, de trouver de ces morceaux à citer si fréquents en d'autres histoires. Qu'on me pardonne du moins d'avoir été presque indiscret en finissant.

15 janvier 1845.

M. FAURIEL.

PREMIÈRE PARTIE.

Définition de son rôle et de son genre d'influence. — Sa jeunesse.
— Sa science précoce. — Fauriel en 1800. — Relations avec
Fouché, — avec Mme de Staël, — avec Benjamin Constant, —
avec Charles Villers, — avec Cabanis, — avec Tracy. — *La
Parthénéïde* de Baggesen. — Vers de Manzoni à ce sujet. —
Nombreux travaux de Fauriel et leur unité : Fauriel historien.

Le XVIIIe siècle finissait, et le XIXe s'annonçait par
une éclatante rupture : les premiers soleils du Consulat
inauguraient une ère nouvelle en littérature comme en
politique, et ce changement à vue, cette réaction déclarée de toutes parts, qui naissait du fond des doctrines, s'affichait jusque dans la *forme des talents.*
Ceux même qui revenaient au passé y tendaient par
des sentiers imprévus, s'y lançaient avec feu, avec
éclairs, et comme on irait à la conquête de l'avenir. A
côté et en face du groupe où se détachaient les noms
de Chateaubriand, de Bonald, il s'en formait un au
sein même du parti philosophique, un autre groupe
bien remarquable et bien fécond d'idées, qui, pour
mieux continuer ce parti déjà vieux, méditait à son
tour de faire divorce avec lui. Benjamin Constant et

Mme de Staël, transformant ingénieusement le siècle accompli et s'essayant à le rajeunir, allaient semer les aperçus et pousser la découverte en bien des sens et sur bien des voies. Ces premiers essais, ces éclats brillants, un moment interrompus ou contrariés par le despotisme de l'Empire, devaient, quelques années après, porter fruit et donner en plein leurs conséquences. Dans toutes les branches de la pensée, dans toutes les directions de l'étude et de la connaissance humaine, on vit bientôt, aux premières heures de soleil propice et de liberté, des produits heureux, originaux, attester la fertilité du champ ouvert et l'efficacité de l'entreprise. MM. Guizot, Augustin Thierry, et d'autres après eux dans l'explication ou le tableau des époques reculées, M. Victor Cousin dans l'intelligence historique des philosophies, M. Raynouard dans le défrichement des littératures du moyen âge, donnèrent le signal aux générations ardentes et dociles. Qu'est-il besoin de prolonger l'énumération de ce qui nous est si présent? on eut bientôt dans tous les sens une émulation d'études et un concert d'efforts qui constituèrent une époque littéraire tout à fait nouvelle, et distincte par l'esprit comme par les résultats de ce qu'avait été et de ce qu'avait produit le xviiie siècle; on eut le xixe siècle en un mot. Or, entre ces deux régimes intellectuels, sorti du cœur de l'un, tenant aux origines et à la formation première de l'autre, il y eut un esprit précoce, sagace, infatigablement laborieux, qui, sans faire éclat et rupture, sans solution apparente de continuité, mais par voie de développement et de progression paisible, silencieuse, résuma en lui presque tout ce travail intérieur et nous permet de l'étudier comme dans un profond exemple. M. Fauriel (car c'est de lui qu'il s'agit) nous représente le xviiie siècle devenant naturellement le xixe, le devenant avec énergie, avec simplicité, avec originalité. Parti du xviiie en ce que ce siècle avait conservé de plus entier et de plus vital, il pénètre tout d'abord au xixe en ce que celui-ci a de plus neuf, de plus particulier et de plus distinct. En parlant de la sorte, nous ne le surfaisons à l'avance en rien, et le lecteur va juger tout à l'heure par lui-même de l'exactitude de notre jugement. M. Fauriel, l'élève et le rejeton, ce semble, de la société d'Auteuil, l'ami filial de Cabanis, sera le devancier, l'initiateur secret, mais direct, l'*inoculateur* de la plupart des esprits distingués de ce temps-ci en histoire, en méthode littéraire, en critique. D'autres ont eu la notoriété, l'apparence, l'éclat ; ils l'ont mérité et ils l'ont eu, je salue au front des talents la couronne. Lui modeste, tout entier aux choses, indifférent à l'effet, il a été (je suis obligé d'emprunter à la physiologie une image), il a été comme un organe profond intermédiaire entre des systèmes d'esprits différents. Pour qui veut étudier les origines du xixe siècle dans toutes ses branches, et comme dans ses racines, il faut s'adresser de près à M. Fauriel. C'est ce que nous allons faire avec suite et avec profit, nous l'espérons. Lorsqu'on étudie des talents glorieux, brillants, on est volontiers ébloui ; on se trouve obligé, si l'on veut rester exact, de faire avec eux comme en physique avec les rayons qu'on dépouille d'abord de leur vivacité d'éclat pour mieux apprécier leurs autres propriétés, et l'on n'y réussit pas toujours. Ici on n'a rien à redouter d'un semblable prestige ; c'est le fond même, c'est la chose toute pure qu'on étudiera, et la valeur, la qualité de ce rare et fin esprit en ressortira non exagérée, mais bien entière.

Il est une disposition que la vue finale du xviii° siècle engendra en plus d'un jeune esprit, et qui avait été complétement étrangère à ce siècle lui-même, je veux dire l'*impartialité*, l'ouverture à tout comprendre, à ne rien sacrifier par passion dans les aspects différents de chaque objet. Pour se souvenir à quel point les érudits, à cette fin du siècle, en étaient loin, on n'a qu'à se rappeler Dupuis et Volney. Fréret, leur maître à tous, s'y rangeait mieux, ou il y avait en quelque sorte suppléé par la force d'un excellent esprit appliqué expressément à sa matière. Cette disposition récente, résultat final de tant de spectacles contradictoires, et qui se traduisait en indifférence chez les témoins blasés, méritait un noble nom chez les jeunes esprits curieux et désintéressés à la fois : elle mit tout d'abord son cachet à quelques essais distingués d'alors. L'impartialité fut une qualité essentielle et principale chez M. Fauriel, et d'autant plus méritoire en lui qu'elle trouvait un fonds de convictions philosophiques et politiques antérieures; mais, à un si haut degré qu'il la possédât, seule elle ne suffirait pas pour expliquer et caractériser tout ce qu'il y eut de nouveau et d'inventif dans les points de vue auxquels une étude continuelle le porta successivement. Il faut donc admettre qu'il y eut en lui, comme en tout esprit inventeur, une initiative originale, un germe inné de génie historique et critique que développa une infatigable application, et que l'impartialité favorisa, mais qu'elle n'eût point suscité. On en jugera d'ailleurs à le voir à l'œuvre, et par l'exposé même des faits où nous avons hâte d'entrer. Nous serons plus hardi à conclure sur ses mérites incontestables, après que nous aurons fourni les preuves surabondantes.

Claude Fauriel, né le 21 octobre 1772, à Saint-Étienne, d'une honnête famille d'artisans qui ne paraît pas avoir manqué d'aisance, fut élevé avec soin au collége des oratoriens de Tournon. On sait seulement qu'il eut pour maître, soit à Tournon, soit auparavant à Saint-Étienne, un M. Dagier, homme estimable, qui, depuis, a écrit l'histoire de l'Hôtel-Dieu de Lyon (1). Les qualités du cœur se déclarèrent de bonne heure chez le jeune Fauriel à l'égal de celles de l'esprit. Il était naturellement si bon que, dans son enfance, s'étant fait au sourcil une brûlure grave qui lui laissa cicatrice, comme il en souffrait beaucoup, il dissimulait tout à fait cette douleur devant sa belle-mère, qu'il aimait tendrement; il triomphait sans trop d'effort de l'égoïsme si ordinaire à cet âge, et, dès que sa belle-mère s'approchait de son lit, *il ne sentait plus* son mal. Ce trait d'enfance qui s'est conservé est bien du même homme qui, savant et vieilli, a pourtant vécu jusqu'à la fin par

(1) Voir les *Études sur les Historiens du Lyonnais,* par M. Collombet, seconde série, page 30.

la vie du cœur et par les affections : on s'apercevait, en le rencontrant, du retour de certains amis qui lui étaient chers, sans avoir besoin de lui en faire la question, et rien qu'à son visage plus éclairé. Tout en étudiant plus particulièrement en lui l'historien et le critique, nous ne nous interdisons pas d'y rencontrer l'homme.

Le jeune Fauriel achevait ses études à Tournon au moment où la révolution de 89 éclatait. Le souffle de la tempête généreuse courait par toute la France et y enflammait les âmes. Les écoliers, à ce qu'il paraît, jouaient entre eux à l'Assemblée nationale : on répétait à Saint-Étienne ou à Tournon, on parodiait avec sérieux le grand drame de Paris ; l'un était Mirabeau, l'autre Barnave, un autre M. Necker : chacun avait son rôle et faisait sa motion. Un jour que M. Fauriel racontait ce souvenir en présence de M. Guizot, son ami de tout temps, celui-ci, l'interrompant, lui dit : « Ah ! vous, Fauriel, je ne suis pas embarrassé du rôle que vous avez eu, je le vois d'ici. — Et qu'y faisais-je donc ? répliqua Fauriel. — Ce que vous avez fait ? dit M. Guizot, vous avez donné votre démission. » C'est en effet ce que M. Fauriel était toujours tenté de faire, homme de pensée et nullement d'action, toujours pressé de sortir de la vie extérieure pour se réfugier dans l'étude secrète, profonde et sans partage ; nous le verrons, toutes les fois qu'il le pourra, donner sa démission.

Il eut pourtant, en ces années de jeunesse, son ardeur de prosélytisme et son essor impétueux ; la cause patriotique et philosophique l'enrôla du premier jour dans ses rangs. Il y avait, vers cette époque, dans le pays, une petite société dite de *Chambarans*, telle sans doute que les jeunes gens en forment d'ordinaire dans leur vue anticipée du monde et dans leurs rêves d'utopie première : « C'est là, lui écrivait après des années l'un des membres de cette petite coterie, c'est là que je sus vous apprécier et que vous m'apprîtes à lire *les Ruines* de Volney. Une conformité d'âge et de goûts m'attacha à votre personne, et une liaison s'établit entre nous, malgré la supériorité que vous conserviez sur moi. » Il se mêlait à ces causeries ardentes des courses pleines de joie et de fraîcheur à travers la campagne ; car Fauriel aimait la nature, et il l'étudiait comme toutes choses ; la botanique fut d'abord et resta longtemps une de ses passions favorites. Lui si sobre de souvenirs, il aimait à se rappeler, après un bien long intervalle, ses excursions d'enfance dans les sites pittoresques et sauvages, voisins de son berceau :

« C'était sur les bords de la Loire, écrivait-il à un ami, très-près des montagnes où elle prend sa source ; je vois encore les deux énormes murailles de rochers entre lesquelles roule le fleuve naissant ; je vois encore son eau limpide glisser sur des rochers qu'elle a pelés et dont elle laisse apercevoir toutes les veines ; je vois flotter sur son cours des laves de volcans éteints qui y nagent comme feraient de grandes éponges noires. Je vous dis que vous trouverez cela très-beau. J'aurai souvent l'occasion de faire ce voyage en idée, et de vous conduire ou de vous suivre à travers ces belles campagnes où le souvenir de trois civilisations différentes ajoute un nouveau charme aux beautés de la nature. »

Ce souvenir des trois civilisations différentes, gau-

loise, romaine et romane, s'ajoutan après coup, pour
la compléter et la couronner dans sa pensée, à son impression première; l'érudition chez lui empruntait et
rendait de la vie aux choses; mais tout cela, prenez-y
garde, ne sautait point aux yeux et restait aussi discret
que profond.

Il aimait en tout à étudier, à saisir les origines, les
fleuves à leur source, les civilisations à leur naissance,
les poésies sous leurs formes primitives, et de même
en botanique, quand il herborisait, il cherchait de
préférence les mousses.

Mais ces études pacifiques devaient s'ajourner encore;
les dangers de la patrie le réclamaient. Une lettre du
ministre de la guerre Beurnonville adressée *au Citoyen
Fauriel, à Saint-Etienne,* à la date du 26 mars 1793,
lui donnait avis qu'il était nommé à une sous-lieute-
nance vacante dans le 4e bataillon d'infanterie légère
de la *Légion des montagnes* en garnison à Perpignan, et
il s'y rendit aussitôt. D'autres pièces, qui indiquent que
sa démission fut envoyée au ministre Bouchotte, successeur de Beurnonville, donneraient à croire qu'il ne
resta à l'armée qu'une année environ; mais il put y
retourner ou y demeurer indépendamment de cette démission du grade. Ce qui paraît certain, c'est qu'il fut
attaché quelque temps à Dugommier comme secrétaire,
et qu'il servit dans la compagnie dont La Tour-d'Auvergne était capitaine. Bien qu'il revînt rarement, je
l'ai dit, sur ses souvenirs, et qu'il eût pris l'habitude
de les ensevelir plutôt en silence, il lui arrivait quelquefois de raconter des anecdotes de ce temps, à l'es-

prit duquel il était resté foncièrement fidèle. On parlait un jour du courage à la guerre, et l'on demandait si les braves fuyaient jamais. Fauriel en souriant raconta ce qu'il avait vu faire à La Tour-d'Auvergne pour aguerrir ses jeunes recrues qui avaient plié : « J'ai fui autant que vous la première fois, leur disait le héros ; mais faisons un marché : avançons jusque-là, jusqu'à cet arbre que vous voyez. Si la cavalerie espagnole, qui est encore loin, avance jusqu'à cet autre arbre, oh ! alors vous fuirez, il sera encore temps ; mais voici ce qui arrivera : si elle vous voit ne pas fuir, elle-même sera la première à tourner le dos. » Et ainsi de proche en proche, d'arbre en arbre, on avançait, et la compagnie entraînée faisait merveille. On s'en revenait maître du terrain et en vieux soldats. Pour ceux qui seraient tentés de s'étonner de la forme du conseil, moins héroïque que le résultat, nous ferons remarquer que Tyrtée en personne n'usait guère d'une autre méthode que La Tour-d'Auvergne, lorsqu'il disait aux jeunes guerriers : « Tour à tour poursuivants ou poursuivis, ô jeunes gens, vous savez de reste ce qui en est : ceux qui tiennent ferme, s'appuyant les uns les autres, et qui marchent droit à l'ennemi, ceux-là meurent en moins grand nombre et ils sauvent les autres qui sont derrière ; mais ceux qui fuient en tremblant ont toutes les chances contre eux. »

À l'un de ses retours de l'armée, Fauriel eut occasion, pour je ne sais quelle affaire, de visiter Robespierre, rue Saint-Honoré, en sa petite maison proche de l'Assomption ; un jour qu'il passait par là, il en fit la re-

marque à un ami. Une note imprimée dans le *Bulletin
de Saint-Etienne* (1), et dont le contenu prêterait à discussion, indique qu'il était rentré dans ses foyers pendant l'année 1794, et qu'il y remplissait des fonctions
municipales, lorsqu'eut lieu l'épuration de la munici-
palité aux environs du 9 thermidor : « Pignon (est-il
dit dans la note du *Bulletin*), le plus chaud des républicains, le premier de la république, comme l'appelait
un de ses partisans, fut même poursuivi, et l'officier
municipal Fauriel en quitta son écharpe de dépit. »
Cette seconde *démission* donnée par Fauriel lui ressemble trop pour que nous ne le reconnaissions pas à
ce mouvement et comme à ce geste naturel. Quant à la
qualification de *républicain exalté,* que le *Bulletin* attache à son nom, nous n'y pouvons voir qu'une expression exagérée de ce qui, à un certain jour, dut être en
effet le vrai de ses sentiments. M. Fauriel était et (puisque nous sommes amené à le dire) resta toujours républicain au fond, sans trop entrer dans les nuances,
et comme il convenait à un ancien sous-lieutenant de
La Tour-d'Auvergne. Sous la discrétion extrême de ses
paroles en politique, sous l'aménité parfaite de ses
manières, on aurait pu distinguer jusqu'à la fin en lui
cette noble fibre persistante et la chaleur d'une conviction patriotique intime survivant même à toutes les
étincelles. Nous sera-t-il permis, comme indice à cet
égard, de noter son goût très-vif pour Carrel ? Qu'on
veuille bien nous comprendre, ni plus ni moins : il y

---

(1) xviie année (1830), page 314.

avait tout au fond de la pensée de Fauriel en politique
comme un certain coin réservé, nous n'entendons pas
autre chose. Il disait d'ailleurs dans l'intimité et avec
cet esprit libre d'illusions : « Je suis volontiers pour la
république, à condition qu'il n'y ait pas de républicains. »

Que fit le jeune Fauriel durant les années du Directoire, de 1795 à 1799, époque où nous le retrouverons?
Il disparaît pendant ce laps de temps, et il ne nous
reste à supposer qu'une chose à peu près certaine, c'est
qu'il vécut dans son pays, travaillant et étudiant sans
relâche. Il faut bien qu'il en ait été ainsi, puisqu'on
le rencontre, tout au sortir de là, sachant extrêmement bien le grec, l'italien, l'histoire, la littérature,
déjà enfin un savant. *La Décade philosophique* n'aura
pas de rédacteur plus compétent, plus avancé en tous
les ordres de connaissances. Une lettre d'un de ses ca-
marades de jeunesse nous montre qu'il avait même
songé, durant ces années du Directoire, à étudier la
langue turque, et il avait donné commission à cet ami
qui partait pour Constantinople de lui envoyer grammaire et vocabulaire. Il écrivait dès lors beaucoup,
comme il fit toute sa vie, sans projet aucun de publication, sans autre but que de fixer ses idées, et il se
contentait de lire à ses amis particuliers ses essais
d'ouvrages. Un séjour de plusieurs mois qu'il fit à Paris, peu avant le 18 brumaire, dut le remettre en relation étroite avec quelques compatriotes, personnages
influents d'alors. Français (de Nantes), qui était natif
du Dauphiné, cet homme excellent dont on retrouve la

trace bienfaisante à l'origine de tant de carrières littéraires, protégeait beaucoup le jeune Fauriel, et celui-ci
lui dut peut-être de connaître Fouché, auprès duquel
il avait d'ailleurs à présenter comme titre direct les
souvenirs de son éducation oratorienne. Bref, après le
18 brumaire, Fauriel fut employé sous Fouché, alors
ministre de la police, et il devint même son secrétaire
particulier ; en cette qualité, il logeait avec son patron
à l'hôtel du ministère. Nous pourrions suivre son passage à la police durant ces deux années (depuis la fin
de 1799 jusqu'au printemps de 1802) par une longue
suite de bons offices rendus et de bienfaits. Une lettre
touchante que nous trouvons à lui adressée et datée du
17 frimaire an VIII, c'est-à-dire des premiers temps de
son entrée dans les bureaux, traduit mieux que nous
ne saurions faire l'effusion de cœur d'un vieillard étonné
et reconnaissant qui, sous le coup d'un bienfait reçu,
s'en va presque admirer Fouché et appelle la police *la
boîte de Pandore*. En lisant cette lettre émue et naïve,
une larme d'attendrissement se mêle au sourire involontaire :

« Quel homme êtes-vous donc, citoyen ? Quoi ! vous faites
pour la seule justice, pour l'humanité seule, ce qu'à peine
on aurait attendu de la plus ardente amitié ! Je vous suis
étranger, à peu près inconnu, et vous embrassez mon affaire avec l'activité de l'intérêt propre ; vous l'étudiez, vous
avez la patience de dévorer les plus insipides papiers ; vous
la possédez mieux que moi-même ; en un mot, vous êtes le
seul, mais exactement le seul homme, qui ayez voulu m'entendre pour savoir au juste qui j'étais !

« Depuis trois mois, je trouvais dans les bureaux de la

police vingt personnes peut-être prêtes à écrire pour m'accuser, et depuis trois mois je n'en ai pas trouvé une seule capable de lire une page, une ligne pour ma justification. Sans vous, bon citoyen, condamné ou absous, je l'aurais été sans examen. Ah! quelle opinion vous me donnez du ministre qui sait choisir, employer et écouter un homme tel que vous! Il sera donc vrai que ces bureaux de la police ont été pour nous la boîte à Pandore; tous les maux en sont sortis en foule jusqu'aujourd'hui; et maintenant l'espérance cachée au fond de la boîte paraît enfin, et c'est vous qui l'accompagnez.

« Je vous le dis encore : quel homme êtes-vous donc ? Je relis vos deux lettres, elles font honneur à votre esprit; je pense à vos procédés, ils prouvent l'âme la plus belle. Si j'étais plus jeune, si la Providence m'avait placé près de vous, je n'oublierais rien pour obtenir, pour cultiver votre amitié. Je vous dirai bien que ma reconnaissance pour un trait si rare durera autant que ma vie; mais hélas! c'est vous dire qu'elle finira dans quatre jours, et je mourrai, bon et généreux citoyen, avec le regret de n'avoir point vu, de n'avoir point connu un homme à qui je dois autant d'attachement que d'estime. Recevez du moins l'assurance de ces sentiments. — SERVAN aîné, à Roussan, par Saint-Remy, département des Bouches-du-Rhône, 17 frimaire an VIII.

« P.-S. On a trompé le citoyen Cantwell, et le séquestre n'a point été mis sur mes biens. Cette erreur m'a attiré un acte de bienfaisance de plus de votre part, et vous avez porté votre attention sur tout. Il est bien vrai que j'étais vivement menacé de ce sequestre, etc... » (Suivent des détails sans intérêt.)

Et dans une lettre écrite deux jours après, craignant que la précédente ne soit point parvenue, le bon vieillard ajoute :

« Cette lettre, citoyen, contient la plus importante, la plus

8.

pressante de mes affaires : celle de ma vive reconnaissance pour vos procédés à mon égard. Je les raconte, je les répands sur tout ce qui m'environne, et je retrouve partout le même étonnement de cette activité de bienfaisance envers un étranger, un inconnu, à qui son âge et sa situation ne permettent plus ni d'empêcher le mal, ni de reconnaître le bien qu'on voudrait lui faire. Si vous n'aviez pas reçu la lettre où j'ai tâché de vous exprimer les sentiments ou plutôt les premiers mouvements de mon cœur, que penseriez-vous de moi ? Tourmenté de cette idée, j'ai écrit au citoyen Cantwell pour lui demander, comme une grâce, de m'éviter le malheur de paraître ingrat; je le supplie de vous voir et de vous dire, s'il est possible, à quel point je suis touché de votre singulier mérite. J'aurais gardé votre lettre comme celle d'un homme de beaucoup d'esprit, mais je la garde bien plus précieusement comme la preuve d'un cœur admirable. Jeune et bon citoyen, puissiez-vous être heureux dans toute la carrière que vous avez à parcourir !... »

Quand nous disons que Fauriel a été secrétaire de Fouché à la police, nous savons maintenant ce que cela signifie. Comme circonstance piquante ayant trait à cette même époque, il racontait qu'il avait été chargé pendant quelque temps de faire le rapport sur le marquis de Sade. La santé de Fauriel s'accommodait mal de ces occupations administratives, auxquelles il ne voulait pas sacrifier l'étude, et il ne pouvait suffire aux deux objets à la fois. Dans l'été de 1801, il dut faire, pour se rétablir, un voyage dans le Midi. Ce fut sans doute une des raisons qui le déterminèrent bientôt à sortir d'une situation incompatible d'ailleurs à la longue avec ses goûts et avec son extrême délicatesse. Il donna donc pour une troisième fois sa démission, comme il l'avait déjà donnée de sous-lieutenant d'abord, puis d'officier municipal. Il quitta Fouché dans le temps précisément où il faisait bon de s'attacher de plus près à ce régime de toutes parts affermi et à ces fortunes grandissantes : « — Mais vous êtes fou, lui disait Fouché, qui avait de l'affection pour lui ; c'est le moment plutôt de rester, nous arrivons (1). — Non, répondait Fauriel, ce n'est pas ainsi que je l'ai entendu. Quoi ! se mettre pour toute politique à la place des autres (on était à la veille du Consulat à vie), c'est toujours à recommencer. J'avais d'autres idées et d'autres espérances. » Fauriel était sincèrement attaché aux principes de la révolution, et il ne pouvait se faire à l'idée de continuer de servir, alors qu'il voyait cette cause décidément abandonnée. Mais, dans le cas présent, les principes républicains fournissaient plutôt un prétexte à ses goûts littéraires indépendants et à son amour de retraite studieuse qui l'emportait. Nous le trouvons, au printemps de 1802, établi à *la Maisonnette*, dans le voisinage de Meulan, auprès de sa noble et digne amie, la belle madame de Condorcet. Il eut d'abord quelque velléité d'en sortir pour tenter la carrière diplomatique ; une lettre de Français de Nantes (thermidor an X) semble l'indiquer. Mais bientôt l'étude, l'amitié, le charme d'une société choisie, les plus doux liens l'enchaînèrent, et pendant des années il se con-

---

(1) Fouché pourtant dut quelques mois après se retirer, le ministère de la police générale ayant été momentanément supprimé. Fauriel n'avait fait que prendre les devants.

tenta d'être heureux et de devenir de plus en plus savant, sans ambition, sans éclat, en silence :

Qui sapit, in tacito gaudeat ille sinu!

Fauriel, en 1802, est âgé de trente ans : s'il a au dedans toute la maturité de la jeunesse, sa figure en conserve encore les grâces délicates. C'est un philosophe, ou plutôt un sage ; c'est un stoïcien aimable et sensible, c'est en même temps un investigateur sérieux et curieux de toute vérité. Mais, avant de nous mettre à dénombrer la suite et les objets de ses travaux si divers au sein de sa fortunée retraite, nous avons à revenir un peu sur ses relations antérieures durant ses deux premières années de séjour à Paris, et sur les premières productions littéraires de sa plume que nous avons pu ressaisir.

Mᵐᵉ de Staël venait de publier son livre *de la Littérature considérée dans ses rapports avec les institutions sociales* ; elle connaissait peu Fauriel et depuis très-peu de temps seulement. L'ayant vu auprès de Fouché, elle usait de lui pour obtenir journellement de ces services alors si réclamés, et le savait assez vaguement un jeune homme de mérite. Elle lui envoya son livre un matin d'avril (1800), avant de quitter Paris (1), et bientôt une lettre de remercîments, qu'elle eut à lui adresser de Coppet, nous apprend l'usage qu'il en

___

(1) Voici le petit billet d'envoi : « Vous avez promis de vous occuper de l'affaire de M. de Narbonne, monsieur, car vous êtes inépuisable en bonté. — Je vous envoie mon livre. — Venez me voir un moment ce soir, vous me ferez un sensible plaisir. Mille compliments et remercîments. — Ce 7 floréal. »

avait su faire. Dans tout ce qui suit, nous ne craindrons pas de nous étendre à plaisir sur les relations avoisinantes de Fauriel, et d'y introduire le lecteur à son sujet. Nous serons en cela fidèle à l'esprit même de l'homme dont presque toute la vie se passa à répandre ses lumières et à verser ses idées au sein de l'amitié. L'action de Fauriel sur le public se fit longtemps et surtout à travers ses amis. Il faut revenir par eux à lui, pour le connaître tout entier.

« Coppet, par Genève, ce 12 thermidor (an VIII).

« Vous avez fait un extrait de mon ouvrage, monsieur (lui écrivait Mᵐᵉ de Staël), qui est un ouvrage lui-même ; et ce que vous dites en particulier sur la manière dont j'aurais dû traiter le chapitre de la philosophie est plein d'esprit et de justesse. Je ferai quelques changements dans la seconde édition qui va paraître, et je répondrai, dans les notes et dans une courte préface, à quelques objections de Fontanes, laissant de côté les insinuations personnelles, ces jouissances de l'esprit de parti. Si vous pouvez naturellement faire annoncer dans un journal que je me propose de réfuter, dans les notes de ma seconde édition, quelques objections de fait en littérature par d'autres faits avérés, j'en serai bien aise, mais seulement si cela se peut sans vous donner trop de peine. Que pense-t-on de ce *Mercure* en général ? Vaut-il la peine de le citer dans un ouvrage ? Vous voyez avec quelle confiance je vous adresse toutes ces questions ; mais j'espère que vous prenez quelque intérêt à ma réputation depuis que vous avez si efficacement contribué à l'augmenter. — Nous espérons la paix ici, et nous admirons beaucoup Bonaparte (1) ; mais nous sommes un peu fâchés, nous autres

(1) Mᵐᵉ de Staël était sous cette impression entièrement vraie à ce moment (juillet 1800).

protestants, de ce qu'il appelle les Anglais des hérétiques. Avez-vous pensé de même à Paris? L'adresse ne peut être généralement approuvée dans un empire de trente millions d'hommes ; on regarde de partout, il faut bien qu'on aperçoive tout ; mais le succès est une parfaite réponse. — Je me fais un grand plaisir de vous voir beaucoup cet hiver, monsieur ; il me semble qu'en écrivant vous m'avez fait encore mieux sentir tout le charme de votre esprit ; votre timidité en voilait quelques parties. — Je vais bientôt, à mon grand regret, vous renvoyer Benjamin ; vous avez bien voulu lui promettre de lui envoyer *la Clef du Cabinet,* où il est question de moi. J'attends l'arrivée de ces deux numéros pour remercier Daunou (1). — Me permettez-vous aussi de vous prier de dire à votre ministre quelques mots obligeants de ma part? Je n'oublierai jamais la manière dont il s'est conduit pour moi. — Comment sont les ministres ensemble? Je vous importune de questions, mais les solitaires sont très-curieux ; et vous, quoique habitant de la ville, vous écrivez de longues et de jolies lettres.

« Agréez, monsieur, l'assurance des sentiments que je vous ai voués. »

Cette lettre ne nous indique que le premier degré d'une liaison qui se resserra au prochain retour de Mme de Staël à Paris, et qui devint tout à fait de l'amitié. Les articles pour lesquels Mme de Staël remerciait Fauriel avec tant de grâce étaient trois extraits, en effet très-remarquables, publiés dans *la Décade* des 10, 20 et 30 prairial an VIII. Lorsqu'il y a une dizaine d'années j'écrivais dans cette *Revue* même sur Mme de Staël, j'avais rencontré en chemin ces

(1) La lettre de Mme de Staël à M. Daunou se trouve imprimée dans les *Documents biographiques sur Daunou,* publiés par M. Taillandier.

trois extraits anonymes, et j'avais dû en rechercher
curieusement l'auteur, car ils expriment des opinions
et décèlent des résultats qui ne pouvaient alors appar-
tenir qu'à très-peu d'esprits en France. Ossian, Shakspeare, Homère, y sont présentés, en passant, sous un
jour vrai et sans vague lueur ; on sent un esprit au
courant de tous les systèmes et les jugeant sans s'y livrer ; on devine quelqu'un qui a lu Wolf et qui sait à
quoi s'en tenir sur Ossian. Il n'y avait, encore une fois,
qu'infiniment peu d'hommes en France capables à cette
date de penser ainsi : il n'y en avait que trois tout au
plus peut-être, Benjamin Constant, Charles de Villers
et Fauriel. Dans mon désir extrême de découvrir l'auteur anonyme de ces articles, je m'étais adressé à
l'ancien rédacteur en chef de *la Décade*, alors encore
existant, M. Amaury Duval, dont la mémoire ne put
me fournir rien de précis (1). Je cherchais bien loin
celui qui était alors tout près de nous, et qui semblait
avoir oublié ses premiers essais de jeunesse.

Les remarques du critique sont d'abord aussi justes
que fines sur la littérature grecque, dont Mme de
Staël traite avec étendue et soin, mais avec moins de
connaissance immédiate qu'elle ne le fait pour les
autres littératures. Il montre très-bien qu'elle n'a pas
résolu les problèmes qui se rapportent à la perfection
de cette poésie merveilleuse et de cette langue déjà si
magnifique à son berceau. Lorsqu'il arrive à l'époque

(1) Voir l'article sur Mme de Staël, *Revue des Deux Mondes* du
1er mai 1835, page 291, et dans le volume des *Portraits de Femmes*
(1852), page 109.

de la décadence du monde antique et à l'invasion des
barbares, il semble moins disposé qu'elle à faire exclusivement honneur au christianisme d'une certaine action civilisatrice et de résultats qui lui semblent, à lui,
provenir de plusieurs causes combinées : on entrevoit,
dans une sorte d'arrière-pensée, l'historien futur de
cette époque intermédiaire, sur laquelle il avait déjà
certainement médité. Il relève encore chez Mme de
Staël quelques inexactitudes de détail sur la littérature
et la langue italiennes; il croit que les Italiens pourraient avec raison réclamer contre le jugement un peu
rapide qu'elle porte sur quelques productions célèbres
de leur littérature, entre autres sur l'*Aminta*; à la façon discrète et sûre dont Fauriel touche ces questions
relatives à la langue italienne, on sent le Français qui
peut-être la possédait le mieux dans ses nuances, celui
que Manzoni, jeune, allait connaître et adopter pour
son arbitre chéri, celui que Monti lui-même, arrivé au
faîte de la gloire, devait consulter. Lorsqu'il en vient
à la seconde partie de l'ouvrage de Mme de Staël, à
la partie plus directement philosophique, Fauriel laisse
percer, à travers la réserve de son analyse, ses convictions de philosophe et son culte assez fervent d'ami de
la vérité. Le jeune secrétaire de Fouché, qui cite avec
prédilection Mme de Staël parlant du beau moral,
ne craint pas non plus de mettre le doigt sur d'autres
points périlleux : « Madame de Staël, dit-il à propos
du chapitre qu'elle consacre à la philosophie, paraît
avoir bien senti les difficultés réelles de son sujet;
peut-être en a-t-elle senti plus vivement encore les in-

convénients, relativement aux circonstances actuelles. »
Et dans les pages qui suivent, il prend en main la cause
de la philosophie moyennant des considérations qui ne
sont nullement vulgaires et qui répondaient à merveille aux attaques du moment. Il voudrait faire comprendre aux détracteurs de la philosophie, à ceux qui
sont amis du pouvoir nouveau (et il y en avait beaucoup dans ce cas), que peut-être ils vont contre leur
but dans cette proscription un peu aveugle

« Au surplus, dit-il à leur adresse, que gagneraient les
ennemis de la philosophie à comprendre exclusivement sous
cette dénomination les idées qui répugnent à leurs préjugés
ou à leurs intérêts ? Rien ; car ils ne pourraient manquer de
s'apercevoir alors que plusieurs opinions, essentiellement
philosophiques, sont aujourd'hui consacrées par quelques
institutions sociales ; que plusieurs idées journellement atta-
quées comme des abstractions vides de réalité ne sont que
des conséquences plus ou moins immédiates de quelques
principes de philosophie devenus des principes de politique.
Dès lors, s'en prendre à certaines idées serait attaquer certaines institutions ; se permettre certaines discussions ne serait plus argumenter contre des philosophes, mais bien
contre des gouvernements...

« S'ensuit-il de là que nous regardions la garantie de la
puissance comme une condition de la vérité ? Non, sans
doute. Nous pensons seulement que la vérité consacrée par
le pouvoir doit avoir moins d'ennemis que la vérité de pure
spéculation ; car, pour un assez grand nombre d'hommes,
l'autorité des faits représente suffisamment celle de la raison.

« Nous ne nous sommes permis ces observations que pour
faire sentir quelques-uns des inconvénients qu'il pourrait y
avoir pour les adversaires de la philosophie à préciser davantage leurs griefs contre elle. Nous conviendrons mainte-

nant de l'habileté avec laquelle plusieurs d'entre eux se
mettent à l'abri de ces inconvénients. Contredire des opinions
qui, naguère encore, n'étaient que philosophiques, mais qui,
tous les jours, deviennent plus nationales, leur semblerait
téméraire. Que font-ils ? Ils adoptent ces opinions, mais ils
s'en font une arme contre des idées qui ne sont encore que
celles de plusieurs hommes supérieurs. Ils cherchent dans
les victoires mêmes de la philosophie des obstacles à ses progrès futurs. »

Ces opinions, si fermement et si prudemment expri-
mées par l'écrivain de vingt-huit ans, nous paraissent
être demeurées toujours les siennes; et c'est sur cette
base primitive, sur ce fond recouvert, mais subsistant,
que son impartialité historique et critique si étendue,
si nourrie d'études, se vint superposer année par année, comme une riche terre végétale, en couches successives.

Mme de Staël, à son prochain retour à Paris, dans
l'hiver de 1800-1801, attira beaucoup le jeune critique, qu'elle n'avait que légèrement distingué jusqu'alors. Cette timidité qui voilait, comme elle le lui
disait agréablement, certaines parties de son esprit, se
leva par degrés sous un regard accueillant ; elle put
l'apprécier dans cette nuance affectueuse et cette originalité simple qui se confondaient en lui et qui de-
mandaient à être observées de près. « Ce n'est pas
assurément que votre esprit aussi ne me plaise, lui
écrivait-elle un jour, mais il me semble qu'il tire surtout son originalité de vos sentiments. » Fauriel, à cet
âge, était doué de toutes les qualités que nous lui avons

connues, mais de ces qualités en leur fleur ; sa physionomie, qui ne fut jamais très-vive, était aimable ; cette physionomie sensible, expressive, inquiétait même parfois sur la délicatesse de sa santé. Il avait une teinte de pensée douce et triste tout à la fois, qui se gravait au cœur de l'amitié au lieu de s'effacer. Lorsqu'on a connu les hommes dans la seconde moitié seulement de leur vie, déjà un peu vieux et tout à fait savants de renom, enveloppés de cette seconde écorce qu'on ne perce plus, on a peine à se les représenter tels qu'ils furent une fois, eux aussi, pendant les saisons de jeunesse et de grâce. Nous retrouverons du moins quelques-uns de ces traits intéressants du Fauriel jeune dans les lettres suivantes, qui sont si honorables pour lui, puisqu'elles montrent combien il fut goûté d'une femme, la première de toutes en esprit et en bonté, de celle qui, selon une expression heureuse, sut avoir *la supériorité si charmante*. J'ai dit que la santé de Fauriel, un peu altérée par la fatigue de la vie administrative et par l'excès du travail, l'avait décidé à un voyage dans le Midi pendant l'été de 1801 ; il y accompagna son protecteur Français de Nantes, qui allait en tournée de conseiller d'État. Mme de Staël était repartie de bonne heure pour la Suisse cette même année ; elle comptait un peu y attirer le jeune voyageur qui passait à la frontière, et lui faire les honneurs de Coppet, en causant avec lui de toutes choses. Fauriel lui avait écrit en route des lettres qu'elle n'avait pas toutes reçues. Elle lui répondait de ce ton d'exigence aimable qui est la flatterie du cœur, et avec cet attrait naissant de bienveillance qui jette comme des rayons dans les perspectives de l'amitié.

« Coppet, ce 17 prairial (1801).

« Je n'ai point reçu votre lettre écrite sur le Rhône, et je la regrette; il me semble qu'elle devait exprimer une douce disposition pour moi. Benjamin avait reçu une lettre de vous. Il vous a écrit à Aix; j'ai mis un petit mot dans cette lettre-là. Je reçois votre lettre de Toulon; elle est datée du 6. J'y réponds le jour même : arrivera-t-elle à temps chez votre ami? Cette incertitude me gêne. Est-ce à vous que je parle? est-ce à je ne sais quel individu qui lira une fois cette lettre (1)? Je trouve vos raisons bien mauvaises pour ne pas venir ici, ou plutôt je voudrais que rien ne pût vous en empêcher. Cet hiver je vous dis une fois d'aller au bal, et vous ne m'entendîtes pas. Je vous ai dit de venir ici; si vous ne venez pas, jamais au milieu de Paris nous n'aurons l'un pour l'autre la confiance qu'inspirent la solitude et les Alpes. Vous pourriez venir ici et rejoindre Français à Lyon. Enfin, vous le savez, les excuses ne sont bonnes que dans la proportion du désir; et, quoi que vous me disiez, je croirai toujours qu'un mouvement de plus vous aurait conduit vers moi. J'avais dit à mon père votre projet, et il se faisait plaisir de vous recevoir. Auguste vous appelle à grands cris. Négligerez-vous ces affections diverses qui, combinées ainsi, ne se retrouveront peut-être jamais? Français n'est-il pas homme à comprendre qu'on peut venir voir M. N. (*Necker*) et sa fille? Et, s'il ne le comprenait pas, ne vous suffit-il pas de votre ministre, à qui je l'ai dit, et qui vous en estimera davantage? J'insiste trop, car je me prépare une peine de plus si vous

---

(1) Le secret des lettres était très-peu respecté à cette époque, et l'on s'écrivait le plus souvent sous le couvert d'autres personnes : d'ailleurs, Fauriel étant en voyage, cette précaution devenait presque nécessaire.

ne venez pas, l'inutilité de mon insistance. Je suis bien aise
que votre santé soit rétablie; j'étais inquiète de vous la veille
de votre départ, et j'ai été triste de votre silence. Vous vous
étiez montré à moi sous un aspect sensible qui m'avait inté-
ressée, et j'ai été fâchée de voir s'évanouir l'image que je
m'étais faite de vous. Pictet m'a demandé de vos nouvelles.
Ici, j'ai interrogé M. Dillers, un Marseillais, sur la route et
les projets de Français de Nantes. Il m'a cru très-amie de ce
conseiller d'État; j'ai pourtant eu soin de lui dire que son
jeune compagnon, sans crédit et sans dignité, était l'objet
de mes questions. Je suis ici dans la plus parfaite solitude,
car ceux qui la troublent m'importunent, et je les écarte volontiers. Je m'occupe de mon père, de l'éducation de mes
enfants, et de mon roman (*Delphine*) qui vous intéressera,
je l'espère. Vous aimez les sentiments exaltés, et, quoique
vous n'ayez pas, du moins je le crois, un caractère passionné,
comme votre âme est pure, elle jouit de tout ce qui est noble
avec délices (1). J'ai vu beaucoup l'auteur d'*Atala* depuis
votre départ; c'est certainement un homme d'un talent distingué. Je le crois encore plus sombre que sensible; mais il
suffit de n'être pas heureux, de n'être pas satisfait de la vie,
pour concevoir des idées d'une plus haute nature et qui
plaisent aux âmes tendres (2). Adieu, mon cher Fauriel;

(1) On ne saurait, ce me semble, donner de l'âme de Fauriel une
plus juste et plus intime définition.
(2) Mme de Staël manifesta dès l'abord, et malgré les dissidences
de plus d'un genre qui avaient déjà éclaté, un vif intérêt pour la
personne et pour les écrits de M. de Chateaubriand; il faut noter
qu'à la date de cette lettre, le *Génie du Christianisme* n'avait pas
encore paru; M. de Chateaubriand était simplement l'auteur
d'*Atala*. Ai-je besoin aussi de faire remarquer que cette expression,
talent distingué, voulait dire alors plus qu'aujourd'hui? On a
abusé de toutes les formules. Je ne sais si je me trompe, mais il
me semble que cette phrase sur M. de Chateaubriand, jetée dans
une lettre familière et presque intime, jetée là à la fin et comme
une pensée à laquelle on revient, témoigne, même sous sa réserve,

j'attends votre décision pour vous aimer davantage si elle vous amène ici. Néanmoins, écrivez-moi si vous continuez votre route; j'aurai une illusion de moins, mais il me **restera** cependant encore une amitié sincère pour vous. »

Fauriel eut le regret de ne pouvoir se rendre à **un si** engageant et si affectueux appel; il écrivit, en reprenant la route de Paris, une lettre touchée, mais une lettre d'excuses; il ne désespérait pourtant pas d'obtenir de Fouché une permission de départ avant la fin de la saison; à quoi on se hâtait de lui répondre, avec cette grâce suprême où se mêlait une bonté attentive :

« Vos excuses sont inutiles; elles sont plus que suffisantes pour un certain degré d'amitié, elles ne valent rien pour un degré de plus. Avez-vous besoin que je vous explique cela? Je ne le veux pas. Il ne faut pas que vous veniez ici à présent, vous vous hasarderiez à perdre votre place, et nous serions moins sûrs de passer l'hiver ensemble. Ne venez

un intérêt réel et senti, une préoccupation tout aimable. — **Puis,** quand le *Génie du Christianisme* parut, Mme de Staël fut à la fois surprise en un double sens, *en bien et en mal;* elle y trouva plus de vigueur encore et de hautes qualités qu'elle n'avait attendu, au moins dans l'épisode de René, qu'elle admirait extrêmement; et d'autre part, elle était fort choquée de certaines considérations qui lui paraissaient un défi porté à l'esprit du temps : « M. de Chateaubriand, disait-elle, a un chapitre intitulé *Examen de la virginité sous ses rapports poétiques;* n'est-ce pas trop compter, même dans ces temps malheureux, sur le sérieux des lecteurs? » Elle méconnaissait le merveilleux rapport qui liait l'ensemble de l'œuvre à l'époque elle-même : ce qui précisément fait dire à M. Thiers en son histoire : « Le *Génie du Christianisme* vivra comme ces frises sculptées sur le marbre d'un édifice vivent avec le monument qui les porte. »

donc pas, à moins que votre ministre ne vous le dise cordialement. »

Et quelques jours après, reprenant plus en détail cette distinction dans les divers degrés d'amitié, Mme de Staël lui écrivait en des termes charmants, qui sont l'expression comme ingénue de sa nature, et qui nous rendent un peu le mouvement de sa conversation même :

« Ce vendredi soir (fin d'été de 1801).

« J'ai donné ce matin une lettre pour vous à Girod de l'Ain, notre député, qui doit vous recommander un descendant de Corneille. Faites honneur au crédit que je me suis donné l'air d'avoir sur vous. — Vous m'avez écrit une lettre où il y a des phrases charmantes; mais nous ne nous entendons pas. Il y a une amitié qui passe à 25 lieues de vous sans venir vous voir, qui est *paresseuse* d'écrire, comme vous le dites vous-même de vous, qui vous envoie une lettre tous les mois, et n'en est pas moins très-dévouée dans les occasions importantes de la vie; cette amitié, je crois avec plaisir que vous l'avez pour moi; mais celle qui ne s'excuse de rien que de son empressement, qui est beaucoup plutôt insistante que négligente, celle qui se retient d'écrire au lieu de s'exciter, cette amitié-là est beaucoup plus aimable, et je vous l'aie crue pour moi; mais à présent j'en doute, et j'ai raison d'en douter. Ce qui fait donc que, si nous parlons sérieusement, solidement, comme deux bons vieux hommes, je suis très-reconnaissante de ce que vous êtes pour moi; mais, si je reviens à ma nature de femme encore jeune et toujours un peu romanesque, même en amitié, j'ai un nuage sur votre souvenir que vos arguments ne dissiperont pas. Écrivez-moi, c'est ce qui vous obtiendra mon sincère pardon; ce n'est jamais dans l'excuse qu'est la justification, croyez-moi. — Benjamin est arrivé; je suis bien moins au

fait de ce qui se passe. — N'oubliez pas mon ministre protestant (1) et moi en même temps sur l'adresse seconde, car
je n'ai pas compris comment vous pouviez penser que je
vous proposais de mettre un tiers entre vous et moi ; cette
idée ne me serait jamais venue. — Notre Suisse va assez
mal ; on a fait les élections tout de travers ; on a choisi les
municipalités pour électeurs, on évite les choix populaires,
et l'on veut cependant avoir l'air de faire émaner les pouvoirs
du peuple ; c'est une subtilité qui n'aboutit à rien qu'à
éviter à la fois les avantages de la démocratie et de l'aristocratie. — Je ne finis point parce que je suis fâchée ; mais
j'attends plusieurs lettres de vous qui remettent mon affection bien à l'aise, afin d'écrire de longues pages qui ne pourront contenir, dans ma solitude, que des détails sur mes
impressions, mes occupations, mes enfants ; et il faut que je
sache tout de vous pour vous parler de moi. Auguste vous
écrira ; il dit que vous êtes ce qu'il aime le mieux à Paris.
Pictet parle de vous aussi avec beaucoup d'intérêt. Tout
ce qui m'entoure vous aime ; me laisserai-je gagner par
l'exemple ?

L'hiver suivant (1801-1802), Fauriel, encore attaché
au cabinet de Fouché, était déjà très-produit dans le
monde ; il vit beaucoup Mme de Staël durant cette
saison, il avait quelque chose envers elle à réparer. Il
voyait aussi le monde philosophique proprement dit, il
était initié au groupe d'Auteuil, et commençait à cultiver Mme de Condorcet. Il avait rencontré celle-ci pour
la première fois un matin au Jardin des Plantes, où
leur goût commun de la botanique les avait conduits.
Du côté de Mme de Condorcet et de Cabanis, Fauriel

(1) Fauriel devait adresser ses lettres sous le couvert d'un ministre protestant, M. Gerlach.

entrevoyait plutôt la retraite, la méditation suivie, l'é-
tude habituelle et profonde partagée entre les livres et
la nature. Quant au cercle de Mme de Staël, c'était
autre chose, c'était la vie sociale dans toute sa diversité et son mélange, le jaillissement et la fertilité des
idées dans tout leur éclat. Nous pourrions le suivre
cet hiver-là d'assez près. Les détails imprévus de société, quand on les peut ressaisir à distance, intéressent
comme une découverte ; on est toujours tenté de s'é-
tonner que d'autres aient vécu comme nous vivons, et
qu'il y ait eu tant de vivacité, tant de mouvement, dans ce
qui est loin, dans ce qui n'est plus. Alors, tout comme
aujourd'hui, on se hâtait en bien des sens, on s'écrivait
en courant au moment de partir pour une loge aux
Bouffons, au moment d'aller à la *Lodoïska* de Chérubini
ou à l'*Henri VIII* de Chénier. L'amitié, le cœur, l'intérêt sérieux avaient des instants, le monde avait les
heures. Il y avait de ces rencontres qui font envie. Un
jour, Mme de Staël arrangeait pour Fauriel un petit
dîner avec M. de Chateaubriand, et celui-ci lui envoyait son *Génie du Christianisme*, tout frais de l'impression, par les mains de Mme de Staël elle-même.
Mais surtout, grâce à sa position auprès de Fouché,
Fauriel était inépuisable en bons procédés, en services
à rendre, comme l'atteste ce petit billet entre vingt
autres. Il est de Mme de Staël encore, et dénonce la
bienveillance active de tous deux :

« Un homme des amis de Mathieu (1), M. de La Trémouille,

_____

(1) Mathieu de Montmorency.

9.

est arrêté de ce matin ; faites-moi le plaisir avant dîner, **mon cher Fauriel**, de savoir, sans vous compromettre, tout ce qui peut être relatif à lui. Venez un peu de bonne heure, car je vais à *Henri VIII*. Mille amitiés. Vous ne vous lasserez pas de faire tout le bien que vous pourrez (1). »

Pour clore cet épisode si honorable à Fauriel, et qui ne saurait être indifférent au lecteur, pour achever de couronner le souvenir de cette liaison avec Mme de Staël, je ne veux plus citer d'elle à lui que deux petites lettres encore, l'une de 1803, quelques mois après la publication de *Delphine*, l'autre de février 1804, lorsque, dans les commencements de son exil, elle était entrain de faire son premier voyage d'Allemagne. On voit dans la première de ces lettres en quels termes affectueux et pleins d'une tendre estime Mme de Staël renoue une correspondance interrompue, et passe outre à une négligence :

« Ce 8 avril (1803).

« Quoique votre long silence m'ait fait beaucoup de peine, mon cher Fauriel, je n'ai pu me persuader que *Delphine* ne vous eût pas intéressé, ni que vous eussiez entièrement oublié son auteur. Il me semble que nous sommes faits pour être amis, et je l'attends, votre amitié, comme cette moitié d'une lettre déchirée qui peut seule expliquer l'autre. Vous ne m'invitez pas beaucoup à revenir ; mais j'ai un tel dégoût du pays que j'habite, que je ne puis suivre ce conseil, et

_____

(1) Et le lendemain : « Voilà la lettre de Mathieu. Je vous prie de tâcher de lui avoir son rendez-vous pour demain. Réponse ou non, venez me voir à quatre heures. Je dîne en ville; je vous mènerai où vous allez. Avez-vous ouï dire qu'on fût bien **en colère** contre le Tribunat? »

j'espère une fois, quand nous nous reverrons, vous expliquer
un peu cette disposition. Si j'ai une campagne près de Paris,
vous m'y donnerez quelques jours; nous lirons, nous cause-
rons, nous nous promènerons ensemble, et je croirai moins
de mal de la nature humaine, quand votre âme noble et pure
me fera sentir au moins tout le charme et tout le mérite des
êtres privilégiés. Adieu, mon cher Fauriel; à présent que je
ne saurai plus de vos nouvelles par Benjamin, vous devriez
m'écrire directement. »

Dans la dernière lettre qu'on va lire, et qu'elle lui
écrit d'Allemagne, elle lui jette de loin ces noms
de Goëthe et de Schiller, comme à celui qui, presque
seul alors en France (1) savait les comprendre :

« Weimar, ce 29 février (1804).

« Voulez-vous vous charger, mon cher Fauriel, de ce petit
mot pour Brown? Nous venons de passer, Benjamin et moi,
deux mois et demi assez doux entre Goëthe et Schiller,
et un prince homme de beaucoup d'esprit, ce qui n'est
pas commun maintenant. Je vais maintenant terminer mon
voyage d'Allemagne par deux mois à Berlin, et Benjamin
retourne en France; mais il a pris tant de goût pour l'Allemagne, qu'il n'y voyage pas rapidement. Quand on aime
comme moi l'esprit de société, quand on a pris l'habitude
de se laisser distraire par ce genre d'amusement, la France
seule peut plaire; mais toute conversation qui a pour but
l'instruction et une analyse singulièrement fine et ingénieuse
des idées et des sentiments solitaires, il faut la chercher ici.
Schiller va donner une nouvelle pièce, *Guillaume Tell*, où
il y a des beautés bien originales. Je vous rapporterai tout
cela si j'ai le bonheur de vous revoir et si nous causons jamais quelque part à loisir. — Adieu, mon cher Fauriel.

(1) Joignez-y, si vous voulez, Villers, Vanderbourg; je cherche
en vain d'autres noms.

Voyez-vous quelquefois Villers ? que devient-il ? je l'ai **trouvé**
fort aimable à Metz. — Si vous avez le bon mouvement de
m'écrire, c'est chez M. Schickler, banquier à Berlin, qu'il
faut m'adresser votre lettre. Mille amitiés. »

Durant toute cette relation amicale, comme dans la
plupart de celles même qui lui étaient le plus chères,
on peut le remarquer, Fauriel, occupé au travail, enchaîné par les habitudes, et plus fidèle qu'actif aux
souvenirs, Fauriel écrivait peu et laissait bientôt tomber, sans le vouloir, une des extrémités de la chaîne
que l'autre correspondant, à son tour, finissait par ne
plus soutenir que faiblement. Il revit plus tard
Mme de Staël à Acosta (1806) lorsqu'elle y terminait
Corinne; la Maisonnette, cette habitation de Mme de
Condorcet, était dans le voisinage. Les entretiens de
près reprirent avec vivacité, avec abondance. Est-ce là,
était-ce à Paris, à une époque antérieure, qu'eurent
lieu certains déjeuners en tiers avec Frédéric Schlegel? car Mme de Staël se plaisait à les mettre aux prises
sur l'Allemagne, Fauriel et lui, les faisant jouter bon
gré mal gré sous ses yeux. Mais ce qu'il importait de
constater, c'est que, bien jeune et dès 1800, Fauriel
eut, l'un des premiers, sur Mme de Staël une action intellectuelle. Même avant les deux Schlegel, avant Guillaume de Humboldt, ou du moins en même temps
qu'eux, il eut l'honneur d'influer sur ce grand et libre
esprit, de l'assister de sa science, et de lui faire pressentir quelques-unes des directions où, une fois lancé,
son talent plein d'âme devait ouvrir des sillons si lumineux.

Fauriel eut également, dès l'origine, d'étroits rapports avec Benjamin Constant, des rapports littéraires et autres, et les preuves de cette liaison particulière sont trop marquantes pour que nous puissions entièrement les négliger ici. Il eut l'occasion de rendre à Benjamin Constant un important service dans l'été et l'automne de 1802. Benjamin Constant, très en vue par son opposition au sein du Tribunat, était parti brusquement de Paris en floréal an x (mai 1802), accompagnant ou suivant de très-près Mme de Staël et son mari mortellement malade. Ce départ avait été imputé à des motifs politiques; le Premier Consul était très-indisposé contre Constant, et, un jour que Fouché avait rencontré Fauriel, le ministre lui avait fait entendre que son ami, puisqu'il était parti, ferait aussi bien de ne pas revenir, s'il ne voulait s'exposer à de graves inconvénients. L'avis fut aussitôt transmis par Fauriel à Benjamin Constant, alors en Suisse, et de là toute une négociation à mots couverts, qui montre à quel point le secret des lettres et la liberté individuelle étaient peu respectés à cette époque glorieuse. Benjamin Constant brûlait de revenir en France depuis qu'on lui en contestait la permission; il voulait revenir, sinon à Paris, du moins à sa campagne de Luzarche, où des affaires d'intérêt l'appelaient. Il soupçonnait Fouché d'exagérer le mécontement du Consul, et les raisons qu'il donnait à l'appui de sa conjecture sont caractéristiques des hommes et du moment. De tels détails touchent d'assez près au Suétone; mais un biographe a droit d'en-

trer dans quelques-unes de ces coulisses que s'interdit
l'historien :

« J'ai de fortes raisons de penser, écrivait Benjamin Constant, que toute cette affaire ne tient point à une disposition
du Premier Consul. Il a eu un accès d'humeur, à l'époque
de mon départ, d'après d'autres soupçons très-mal fondés ;
mais ceci n'a rien de commun avec ses colères antérieures.
Voici le fait, j'en ai la conviction la plus forte : F. (*Fouché*),
durant cet hiver, a dîné deux ou trois fois avec moi dans une
maison que vous connaissez (*chez Mme de Staël*). Il avait
cru prudent de ne point parler de ces dîners. Mais la personne chez qui nous dînions ayant, par erreur, supposé
qu'ils étaient connus, en a dit, avec bonne intention, et avec
le désir de servir F. (*Fouché*), un mot qui est revenu au
Premier Consul. Celui-ci, fidèle à son système de semer la
défiance, a dit à F. (*Fouché*) : Vous dînez chez....; je sais
ce que vous y dites. » F. (*Fouché*) s'est cru compromis ; il
n'y avait pas le moindre fondement. Outre qu'il n'y avait
rien à savoir, le Premier Consul ne savait que le fait matériel
d'un dîner dans une telle maison. Cela a eu lieu huit ou dix
jours avant mon départ. G. (*Garat*) m'en a averti ; mais le
sort a fait que je n'ai plus revu F. (*Fouché*), de sorte que
je n'ai pu lui expliquer cette tracasserie. Je n'y suis, moi,
pour rien de personnel. Ce n'est ni chez moi que la chose
s'est passée, ni contre moi que F. (*Fouché*) a de l'humeur.
Mais mes liaisons connues, mon départ simultané, et l'accident qui a retardé sa lettre d'invitation, de manière que
je n'ai pu m'y rendre, tout cela, joint à ce que je suis à
cent cinquante lieues de Paris, lui fait trouver simple que j'y
reste. »

Ainsi Fouché, qui craignait de s'être un peu compromis en voyant trop Constant cet hiver, n'était pas
fâché de se débarrasser de lui et de reprendre ostensi-

blement à son égard un air de rigueur, en même
temps qu'il lui faisait insinuer le conseil à demi hostile
comme un avis officieux; mais il cessa, cet été même,
d'être ministre de la police. — La correspondance de
Fauriel et de Benjamin Constant, en cette année et
dans les suivantes, est remplie d'autant de détails que
le permet la crainte d'être lu peut-être par des intermédiaires trop curieux; elle abonde d'ailleurs en confidences sur leurs impressions personnelles, en jugements sur leurs lectures, sur leurs projets de travaux.
Nous sommes accoutumé, dans cette *Revue* même (1),
à entendre converser familièrement Benjamin Constant.
Si nous avons pu paraître sévère une fois envers lui, il
est juste de dire que, dans toute cette relation avec
Fauriel, il se montre tout à fait à son avantage, non
plus sceptique absolu, mais sceptique regrettant le
bien, cœur triste, appréciant le bonheur sans l'espérer,
ami affectueux du moins et reconnaissant. Fauriel pensait de Benjamin Constant, comme de La Rochefoucauld, que c'étaient ses relations premières avec les
hommes qui l'avaient conduit à des résultats si déso-
lants, et qu'il valait mieux que ses maximes.

« Si je vous entretenais de ce que j'éprouve, écrivait Constant à Fauriel (2), et du dégoût profond que m'inspire la

(1) *Revue des Deux Mondes* du 15 avril 1844, article *Benjamin Constant et Madame de Charrière*. Ce morceau, avec d'autres pièces qui le complètent, a été réimprimé dans le volume de *Caliste* (Paris, Jules Labitte, 1845), ce qui nous dispense de le re-produire en ces volumes.
(2) 19 floréal an x (9 mai 1802), de Vitteaux (Côte-d'Or).

vie, je vous ennuirais beaucoup, vous qui êtes au sein du calme et du bonheur. Je suis loin l'un de l'autre, et je crois que j'achète la peine au prix de l'agitation. Cela arrive à beaucoup de gens qui ne s'en doutent pas, et même, comme vous voyez, à ceux qui s'en doutent. Il y a une complication de destinée qu'il est impossible de débrouiller, et avec laquelle on roule en souffrant, sans jamais prendre terre pour regarder autour de soi. Peut-être au reste le bonheur est-il presque impossible, du moins à moi, puisque je ne le trouve pas auprès de la meilleure et de la plus sipirituelle des femmes. Je m'aperçois que le superlatif est malhonnête, et je le rétracte pour l'habitante de *la Maisonnette...*

« Je veux cesser mes tristes exclamations, et vous parler de vous, qui êtes heureux et qui, au milieu des nuages de toute espèce qui couvrent notre horizon, m'offrez un point de vue consolant et doux. *Oh! soignez bien cette plante rare qu'on nomme le bonheur! c'est si difficile à acquérir, et c'est peut-être impossible à retrouver!* »

Voilà de ces accents comme on les aime, et qui rachètent bien des aridités. Un autre passage vient tout à fait comme preuve nouvelle à l'appui de la haute et sérieuse estime, de l'affection que Mme de Staël portait à Fauriel, et elle nous montre aussi Constant dans l'un de ses meilleurs jours:

« J'ai annoncé votre lettre à une dame que je vois souvent. Elle n'avait point attribué votre silence à des motifs *défavorables pour vous,* comme vous le dites, mais tristes pour elle. C'est une des personnes qui vous aiment et vous apprécient le mieux, et que je voudrais le plus voir heureuse; et je sais combien des preuves de votre amitié y contribueraient. Il y a dans mon cœur trop de découragement, dans mon âme trop de sentiments divers, mon imagination est trop décolorée pour que je puisse, moi, faire le bonheur de personne, et je rassemble avec inquiétude, pour les objets de mon amitié, tous les moyens de bonheur que je découvre ou que j'imagine. »

Constant ne pouvait manquer d'entretenir Fauriel de cet ouvrage *Sur les Religions* qui subissait en ce moment une métamorphose essentielle, et dans lequel l'auteur introduisait enfin le sentiment, le souffle religieux :

« Pour la quatrième fois, lui écrivait-il (26 messidor an x), j'ai recommencé mon ouvrage. Je crois qu'il gagnera à la refonte à laquelle je me suis déterminé. Je désire le rendre le moins imparfait possible ; il faut qu'il ait assez de mérite pour se soutenir durant cette époque de dégoût pour les sujets dont je traite, de manière à se retrouver lorsque ce dégoût sera passé. »

Ce dégoût du public pour les sujets religieux n'était pas si absolu que Constant le supposait, et le succès du *Génie du Christianisme* lui aurait pu fournir une mesure meilleure de l'état *théologique* des esprits. Il est vrai qu'à son point de vue philosophique il considérait ce succès plutôt en adversaire, et qu'il en passait volontiers à cet égard par les jugements amers que portait Guinguené dans *la Décade* (1). Constant accueillait

(1) A propos de ces articles de Guinguené contre le *Génie du Christianisme*, Benjamin Constant écrivait à Fauriel : « ..... Je « viens de lire dans *la Décade* avec un bien grand plaisir l'*Extrait* « de Chateaubriand, par Guinguené. On voit que l'auteur de cet « extrait avait commencé avec le désir de n'être pas trop sévère et « de ne pas blesser l'auteur, et qu'il a été graduellement emporté « par la force de la vérité et par l'amour de la philosophie et de « la République. J'attends avec impatience la troisième partie de

plus indulgemment le livre de Cabanis (*Traité du Phy-sique et du Moral*), qui paraissait à cette fin de 1802, et qu'il recevait de Paris en même temps que Fauriel y recevait *Delphine*. Ce jugement sur Cabanis confine de trop près aux opinions et aux affections de Fauriel à cette époque, et il exprime trop bien aussi le fond des pensées de Constant sur ces sujets délicats, pour être dérobé au lecteur :

« (Genève, ce 3 frimaire an XI.) Je lis, autant que mon impuissance de méditation me le permet, le livre de Cabanis, et j'en suis enchanté. Il y a une netteté dans les idées, une clarté dans les expressions, une fierté contenue dans le style, un calme dans la marche de l'ouvrage, qui en font, selon moi, une des plus belles productions du siècle. Le fond du système a toujours été ce qui m'a paru le plus probable, mais j'avoue que je n'ai pas une grande envie que cela me soit démontré. J'ai besoin d'en appeler à l'avenir contre le présent, et, surtout à une époque où toutes les pensées qui sont recueillies dans les têtes éclairées n'osent en sortir, je répugne à croire que, le moule étant brisé, tout ce qu'il contient serait détruit. Je pense avec Cabanis qu'on ne peut rien faire des idées de ce genre comme institutions. Je ne les crois pas même nécessaires à la morale. Je suis convaincu que ceux qui s'en servent sont le plus souvent des fourbes, et que ceux qui ne sont pas des fourbes jouent le jeu de ces derniers, et préparent leur triomphe. Mais il y a une partie mystérieuse de la nature que j'aime à conserver comme le domaine de mes conjectures, de mes espérances, et même de mes imprécations contre quelques hommes. »

Il y aurait bien à épiloguer sur ce jugement ; l'idée

« cet extrait que je n'ai pas lue encore. (Genève, 28 messidor « an x.) »

la plus choquante, du moins de la part d'un homme politique, est-celle ci : *qu'il n'y a rien à faire des idées spiritualistes et religieuses à titre d'institutions;* mais l'espèce de protestation *quand même* qui termine, cette réserve expresse en faveur de la partie mystérieuse de notre être, est noble autant que sincère; elle honore Constant, et elle va le caractériser de plus en plus dans cette seconde moitié de sa vie (1).

(1) Lisant l'*Histoire du Consulat* de M. Thiers en même temps que ces lettres de Constant, je trouve à chaque pas dans ces dernières des sentiments en contraste et en lutte avec la marche des choses; on y surprendrait, dans ses mouvements intimes, dans ses aveux, et jusque dans ses frémissements, la pensée de cette minorité politique comprimée pour laquelle l'historien a pu être sévère, mais qui, vue de près, intéresse par ses convictions anticipées, par ses ardeurs et par la déception de ses espérances. Ainsi, Camille Jordan avait fait imprimer, dans l'été de 1802, une brochure où il plaidait la cause de la monarchie constitutionnelle. Benjamin Constant en écrivait à Fauriel (de Suisse, 26 messidor an x) : « On m'écrit de Paris de grands éloges sur la brochure de Camille. Je trouve qu'elle les mérite. C'est une action courageuse et un écrit de talent; *et la manière dont elle a été lue subrepticement me paraît l'indice d'une époque nouvelle dans l'opinion.* Je m'arrête, parce que je n'aime pas les dissertations par lettres. Quel plaisir j'aurai à causer cet automne avec vous! » — Et quelques mois après, un jour qu'il était plus souffrant des nerfs que de coutume, il laissait échapper ces mots irrités, dont l'allusion est assez sensible : « Lorsque les maux physiques surviennent, on a peine à concevoir avec quel acharnement les hommes se créent des maux d'une autre espèce; et l'on éprouve surtout une indignation vive de ce que la nature, si féconde en douleurs, ne les dirige pas contre les ennemis de l'humanité. Je vois ici une quantité d'êtres innocents, *harmless creatures,* qui souffrent des douleurs qui mettraient tels esprits tracassiers et violents que je connais, hors d'état de remuer et de tourmenter le monde. C'est un scandale de voir la douleur si mal appliquée. »

Il ne cessa point, à diverses reprises, et malgré les interruptions de Fauriel, qui était plus prompt à servir ses amis qu'à leur écrire, de lui faire part de ses travaux, de le consulter en mainte occasion et de recourir à ses lumières. Chaque fois qu'il revenait, après des années, à son grand ouvrage, c'était à Fauriel bien vite qu'il s'adressait, *pour se remettre au courant de la science et apprendre de lui* ce qui, dans l'intervalle, avait *paru tant* en Allemagne qu'en Angleterre sur l'Inde et sur Bouddha. En 1809, lorsqu'il publia son imitation de *Walstein*, il réclama et reçut de lui des observations détaillées pour en faire son profit en vue d'une seconde édition; c'était le moment même où Fauriel allait publier de son côté sa traduction de *la Parthénéide* de Baggesen. On en a assez pour bien voir déjà comment tous deux furent précurseurs en littérature dès les années de l'Empire, et Fauriel tout aussi précoce que Constant.

Avant de nous engager dans *la succession des travaux qui font de notre auteur un des maîtres les plus originaux du temps présent, un de ceux qui* ont avancé *d'au moins vingt ans sur les idées courantes* et, à vrai dire, le premier critique français *qui soit sorti de chez soi,* nous avons à noter encore quelques essais qu'on n'est guère disposé à attendre de sa plume, et qui le montrent s'occupant simplement de la littérature nationale et domestique, comme on pouvait le faire à cette date. Les petites notices anonymes qui se lisent en tête des poésies de Chaulieu et de La Fare dans les stéréotypes d'Herhan, et qui parurent en

1803, sont de Fauriel. Il y a loin d'une appréciation de Chaulieu au recueil des chants grecs populaires; pourtant, même dans ce petit nombre de pages sur une matière qui peut sembler si légère, on devine un esprit qui en tout va droit aux choses et sait naturellement s'affranchir du lieu-commun et des formules convenues. Les quelques lignes finales de la notice sur Chaulieu portent avec elles ce cachet de pensée qui, simple et peu saillant aux yeux, équivaut néanmoins déjà à une signature :

« On a comparé Chaulieu, dit-il, tantôt à Horace, tantôt à Anacréon. Heureusement, il n'est pas nécessaire, pour sa gloire, que ces comparaisons soient justes. Ce n'est pas qu'il n'y ait quelque analogie entre ces trois poëtes, mais elle existe beaucoup plus dans le sujet général de leurs vers que dans le caractère de leur talent. On a trop souvent jugé Anacréon d'après des traductions qui ne permettent pas même de soupçonner la grâce parfaite, l'originalité piquante, l'inimitable légèreté de style. *Quant à Horace, il est peut-être plus difficile encore d'être son semblable que son égal, et Chaulieu n'a été ni l'un ni l'autre.* »

Qu'on essaye de lire, après cette petite notice, celle de Lemontey sur Chaulieu également, et l'on sentira aussitôt la distance qui sépare le goût substantiel et sain de Fauriel et tout ce qui est apprêt littéraire, académique. Dans son aversion de l'apprêt, il restait même assez volontiers en deçà de l'ornement.

Un autre travail plus considérable, qui date du même temps, est une Notice sur La Rochefoucauld ; elle n'a jamais été publiée. Destinée peut-être dans l'ori-

gine aux stéréotypes d'Herhan, et n'y ayant pu être
employée à cause de son étendue, elle passa, dans tous
les cas, aux mains du savant libraire M. Renouard, qui
se proposait sans doute de la joindre à une édition du
moraliste. Nous devons à son obligeance d'en avoir
sous les yeux une copie. Même après tout ce qu'on a
écrit depuis sur La Rochefoucauld, le travail de M. Fauriel mériterait d'être imprimé; une première partie
traite à fond des diverses éditions antérieures à 1803;
une seconde partie est toute biographique et littéraire.
Grouvelle, l'estimable éditeur de Mme de Sévigné, avait
raison d'en écrire à Fauriel, le 2 plairial an XIII
(1805) :

« Madame de C., monsieur, en vous remettant le manuscrit que vous avez bien voulu me confier, n'a pu vous dire
tout le plaisir que j'ai eu à le lire. On ne peut mieux apprécier l'homme et son temps que vous l'avez fait. Le morceau
dans lequel vous montrez comment ses principes ou plutôt
son système sortit du fond même de la vie qu'il avait menée,
est très-habilement développé. M. Suard n'avait indiqué cette
vue que pour la faire avorter, au lieu que vous l'avez fécon-
dée et développée d'une manière qui ne laisse rien à désirer.
J'aime bien votre tableau de la Fronde ; j'aime la distinction
entre les *Maximes* et les *Réflexions* ; j'aime le parallèle entre
La Rochefoucauld et Vauvenargues ; j'aime en vérité tout.
Votre style est élégant et nerveux, clair et concis ; on voit
que vous voulez réconcilier la langue avec certaines formes
périodiques, et vous avez bien raison (1). Mais il faut de

(1) A cet endroit des formes périodiques, Grouvelle prête, je le
crois, à M. Fauriel plus de dessein qu'il n'en avait en effet. La
phrase de ce dernier était tout simplement abondante, parce que
sa pensée l'était aussi.

l'habileté, de la force de tête, et une profonde connaissance
de la langue, pour organiser ces périodes, de façon que
leurs combinaisons resserrent les idées accessoires sans nuire
à la clarté du sens principal. Peu de gens savent comme
vous que la brièveté veut souvent une phrase longue, et que
la méthode des phrases courtes est souvent celle de la pro-
lixité. Ce style, par sa dignité et par sa plénitude, convient
surtout à l'histoire ; et vous êtes destinés à l'écrire sous ce
rapport, comme sous celui de l'instruction et de l'esprit philosophique. »

Ce jugement fait honneur à Grouvelle, qui ajoutait
d'ailleurs à ses éloges quelques critiques de détail,
quelques coups de crayon en marge du manuscrit : il
demandait en retour à Fauriel service pour service, et
de *mettre en pension* chez lui pour une quinzaine sa
Notice sur Mme de Sévigné et ses amis.

Le côté neuf de ce travail sur La Rochefoucauld, c'est
d'expliquer, d'éclairer, par l'exposé successif des faits,
la manière dont les *Maximes* durent naître dans la
pensée de leur auteur : « Plus on étudiera l'esprit du
temps où il a vécu, dit Fauriel, plus il nous semble
qu'on trouvera de rapport entre sa doctrine et son expérience, entre ses principes et ses souvenirs. Dans le
tableau qu'il trace de la liaison de M. de La Rochefoucauld et de Mme de La Fayette, on croit sentir un cœur
formé lui-même pour les longues et constantes amitiés, et qui en goûtera jusqu'à la fin la régulière douceur. Citant ce mot de Mme de Sévigné trois jours après
la mort de M. de La Rochefoucauld : *Il est enfin mer-
credi, ma fille, et M. de La Rochefoucauld est toujours
mort!* — « Expression, dit Fauriel, d'une mélancolie

naïve et profonde, et qui semble marquer, dans l'âme
à laquelle elle échappe, l'instant où finit cette surprise
accablante dont notre imagination est d'abord frappée
lorsque la mort vient de nous ravir un être nécessaire
à notre bonheur, et où commence la conviction douloureuse d'une perte éternelle! »

Le style des *Maximes* et des *Réflexions* est très-fine-
ment apprécié. Dans les *Réflexions diverses,* qui sont
distinctes des *Maximes* et plus développées, et qu'on
pourrait convenablement intituler, dit-il, *Essai sur l'art
de plaire en société* (1), il loue « une élégance simple
et facile qui ne frappe pas, mais qui plaît. On y reconnaît constamment un goût attentif à ne point se servir
de paroles plus grandes que les choses. » M. Fauriel
insiste remarquablement cette fois sur ces qualités
françaises du style qu'il semble avoir eu, dans la suite,
moins d'occasions directes de considérer. « Même avec

(1) Ces *Réflexions diverses* n'ont pas été peut-être assez remar-
quées; elles développent certaines maximes, mais elles en diffèrent par le ton : « l'auteur y exprime surtout, dit Fauriel, des
vues fines et vraies sur le moyen et la nécessité de mettre notre
esprit et notre humeur en harmonie avec l'humeur et l'esprit des
autres. » Le secret du succès de La Rochefoucauld dans le monde
est là renfermé; c'est l'art d'Ulysse, ce sont ces insinuations et ces
paroles *de miel* dont il est si souvent question dans le poëte. Et à
ce propos on me permettra encore une remarque assez générale :
ces hommes fins et rusés, tels que La Rochefoucauld, Talleyrand,
ont souvent une grande douceur de commerce, et, comme dit
Homère en parlant d'Ulysse, une *suavité d'âme,* ἀγανοφροσύνη
(c'est la mère d'Ulysse qui lui dit cela en le revoyant aux Enfers,
Odyssée, livre XI). Cette douceur habituelle se lie de près au tact
exquis de ces hommes; rien ne leur échappe de ce qui peut agréer
aux autres.

les ressources d'une langue très-cultivée, même avec
un talent réel, bien écrire est nécessairement un art
très-difficile, si du moins par cet art on entend celui
d'exprimer avec force et clarté des idées qui soient
autre chose qu'une réminiscence, plus ou moins dé-
guisée, de ces idées devenues, par une longue circulation, celles de la société tout entière, et qui forment,
pour ainsi dire, *la surface de tous les esprits.* » Et il part
de là pour établir le mérite tout particulier à La Rochefoucauld comme écrivain, mérite original et qui
ne consistait pas simplement à se servir d'une langue
déjà perfectionnée, mais qui allait à fixer pour sa part
une prose encore flottante: La comparaison entre La
Rochefoucauld et Vauvenargues n'est pas un de ces parallèles à effet dont les contrastes sautent aux yeux ;
elle touche d'abord au fond et atteint le ressort même
de leur doctrine :

« Le premier voit partout le vice et la vanité transformés
en vertus ; le second représente le vice et la vertu sous des
traits exclusivement propres à chacun d'eux, et qui ne permettent pas de les confondre ni même de les rapprocher.
Pour l'un, l'amour-propre est une tache originelle imprimée
à toutes les actions humaines, un point de contact inévitable
entre celles qui sont en apparence les plus opposées, et qui
établit entre elles non-seulement une communauté d'origine,
mais une sorte d'égalité morale. Pour l'autre, l'amour-
propre n'est qu'un attribut général et nécessaire de notre nature, qui ne devient un bien ou un mal que par ses détermi-
nations particulières. »

Fauriel termine par cette conclusion, aussi délicate
qu'ingénieuse :

« On n'estimerait peut-être pas assez La Rochefoucauld, si l'on jugeait de ses sentiments par ses *principes* ; et l'on ne pourrait faire un plus grand tort à Vauvenargues que de supposer son talent étranger à son caractère. »

En regrettant que ce morceau sur La Rochefoucauld n'ait pas été imprimé, nous en dirons autant d'un grand nombre des écrits de Fauriel à cette époque. Il écrivit longtemps pour lui seul et pour le cercle de ses amis particuliers, en présence des sujets qu'il approfondissait et sans se préoccuper du public. Il est peut-être l'homme qui, dans sa vie, a le moins songé à l'effet ; il ne visait qu'à bien voir et à savoir. Oserai-je noter un inconvénient de cette manière si calme, si désintéressée et si profonde ? L'habitude prise de bonne heure de ne pas se placer du tout en face du public, mais seulement en face des choses, induit l'écrivain à des lenteurs d'expression qui tiennent au scrupule même de la conscience et au respect le plus honorable de la vérité. Je ne sais qui l'a remarqué spirituellement, il faut que l'auteur ait quelquefois de l'impatience pour que le lecteur n'en ait pas. Cela est vrai surtout du lecteur français, le plus impatient de tous. Ce qui a toujours manqué à Fauriel, comme écrivain, même dans sa jeunesse, ç'a été le quart d'heure final d'empressement et de verve, le *fervet opus,* un certain feu d'exécution, et, comme on dit vulgairement, *battre le fer quand il est chaud.* Ajoutez ceci encore : chaque écrivain, en avançant, encourt plus ou moins les inconvénients de sa manière ; celui qui visait tout d'abord au trait, tend à s'aiguiser de plus en plus ; celui qui n'y visait pas du tout est sujet, dans la forme, à l'abandon. En faisant pressentir quelque chose de ce défaut chez l'auteur distingué que nous étudions, nous sommes très-loin, au reste, de penser que Fauriel, à l'exemple de tant d'érudits, fût indifférent au style, à l'expression ; une telle lacune serait trop inexplicable chez un homme d'une sensibilité littéraire si vive et si exquise, d'un goût si fin et, pour tout dire, si *toscan*. Nous aurons occasion surtout de le remarquer lorsqu'il abordera l'histoire ; il eut son procédé à lui et sa manière. Il ne vise pas à l'effet, mais il l'atteint, si l'on consent à le suivre. Il aspire à faire passer son lecteur par les mêmes préparations que lui et à ne rien lui en épargner. Il n'a pas ce *coup d'État* du talent qui dispose d'autorité les choses pour le lecteur et les impose à quelque degré, ou qui du moins les ordonne et les ménage dans un jour approprié à la scène. Il compte davantage sur l'esprit des autres et aime à les supposer de la même famille que lui.

Étranger aux couleurs et à leur emploi, Fauriel ne l'était pas à un certain dessin correct, délicat et patient. J'ai entendu comparer quelques-uns des morceaux qu'il a soignés à des esquisses très-bien faites, tracées avec le crayon de mine ; et quand il avait fini et qu'il revoyait l'ensemble, il craignait tant le prestige, qu'il était tenté encore de passer la main dessus pour effacer et pour éteindre. S'il y avait de l'excès dans ce scrupule, il y avait au moins du scrupule, c'est-à-dire le contraire de l'indifférence, ce que je tenais une fois pour toutes à constater.

Fauriel connut beaucoup Villers dans les premières années du siècle, et cette relation a laissé des traces. Villers, homme de beaucoup d'esprit, le premier Français qui ait bien su l'Allemagne et qui ait parlé pertinemment de Kant, Villers, déjà muni d'une science ingénieuse et plein de vues neuves, était venu à Paris sous le Consulat; il devait finir par être professeur à Gœttingue, combinant, ainsi que Chamisso, dans une mesure heureuse les qualités des deux nations : « Il est (écrivait de lui Benjamin Constant), il est doublement aimable au fond de l'Allemagne, où il est rare de rencontrer ce que nous sommes accoutumés à trouver à Paris en fait de gaieté et d'esprit, et Villers, qui est distingué sous ce rapport à Paris même, l'est encore bien plus parmi les érudits de Gœttingue. » — Fauriel rendit compte, dans *la Décade* (10 floréal an XII, 1804), de l'*Essai*, de Villers, *sur l'Esprit et l'Influence de la Réformation,* que l'Institut venait de couronner. En appréciant et faisant valoir les mérites et les vues de l'ouvrage qu'il examine, le critique se permettait différentes remarques dont quelques-unes donnent jour dans ses propres opinions. Villers, comme plus tard Benjamin Constant, établissait pour cause générale de la corruption de *l'esprit* religieux la surcharge et la grossièreté des *formes* qui servent d'*organes* à cet esprit. Selon lui, la préférence accordée à la forme sur l'esprit constitue la *superstition,* tandis que la préférence inverse constitue le *mysticisme.* Mais Fauriel, dans une suite de questions très-fermement posées, lui demandait :

« Les dogmes extravagants, les fables ridicules n'appar-
tiennent-ils pas à l'esprit plus qu'à la forme d'une religion,
ou du moins ne peuvent-ils pas agir sur cet esprit et le corrompre sans le secours d'aucune forme extérieure; et dès
lors n'y a-t-il pas lieu à réformation dans un cas inverse à
celui admis exclusivement par l'auteur? Un système religieux
ne peut-il pas être très-absurde avec des formes extérieures
très-simples?... L'attachement exclusif au matériel des religions caractérise-t-il exactement la superstition, et peut-il y
avoir superstition sans l'influence des opinions, des idées et
des sentiments? La mysticité, que le C. Villers regarde
comme l'opposé de la superstition, est-elle autre chose que
la superstition raffinée des imaginations vives auxquelles manque le contre-poids du jugement? »

Villers, pour mieux démontrer les bienfaits de la Réformation, s'était posé à lui-même la question suivante : Que serait-il arrivé en Europe, et en quel sens
auraient marché les choses et les esprits, si la Réformation n'avait pas eu lieu et si Rome avait triomphé
de Luther? — Et il avait répondu que l'Europe aurait
très-probablement rétrogradé vers le moyen âge. Mais
Fauriel trouve que la question était susceptible d'une
solution contraire ; il lui semble « que toutes les causes
de la Réformation, renforcées et multipliées par quelques excès de plus dans l'exercice de l'autorité papale,
et surtout par un degré de plus d'instruction et de lumières, degré que, d'après les données essentielles de
la question, nul obstacle ne pouvait empêcher, il lui
semble, dit-il, que toutes ces causes, pour avoir agi
un peu plus tard, n'en eussent agi que d'une manière
plus générale et plus complète. » En un mot, l'esprit

humain, irrité du retard, eût très-bien pu, selon lui, sauter à pieds joints sur la Réformation pour arriver d'emblée en pleine philosophie. On voit Fauriel, dans cet article, attribuer à la Réformation beaucoup moins d'effets *directs* que Villers n'en suppose; elle lui paraît avoir été le moyen et l'occasion, plutôt que le motif et la cause d'une grande partie du mouvement européen à cette époque; son influence aurait surtout agi à titre d'*auxiliaire*.

Villers, malgré la part d'éloges qu'il recevait, ne se montra pas entièrement satisfait de l'article, et une discussion s'engagea entre les deux amis sur quelques endroits. Cette discussion, au reste, sort assez des mesquines tracasseries d'amour-propre, et porte assez sur le fond même des choses pour mériter de trouver place ici. Elle éclaire l'histoire intellectuelle du temps et découvre les points précis de division entre les esprits les plus avancés d'alors. Fauriel écrivit donc à Villers la lettre suivante :

« J'ai appris, mon cher Villers, que vous étiez mécontent, sinon de ce que j'ai dit de votre ouvrage, du moins de mes dispositions à votre égard. J'en ai été affligé et surpris. Il y a dans votre livre des choses très-bonnes, très-utiles, et qui doivent en faire aimer et estimer l'auteur; je les ai louées sincèrement. J'ai cru y trouver aussi des inexactitudes de raisonnement et de fait; j'en avais parlé avec modération, avec réserve, et j'aurais tâché de continuer à en parler de même. Il est vrai que, comme plusieurs autres personnes qui d'ailleurs vous rendent justice, et dont le suffrage ne devrait pas vous être indifférent (1), j'ai été blessé de quelques traits

(1) Notamment M. de **Tracy.**

d'une partialité qui me semble peu philosophique ; je m'en suis expliqué avec vous-même, avec une franchise qui, si j'en juge d'après ma manière de sentir, ne devrait être regardée que comme une marque d'estime. Si je trouvais votre projet de faire connaître en France tout ce qui tient à la littérature et au génie de l'Allemagne moins intéressant et moins digne des travaux d'un homme de talent, zélé pour le progrès des lumières, je vous assure que j'aurais été beaucoup moins frappé de ce qui me paraît capable d'en diminuer l'intérêt et le succès. Si je n'avais eu ni estime ni amitié pour vous, j'aurais gardé froidement pour moi ou pour les autres ce que je vous ai dit à vous-même. Je n'ai voulu ni vous blesser ni vous déplaire, et si, contre mon intention, cela m'est arrivé, je vous en témoigne sincèrement mes regrets.

« Quoique pressé par d'autres travaux, j'avais commencé un deuxième extrait que M. Amaury Duval attendait probablement pour le prochain numéro de *la Décade*. Le ton de la critique y eût été plus prononcé que dans le premier ; mais il eût été également dicté par un sentiment dont j'étais loin de supposer que vous eussiez à vous plaindre. Puisque je me suis trompé, je n'ai plus aucun motif de continuer, je n'en ai plus que de me taire ; et je vous serai obligé si vous vouliez en prévenir M. Amaury (1).

« Acceptez mes excuses et mes regrets d'avoir si mal rempli votre attente ; et croyez qu'à tout événement, et malgré toutes les apparences, je ne cesserai de vous rendre justice, et d'avoir pour vous une affection dont j'aurais aimé que vous ne doutassiez pas, mais qui est indépendante même de votre manière de sentir à mon égard. »

----

(1) Ce second article, en effet, n'a pas été imprimé. Ce ne fut que plusieurs mois après, à la fin du quatrième trimestre de *la Décade* de l'an xii, page 538, qu'on inséra sur l'ouvrage de Villers un second extrait qui n'est pas de Fauriel.

A cette lettre de Fauriel, Villers répondit aussitôt :

« Ce n'est point de votre bienveillance et de l'amitié personnelle que vous m'accordez, mon cher Fauriel, que j'ai jamais douté ; mais j'avoue que j'ai été affecté, dans l'explication que nous eûmes chez vous, un matin, de vous voir m'accuser, avec une très-grande vivacité, de déprécier gratuitement la France, de relever outre mesure l'Allemagne, etc. Ce n'est pas, comme vous le dites, une *partialité peu philosophique* qui me fait incliner pour la culture *morale et intellectuelle* de l'Allemagne protestante : c'est, j'ose le dire, un sentiment de préférence très-motivé, fondé sur dix ans d'études et d'observations. Si vous connaissiez mieux les bases de ma conviction, si nous avions vécu davantage ensemble, vous y trouveriez peut-être quelque chose de plus noble et de plus raisonnable que ce qu'on a coutume de désigner par l'odieux nom de partialité. Convenez qu'il a dû être pénible pour moi de les voir ainsi méconnaître par vous, que j'avais cru plus capable que personne de les apprécier.

« Quant à l'extrait que vous avez commencé de mon ouvrage dans *la Décade*, et dont je suis très-loin d'être mécontent, je vous prie sincèrement de vouloir bien le continuer. Je vous ai fait une observation sur le code *prussien*, au sujet duquel vous aviez pris le change, — une autre au sujet de l'orientalisme des théologiens protestants, sur lequel vous preniez aussi le change (1). Mais que cela ne change rien au reste de votre travail. — Vous m'avez dit, il est vrai, en termes fort clairs, que vous croyez beaucoup moins que moi à l'influence de la Réformation. J'y croyais aussi beaucoup moins quand j'ai commencé à l'étudier sérieusement, et j'imagine qu'alors j'aurais nié et traité de chimère ce qu'on m'aurait dit à ce sujet. Ce n'est qu'en y regardant de très-

(1) Fauriel, dans son article, tint compte de ces deux observations et retira les critiques qui s'y rapportaient.

près, et en remontant à toutes les sources, que s'est découverte à mes yeux toute la fertilité de ce grand événement, qui a occupé presque exclusivement les cabinets et les têtes pensantes de l'Europe entière, depuis 1520 jusqu'en 1648. — Il se fait de la besogne pendant 128 ans d'activité ; mais, deux ou trois siècles après, on le perd de vue. — Adieu. — Ne pensez pas qu'il y ait rien de changé dans mon attachement et mon estime pour vous. »

Villers, dans cette discussion, n'était pas en reste, on le voit, de raisons plausibles : il avait vu de près l'Allemagne, et s'il en était très-préoccupé comme de ce qu'on sait bien, il avait, pour appuyer ses conclusions favorables, une série de faits positifs. Fauriel se tenait au point de vue plus général et plus philosophique Villers entrait davantage dans la donnée protestante et la croyait fertile en résultats de tout genre, comme elle l'a été en effet au delà du Rhin. Il avait été très-frappé de la force des études religieuses, et de ce que produisait de lumières historiques cette critique circonscrite et profonde, appliquée aux textes sacrés. C'est en ce sens qu'il attribuait à l'orientalisme biblique des théologiens protestants plus de portée et plus d'effet que Fauriel n'avait consenti d'abord à en reconnaître.

« Dévoiler par la plus savante critique les secrets de l'histoire, de la chronologie, de la culture, de l'état politique, moral, religieux, des peuples et des lieux où s'est passée la scène des événements de l'Ancien Testament, voilà, lui disait Villers, la tâche qu'ils ont remplie, et qui est un peu plus intéressante que vous ne semblez le croire. Vous en penseriez, sans nul doute, autrement si vous aviez, par exemple, sous les yeux l'*Introduction à l'Étude de l'Ancien Testa-*

ment, par Michaëlis de Gœttingue, ou les travaux d'Eichhorn sur le même objet, ou les dix volumes de sa *Bibliothèque orientale,* ou que vous eussiez assisté à un cours de critique sur Jérémie par le vieux Schnurrer de Tubingue... »

Villers était initié à cette forme de doctrine et à cette méthode d'outre-Rhin qui, pour arriver à des résultats purement philosophiques, tels que les a vus sortir notre siècle, devait passer graduellement par les lentes stations d'une exégèse successive ; il appréciait ce mélange indéfinissable de rationalisme et de foi, de hardiesse scientifique et de réserve sincère, qui s'est maintenue si longtemps en équilibre dans ces têtes pensantes, qui n'aurait pas subsisté un quart d'heure chez nous, et dont l'exemple le plus élevé s'est rencontré avec une admirable mesure dans la personne de Schleiermacher.

Fauriel, dans cette discussion avec Villers, reprend d'ailleurs ses avantages par la justesse et la précision des critiques qu'il dirige aux endroits essentiels. En même temps nous le saisissons bien exactement dans son progrès d'esprit, dans sa marche propre, tenant encore par ses racines au XVIIIe siècle, et lui qui va devenir si *historique* de méthode, et qui l'est déjà, nous le surprenons quelque peu *idéologue* encore jusque dans l'appréciation de l'histoire. Fauriel a eu cela de particulier et d'original, nous ne saurions assez le rappeler, qu'issu du pur XVIIIe siècle et comme en le prolongeant, il a rencontré et entamé presque toutes les recherches du XIXe, sans avoir dit à aucun jour : *Je romps.* Assez d'autres, sur le devant de la scène, se

hâtent d'emboucher la trompette en ces heures de renouvellement, et s'écrient avec fanfares à la face du
soleil :

Magnus ab integro sæclorum nascitur ordo !

Fauriel disait moins, tout en faisant beaucoup. En lui
les extrémités, les terminaisons de l'âge précédent se
confondent, se combinent à petit bruit avec les origines
de l'autre ; il y a de ces intermédiaires cachés, qui font
qu'ainsi deux époques, en divorce et en rupture à la
surface, se tiennent comme par les entrailles.

Dans le critique de Villers, il nous a été possible de
reconnaître l'ami de Cabanis. Fauriel eut, en effet, avec
Cabanis une de ces liaisons étroites, de ces amitiés
uniques, qui font également honneur à l'une et à l'autre des deux âmes. On peut dire que les deux hommes
peut-être que Fauriel a le plus tendrement aimés
furent Cabanis et Manzoni : il y a bien à rêver, comme
dirait Mme de Sévigné, sur le rapprochement de ces
deux noms.

Cabanis (et je n'entends hasarder ici que mon opinion personnelle) n'est pas encore bien jugé de nos
jours ; malgré un retour impartial, on ne me paraît pas
complétement équitable. Les plus justes à son égard
font l'éloge de l'homme et traitent un peu légèrement
le philosophe. Cabanis l'était pourtant, si je m'en forme
une exacte idée, autant qu'aucun de son temps et du
nôtre; il l'était dans le sens le plus élevé, le plus honorable et le plus moral, — un amateur éclairé et passionné de la sagesse. Je ne prétends pas le moins du

monde, en m'exprimant de la sorte, m'engager de près
ni de loin dans l'appréciation d'un système qui a peu
de faveur, qui n'en mérite aucune à le juger par certains de ses résultats apparents, et dans lequel on es
heureux de surprendre à la fin les doutes raisonnés de
Cabanis lui-même : mais ces doutes vraiment supérieurs ne sont-ils pas plus sérieusement enchaînés et
peut-être plus considérables qu'on ne l'a dit (1)? Quoi
qu'il en soit, nous devons en toucher quelque chose en
passant. Il est un seul aspect par lequel Cabanis nous
importe et nous revient ici, c'est le côté sur lequel
nous retrouvons Fauriel agissant, et agissant jusqu'au
point de modifier son ami ; car le même esprit qui a
exercé de près tant d'action sur les débuts de beaucoup
d'hommes distingués de l'âge nouveau a eu l'honneur
non moindre d'influer sur l'un des personnages les
plus caractéristiques du vieux siècle : il a comme inspiré le dernier mot de Cabanis finissant.

Fauriel avait entrepris une *Histoire du Stoïcisme* ; il
avait amassé dans ce but une quantité de matériaux,
et avait sans doute poussé assez avant la rédaction de
certaines parties. Il ne nous est resté de son projet que
des cadres très-généraux, des listes de noms et des
notes biographiques, la masse des autres papiers ayant
péri pour avoir été enterrée dans un jardin à la cam-

---

(1) Dans un éloquent et savant morceau sur la *Philosophie de
Cabanis,* inséré dans la *Revue des Deux Mondes* du 15 octobre
1844, M. de Rémusat en a jugé et a prononcé avec plus de
rigueur; c'est l'adversaire le plus équitable, le plus généreux, le
plus indulgent, mais c'est un adversaire.

pagne, lors des événements de 1814 (1). La *Lettre* de
Cabanis à Fauriel, publiée pour la première fois en
1824 et composée vers 1806, nous apprend quelque
chose de plus sur l'esprit généreux de cette entreprise
et sur le lien qui la rattachait à la philosophie d'alors.
Fauriel, au fond, n'était pas très-porté directement à la
philosophie pure, à l'idéologie, comme on disait ; il

---

(1) Il est pourtant quelques-unes de ces notes de Fauriel qui
expriment des faits généraux et des résultats, par exemple :

« Une inexactitude considérable dans l'histoire de la philosophie, c'est
de croire que les anciens philosophes-physiciens ne se sont occupés que
d'hypothèses sur les causes premières. Cela n'est pas : presque tous avaient
étudié la nature dans ses phénomènes visibles et réguliers ou dans ses
productions. Seulement ils observaient très-mal, par plusieurs causes qu'il
est possible et important d'assigner. »

— « Expliquer les causes de la grande influence de la philosophie de
Pythagore en Grèce durant près d'un siècle, depuis la destruction et la
dispersion de l'école de Pythagore jusqu'après la mort d'Épaminondas.

« La principale cause paraît avoir été dans les peintures poétiques que
cette philosophie faisait de la vie des hommes vertueux après la mort. »

— « C'est une observation capitale dans l'histoire de la philosophie que,
dans la philosophie spéculative, toutes les erreurs ou toutes les découvertes
postérieures viennent toutes se rattacher à des systèmes antérieurs, comme
à leur occasion ou comme à leur cause. Dans la philosophie morale, les faits
particuliers, les circonstances de temps et de lieu sont ce qui influe le plus
sur les opinions. »

— « Un événement de grande importance dans l'histoire de la philosophie
grecque, c'est l'invasion de l'Asie Mineure par Crésus et puis par Cyrus.
Milet, jusque-là la ville la plus riche et la plus florissante de cette belle
contrée, fut entièrement ruinée ; elle cessa d'être le siége des écoles de
philosophie. Anaxagore, qui tenait l'école de Thalès au moment où cette
guerre eut lieu, se réfugia à Athènes et y porta la philosophie.

« Il n'avait à cette époque que vingt ans. Archélaüs, son disciple, fut
celui par lequel la philosophie ionienne s'établit pleinement à Athènes, où
il devint le maître de Socrate.

« L'apparition d'Anaxagore à Athènes est un événement très-analogue à
l'ambassade de Carnéade à Rome, par les conséquences qu'elles eurent pour
la culture de l'un et l'autre de ces peuples. »

IV.   11

avait le goût du beau, du délicat, surtout des **choses** primitives ; il avait le sens historique, sa vocation propre était là ; il n'aimait la philosophie que comme une noble curiosité, et il y fut conduit naturellement par ses relations d'Auteuil. Destiné, sans y songer, à être neuf et original en toute recherche, dès qu'il s'occupa de philosophie, il la prit par un côté qu'avaient négligé ses amis et ses premiers maîtres ; il s'adressa historiquement à la plus noble des sectes antiques, l'envisageant comme un acheminement à la sagesse moderne : son idée première était probablement de revenir par l'histoire à la doctrine, à une doctrine plus élevée, impartiale, élargie.

Les philosophes du XVIIIe siècle ignoraient trop en général l'histoire des philosophies, ou ils ne s'en servaient que comme d'un arsenal au besoin, et pour y saisir quelque arme immédiate dans l'intérêt de leur propre idée. L'honneur de la philosophie moderne et du mouvement dirigé par M. Cousin, c'est d'avoir suscité, d'avoir vivifié cette histoire des philosophies, d'y avoir fait circuler un esprit supérieur d'impartialité et d'intelligence. Cette gloire-là survivra, selon moi, à l'effort, d'ailleurs très-noble, du dogmatisme mitigé **sous le** nom d'éclectisme, ou plutôt l'éclectisme, bien à le prendre, ne serait qu'une méthode et une clef appropriée à ce genre d'histoire. Or, placé entre M. Cousin qui allait venir et Cabanis qui touchait au terme, Fauriel fit là ce que nous le verrons faire en **toute chose** ; il devina et devança le prochain mouvement à sa manière, servant comme de *trait d'union* avec ce **qui** précédait ; il tenta d'introduire l'histoire de la philosophie au sein de l'idéologie.

Cabanis eut le mérite de comprendre dans toute sa portée première cette noble tentative et de la favoriser. Homme très-instruit, versé dans les langues, lisant le grec et l'allemand, médecin aimant la poésie, *et pas trop enfoncé dans la casse et la rhubarbe,* comme il le disait de lui-même avec grâce, n'étant étranger à aucune branche des connaissances humaines, et de plus sympathique par nature aux meilleures, aux plus douces affections, il répandait sur les matières qu'il traitait une sorte de lumière agréable dans laquelle, indépendamment de l'idée, se combinaient le coloris du talent et le reflet de la bienveillance. Sa *Lettre* à Fauriel *sur les Causes finales* respire les plus admirables sentiments et agite les conjectures les plus consciencieuses. Cabanis s'y montre beaucoup plus disposé à l'étude des systèmes antérieurs qu'on ne l'était généralement au xviiie siècle et autour de lui ; il est loin de prendre en pitié ces tâtonnements de l'esprit humain, il semble qu'en cela l'esprit historique de Fauriel l'ait déjà gagné :

« Vous savez mieux que moi, mon ami, lui dit-il, combien de lumières jette sur l'histoire des nations et de l'esprit humain l'étude philosophique des cosmogonies et des théogonies. Il ne serait même pas déraisonnable d'affirmer que l'histoire proprement dite des différentes époques est moins instructive que leurs fables... Gardons-nous de croire avec les esprits chagrins que l'homme aime et embrasse l'erreur pour l'erreur elle-même ; *il n'y a pas, et même il ne peut*

*y avoir de folie qui n'ait son coin de vérité, qui ne tienne
à des idées justes sous quelques rapports, mais mal cir-
circonscrites et mal liées à leurs conséquences (1). »*

En ce qui concerne le stoïcisme, Cabanis ne fait en
quelque sorte, dans cette lettre, que poser la doctrine
d'un stoïcisme moderne plus perfectionné, et traduire,
interpréter dans le langage direct de la science, et sous
forme de conjectures plus ou moins probables, les conceptions antiques de cette *respectable* école sur Dieu,
sur l'âme, sur l'ordre du monde, sur la vertu. Dans ce
portrait idéal du sage, tel qu'il le présente, les stoïciens
modernes différeraient pourtant des anciens, dit-il, sur
quelques points :

« Par exemple, ils ne regarderaient pas toutes les fautes
comme également graves, tous les vices comme également
odieux. Ils croiraient seulement que les vices sont très-souvent bien voisins l'un de l'autre, et que l'habitude des fautes
dans un genre nous conduit presque inévitablement à d'autres
fautes qui ne paraissent pas, au premier coup-d'œil, avoir
de liaison avec elles. »

(1) C'est déjà le principe éclectique moderne dans son application historique. M. de Tracy n'était pas si indulgent à l'histoire
des philosophies lorsqu'il écrivait à Fauriel, au printemps de
1804 : « Le tableau des folies humaines que Degérando vient de
tracer avec tant de complaisance me fait naître la tentation de
m'occuper de nouveau de ces rêveries. Je vois toujours plus que
qui en sait trois ou quatre en sait mille. » M. de Tracy était plus
précis et plus ferme d'analyse, plus rigoureux de méthode que
Cabanis : celui-ci était bien plus ouvert dans ses horizons, plus
accessible aux vues diverses. Encore une fois, nous sentons là, chez
Cabanis, le point juste où Fauriel a dû agir. C'est comme le *bou-
ton d'inoculation* que la nouvelle école communique à l'ancienne.

Mais il s'élève à une éloquence véritable, à celle où le cœur et la pensée se confondent, lorsqu'il ajoute dans le ton de Jean-Jacques :

« Il n'est pas possible de dire avec les stoïciens que *la douleur n'est point un mal.* La douleur n'est pas sans doute toujours nuisible dans ses effets ; elle donne souvent des avertissements utiles, elle fortifie même quelquefois les organes physiques, comme elle imprime plus d'énergie et de force d'action au système moral ; mais elle est si bien un mal réel par elle-même, qu'elle est contraire à l'ordre de la nature, qu'elle annonce une altération de cet ordre, et souvent son entière destruction dans les êtres organisés. Si la douleur n'était point un mal, elle ne le serait pas plus pour les autres que pour nous-mêmes ; nous devrions la compter pour rien dans eux comme dans nous : pourquoi donc cette tendre humanité qui caractérise les plus grands des stoïciens, bien mieux peut-être que la fermeté et la constance de leurs vertus ? O Caton ! pourquoi te vois-je quitter ta monture, y placer ton familier malade, et poursuivre à pied, sous le soleil ardent de la Sicile, une route longue et montueuse ? O Brutus ! pourquoi, dans les rigueurs d'une nuit glaciale, sous la toile d'une tente mal fermée, dépouilles-tu le manteau qui te garantit à peine du froid pour couvrir ton esclave frissonnant de la fièvre à tes côtés ? Ames sublimes et adorables, vos vertus elles-mêmes démentent ces opinions exagérées, contraires à la nature, à cet ordre éternel que vous avez toujours regardé comme la source de toutes les idées saines, comme l'oracle de l'homme sage et vertueux, comme le seul guide sûr de toutes nos actions ! »

Une telle page en apprend beaucoup, ce me semble, sur Cabanis et sur Fauriel ; elle nous montre en quel sens celui-ci, lors même qu'il eut abandonné ces recherches de sa jeunesse, put demeurer toujours stoïcien au fond, mais stoïcien compatissant et sensible, un stoïcien orné de bienveillance, voilé de scepticisme, et d'une teinte très-adoucie.

J'aime à me figurer, pour tout comprendre, que, presque au même moment où il interrogeait son ami Cabanis sur la grande question des causes premières, il était où il allait être lui-même discrètement touché par son ami Manzoni à cet endroit délicat de la croyance religieuse. Mais n'anticipons point ici sur cette autre liaison si à part et qui viendra en son lieu.

La *Lettre* de Cabanis à Fauriel *sur les Causes finales* peut être signalée comme le premier symptôme d'un changement prochain dans la manière d'envisager ces hautes questions : une ère nouvelle se prépare ; un germe d'impartialité vient de naître jusqu'au cœur même de la doctrine rigoureuse ; au lieu de l'aigreur habituelle et de la sécheresse négative qui accueillaient trop souvent ces mystérieux problèmes, voilà qu'il arrive des allées d'Auteuil comme un souffle plus calme et bienfaisant ; c'est une parole lente et circonspecte, révérente jusque dans ses doutes, et qui monte autant qu'elle peut, d'un effort sincère. Honneur à Fauriel pour avoir provoqué l'effort !

Fauriel, lorsqu'on l'interrogeait sur Cabanis, n'en parlait jamais que comme de l'homme le plus parfait moralement qu'il eût connu. Dans les derniers temps de sa vie, Cabanis avait quitté Auteuil pour habiter la campagne près de Meulan, c'est-à-dire non loin de *la Maisonnette ;* ce voisinage resserra encore les liens. Avant même de s'établir au hameau de Rueil, Cabanis

était souvent à Villette, chez son beau-père, M. de Grouchy : « Oui, venez voir nos riches prairies, écrivait-il
de là à Fauriel au printemps de 1804, nos blés admirables, notre verdure aussi riche que fraîche et riante.
Les insectes qui bourdonnent appellent la rêverie et
invitent à un calme heureux. Ceux qui carillonnent
ailleurs ne produisent pas toujours le même effet. »
Lorsque Cabanis mourut, en mai 1808, ce fut une profonde douleur pour Fauriel ; il avait d'abord eu le projet de payer à son ami sa dette dans une notice étendue, mais *ce trop grand désir de la perfection* qu'il
portait en toutes choses, qu'il eût porté surtout en un
sujet si cher à son cœur, et aussi l'excès de sa sensibilité, s'y opposèrent ; il finit même par se détourner
peu à peu des études philosophiques auxquelles le souvenir de cette perte se mêlait trop étroitement. Bien
des années après, M. Daunou, au moment de sa mort,
préparait une biographie développée de Cabanis, qu'il
n'a pas eu le temps d'écrire. Cette lacune n'a donc pas
été remplie, et la tradition s'est rompue avant que l'esprit en ait pu être fixé par un héritier fidèle dans le
portrait du sage. Benjamin Constant écrivait de Suisse
à Fauriel, le 22 juillet 1808 :

« Je me suis informé souvent de vous cet hiver. J'ai espéré
plusieurs fois, d'après ce qu'on me disait, que vous viendriez
à Paris, et je comptais au moins vous rencontrer à une triste
cérémonie, où j'aurais bien sincèrement mêlé mes regrets
aux vôtres. Je conçois que la perte de Cabanis, qui aurait
été dans tous les temps une juste cause d'affliction pour ses
amis, vous ait été doublement sensible, dans un moment où

les hommes de cette espèce semblent disparaître de la terre. A peine aperçoit-on encore quelques débris de cette classe qu'assurément la génération qu'on forme et qu'on veut former ne remplacera pas. »

Pour exprimer cette fleur de bonté, de douceur et d'affection qu'il avait reconnue dans l'ami de son ami, Manzoni ne trouvait rien de mieux qu'un mot qui dît tout et plus que tout : parlant de lui avec Fauriel, il l'appelait *cet angélique Cabanis.*

Beaucoup moins intimement et moins tendrement uni à M. de Tracy qu'à son cher Cabanis, Fauriel entretint pourtant avec l'éminent auteur des *Éléments d'Idéologie* de sérieux et fréquents rapports, très-cimentés de confiance et d'estime. Je n'oserais affirmer que la *Lettre* de Cabanis *sur les Causes finales* n'ait pas un peu mécontenté M. de Tracy, comme une excursion beaucoup trop indulgente et presque *compromettante* dans la région de la conjecture. Dans sa dissidence avec Villers, Fauriel se tint plus strictement rapproché de la droite ligne idéologique et de l'ordre d'objections qui s'y appuyaient ; il dut satisfaire M. de Tracy. Celui-ci montra de tout temps une grande confiance dans les lumières et les conseils du jeune ami de Cabanis, et il y recourut plus d'une fois ; il prenait un grand intérêt aussi à l'achèvement de cette histoire des stoïciens qui ne devait jamais voir le jour, et que ce *démon de la procrastination* (1), trop cher à l'auteur, se réservait finalement de nous dérober. Ayant confié à Fauriel le ma-

(1) Le mot est de Benjamin Constant.

nuscrit de son traité d'économie politique ou *de la Volonté*, M. de Tracy lui écrivait ces lignes bien honorables pour tous deux :

«..... Avant de me remettre à travailler, j'ai besoin de savoir positivement si je dois tout jeter au feu et m'y reprendre d'une autre manière, moins méthodique peut-être, mais plus pratique. C'est de vous, monsieur, et de vous seul, que je puis espérer ce bon avis, et cela me fera risquer de vous envoyer ce fatras à la première occasion. Au reste, usez-en bien à votre aise et commodité. Prenez-le, laissez-le ; dites-moi sincèrement si vous n'avez pu l'achever. C'est ce que je crains : car je ne crains pas trop que vous ne trouviez pas qu'au fond cela est vrai. Sur toutes choses, que ce soit absolument à vos moments perdus. S'ils n'y suffisent pas, cela ne vaut rien ; car vos moments perdus valent mieux que ceux employés par bien d'autres. Et surtout encore que cela ne dérobe pas un seul instant à vos chers stoïciens. J'en suis bien plus empressé que de tout ce que je peux jamais rêver. Oh! que c'est un beau cadre! et que ce sera un beau tableau, quand vous y aurez mis vos idées! Cela fera bien du bien ; à qui? A un monde qui n'en vaut guère la peine, d'accord; mais nous n'en avons pas d'autre; et il n'y a moyen d'y exister qu'en rêvant à le rendre meilleur. Il n'y a que quelques êtres comme vous qui me raccommodent avec lui. — (Et en post-scriptum) : Ma tête est bien mauvaise; c'est par elle que je commence à médire de tout ce que je vois. »

M. de Tracy, le *solitaire d'Auteuil,* comme il s'intitulait volontiers depuis le départ de Cabanis, éprouvé en ces années par des pertes cruelles, était lui-même sujet à de longs accès de découragement ; on aime à surprendre ces natures philosophiques sous un jour affectueux et attendri. Annonçant à Fauriel son *Commentaire* sur Montesquieu, qui n'était qu'une occasion pour lui, disait-il, d'agiter une foule de questions, il écrivait encore avec une grâce aimable, mais cette fois avec une certaine verdeur d'espérance :

« Je voudrais surtout ne pas me croiser avec vous ; mais, puisque vous dépendez d'événements lointains, je pense toujours que le mieux est de vous aller chercher. Je risquerai de vous parler beaucoup de Montesquieu ; car dans un gîte on rêve, et vous m'y avez encouragé. C'est pour moi le voyage de Rome. J'y profite peu ; mais c'est une façon de jouir que de voir combien les hommes ordinaires de notre temps, tant maudit et même avec justice, voient nettement de bonnes choses que les hommes supérieurs d'un temps très-peu ancien ne voyaient que très-obscurément. Cela me fait enrager d'être vieux. Il vaudrait mieux s'en consoler ; mais chacun tire de ses méditations le fruit qu'il peut ; et cela dépend de l'arbre sur lequel elles sont greffées. Le mien est bien sauvageon : celui de l'amitié est le seul qui porte des fruits toujours doux, disent les Orientaux, et ils ont raison. »

Ne croit-on pas sentir sous ce ton un peu bref, un peu saccadé, et à travers ce sourire du grondeur, le contraste d'un esprit ferme et même rigoureux qui s'allie avec la sensibilité de l'âme ?

Au sein de tant de relations si fructueuses pour l'intelligence comme pour le cœur, au milieu des profonds travaux de divers genres que Fauriel poursuivait et qui bientôt vinrent tous concourir et aboutir dans sa pensée à l'histoire, un premier épisode littéraire se détache, la traduction de *la Parthénéide* de Baggesen, qu'il publia en 1810. Pour l'ensemble de ses études secrètes, Fauriel n'avait à suivre que sa pente naturelle et l'inspiration même qui lui venait, lente et puissante, en présence des choses ; mais, pour se décider à mettre la dernière main et à publier, il lui fallait presque toujours le stimulant de circonstances accidentelles et le désir surtout de complaire à l'amitié. C'est ainsi qu'il fit plus tard en introduisant parmi nous les deux tragédies de Manzoni ; c'est ainsi qu'il fit d'abord pour *la Parthénéide* de Baggesen.

Cette traduction, précédée d'un Discours préliminaire très-remarquable, parut, après bien des retards et des ajournements, dans l'été de 1810 ; c'est le seul ouvrage proprement dit que Fauriel ait publié avant l'époque de la Restauration, et, fidèle à son rôle modeste, il le publia sans même se nommer. L'introduction pourtant mérite de compter dans l'histoire de la critique littéraire en France.

L'auteur de cette *Parthénéide* ou *Parthénaïs,* Baggesen, poëte danois des plus distingués, l'avait composée en allemand et avait su heureusement lutter en cette langue étrangère avec la *Louise* de Voss, avec l'*Hermann et Dorothée* de Goëthe ; son charmant poëme donnait la main aux leurs pour compléter le groupe pastoral. Baggesen était personnellement un caractère plein de saillie, d'imprévu, et d'une bizarrerie qui ne devait pas déplaire ; il avait parfois dans l'esprit une gaieté très-originale qui contrastait avec ses tourments perpétuels et ses mésaventures réelles ou imaginaires. Il passait volontiers de l'exaltation au découragement;

tantôt les calamités de son pays, tantôt ses gênes domestiques, ou même des riens et ce qu'on appelle les
mille petites misères de la vie humaine, le jetaient dans
des abattements extrêmes, d'où il se relevait tout d'un
coup avec vivacité. Il aimait beaucoup la France, et sa
femme était Française ou du moins Genevoise. Il était
venu à Paris dans sa première jeunesse, il y revint à
l'époque du Consulat et fut accueilli avec cordialité
dans les cercles d'Auteuil et de *la Maisonnette*. Un jour
qu'il se lamentait de n'avoir pu se loger l'été à Saint-
Germain, à portée de Meulan, il écrivait à Fauriel, après
une page toute de doléances, ce correctif aimable qui
nous le peint naïvement :

« N'allez pourtant pas croire, mon bien aimable ami, que
ces maux soient sans remède, et ne vous attristez point trop,
en oubliant de rabattre tout ce que mon imagination fiévreuse
ajoute au mal réel. *Je suis toujours plus à plaindre que je
ne suis malheureux* (1) ; mais cela doit consoler l'ami qui
voit plus loin, car, sachant une fois pour toutes que je mesure tout avec une aune essentiellement fausse, il doit se
défier de mon calcul. En vérité je ne l'ai jamais trouvé
juste que pour moi-même. Plaignez-moi donc, mais ne vous
inquiétez pas... Jouissez, excellent homme, jouissez doublement de la campagne cet été, prenez-en ma part afin que je
puisse me dire qu'elle n'est pas perdue. »

Baggesen avait fini pourtant par trouver à se loger
près de Marly ; du premier jour il avait baptisé son ha-

---

(1) Ce mot de Baggesen pourrait servir de devise à toutes ces
sensibilités de poëtes et de rêveurs qui se dévorent, comme Jean-
Jacques, et à toutes les âmes douloureuses.

bitation nouvelle du nom de *Violette,* et il s'était hâté
de donner cette adresse de son invention à ses amis ;
mais les lettres qu'on lui adressait (c'était tout simple),
ne lui parvenaient pas :

« Je ne comprends point (écrivait-il à Fauriel d'un ton qui
fait bien sentir son genre *d'humour)* comment les lettres
dont vous me parlez ne me sont pas parvenues. Le facteur de
Marly m'en a trop apporté dès le commencement pour ne pas
me connaître..... Le nom de *Violette* n'y fait rien ; c'est
Marly-la-Machine qui décide, qui depuis longtemps ne s'appelle plus *Marly-le-Roi,* et qui n'est pas encore appelé
Marly-l'Empereur. Continuez toutefois d'omettre *la Violette* pour l'avenir ; ce n'était naturellement qu'un badinage
de ma part de vous donner cette adresse, une mauvaise plaisanterie, si vous voulez, en pensant à *Villette* (1), d'où je
m'imaginais que vous pourriez de temps en temps dater vos
lettres. J'aime d'ailleurs les noms propres : j'ai toujours été
bien aise de porter un nom à moi, et je ne saurais vous dire
combien de plaisir il me fait que personne ne s'appelle Fauriel, hors mon ami... Pour ce qui regarde ma *Violette,* j'y
renonce dès à présent dans tous les actes publics, mais rien
au monde ne m'y fera renoncer dans les cas privés. Je dirai
là-dessus comme disait certain évêque : « En public, madame,
« vous serez obligée de m'appeler *monsieur,* mais en parti-
« culier vous pouvez m'appeler *monseigneur.* » N'ai-je pas
fait planter une quantité innombrable de violettes au pied de
la butte que je viens de faire moi-même dans le jardin, uniquement pour justifier ce nom ? Et n'ai-je pas daté toutes
les lettres que j'ai écrites depuis un mois, de *Violette,* par
cette même raison ? Il est vrai que, jusqu'à présent, il n'y a
que vous, Mme de C..., ma femme et moi, qui sachions ce
nom ; mais mes trois fils grandissent et le sauront un jour,

(1) C'était la terre de M. de Grouchy.

mon meilleur ami M... le saura, et puis la postérité; **c'est tout ce qu'il me faut.** Les violettes craignent le grand jour ; c'est au sein de l'amour, de l'amitié et de la poésie qu'elles se cachent. »

Fauriel s'était épris tout d'abord du poëme de *la Parthénéide,* et s'était dit de le traduire ; mais il y avait des difficultés plus grandes qu'on ne le supposerait aujourd'hui, à risquer cette traduction devant un public très-dédaigneux de goût et très en garde sur le chapitre des admirations étrangères. Fauriel fit là ce qu'on le vit renouveler depuis en d'autres circonstances : il s'associa à l'auteur même qu'il interprétait, entra intimement dans l'esprit du poëme, dans le goût inhérent aux deux poésies et aux deux langues qu'il s'agissait de concilier, provoqua des changements dans l'ouvrage original pour une future édition, et se fit pardonner auprès du poëte ami, qu'il voulait avant tout servir, ses conseils judicieux de remaniement, ou, qui plus est, ses propres *retouches* exquises et délicates. Mais qu'ai-je dit *pardonner ?* L'excellent Baggesen n'en était pas là avec lui, et il le suppliait, bien au contraire, d'en agir de la sorte, il le lui répétait chaque jour avec une vivacité et une sincérité intelligente, qui prouve autant pour son esprit que pour son cœur :

« Mais que je vous dise au moins à la hâte (lui écrivait-il) un petit mot sur l'extrême plaisir que m'a fait votre annonce de la traduction des premier, deuxième et quatrième chants de *la Parthénais,* et surtout votre raisonnement sur la méthode que vous avez adoptée, et sur la manière dont vous pensez continuer ce travail généreux. Je brûle d'impatience de lire ce commencement, sûr de la satisfaction la plus complète. Je ne doute nullement, mon cher Fauriel, que votre traduction, en vous permettant toutes les libertés que vous demandez, ne devienne la meilleure possible, et que, si l'original est un ouvrage manqué, la traduction au moins ne soit un chef-d'œuvre. Rendez-moi comme vous me sentez, c'est-à-dire bien plus beau que je ne suis... »

Et encore:

« Moi, mon cher ami, je ne vous demande qu'une chose, comme à mon traducteur, c'est de ne pas l'être dans le sens ordinaire, mais dans le sens réel, c'est-à-dire de rendre l'âme et non pas le corps de mon ouvrage. Dites les choses, non pas comme je les ai dites, mais comme vous auriez voulu les dire, pour qu'elles deviennent effectivement, non pas les mêmes, mais plus belles. En un mot, *coulez ma matière, fondue par la chaleur de votre sentiment, dans la forme de votre goût* (1). Plus vous me changerez, pour ce qui regarde la façon, plus je serai charmé, car vous ne me donnerez par là que plus de grâces. Ce n'est pas moi qui parle, c'est la petite *Parthénaïs*, jalouse de paraître un peu comme il faut dans le beau monde de Paris. »

Il y avait même des moments où la reconnaissance exaltée de Baggesen allait plus loin, et où, ravi des conseils si appropriés de son ami, il voyait déjà en lui un poëte, que sais-je ? un poëte épique, un des maîtres et des rois prochains de l'idéal; mais il suffisait à Fauriel, pour remplir ici tout son office, d'être un critique éminent, le plus ingénieux et le plus sagace.

(1) N'oublions pas que c'est un étranger qui écrit : l'image d'ailleurs est parfaitement exacte, et elle vient rappeler à propos combien en effet le goût des nations diffère.

Son Discours préliminaire tranche nettement sur tous
les livres de rhétorique antérieurs et sur les traités jusqu'alors connus en France. Il se montre d'abord philosophe dans la classification des divers genres poétiques ;
il les distingue et les range, non d'après la considération
de leur forme extérieure, mais d'après une analyse directe de la nature des choses qu'ils expriment, et de
l'impression surtout qu'ils produisent. C'est, on le sent,
un critique littéraire né d'une école philosophique, d'une
école déjà plus psychologique qu'idéologique, c'est une
critique au vrai sens d'Aristote, qui parle chez nous pour
la première fois. En même temps, à la définition délicate qu'il donne de l'idylle, à la peinture complaisante
et suave qu'il en retrace, je crois retrouver, à travers
l'écrivain didactique, l'homme heureux et sensible,
l'hôte de *la Maisonnette* et l'amant de la nature. Il pour-
suit ingénieusement l'identité de l'idylle sous la diversité des formes ; il se plaît même à la ressaisir, agrandie et ennoblie, jusque dans le cadre des épopées. A
certains traits mâles dont il la relève, à ces horizons
plus étendus qu'il lui ouvre, à cet *âge d'or,* domaine
du genre, qu'il reporterait volontiers en avant, et *qui
peut-être,* dit-il, *est plus chimérique encore dans le passé
que dans un avenir indéfini,* on croit reconnaître comme
de loin l'ami de Cabanis et le partisan, celui qui l'a été
ou qui voudrait l'être, du système de la perfectibilité.
Les analyses détaillées de la *Louise* de Voss et de l'*Hermann et Dorothée* de Goëthe respirent la douceur des
modèles et sont de gracieux tableaux. On voudrait seulement plus de rapidité dans l'ensemble du discours,

et hâter par moments la marche de l'écrivain circon-
spect, qui ne fait grâce d'aucun des préparatifs
et des appareils de sa pensée. Même lorsqu'on a pour
soi la raison, il y a tout lieu d'aller plus vite en
France.

Le critique-traducteur peut nous paraître indulgent
pour certaines fictions de *la Parthénéide*, pour cet emploi de la mythologie grecque et des formes homériques dans un sujet tout moderne et tout bourgeois;
mais, s'il plaide par des raisons plus ingénieuses que
persuasives en faveur de quelques singularités trop
évidentes de son auteur, il n'exagère en rien du moins
la valeur générale de l'œuvre ; il fait bien ressortir à
l'avance le caractère tout aimable et *virginal* du poëme,
la fraîcheur d'imagination qu'il suppose, même de la
part du lecteur. Et puis il y a dans l'épopée idyllique
de Baggesen plus que de la grâce, plus que des images
riantes; il y a par moments de la grandeur. Le sujet
n'est autre, comme on sait, que le pèlerinage de trois
jeunes filles, de trois sœurs à travers l'Oberland jusqu'à
la *montagne de la Vierge,* ou la *Iung-Frau.* Elles ont pour
guide dans cette tournée un jeune étranger, Norfrank, à
qui leur père les a confiées. Or, entre autres conceptions
plus ou moins heureuses dans leur singularité, le poëte
a imaginé à un certain moment de personnifier et de
figurer le *Dieu du Vertige,* gardien des hautes cimes.
Cette fiction remplit tout le chant VII du poëme ; elle
est d'une énergique et sauvage beauté. Ginguené, peu
suspect de germanisme, déclare « qu'on ne balancera
sans doute pas à la nommer *admirable* quand elle aura

quelques siècles de plus (1). » Fauriel la compare très-
justement à celle du géant Adamastor chez Camoëns.
— La peinture du *Dieu de l'Hiver,* dont Baggesen place
le trône au-dessus de tous les glaciers des Alpes, offre
aussi de ces traits de vigueur austère qui n'appartiennent qu'aux poëtes supérieurs.

Lorsqu'après des années on mettait Fauriel sur le
compte de *la Parthénéide* et sur ce que la fable de
Baggesen avait d'étrange, de bizarre même et de difficilement admissible pour l'imagination, il en convenait
volontiers, mais il ajoutait : « Le premier il m'a donné
le sentiment des Alpes. »

Le succès de cette publication ne laissa pas d'être
assez vif dans le public d'élite auquel s'adressait le
traducteur. On vient de voir ce qu'en a dit Ginguené.
Quelques Italiens surtout se montrèrent charmés de
cette poésie du Nord qui se présentait, cette fois, si
brillante, si nette de contours et si fraîchement dessi-
née. Charles Botta écrivait de Paris à Fauriel, qui jouis-
sait du lendemain de son idylle aux champs :

« 6 juin 1810. J'ai été très-occupé, malade, et par-dessus
tout cela bien inquiété par des tracasseries de ce bas-monde.
Heureusement que je me réfugiais avec M. Baggesen et vous
sur le *Mont de la Vierge,* et là, oubliant tous les soucis ter-
restres, j'éprouvais un bonheur inespéré et pour ainsi dire
céleste. C'est pour le coup que je crois aux affinités : vous
avez rencontré des beautés pures et presque angéliques,
vous avez été attiré vers elles, vous les avez saisies, vous en
avez été pénétré et nous les avez rendues avec le ton et le

(1) *Mercure de France,* décembre 1810, page 411.

style qui leur conviennent. Que vous êtes heureux d'avoir conservé intacte, et j'allais presque dire *rugiadosa*, cette fleur de l'imagination (1) ! »

Monti, en retour de *la Parthénéide,* envoyait de Milan à Fauriel le second volume de son *Iliade,* et lui faisait demander son jugement de connaisseur expert en toscan. Manzoni enfin, qui avait passé avec sa mère plusieurs saisons en France dans l'intimité de Fauriel et des hôtes de *la Maisonnette,* l'aimable Manzoni, réinstallé à Milan, adressait *A Parthénéide* une pièce de vers allégoriques dans le genre de son *Urania,* et il semblait se promettre de faire en italien ou une traduction, ou quelque poëme analogue sur ses montagnes. Voici un passage dans lequel il exprime l'impression vive qu'il ressentit lorsque la belle *Vierge* lui fut présentée par son second guide, par ce cher Fauriel, qui la lui amenait par la main. Manzoni nous pardonnera d'arracher à l'oubli ces quelques vers de sa jeunesse, ce premier jet non corrigé (*non corretto,* est-il dit en marge), il nous le pardonnera en faveur du témoignage qu'il y rend à son ami :

(1) *Rugiadosa,* toute humide de rosée. — Botta aimait à revenir avec Fauriel aux pures sources de la langue italienne, à ressaisir l'idiome dans sa saveur inaltérée; il avait l'aversion philologique de l'*italien francisé,* comme autrefois Henri Estienne pouvait l'avoir du *français italianisé.* Il consultait de plus Fauriel sur ses histoires, sur ses poëmes, sur ses divers travaux : on trouverait dans les *Annales encyclopédiques* de Millin (année 1817, t. IV, p. 353 et t. V, p. 106) des articles de Fauriel sur le poëme épique *il Camillo,* de Botta.

. . . . Col tuo secondo duca
Te vidi io prima, e de le sacre danze
O dimentica o schiva ; e pur sì franco,
Sì numeroso il portamento, e tanto
Di rosea luce ti fioriva il volto,
Che Diva io ti conobbi, e t'adorai.
Ed ei lieto sì ridea, sì lieta
D'amor primiero ti porgea la destra,
Di sì fidata compagnia, che primo
Giurato avrei che per trovarti ei l'erta
Superasse de l'Alpe, ei le tempeste
Affrontasse del Tuna, e tremebondo
De la mobil Vertigo e da l'ardente
Confusion battuto in sul petroso
Orlo giacesse. Entro il mio cor fean lite
Quegli avversarj che van sempre insieme,
Riverenza ed Amor : ma pur si pio
Aprivi il riso, e non se che di noto
Mi splendea ne' tuoi guardi, che Amor vinse,
E m'appressai sicuro. E quel cortese
Di cui cara l'immago ed onorata
Sarammi, infin che la purpurea vita
M'irrigherà le vene, a me rivolto,
Con gentil piglio la tua man levando,
Fea d'offrirmela cenno. Ond' io più baldo
La man ti stesi. . . . .

α La première fois que je te vis, c'était avec ton second guide ; tu avais oublié ou tu dédaignais les danses sacrées, et pourtant ta démarche était si aisée et si pleine de nombre, ton visage rayonnait d'une si rose lueur, que je te reconnus aussitôt Déesse, et que je t'adorai. Et lui, il te souriait avec tant de joie et de bonne grâce, il te tendait, comme en gage du premier amour, une main si tendre et si fidèle, que j'aurais juré que c'était lui d'abord qui, pour te trouver, avait gravi la rampe escarpée de l'Alpe, lui qui avait affronté la tempête du lac de Thoun, et qui, tout tremblant du Vertige et le front battu de l'ardent tourbillon, était tombé à la renverse sans connaissance au bord de l'abîme (1). Au dedans de mon cœur, en te voyant, je sentais aux prises ces deux adversaires qui vont toujours ensemble, le Respect et l'Amour; mais pourtant ton sourire était si clément, et je ne sais quoi de connu me luisait si doucement dans tes regards, que l'Amour l'emporta, et que je m'approchai plein de confiance. Et cet aimable guide, ce courtois ami, dont l'image me sera toujours chère et honorée tant que la vie à flots de pourpre arrosera mes veines, se tournant vers moi, et soulevant gracieusement la main qu'il tenait, faisait le geste de me l'offrir. Je m'enhardis alors, et je te tendis la main..... »

L'amitié, avec les ans, restera toujours la même ; elle continuera de mûrir entre les deux amis, et acquerra plutôt, en vieillissant, des saveurs croissantes, des qualités plus consommées ; mais il n'est qu'un âge où il lui soit donné de se montrer, pour ainsi dire, dans cette grâce pudique et avec cette noble rougeur au front, âge aimable et rapide, véritablement le seul où, selon le beau mot du poëte, la vie à flots de pourpre arrose nos veines !

Nous aurions trop à dire si nous voulions épuiser, ou simplement énumérer en détail les autres travaux et les autres relations de Fauriel durant ces années de l'Empire qui furent pour lui si remplies et si fécondes. Il n'est presque aucune voie d'études et de connaissances dans laquelle nous ne puissions saisir sa trace cachée, mais profonde, mais certaine. On vient de l'entrevoir

(1) Allusion à diverses scènes du poëme.

un maître plein d'autorité en littérature et en diction
italienne; il s'exerçait à composer dans cet idiome des
sonnets dont Manzoni était le confident; il remontait
aux plus anciens auteurs toscans, Fra Guittone, Guido
Cavalcanti, Cino di Pistoia, et autres devanciers ou contemporains du Dante, et en ramassait les pièces rares.
Ginguené, qui publiait vers cette époque son *Histoire
littéraire d'Italie,* recevait de lui des indications érudites
et ne pouvait espérer de juge plus compétent ni plus
bienveillant (1). Micali, dans le même temps (1813),
s'en remettait à lui pour qu'il voulût bien surveiller et
annoter la traduction française de son ouvrage (*l'Italie
avant les Romains*) (2). — La langue et la littérature
grecques lui étaient familières; ses travaux sur le stoïcisme l'y avaient introduit très-directement, et il devait,
avant de publier ses *Chants populaires* de la Grèce moderne, s'y perfectionner encore. On le trouve, dès
1803, reconnu helléniste par Boissonade, et surtout en
relation étroite avec les Grecs modernes les plus instruits, Mustoxidi, Basili; ce dernier lui parlait de « notre
bon ami Coray, qui vous aime et vous estime infiniment. » — L'étude du sanscrit l'avait de bonne heure
tenté : il s'y était appliqué l'un des premiers en France.

(1) Les trois articles du *Mercure de France* (décembre 1812
et janvier 1813) sur les tomes IV et V de Ginguené sont de
Fauriel.

(2) Les événements politiques apportèrent de grands retards à
cette publication. Micali eut le temps de donner dans l'intervalle
sa seconde édition, et ce fut M. Raoul-Rochette qui, en 1821, se
chargea de revoir pour la dernière moitié et de mener à bonne fin
la traduction française.

M. Hamilton, Anglais qui avait longtemps résidé dans
l'Inde, et que la rupture de la paix d'Amiens retenait
prisonnier chez nous, était peut-être le seul homme
alors sur le continent qui sût le sanscrit : il l'enseigna
d'abord à M. de Chézy, à Frédéric Schlegel et à Fauriel lui-même. L'étude de l'arabe sous M. de Sacy n'en
souffrait pas; Fauriel était arrivé à lire avec sûreté la
poésie dans ces deux langues. N'est-il pas piquant d'a-
jouter encore qu'il profitait de son séjour aux champs
pour cultiver la botanique, amasser des collections de
plantes, et qu'il faisait volontiers, en compagnie de son
ami, M. Dupont, « des excursions *cryptogamiques* à
Meudon, *lieu chéri des mousses?* » La même sagacité
qui le dirigeait dans les recherches historiques primitives, il la portait dans ces investigations d'histoire naturelle ; nous pourrions, si l'on nous pressait, fournir
des preuves. Mais ce qu'il devient essentiel de bien saisir et d'indiquer pour ne pas nous perdre dans cette
multiplicité de détails et de diversions, dont peut-être
il n'a pas triomphé toujours au dehors, c'est que, dès
1810, ou même auparavant, toutes ses études secrètes,
ses prédilections croissantes, se rapportaient de plus en
plus dans sa pensée à l'histoire, aux origines de l'histoire moderne sur le sol du Midi et au berceau de la
civilisation provençale. M. Guizot, en juin 1811, lui
écrivant de Nîmes, où il était retourné passer quelque
temps, lui demandait des nouvelles de son Dante et
de ses troubadours comme d'un travail déjà fort entamé, et le pressait avec intérêt d'entrer avec lui dans
quelques développements là-dessus.

Avant de clore cette première partie, tâchons de bien fixer nous-même notre idée, de bien dégager celle de Fauriel, d'atteindre à l'unité profonde et définitive qui était en lui, et que son œuvre, en effet, ne semble pas accuser suffisamment. Fauriel fut amené, par l'étude des littératures, des philosophies, des langues, par l'étude de l'arabe comme par la lecture du Dante, par tous les points à la fois, à sentir la différence qu'il y a entre la société moderne et l'ancienne. Savant original et sagace, érudit philosophe comme il n'y en avait pas eu encore de semblable en France, remettant tout en question et reprenant les racines de toutes choses, il passe des années à préparer, à fouiller, à creuser; il sonde les sources; d'autres s'y abreuveront, ou même y donneront leur nom. Ce qu'on a ainsi retrouvé de lui en fait de travaux considérables et silencieux, de matériaux d'études et de masses d'écritures, de glossaires en toute langue (langue basque, dialectes celtiques), est prodigieux; il étendait en tous sens ses fondations. Mais bientôt, pour qui l'observe de près, tout aboutit manifestement, ou du moins converge dans son esprit, aux origines de la civilisation moderne. Il attachait à ce mouvement de renaissance première la plus grande importance, comme à ce qui avait produit quelque chose de tout à fait distinct de l'antiquité, à savoir, par exemple, l'amour moderne, la chevalerie. Il recherche donc curieusement les origines de ces créations si chères à son âme délicate; il les recherche en germe chez les Arabes, chez les Vascons, chez les Aquitains et Gallo-Romains, pétris et repétris durant des siècles;

il épie sur ce sol tant remué les réveils d'une végétation vivace partout où il les voit poindre, et il ne met
tant de prix à ses chers Provençaux, que parce qu'il
découvre véritablement en eux la première *fleur* de
l'arbre moderne.

C'est à l'observer dans cet esprit qu'on le découvre
lui-même tirant tout de son fonds, ses idées, ses aperçus; il entreprend l'histoire des troubadours, non en
philologue, ni par esprit de patriotisme local, mais
dans une vue intimement philosophique, et, je le répète,
parce que cette époque lui paraît offrir la première fleur
originale, le premier *Avril* en fleur de la civilisation
moderne. Il pensait que c'est de là qu'il faut dater
l'histoire des littératures et des sociétés modernes ; car,
si court et si brusquement interrompu qu'ait été ce
premier printemps, elles lui doivent leur vraie couleur.
— J'exprime ici ces choses plus vivement qu'il ne les
exprimait peut-être, mais non pas plus vivement qu'il
ne les sentait.

Tel est le vrai Fauriel ; c'est l'histoire qui a l'immense prédominance en lui, même lorsqu'il se présente à titre de critique. De fait, il ne s'occupait de
littérature proprement dite que quand son intérêt pour
un ami l'y poussait, comme il le fit pour Baggesen et
pour Manzoni, et comme il fut poussé encore aux *Chants
grecs*, indépendamment des autres affinités, par de nobles motifs de circonstance. Son but, d'ailleurs, demeurait toujours historique, ses travaux, depuis 1815, se
rapportaient entièrement à cette fin, et tout le reste
de sa part n'était que moyen ou hors-d'œuvre.

Nous continuerons de le suivre. Qu'on nous pardonne ces développements dont il est bien digne. En nous occupant de Fauriel, nous n'avons pas dû craindre de faire un peu comme lui, d'insister sur les fondations mêmes de notre sujet, et de procéder avec une lenteur consciencieuse, propice aux choses.

———

SECONDE PARTIE.

Fauriel et Manzoni. — Par où celui-ci se rattache à la France.— Sa jeunesse à Paris; ses entretiens avec Fauriel. — *Carmagnola* et *Adelchi* traduits en français; contre-coup en Italie. — Relations de Fauriel avec Augustin Thierry, — avec Guillaume de Schlegel. — Fauriel après 1830. — Son *Histoire de la Gaule méridionale*. — Ses autres écrits.

A partir de 1815, disions-nous, c'est la pensée historique qui domine dans l'esprit de Fauriel; il y eut pourtant à cette pensée quelques hors-d'œuvre, il y eut plus d'une diversion, et, comme on dit, plus d'une parenthèse. On en peut compter jusqu'à trois; la première fut la traduction en français des tragédies de Manzoni (1823); la seconde fut la publication et la traduction des *Chants grecs* populaires (1824); et je compte enfin pour la troisième et la plus grave, parce qu'elle fut la plus prolongée, le cours public dont Fauriel se trouva chargé après 1830. Si utile que le savant maître ait été dans cette dernière fonction, il y a lieu de regretter sans doute qu'elle l'ait empêché de mener à fin la grande entreprise historique de toute sa vie.

Il n'en est pas ainsi des deux premières tâches qu'il s'imposa et qui pourraient aussi bien s'appeler des inspirations de son esprit et de son cœur. Sa tendre amitié et son admiration sincère pour Manzoni lui suggérèrent l'idée de le faire connaître à la France. C'est là un épisode trop essentiel et trop aimable dans la vie de Fauriel, un épisode trop honorable à la littérature française elle-même, pour que nous n'y insistions pas ici comme nous devons. Parler de Manzoni un peu en détail à propos de Fauriel, ce n'est pas m'écarter de ce dernier, c'est être fidèle à tous deux.

Je dirai plus et sans excéder en rien la plus exacte vérité : Manzoni ne se peut bien connaître à fond que par Fauriel ; celui-ci est l'introducteur direct, secret et presque nécessaire, à l'étude de l'excellent poëte. Manzoni, jeune, tenait à honneur de se dire non-seulement son plus tendre ami, mais son disciple. Un tel mot, de poëte à critique, glorifie assez celui qui le profère pour qu'on ne craigne pas de le redire à la louange des deux. Fauriel le rendait bien d'ailleurs à son ami, moins encore par la manière dont il le louait que par celle dont il le sentait : lui, si ennemi des formes apprises et convenues, de tout ce qui avait une teinte de rhétorique ou d'académie, il n'en était que plus sensible à la poésie, à une certaine poësie pathétique et simple ; or, il y avait deux lectures en ce genre qui ne lui donnaient pas seulement l'émotion morale, mais qui avaient le pouvoir d'accélérer son pouls, de le faire battre plus vite : c'étaient certains chœurs d'Euripide et les chœurs de Manzoni.

La mère de Manzoni, la fille de Beccaria, **vint** en France sous le Consulat et y vécut beaucoup dans la société d'Auteuil, dans l'intimité de Cabanis et de Mme de Condorcet ; lorsque son fils le rejoignit quelque temps après, ou y revint avec elle, il se trouva initié dans le même monde, et il y connut Fauriel. C'est à lui qu'il montrait d'abord (en février 1806) la pièce de vers, qui fut son tout premier début, *sur la mort de Carlo Imbonati*, cet admirable ami que venait de perdre sa mère. Fauriel, en faisant accueil à une production si pleine de chaleur et brillante de promesses, entra aussitôt avec le jeune poëte dans une de ces discussions ingénieuses et précises telles qu'il les aimait : il lui conseilla de se perfectionner de plus en plus dans l'usage des vers *sciolti*, et lui indiqua à cet égard les modèles qu'il préférait. Tous deux déjà s'accordaient sur certaines remarques très-fines : se retrancher les rimes quand on fait des vers italiens, ce n'était pas tant (selon eux) supprimer une difficulté qu'un secours bien souvent et une excuse. En effet, les premières pensées étant une fois trouvées, la nécessité de la rime, quand on se l'impose, suggère une quantité d'autres pensées de détail, et surtout une foule de ces menues images qui sont réputées les élégances d'une composition, et qui achèvent même la pensée principale quand elles n'en détournent pas. Dans les *sciolti*, au contraire, le poëte, n'étant plus provoqué par la rime, doit tirer tout de son fonds et défrayer en quelque sorte son vers avec ses seules ressources ; il peut viser plus librement au simple et au principal, mais à condition d'avoir en lui la force qui approprie le style et le ton aux choses, la fertilité des images et le mouvement des pensées, en un mot les qualités les plus réelles du talent. Parini, dans ses *sciolti,* a prouvé qu'il les possédait toutes ; il arrive à la combinaison du poétique et du vrai, à la perfection de l'œuvre, et, pour le peindre avec ses propres couleurs, on dirait que, ses vers découlant d'une noble veine, une muse savante les ait fait passer à l'ardent foyer de l'art :

> . . . . Da nobil vena
> Scendano ; e all' acre foco
> Dell' arte imponga la sottil Camena.

Manzoni, dont c'étaient là les premiers discours avec Fauriel, dirigea de bonne heure son style de ce côté, selon cette vue élevée et sévère. Le *divin* Parini, comme il l'appelait quelquefois, fut son premier maître; mais, en avançant, son vers tendit de plus en plus à se dégager de toute imitation prochaine, à se retremper directement dans la vérité et la nature.

Combien de fois, vers cet été de 1806 ou de quelques-unes des années qui suivirent, soit dans le jardin de *la Maisonnette,* soit au dehors, le long du coteau de Sainte-Avoie, au bord de cette crête d'où l'on voit si bien le cours de la Seine, avec son île couverte de saules et de peupliers, et d'où l'œil embrasse avec bonheur cette fraîche et tranquille vallée, les deux amis allaient discourant entre eux du but suprême de toute poésie, des fausses images qu'il importait avant tout de dépouiller, et du bel art simple qu'il s'agissait de faire

revivre ! Non, Descartes ne prescrivit jamais plus in-
stamment à son philosophe de se débarrasser des idées
apprises et des préjugés de l'éducation, que Fauriel ne
recommandait au poëte de s'affranchir de ces fausses
images qui ne sont réputées poétiques qu'en vertu de
l'habitude. Cela se passait sous le règne de Delille et en
pleine période impériale. « *Il faut que la poésie soit*
tirée du fond du cœur, il faut sentir et savoir exprimer
ses sentiments avec sincérité, » c'était là le premier article de cette réforme poétique méditée entre Fauriel
et Manzoni. Celui-ci pourtant éprouvait des regrets pénibles au milieu de ses espérances : en même temps
qu'il sentait que la poésie n'est réellement conforme à
ses origines et à son but que lorsqu'elle se rattache à
la vie vraie d'une société et d'un peuple, il comprenait
que, pour toutes sortes de causes, l'Italie restait un
peu en dehors de cette destinée naturelle ; l'extrême
division des États, l'absence d'un grand centre, la paresse et l'ignorance, ou les prétentions locales, avaient
établi de profondes différences entre la langue ou plutôt les langues parlées, et la langue écrite. Celle-ci,
toute de propos délibéré et de choix, devenue presque
une *langue morte*, ne pouvait saisir, ni exercer sur les
populations diverses une action directe, immédiate,
universelle ; de sorte que, par une contradiction singulière, la première condition, là-bas, d'une langue
poétique pure, ferme et simple, était de reposer sur
quelque chose d'artificiel. Manzoni sentit de bonne
heure, et peut-être aussi il s'exagérait un peu cet inconvénient ; le fait est qu'il ne voyait jamais sans un

plaisir mêlé d'envie le public de Paris applaudir en masse aux *comédies* de Molière; cette communication immédiate *et intelligente* de tout un peuple avec les *productions du* génie, et qui, seule, peut attester à celui-ci sa vie réelle, lui semblait refusée à une nation trop partagée et comme cantonnée par dialectes; lui qui devait réunir un jour toutes les intelligences élevées de son pays dans un sentiment unanime d'admiration, il ne croyait pas assez cette unanimité possible, et en tout cas il regrettait que la masse du public n'en fît pas le fond.

Fauriel l'encourageait avec autorité et par d'illustres exemples empruntés à l'Italie même, dont les grands écrivains avaient eu de tout temps à triompher de difficultés plus ou moins semblables. Manzoni d'ailleurs, en ces années de jeunesse, recueillait *ses idées et les mûrissait tour à tour sous les soleils de France* et de Lombardie, plutôt qu'il ne se hâtait de les produire. Son petit poëme d'*Urania* était commencé en 1807; il méditait un peu vaguement quelque projet de long poëme, tel que *la Fondation de Venise,* par exemple; mais surtout il vivait avec abondance et sans arrière-pensée de la vie morale, de la vie du cœur; il perdait son père en 1807, il se mariait en 1808 : il s'occupait d'agriculture et d'embellir sa résidence de Brusuglio, près de Milan; il revenait voir en France ses bons amis de *la Maisonnette,* et donnait Fauriel pour parrain au premier-né de ses enfants, à sa fille Juliette-*Claudine,* comme on l'avait nommée. Les saisons ainsi se passaient pour lui entre la famille, les arbres et les vers et encore ces derniers semblaient-ils tenir la moindre place dans son attention. Le Grec Mustoxidi écrivait de Milan à Fauriel : « Alexandre (Manzoni) et le reste de la famille se portent bien et parlent souvent de vous : lui, tout entier aux soins domestiques, il me semble s'éloigner trop fréquemment des Muses, qui pourtant lui furent si prodigues de leurs dons (1). » Manzoni ne s'éloignait pas autant de la poésie qu'il le paraissait, et elle devait revenir, après quelque retard, avec de nouvelles et plus saines douceurs. Adonné à la famille comme un Racine qui se serait retiré un peu trop tôt, converti, vers 1810, aux idées religieuses et à la pratique chrétienne, père, époux, ami, il se livrait de bonne foi aux sentiments humains régularisés, aux habitudes naturelles et pures; il y plongeait comme en pleine terre. Patience! l'imagination avec lui retrouvera son jour; âme non moins ardente que délicate, elle ne le laissa jamais. Il était de ceux en qui allait se vérifier un mot que lui avait dit Fauriel au début : « L'imagination, quand elle s'applique aux idées morales, se fortifie et redouble d'énergie avec l'âge, au lieu de se refroidir. »

Manzoni s'occupait donc, sinon à produire de la poésie en ces années, du moins à jouir de tout ce qui en fait le sujet même et la meilleure part. Si l'architecture et les plans de villa dignes de Palladio semblaient

---

(1) « Alessandro e gli altri della famiglia godono salute, e spesso vi ricordano. Tutto dedito alle cure domestiche, mi pare che s'allontani troppo di frequente dalle Muse le quali pur gli furono liberali di oro favori. » (Milan, 20 décembre 1811).

parfois usurper un peu magnifiquement sur ses rêves, l'agriculture et ses charmes innocents remplissaient plus à souhait et plus sûrement ses loisirs. Il recevait de Fauriel des graines choisies, des assortiments nombreux de semences, qui allaient remplir le vœu de l'amitié en tombant sur une terre heureuse; mais les vers à soie surtout et les mûriers étaient sa grande affaire dès la fin de mai, car on filait les *cocons* au logis. Un certain jour, dès les premiers temps de son installation à la campagne, un essaim d'abeilles vint élire domicile dans le jardin et se prêter à son observation familière, comme pour fournir une suite de plaisirs et d'occupations *classiques* à ce fils de Virgile. C'étaient là des joies pures, et la poésie ne pouvait être loin.

On a dit et il est à croire que ce fut en effet pendant un séjour à Paris, vers les premiers mois de 1810, qu'arrivèrent à Manzoni les premières idées et les lumières déterminantes dans lesquelles il lui sembla voir une indication divine; son changement de direction religieuse data de ce moment. Toute recherche à ce sujet serait indiscrète. On peut conjecturer seulement qu'il y eut là pour l'amitié une épreuve assez délicate à traverser. Fauriel était le plus équitable, le plus tolérant, le moins décisif assurément des penseurs; mais il demeurait dans ses propres voies; il était occupé, hier encore, à étudier la sagesse humaine dans la personne de ses plus orgueilleux représentants. Manzoni pouvait craindre pour cette science de son cher historien du stoïcisme qu'elle ne fût un obstacle à ce qui est surtout révélé aux petits et aux simples. Que se passa-t-il là à un certain moment, entre ces deux cœurs, entre le philosophe toujours modeste et le croyant d'autant plus aimant? Si ce dernier s'essaya jamais à toucher au sein de l'autre un coin de cette chose, à ses yeux la plus importante, ce dut être avec une discrétion bien tendre. Nul auprès d'eux n'en a su le mystère. En résultat, leur intimité n'en ressentit aucune diminution, aucun refroidissement.

Les événements de 1813-1814 apportèrent forcément une grande interruption dans le commerce des deux amis. C'est vers cet intervalle que Manzoni publia ou composa les *Hymnes sacrés* dans lesquels il tâchait, disait-il, de ramener à la religion ces sentiments nobles, grands et humains, qui découlent naturellement d'elle (1). Cette époque fut celle de sa transformation entière, même en poésie; l'étude et le temps firent éclore et développèrent au sein de son talent les germes lentement préparés; sans doute le souvenir médité des anciens entretiens avec son ami y contribua beaucoup. Au printemps de 1816, nous trouvons Manzoni s'occupant avec ardeur d'écrire sa tragédie de *Carmalogna*, et le lien littéraire qui le rattache à Fauriel se renoue

(1) Les quatre ou cinq hymnes qui sont publiés n'étaient, dans la pensée du poëte, qu'un commencement; son projet était d'en faire une douzaine, en célébrant les solennités principales de l'année. Ces hymnes, par leur succès populaire, donnèrent un heureux démenti aux méfiances qu'exprimait Manzoni sur le rôle possible de la poésie italienne; Mustoxidi écrivait de Venise à Fauriel, en février 1824 : « Mille tenere cose al nostro Alessandro : egli avrà veduto l'edizione de' suoi inni fatta in Udine, ed io mi rallegro nell' udirli ripetere dai giovanetti con vivo entusiasmo. »

étroitement. Les deux tragédies de *Carmagnola* et d'*Adelchi,* c'est-à-dire ce que le drame romantique a produit de plus distingué en Europe durant cette période de 1815 à 1830, ne sauraient sans doute se considérer comme un appendice de l'histoire littéraire du romantisme en France sous la Restauration ; mais il nous suffit que ces deux œuvres remarquables y tiennent par plusieurs de leurs racines. L'Italie, aux diverses époques, a toujours tant influé sur la France par sa littérature, qu'il était bon qu'à un certain moment la France le lui rendît en la personne d'un si noble poëte dramatique.

En s'appliquant à la composition de ses tragédies historiques indépendamment de toute règle factice, en combinant l'étude sévère et la passion, la fidélité à l'esprit, aux mœurs et aux caractères particuliers de l'époque, et les sentiments humains généraux s'exprimant dans un langage digne et naturel, Manzoni ne faisait autre chose que réaliser avec originalité le vœu déjà ancien de son ami, et donner la vie poétique aux idées qu'ils avaient autrefois agitées ensemble. Lorsque Fauriel vit l'œuvre et lut ce *Carmagnola* à lui dédié, il put aussitôt reconnaître son idéal et s'écrier : *Le voilà!* La critique, évidemment, avait préexisté ici, et, jusqu'à un certain point, présidé à la tentative de l'art, mais une critique sage, ramenée aux notions premières du bon sens, y dirigeant et y réduisant sa réforme. La vieille critique ayant comme à plaisir encombré la scène de toutes sortes d'appareils et de barrières qui étaient autant de ressorts pour la médiocrité et de piéges pour le talent, il avait fallu déblayer le terrain au préalable, avant de s'y lancer de nouveau. C'est une partie de la tâche que s'imposèrent en Italie, dès 1818 et 1819, les jeunes rédacteurs du journal intitulé *il Conciliatore,* tous amis de Manzoni, et dont le groupe nous offre plus d'un nom connu, Silvio Pellico, Grossi, Hermès Visconti, Berchet. Ce journal, qui ne subsista guère plus d'une année, et que les circonstances politiques interrompirent, est indispensable pour la connaissance précise de ce que projetait la jeune école par delà les monts. Un voyage que Manzoni fit à Paris sur la fin de 1819, et qui se prolongea durant une moitié de 1820, dans le temps même où paraissait son *Carmagnola,* le remettait en communication active, habituelle, avec l'ami dont il était séparé depuis des années. On se retrempa dans des entretiens à fond sur tous les sujets sérieux et délicats qui occupaient alors l'élite des esprits. MM. Augustin Thierry et Cousin prenaient une vive part à ces discussions, M. Cousin surtout, qui fit le voyage d'Italie et y rejoignit Manzoni un ou deux mois après, comme pour y continuer avec feu la conversation de la veille. A défaut de tant d'éloquents discours et des jeunes paroles *aux ailes légères* qu'on ne peut ressaisir (1), la traduction que Fauriel publia, en 1823, de *Carmagnola,* d'*Adelchi* et de quelques morceaux critiques qui s'y rapportent, offre du moins un témoignage subsistant de ce moment littéraire si animé et si plein d'intérêt. Il n'est pas inutile

---

(1) Nous ne sommes pourtant pas sans en avoir ressaisi quelque chose, et nous devons beaucoup à M. Cousin dans tout ce qui suit.

d'y insister encore après plus de vingt ans. Sans doute il nous importe peu aujourd'hui qu'Hermès Visconti, dans un spirituel dialogue, ait trouvé de bonnes raisons contre l'arbitraire des règles relatives à l'unité de temps et de lieu, que Manzoni en ait trouvé de non moins piquantes et de décisives dans sa lettre à M. Chauvet : c'étaient là des questions élémentaires, des discussions en quelque sorte négatives, auxquelles les réformateurs se voyaient ramenés sans cesse par des chicanes obstinées dont le temps a fait justice ; mais il était d'autres soins plus essentiels et plus intérieurs de la réforme dramatique tentée alors, d'autres coins marquants de son but, qu'on ne saurait trop rappeler, car il n'a peut-être pas été fait, depuis, un seul pas qui ait avancé la cause de l'art dans la même voie, ou qui bien plutôt ne l'ait pas fait rétrograder, en la compromettant par tous les oublis et tous les excès.

Manzoni, on le sait, travaillait lentement ses tragédies ; cette lenteur, qui peut tenir à diverses causes, à la délicatesse et à la fantaisie même d'une organisation nerveuse, aux irrégularités de la *machine* physique, qui ne suit pas toujours le train de l'esprit, n'est pas chose à louer absolument en elle-même : ce qui mérite d'être loué à coup sûr et proposé en exemple, c'est la conscience qu'il a mise à préparer les matériaux et à étudier les sujets de ses compositions. Ainsi, pour son *Adelchi* ou *Adelghis*, lorsqu'il commença sérieusement à s'en occuper après son retour de Paris à Milan, dans les derniers mois de 1820, que fit le poëte ? Il se mit à étudier en historien, en digne émule des hommes

qu'il venait de visiter, tout ce qu'il put trouver dans
les chroniques sur les circonstances de la domination
et de l'état des Lombards en Italie ; il ne lut pas su-
perficiellement, à la légère, et pour se donner le plaisir d'ajouter une bordure tant soit peu locale et une
teinte quelconque de **moyen âge** à une œuvre de fantaisie : non, il aborda **le fond** même, il s'enfonça dans
la collection *Rerum italicarum* de Muratori ; il hanta
même, comme il le disait en souriant, *quelques-uns
des dix-neuf gros complices* de M. Augustin Thierry (1).
Les rapports immédiats de l'histoire de Charlemagne
avec celle des Lombards ne l'intéressaient pas uniquement ; il cherchait à se bien fixer sur les conditions
générales de l'établissement de tous les conquérants
barbares, sur les différences en particulier qu'il pouvait
y avoir entre les habitudes des Franks et celles des Lombards mêmes ; il aurait voulu pouvoir découvrir quelque chose de l'état de la population indigène sous ces
derniers, deviner ce qui en était de ces peuples subju-
gués et *possédés* sur le compte desquels rien ne trans-
pire, que taisent les chroniques, que les historiens
modernes ne soupçonnent pas, et dont un de ses
chœurs nous rend le sourd et profond gémissement.
Au sortir de ces études préliminaires, Manzoni aurait
été en mesure, à volonté, d'entreprendre une histoire
des Lombards comme auraient pu le faire Augustin
Thierry et Fauriel, ou bien d'écrire une tragédie. Le
Discours historique qui sert de préface à sa pièce le

(1) La collection de dom Bouquet et de ses continuateurs.

prouve assez ; je le comparerais presque, pour le ton comme pour le fond, à quelqu'une de ces **piquantes** lettres critiques d'Augustin Thierry sur notre propre histoire ; sans avoir la prétention d'éclairer celle du nord de l'Italie au IXe siècle, ce Discours a pour effet d'en rendre *l'obscurité visible,* et démontre que ce qu'on prenait pour de la lumière n'en est pas. Ce qui impatientait Manzoni par-dessus tout, ce qui ne l'impatientait pas moins que son *confrère* Thierry (il lui donnait ce nom), c'étaient les formules vagues, lâches, vulgaires, à l'aide desquelles les historiens modernes avaient recouvert et comme étouffé des questions qu'ils n'apercevaient pas. Il avait coutume de résumer agréablement le sens de son *Discours historique* à peu près en ces termes : « Je leur ai donné à savoir qu'ils n'en savent rien, et je leur ai dit que je n'ai rien à en dire, après quoi je les quitte, en les priant de faire de longues études pour nous en dire quelque chose. On m'avouera que c'est un pas de fait. »

C'est par de telles préparations que le poëte, sévère pour lui-même et de moins en moins satisfait en avançant de son personnage *romanesque* d'Adelghis, qu'il avait imaginé sur des **données** historiques moins sûres et avant ses dernières études, prenait sa revanche tout à côté, et qu'il se rendait digne de ressaisir, de retracer dans ses vrais linéaments *la figure non colossale, mais grande encore,* de Charlemagne (1).

Et qu'on ne dise pas que l'idéal ait souffert au milieu

(1) Préface de la traduction de Fauriel.

de cette application patiente ; le personnage d'Herman-
garde a toute sa pureté et son exaltation tendre, les
chœurs ont leur pathétique ou leur éclat. Il résulte
seulement de cette combinaison de soins que l'esprit
de l'histoire vit sincèrement dans un sujet de tragédie
d'ailleurs populaire, et que Gœthe, par exemple, ou
Fauriel, étaient satisfaits en même temps que l'eût été
la foule, si elle avait pu y applaudir. Quand je songe
à ces deux pièces isolées qui se tiennent debout là-bas
comme deux belles colonnes, et qui semblaient nous
prêter d'avance le portique de l'édifice, à charge pour
nous de le poursuivre, j'ai peine à ne pas rougir de ce
que, sous nos yeux, ce rêve de théâtre est devenu.

Je continue et veux ici rassembler tout ce qui tient
à un épisode attachant pour lequel il n'est pas besoin
d'excuse. Est-ce donc là m'écarter le moins du monde
de mon sujet ? Je fais ressortir à quel degré Manzoni,
lié à la France par Fauriel, a été, en Italie, un représentant et un frère de l'école historique française. Je
fais toucher du doigt le lien et le nœud. Cette école
n'ayant point produit son poëte dramatique chez nous,
elle l'a eu dans Manzoni.

Fauriel, à cette époque, nourrissait certain vague
projet de composer un roman historique, dont il aurait
sans doute placé la scène dans le midi de la France, en
un de ces âges qu'il savait si bien. Après avoir terminé
Adelchi, et avoir eu un instant l'idée (mais sans y donner suite) d'une tragédie de *Spartacus,* Manzoni commença, de son côté, à songer à son roman des *Promessi
Sposi.* Vers le même temps, son ami Grossi s'occupait

d'un grand poëme historique, *les Lombards* à *la première Croisade;* c'était le moment de la pleine vogue
d'*Ivanhoe*. De là d'actives discussions et mille idées en
jeu, soit par correspondance, soit surtout de vive voix
durant le séjour que Fauriel alla faire en Italie dans
les années 1823-1825. Il s'agissait, par exemple,
comme question principale entre les deux amis, de la
mesure selon laquelle l'histoire et la poésie peuvent se
combiner sans se nuire. Fauriel inclinait à croire que
dorénavant, dans cette lutte, la poésie proprement dite
aurait de plus en plus le dessous. Manzoni ne le pensait pas tout à fait ainsi, et maintenait que, nonobstant
toutes apparences et tous pronostics contraires, *la poésie ne veut pas mourir.* Tous deux s'accordaient à reconnaître que, dans un système de roman, il y a lieu
d'inventer des faits pour développer des mœurs historiques : « Or, c'est là, répliquait Manzoni, c'est là une
ressource très-heureuse de cette poésie qui, comme je
vous le disais, ne veut pas mourir ; la narration historique lui est interdite, puisque l'exposé des faits a, pour
la curiosité très-raisonnable des hommes, un charme
qui dégoûte des inventions poétiques qu'on veut y mêler, et qui les fait même paraître puériles ; mais rassembler les traits caractéristiques d'une époque de la
société et les développer dans une action, *profiter de
l'histoire sans se mettre en concurrence avec elle,* sans
prétendre faire ce qu'elle fait mieux, voilà ce qui me
paraît encore réservé à la poésie, et ce qu'à son tour
elle seule peut faire. » Nous ne croyons pas trop nous
tromper en résumant de la sorte l'opinion du poëte.

Et pour le style, soit en prose, soiten vers, pour **la**
forme de l'expression, que de soins, que de **scrupules!**
Dans la tragédie en particulier, quel art insensible pour
concilier le simple et le noble, l'expression libre, naturelle, par moments familière, et l'expression idéale !
Quelle étude, au contraire, n'avait-on pas faite dans
l'ancienne tragédie pour atteindre à un but opposé,
pour ne faire parler les hommes ni comme ils parlent
naturellement, ni comme ils peuvent parler aux heures
d'exaltation sincère, *pour écarter à la fois la prose et
la poésie*, et y substituer je ne sais quelle froide rhétorique ! L'effort raisonné de Manzoni était précisément
inverse, et le suffrage des juges compétents s'accorde
à dire qu'il a réussi. Entre ces juges, j'ai assez marqué
qu'il n'en était aucun auquel il s'en remît plus absolument et avec plus de confiance qu'à Fauriel ; mais c'est
peut-être tandis qu'il s'occupait d'écrire son roman des
Promessi Sposi, que ces questions fines, qui touchent à
la forme du langage et comme à l'étoffe même de la
prose italienne, revenaient plus habituellement entre
eux. De tels détails, qui font entrer dans la confidence
du talent, ont un prix si vrai, si pur, si désintéressé,
qu'on nous pardonnera, que Manzoni lui-même nous
pardonnera, nous l'espérons, d'essayer de les fixer ici
dans sa bouche avec quelque précision et avec quelque
suite, sur la foi d'un témoin ami qui croit avoir fidèlement retenu. Les conditions du bon style en italien
sont, il ne faut pas l'oublier, très-particulières et très-
différentes de ce qui a lieu chez nous.

« Lorsqu'un Français cherche à rendre ses idées de son

mieux, disait Manzoni à Fauriel un jour qu'il ressentait plus vivement ces difficultés et ces scrupules qui sont la conscience de l'écrivain, voyez quelle abondance et quelle variété de tours, de *modi,* il trouve dans cette langue qu'il a toujours parlée, dans cette langue qui se fait depuis si longtemps et tous les jours dans tant de livres, dans tant de conversations, dans tant de débats de tous les genres. Avec cela, il a une règle pour le choix de ses expressions, et cette règle, il la trouve dans ses souvenirs, dans ses habitudes, qui lui donnent un sentiment presque sûr de la conformité de son style avec l'esprit général de la langue; il n'a pas de dictionnaire à consulter pour savoir si un mot choquera ou s'il passera : il se demande si c'est français ou non, et il est à peu près sûr de sa réponse. Cette richesse de tours et cette habitude de les employer lui donnent encore le moyen d'en inventer à son usage avec une certaine assurance, car l'analogie est un champ vaste et fertile en proportion du positif de la langue : ainsi il peut rendre ce qu'il y a d'original et de nouveau dans ses idées par des formules encore très-rapprochées de l'usage commun, et il peut marquer presque avec précision la limite entre la hardiesse et l'extravagance. Imaginez-vous au lieu de cela un Italien qui écrit, s'il n'est pas Toscan, dans une langue qu'il n'a presque jamais parlée, et qui (si même il est né dans le pays privilégié) écrit dans une langue qui est parlée par un petit nombre d'habitants des l'Italie; une langue dans laquelle on ne discute pas verbalement de grandes questions; une langue dans laquelle les ouvrages relatifs aux sciences morales sont très-rares et à distance; une langue qui (si l'on en croit ceux qui en parlent davantage) a été corrompue et défigurée justement par les écrivains qui ont traité les matières les plus importantes dans les derniers temps, de sorte que, pour les bonnes idées modernes, il n'y aurait pas un type général d'expression dans ce qu'on a fait jusqu'à ce jour en Italie. Il manque complétement à ce pauvre écrivain ce sentiment, pour ainsi dire, de communion avec son lecteur, cette certitude de manier un instrument également connu de tous les deux. Qu'il se demande si la phrase qu'il vient d'écrire est italienne; comment pourra-t-il faire une réponse assurée à une question qui n'est pas précise ? Car, que signifie *italien* dans ce sens? Selon quelques-uns, ce qui est consigné dans la *Crusca;* selon quelques autres, ce qui est compris dans toute l'Italie ou par les classes cultivées; la plupart n'appliquent à ce mot aucune idée déterminée. Je vous exprime ici d'une manière bien vague et bien incomplète un sentiment réel et pénible. La connaissance que vous avez de notre langue vous suggérera tout de suite ce qui manque à mes idées; mais j'ai bien peur qu'elle ne vous amène pas à en contester le fond. Dans la rigueur farouche et pédantesque de nos *puristi*, il y a, à mon avis, un sentiment général fort raisonnable, c'est le besoin d'une certaine fixité, d'une langue convenue entre ceux qui écrivent et ceux qui lisent. Je crois seulement qu'ils ont tort de croire que toute une langue est dans la *Crusca* et dans les écrivains classiques, et que, quand elle y serait, ils auraient encore tort de prétendre qu'on l'y cherchât, qu'on l'apprit, qu'on s'en servit. Car il est absolument impossible que des souvenirs d'une lecture il résulte une connaissance sûre, vaste, applicable à chaque instant, de tout le matériel d'une langue. Dites-moi à présent ce que doit faire un Italien qui, ne sachant faire autre chose, veut écrire. Pour moi, dans le désespoir de trouver une règle constante et spéciale pour bien faire ce métier, je crois cependant qu'il y a pour nous une perfection approximative du style, et que, pour y atteindre le plus possible dans ses écrits, il faut penser beaucoup à ce qu'on va dire, avoir beaucoup lu les Italiens dits classiques et les écrivains des autres langues, les Français surtout, avoir parlé de matières importantes avec ses concitoyens, et que, moyennant cette combinaison de soins, on peut acquérir une certaine promptitude à trouver, dans la langue qu'on appelle bonne, ce qu'elle contient d'applicable à nos besoins actuels, une certaine aptitude à l'étendre par l'analogie, et un certain tact pour tirer de la langue française ce qui peut en passer dans la nôtre, sans choquer par une forte dissonance, et sans y apporter de l'obscurité. Ainsi, avec un travail plus pénible et plus opiniâtre, on fera le moins mal possible ce que chez vous l'on fait bien presque avec facilité. Je pense avec vous que bien écrire un roman en italien est une des choses les plus difficiles; mais je trouve cette difficulté dans d'autres sujets, quoiqu'à un moindre degré, et avec la connaissance non pas complète, mais très-sûre, que j'ai des imperfections de l'ouvrier, je sens aussi d'une manière presque aussi sûre qu'il y en a beaucoup dans la matière (1). »

Fauriel, à ces raisons ingénieuses, ne contestait qu'à demi; il avait pourtant aussi de quoi opposer. L'Italie avait toujours eu ses grands écrivains; comment serait-il dit qu'elle n'en aurait pas encore? Était-il si fâcheux, après tout, d'être dans la nécessité de choisir et, jusqu'à un certain point, de former sa langue, de la tenir au-dessus des jargons du jour, et de la rapporter à un type supérieur qui s'appuie directement par un si large côté aux exemples des vieux maîtres? La part faite aux difficultés réelles, restait toujours celle du talent : Fauriel la montrait bien belle encore et bien grande; il osait sans doute renvoyer à son ami un reproche qu'il en avait souvent reçu, et l'engageait à moins mesurer son travail sur un idéal de perfection qu'il n'est pas donné d'atteindre, même

(1) Il nous est possible aujourd'hui de dire ce que nous avions craint d'avouer dans le premier moment, de peur de déplaire à Manzoni et d'effaroucher sa délicatesse : c'est que toutes ces paroles sont extraites textuellement de lettres de lui qui ont passé sous nos yeux.

13.

à ceux qui en ont le sentiment ; il lui rendait à son tour cette gracieuse guerre que Manzoni aimait à lui faire, sur son *incontentabilité*. Lui, en effet, dans ce qu'il produisait, il était *incontentable* sur le fond ; Manzoni l'est sur le style.

Circonstance remarquable et dont l'espèce de contradiction n'aura pas échappé, Fauriel, qui, dans ses écrits français, était loin d'être un maître de la forme, et s'en souciait assez peu, devenait un arbitre exquis et sûr dès qu'il s'agissait de langue italienne et de style toscan. Il semblait qu'en cela la difficulté même et la nouveauté de l'application aiguisassent son goût et le tinssent en éveil. Le fait constant, c'est qu'en telles décisions fines il était volontiers reconnu pour oracle. Les pièces les plus achevées aimaient à en passer par son tribunal et savaient avoir toujours quelque chose à gagner à ses *rittochi*. J'admets que l'Italie, malgré sa Toscane, ait, à quelques égards, l'inconvénient de la province, c'est-à-dire qu'on y sente le manque d'un grand centre, d'une capitale qui donne le mouvement à la langue et en règle le ton à chaque moment. Dans cette incertitude, que faire, quand on a la noble ambition d'être écrivain ? S'en remettre en idée à quelques juges d'élite, écrire en vue de leur suffrage, qui tient lieu et qui répond d'avance de tous les autres. En ce sens, Fauriel était un coin de la capitale de Manzoni, il était l'un des membres les plus présents de cette capitale disséminée.

N'exagérons rien ; nous ne serons que vrai en affirmant que la publication en France des tragédies traduites par Fauriel, et les jugements dont il les accompagna, eurent à l'instant leur contre-coup en Italie ; les éloges de Gœthe, que le critique avait enregistrés, ceux qu'il avait ajoutés lui-même, ces glorieux ou graves suffrages, venant du dehors, *posaient,* comme on dit, Manzoni chez les siens et préparaient les voies au succès prodigieux de son roman. Je tirerai d'une lettre d'Hermès Visconti à Fauriel un curieux passage qui prouve l'exactitude de cette assertion ; je traduis textuellement :

« (Milan, 10 août 1823.) J'ai lu avec un singulier plaisir l'*Adelchi* et le *Carmagnola* français. — Pour ce qui est de la traduction de mon petit *Dialogue,* je ne puis que trouver en vérité que vous avez voulu faire preuve envers moi d'une bonne grâce extrême. — Permettez-moi de vous dire que, dans le reste du volume, il est rendu pour la première fois justice, et sous tous les points de vue, au talent de notre ami ; cela va devenir on ne saurait plus utile à sa réputation littéraire, même parmi nous. Non que, de prime abord, je suppose la moyenne de nos lecteurs en mesure de sentir et d'apprécier les observations générales qui font ressortir l'importance du système dramatique créé en partie et suivi par Alexandre ; ils n'entendront pas très-bien non plus les observations de détail dues à Gœthe. Néanmoins, si les productions suivantes d'Alexandre trouvent au delà des Alpes des analyses et des éloges comme ceux qu'on vient de faire pour *Carmagnola* et *Adelchi,* je crois que ce sera le meilleur moyen de persuader à nos *dilettanti* de littérature qu'ils possèdent un grand poëte parmi leurs concitoyens, et peut-être, avec le temps, de les accoutumer à l'idée que les tragédies d'Alfieri ne sont pas les meilleures tragédies italiennes. Pour le moment, nous sommes bien loin de là. Seulement un petit nombre de personnes commencent à dire tout bas que

Manzoni est le meilleur des poëtes italiens vivants; les autres pensent suffisamment le louer en le qualifiant un poëte au-dessus du commun et un prosateur estimable, sans parler de ceux qui le croient ou affectent de le croire un beau ta-.ent fourvoyé. »

Les choses, à cet égard, se passèrent bien mieux que Visconti ne l'augurait; le mouvement des esprits en faveur de la nouvelle école se prononça avec rapidité. Moins de trois ans après la date de cette lettre, le poëme de Grossi (*les Lombards à la Croisade*), à la veille d'être publié (avril 1826), réunissait un nombre de souscripteurs sans exemple dans le pays, 1,600, je crois. Enfin, les *Promessi Sposi* ayant paru dans l'été de 1827, le succès dépassa l'attente; 600 exemplaires (ces chiffres, qu'on le sache bien, signifient beaucoup) furent enlevés en quinze jours; le livre fit fureur; on ne parlait que de cela dans tout Milan, et dans les antichambres mêmes on se cotisait pour l'acheter. Les témoignages empressés, les lettres de félicitations arrivaient de tous les bords et de tous les rangs. C'était, en un mot, partie gagnée et pour le poëte et pour la cause.

Fauriel, qui dut se trouver si heureux du triomphe de son ami, avait assisté de près à la composition de l'ouvrage. J'ai dit qu'il fit un long séjour en Italie, soit à Milan, soit à Florence et dans d'autres villes; il arriva à Milan dans l'automne de 1823, et il n'était de retour en France qu'en novembre 1825. Une grande douleur l'avait décidé à ce voyage, de tout temps projeté, mais différé toujours : il avait perdu, au mois de septembre 1822, l'amie constante à laquelle il avait consacré sa vie, et qu'il n'avait pas quittée depuis vingt années. Dans le vide immense que lui causa la mort de Mme de Condorcet, il sentit le besoin de se reprendre à ce qui lui restait de liens et de souvenirs, et de se rapprocher d'une famille qui était comme celle de son adoption : il alla s'asseoir au foyer de Manzoni.

C'est pendant cette absence (1824) que parurent les *Chants populaires de la Grèce moderne,* préparés par lui avant son départ, celui de tous ses ouvrages qui a eu le plus de vogue dans le public, et qui a d'abord suffi à classer son nom. Divers motifs l'avaient porté à ce travail généreux ; il était jaloux, lui aussi, de payer son tribut à une noble cause ; déjà, en 1823, nous le voyons publier une traduction libre des *Réfugiés de Parga,* poëme lyrique de Berchet (1). Dès les premiers chants grecs modernes qu'il avait entendu réciter à ses amis Mustoxidi et Piccolos, Fauriel en avait été enthousiaste et s'était dit : « Ce sont ces chants surtout qui feront connaître et aimer la Grèce moderne, et qui prouveront que l'esprit des anciens, le souffle de la poésie, non moins que l'amour de la liberté, y vit toujours. » Mais cet enthousiasme, redoublé ici par les circonstances éclatantes du réveil d'un peuple, se puisait chez lui à d'autres sources encore, non moins profondes et toutes littéraires, sur lesquelles nous avons à insister.

---

(1) *I Profughi di Parga,* poëme de J. Berchet, traduit librement de l'italien (Firmin Didot, 1823).

Fauriel était amoureux du primitif en littérature; il aimait surtout la poésie à cet âge de première croissance où elle est presque la même chose que l'histoire où elle se confond avec elle et en tient lieu. Si Fauriel a eu en un sens le génie historique (et il n'est que juste de lui en accorder une part bien originale), on peut dire que ç'a été dans l'application à la littérature et à la poésie qu'il en a fait preuve le plus heureusement; lorsqu'il a abordé l'histoire pure, une certaine vigueur de coup-d'œil peut-être dans l'appréciation politique des grands hommes, et à coup sûr certaines qualités d'exécution, lui ont fait défaut pour remplir l'idée qu'on peut concevoir de l'historien complet : mais, dans l'interprétation et l'intelligence historique des poésies et chants nationaux, des romances ou épopées populaires, il a été un maître sagace, incomparable, et le premier qui ait donné l'éveil chez nous. Et, remarquons-le, il ne se contentait pas de dégager par une analyse habile ce qu'il pouvait y avoir d'historique dans ces premiers chants lyriques, dans ces fragments romanesques, et de le mettre à nu; il sentait vivement aussi le charme du poétique qui s'y trouvait mêlé; il respirait avec délices, toutes les fois qu'il les rencontrait, le parfum de ces mousses sauvages et de ces fleurs des landes. L'homme de goût, l'homme délicat et sensible se retrouvait jusque dans l'érudit en quête du fond et dans l'investigateur des mœurs simples. On n'était guère accoutumé à entendre le sentiment et le goût de cette sorte en France après les siècles de Louis XIV et de Louis XV; aussi Fauriel put-il sembler quelquefois ne pas faire assez de cas des époques littéraires constituées et donner ouvertement la préférence à des âges trop nus ; il avait pour ceux-ci un peu de cet amour dont Ulysse aimait sa *pierreuse Ithaque*. Le reste, si beau que cela parût, lui tenait moins à cœur. Les dieux littéraires les plus voisins de nous, et réputés les plus incomparables dans nos habitudes d'admiration, n'étaient certainement pas ceux sur lesquels il reportait le plus volontiers ses regards. C'est à ce propos qu'il échappa un jour à un critique célèbre, au plus littéraire et au plus brillant de tous (M. Villemain), de dire spirituellement : « Fauriel, après tout, c'est un athée en littérature. » — Un athée ! oh ! non pas ; mais il croyait surtout à la *religion naturelle* en littérature. Or, ce culte de la religion naturelle mène quelquefois un peu loin en tout genre, et dispose, si l'on n'y prend pas garde, à trop dépouiller les temples et les autels, même littéraires, de l'éclat et de la pompe qui en font convenablement partie, et qui sont aussi un des aspects nécessaires de certaines époques glorieuses. Je ne nierai donc pas qu'il n'y eût chez Fauriel quelque excès et quelque trace de rigueur dans ce retour à la simplicité.

Ce n'est pas à dire que son goût sincère et déclaré pour l'âge spontané des poésies et pour leurs produits naturels fût un goût absolument exclusif ; je pourrais citer à cet ordre de prédilections habituelles plus d'une exception de sa part qui serait piquante ; j'ai déjà parlé de l'émotion que lui causaient quelques-uns des chœurs d'Euripide, et certes aucun académicien d'Italie, aucun

232 PORTRAITS CONTEMPORAINS.

de ses confrères de la *Crusca* (1), ne sentait mieux le charme de l'*Aminta* qu'il ne le goûtait lui-même. Ces nuances admises, le fond de son cœur était bien là où nous le disons. Dès qu'il en trouvait prétexte dans ses cours, il se permettait des excursions vers ces époques préférées, et si, sur son chemin des Provençaux, il pouvait faire à l'occasion le grand tour par les Nibelungen jusqu'à l'Edda, il se gardait bien d'y manquer. Fauriel est sans contredit l'esprit le plus anti-académique de vocation qui ait existé en France; il avait l'enthousiasme du primitif, il en avait même le prosélytisme (disposition assez surprenante chez lui); il y voulait convertir d'abord, dans le courant de ces années 1820-1828, les jeunes esprits mâles et délicats qu'il rencontrait. Son action sur les débuts de M. Ampère fut sensible; il contribua à développer en cette vive nature l'instinct qui la tournait vers les origines littéraires, à commencer par celles des Scandinaves. La première fois que M. Mérimée lui fut présenté, Fauriel l'excita aussitôt à traduire les romances espagnoles d'après le même système qu'il venait d'appliquer aux chants grecs, et il eut quelque peine ensuite à ne pas voir dans l'ingénieux pastiche de *la Guzla* une atteinte légèrement ironique à des sujets pour lui très-sérieux et presque sacrés. Chants serbes, chants grecs, chants provençaux, romances espagnoles, moallakas arabes, il embrassait dans son affection et dans ses recherches

(1) Fauriel était membre de l'Académie de la Crusca; il y succéda à Charles Pougens en février 1834.

tout cet ordre de productions premières et comme cette
zone entière de végétation poétique. Il y apportait un
sentiment vif, passionné, et qui aurait pu s'appeler de
la sollicitude. J'en veux citer un exemple qui me semble touchant, et qui montre à quel point il avait aversion de l'apprêté et du sophistiqué en tout genre. Il
avait raconté un jour devant M. Stendhal (Beyle), qui
s'occupait alors de son traité *sur l'Amour*, quelque
histoire arabe dont celui-ci songea aussitôt à faire son
profit. Fauriel s'était aperçu que, tandis qu'il racontait,
l'auditeur avide prenait au crayon des notes dans son
chapeau. Il se méfiait un peu du goût de Beyle ; il eut
regret, à la réflexion, de songer que sa chère et simple
histoire, à laquelle il tenait plus qu'il n'osait dire, allait
être employée dans un but étranger et probablement
travestie. Que fit-il alors ? il offrit à Beyle de la lui racheter et de la remplacer par deux autres dont, tout
bas, il se souciait beaucoup moins ; en un mot, il offrit
toute une menue monnaie pour rançon du premier récit : le marché fut conclu, et Beyle, enchanté du troc,
lui écrivait :

« Monsieur, si je n'étais pas si âgé, j'apprendrais l'arabe,
tant je suis charmé de trouver enfin quelque chose qui ne
soit pas copie académique de l'ancien. Ces gens ont toutes
les vertus brillantes.

« C'est vous dire, monsieur, combien je suis sensible aux
anecdotes que vous avez bien voulu traduire pour moi. Mon
petit traité idéologique sur l'amour aura ainsi un peu de variété. Le lecteur sera transporté hors des idées européennes.
— Le morceau provençal, que je vous dois également, fait
déjà un fort bon repos. »

Beyle était un homme de beaucoup d'esprit ; il haïs-
sait aussi, on le voit, l'académique et le convenu ; il
cherchait le simple, mais il courait après et il affectait
de le saisir, ce qui est une autre manière de le manquer (1).

Les *Chants populaires de la Grèce moderne,* publiés
par Fauriel, avaient le rare avantage de concilier avec
le spontané et le naturel, qui distinguent proprement
cette veine d'inspiration, une grâce et une fleur d'imagination qu'elles n'offrent pas toujours et qui tenaient
ici à ce fonds immortel d'une race heureuse. En de
telles productions naïves, Fauriel ne reculait pas au
besoin devant le rude et l'inculte ; mais, là comme
ailleurs, il aimait surtout le délicat, le pathétique, le
généreux, et il put ici se satisfaire à souhait lui et ses
lecteurs. Rien n'égale le jet hardi, la fraîcheur et la
saveur franche de bon nombre de ces pièces. Les chansons historiques et héroïques des klephtes, qui se rattachent à la longue lutte de la population indigène

(1) Un autre homme qui s'entendit beaucoup mieux avec Fauriel dans l'enthousiasme du primitif, ce fut, le croirait-on? le
grand médecin Laënnec. Ce personnage excellent avait été mis en
relation avec Fauriel par M. Cousin, dont il était le médecin et
l'ami. Les chants bretons devinrent bientôt l'entretien favori et
comme le rendez-vous passionné de ces deux esprits venus de
bords si différents. Fauriel savait les paroles, mais Laënnec savait
les airs, ces airs appris dans l'enfance et qu'on n'oublie pas. Il apportait sa flûte (et il faut avoir vu Laënnec pour se le figurer
ainsi en Lycidas), et, à mesure que l'autre lui rappelait les paroles, il essayait de les noter: *Numeros memini, si verba tenerem!*
Scène touchante, dont l'idée seule fait sourire, et qui était
digne de ces esprits, de ces cœurs vraiment antiques et simples!

contre les Turcs, forment la partie guerrière du recueil,
celle qui avait trait directement aux circonstances de
l'insurrection d'alors; ce sont les fragments d'une
Iliade brisée, mais d'une Iliade qui dure et recom-
mence. Viennent ensuite les chansons romanesques ou
idéales, celles où la fiction a plus de part et qui se rapportent à des légendes ou à des superstitions populaires; plus d'une respire le souffle errant d'un Théocrite dont la flûte s'est perdue, mais qui en retrouve
dans sa voix quelques notes fondamentales. La troisième classe du recueil comprend les chansons domestiques, celles qui célèbrent les fêtes et les solennités
de la famille, le mariage, les funérailles, le retour du
printemps et des hirondelles. Dans l'excellent et instructif *Discours préliminaire* qu'il a mis en tête du volume,
Fauriel a caractérisé surtout cette dernière classe d'une
manière charmante et d'un ton pénétré; il nous fait à
merveille sentir combien en Grèce la poésie est et n'a
jamais cessé d'être l'organe habituel et inséparable de
la vie, l'expression sérieuse et nullement exagérée d'un
sentiment naturel plus exalté qu'ailleurs. Cette poésie,
qui coule de source, et où la vanité ni les petits effets
n'entrent pour rien, qui n'est pas une poésie d'auteur,
mais une effusion du génie populaire, Fauriel la suit
dans ses moindres courants et jusque dans ses filets
épars. Il faut voir avec quel soin religieux il recueille
tous ces chants de rhapsodes inconnus et comme ces
membres dispersés de l'éternel Homère : « Ils chantent
(dit-il de ces modernes chanteurs ambulants), ils chantent en s'accompagnant d'un instrument à cordes que

l'on touche avec un archet, et qui est exactement l'ancienne lyre des Grecs, dont il a conservé le nom comme la forme. Cette lyre, pour être entière, doit avoir cinq cordes; mais souvent elle n'en a que deux ou trois, dont les sons, comme il est aisé de le présumer, n'ont rien de bien harmonieux. » Cette lyre, qui doit avoir cinq cordes, et qui souvent n'en a plus que deux ou trois, est bien l'image fidèle de la poésie inculte et un peu tronquée qu'elle accompagne ; mais cet incomplet dans les moyens et dans la forme ne détourne point Fauriel et ne lui inspire au contraire qu'un intérêt de plus :

« Entre les arts qui ont pour objet l'imitation de la nature, dit-il excellemment (et sa pensée est tout entière dans ce passage), la poésie a cela de particulier que le seul instinct, la seule inspiration du génie inculte et abandonné à lui-même y peuvent atteindre le but de l'art, sans le secours des raffinements et des moyens habituels de celui-ci, au moins quand ce but n'est pas trop complexe ou trop éloigné. C'est ce qui arrive dans toute composition poétique qui, sous des formes premières et naïves, si incultes qu'elles puissent être, renferme un fond de choses ou d'idées vraies et belles. Il y a plus : c'est précisément ce défaut d'art ou cet emploi imparfait de l'art, c'est cette espèce de contraste ou de disproportion entre la simplicité du moyen et la plénitude de l'effet, qui font le charme principal d'une telle composition. C'est par là qu'elle participe, jusqu'à un certain point, au caractère et au privilége des œuvres de la nature, et qu'il entre dans l'impression qui en résulte quelque chose de l'impression que l'on éprouve à contempler le cours d'un fleuve, l'aspect d'une montagne, une masse pittoresque de rochers, une vieille forêt; car le génie inculte de l'homme est aussi un des phénomènes, un des produits de la nature (1). »

Dans cet ingénieux et substantiel *Discours*, comme dans plusieurs des *arguments* étendus qui précèdent les pièces, et dont quelques-uns sont de vrais chapitres d'histoire, le style de Fauriel s'affermit, sa parole s'anime et se presse, il trouve un nerf inaccoutumé d'expression; on dirait que, dans ce sujet de son choix, il a véritablement touché du pied *la terre qui est sa mère*. C'est, de tous ses ouvrages, celui dans lequel il a mis le plus de verve et de chaleur; il y a des pages écrites avec effusion. — Dans un supplément ajouté au second volume, Fauriel faisait entrer de nouvelles poésies, qu'il avait recueillies en dernier lieu, durant ses voyages d'Italie, à Venise et à Trieste, de la bouche même des réfugiés, et il aimait à dater la petite préface de ce supplément de *Brusuglio, proche Milan*, c'est-à-dire du toit de Manzoni.

L'effet de cette publication en France fut des plus heureux et des plus favorables à la cause qu'elle voulait servir. Nous ne saurions mieux le rendre qu'en empruntant le jugement de M. Jouffroy qui, au moment où l'ouvrage parut, en fit le thème d'une série d'articles et d'extraits dans *le Globe* (2).

« M. Fauriel, y disait-il en commençant, familiarisé depuis longtemps avec cette sorte de recherches où la littéra-

---

(1) *Discours préliminaire*, page cxxvi.

(2) Voir les nᵒˢ des 30 octobre, 20 novembre, 18 décembre 1824 et du 19 février 1825.

ture et l'histoire se commentent l'une par l'autre, a conçu l'heureuse idée de recueillir, au profit des lettres, ces chants populaires des Grecs modernes, et d'en tirer, pour l'instruction de l'histoire, des renseignements irrécusables sur leur condition politique et civile, leurs habitudes domestiques et religieuses, et les principaux événements qui avaient, avant l'insurrection, signalé leur existence nationale. Il en est résulté un livre où tout est neuf, et que les littérateurs et les historiens se disputeront, parce qu'il offre à ceux-là un monument poétique de la plus grande originalité, et à ceux-ci des documents authentiques sur un peuple inconnu, que l'Europe vient de découvrir au milieu de la Méditerranée. Tel est l'ouvrage de M. Fauriel. »

Et, à la fin de son travail, Jouffroy concluait :

« Nous persistons à croire que, de tous les ouvrages publiés sur la Grèce moderne, aucun autre ne jette d'aussi vives lumières sur la question encore si incertaine de son émancipation ; il est le seul en effet qui nous fasse connaître les ressources morales et le génie de cette nation malheureuse, et l'on peut dire qu'à cet égard chaque page de ce précieux document est une révélation et, pour ainsi dire, un gage de plus que les espérances de l'Europe civilisée ne seront point déçues... Telle est la conviction consolante qui résulte de la publication de M. Fauriel, et, si les Grecs doivent au nom qu'ils portent et à leurs récentes victoires l'intérêt et l'admiration de l'Europe, c'est à notre auteur qu'ils devront d'être un peu connus pour ce qu'ils sont et aimés pour eux-mêmes. »

On voit que la jeune Grèce a bien encore quelque chose à faire pour justifier tant de gages. — L'ouvrage de Fauriel portait en lui toutes les raisons de survivre aux circonstances qui l'inspirèrent ; il restera comme

le monument collectif le plus fidèle et le plus classique de ces âges poétiques sans nom, auxquels manquent, à proprement parler, les monuments. Il représente chez nous le dernier anneau d'une étude dont le
Voyage d'Anacharsis forme le premier chaînon; le rapprochement seul de ces deux extrêmes en dit assez et
peut servir à mesurer le chemin de la critique.

Cet épisode terminé, auquel il s'était mis tout entier
d'esprit et d'affection, il semblait que Fauriel n'eût
rien de plus pressant à faire qu'à vaquer à la confec-
tion et à la publication de son grand ouvrage historique qui devait, avant cette interruption, être déjà
fort avancé. Ses meilleurs amis et les plus initiés à
ses projets, Augustin Thierry, Manzoni, M. Guizot, ne
cessaient de l'y exciter vivement. Dans un séjour que
faisait Augustin Thierry à Paray (1), pendant l'automne
de 1821, M. de Tracy lui demandait sans cesse si Fauriel faisait son histoire. — « Oui, il la fait, répondait
Thierry. — *Ainsi, il rédige?* — *Oui, il rédige.* » —
« Avancez, pour Dieu! avancez, ne fût-ce que pour que
je ne mente pas, écrivait Thierry à son *cher confrère
en histoire,* comme il se plaisait à l'appeler; tâchez de
vous bien porter et de *faire hardiment.* — Travaillez,
travaillons tous, ajoutait-il avec ce noble feu qui alors
s'animait aussi du sentiment de la chose publique, et
faisons voir aux sots que nous ne sommes pas de leur
bande, *among them, but not of them* (2). » — « Enfin,

(1) Paray-le-Frésil, près de Moulins, terre de M. de Tracy.
(2) C'est le mot si fier de Byron dans *Childe-Harold,* chant III,
stance 113.

écrivait-on, de plus d'un côté à Fauriel, enfin nous
vous lirons, nous aurons la consolation de voir une sagacité et une patience, une vue perçante et une défiance comme la vôtre, appliquées à un sujet si intéressant, si obscur, et, lors même que vous ne substi-
tueriez qu'un doute raisonné à des assertions *impa-
tientantes* d'assurance et de *superficialité*, on éprouvera
le charme que font sentir les approches de la vérité. »
Puis ceux qui le connaissaient le mieux et qui savaient
le faible secret l'engageaient « à ne pas trop se chica-
ner lui-même, et à ne pas se régler dans sa recherche
sans fin sur l'idéal d'une perfection inaccessible. » On
l'avertissait d'une chose qu'il ne soupçonnait peut-être
pas, « c'est que, parmi ceux qui le liraient et qui le
jugeraient, il n'y aurait pas beaucoup d'hommes ayant
les mêmes raisons que lui pour être si difficiles ; que,
lorsque cela serait (ce **qui** changerait un peu l'état de
la civilisation), ces personnes sauraient apprécier ce
que seul il aurait pu faire, et ne lui imputeraient pas
l'imperfection même des matériaux sur lesquels il avait
dû travailler. Ce n'était point assurément par la crainte
des jugements, mais par conscience, qu'il se montrait
si difficile ; mais, lui qui avait tant lu, il devait savoir
mieux qu'un autre combien de vues neuves, profondes et vraies seraient restées inconnues, combien
d'ouvrages de la plus haute importance n'auraient jamais vu le jour, si leurs auteurs ne s'étaient pas rési-
gnés à y mêler beaucoup de *peut-être* et beaucoup
d'*à-peu-près*. » Voilà ce qu'on lui redisait sous toutes
les formes, avec autorité, avec grâce ; mais, par mal-

heur, ce *démon de la procrastination* que Benjamin Constant avait déjà nommé, et que lui-même connaissait si bien, l'emporta, et ce ne fut que plus de dix ans après que Fauriel livra à l'impression une partie, la seule terminée, de son grand ouvrage.

Nous n'insisterons pas sur les digressions et distractions studieuses qu'il se permit dans l'intervalle; elles rentreraient plus ou moins dans les précédentes et seraient désormais sans intérêt (1). Il pourrait être assez piquant, et il ne serait pas impossible de le suivre dans ses relations étroites avec les historiens célèbres qu'il précédait dans les études et par lesquels il se laissa devancer auprès du public. En quoi influa-t-il sur eux? en quoi fit-il passer au cœur de ces talents plus rapides quelques-unes de ses idées, de ses vues, ou même de ses indécisions fécondes? car c'était de près, de très-près seulement, on le sait, et dans le cercle intime des entretiens, que Fauriel avait sa plus

(1) On trouverait, en cherchant bien, bon nombre d'articles de lui dans les recueils périodiques de ces années, à commencer par les *Archives philosophiques*, dirigées par M. Guizot; les articles sur la *Grammaire romane* de Raynouard (t. I, p. 504), sur l'*Archéologie gauloise* (t. II, p. 88), très-probablement celui sur Bopp (t. IV, p. 290), sont de Fauriel. La *Revue encyclopédique* en obtint de lui dès son origine, et put le compter parmi ses collaborateurs habituels : il y donna des extraits, en 1819 et 1820, sur l'*Histoire littéraire d'Italie* que continuait Salfi, sur le poëme sanskrit de *Nalus*, sur l'*Anthologie arabe;* en 1821, sur les *Poésies de Marie de France*, sur *Tombouctou*, etc., etc.; mais la plupart de ces extraits ou notices n'avaient pas alors l'importance et le développement que prirent plus tard les travaux de revue. Ces derniers articles, de date récente, ont été relevés et enregistrés au complet par M. Ozanam, dans son étude sur Fauriel.

grande action, et qu'il aurait mérité d'être qualifié ce qu'il était véritablement, un *esprit nourricier.* Ses amis les historiens durent s'en ressentir. Placé au centre des communes recherches, éloigné de toute pensée de rivalité ou même d'émulation, et n'en apportant pas moins le plus vif intérêt au fond des choses, il était naturellement le confident de leurs projets, de leurs travaux, des jugements qu'ils portaient les uns sur les autres. Toutes les grandes questions s'agitaient ainsi en divers sens à son oreille, et il avait voix prépondérante auprès de chacun. Nous ne saurions, dans tous les cas, rien trouver à citer de plus honorable et de plus significatif pour Fauriel que ce qu'a écrit de lui M. Augustin Thierry, dans la préface de ses *Études historiques*, où il lui rend le plus touchant et le plus noble des hommages :

« Comme on l'a souvent remarqué, dit M. Thierry en revenant avec charme sur ses travaux de l'année 1821, toute passion véritable a besoin d'un confident intime ; j'en avais un à qui, presque chaque soir, je rendais compte de mes acquisitions et de mes découvertes de la journée. Dans le choix toujours si délicat d'une amitié littéraire, mon cœur et ma raison s'étaient heureusement trouvés d'accord pour m'attacher à l'un des hommes les plus aimables et les plus dignes d'une haute estime. Il me pardonnera, je l'espère, de placer son nom dans ces pages, et de lui donner, peut-être indiscrètement, un témoignage de vif et profond souvenir : cet ami, ce conseiller sûr et fidèle, dont je regrette chaque jour davantage d'être séparé par l'absence, c'était le savant, l'ingénieux M. Fauriel, en qui la sagacité, la justesse d'esprit et la grâce de langage semblent s'être personnifiées. Ses jugements, pleins de finesse et de mesure, étaient ma règle dans le doute ; et la sympathie avec laquelle il suivait mes travaux me stimulait à marcher en avant. Rarement je sortais de nos longs entretiens sans que ma pensée eût fait un pas, sans qu'elle eût gagné quelque chose en netteté ou en décision. Je me rappelle encore, après treize ans, nos promenades du soir, qui se prolongeaient en été sur une grande partie des boulevards extérieurs, et durant lesquelles je racontais, avec une abondance intarissable, les détails les plus minutieux des chroniques et des légendes, tout ce qui rendait vivants pour moi mes vainqueurs et mes vaincus du xı^e siècle, toutes les misères nationales, toutes les souffrances individuelles de la population anglo-saxonne, et jusqu'aux simples avanies éprouvées par ces hommes morts depuis sept cents ans et que j'aimais comme si j'eusse été l'un d'entre eux. »

A ces récits de l'éloquent et sympathique historien pour les Anglo-Saxons vaincus, Fauriel pouvait répondre par d'autres récits non moins attachants sur ses pauvres vaincus du Midi, sur ces Aquitains toujours écrasés et toujours résistants, toujours empressés de renaître à la civilisation au moindre rayon propice de soleil. Nous y reviendrons avec lui tout à l'heure. Il y aurait encore, comme pendant et parallèle à ce tableau des conversations d'Augustin Thierry, à mettre en regard les communications non moins intimes, non moins actives, de M. Guizot en l'année 1820, lorsque cette énergique intelligence se jetait avec passion aux sérieux travaux qui feront sa gloire : il en causait à fond avec Fauriel, il lui en écrivait en plein sujet (1).

(1) Durant l'été et l'automne de 1820, M. Guizot, pour pouvoir travailler sans distraction, était allé s'installer, avec six ou sept cents volumes, à *la Maisonnette*, dans l'habitation même de Mme de Condorcet, que sa santé retenait à Paris.

La verve de ces esprits décisifs et prompts à l'exécution tranche singulièrement avec l'habitude si différente et le procédé temporisateur de leur ami. Mais il faut se borner et passer outre. Quelques mots seulement sont à toucher ici d'une autre branche de relations qu'entretint notre auteur avec un célèbre critique étranger, avec Guillaume de Schlegel. L'aperçu suivant aidera du moins à saisir un côté de Fauriel que nous n'avons pas assez mis en lumière, et constatera, autant qu'il nous est permis de le faire, l'orientaliste en lui.

Dans cette même année 1821, où il écoutait avec tant d'intérêt les confidences historiques d'Augustin Thierry, Fauriel se trouvait dépositaire non moins fervent et non moins essentiel des confidences sur l'Inde et des doctes projets asiatiques de Guillaume de Schlegel. Celui-ci, dont nous apprenons la mort au moment même où nous écrivons ces lignes et où nous nous flattions d'être lu par lui, cet éminent esprit qu'on n'osa jamais louer en France sans y ajouter quelque restriction, mais que nous nous risquerons toutefois à définir (son jugement sur Molière excepté) *un critique qui a eu l'œil à toutes les grandes choses littéraires, s'il n'a pas toujours rendu justice aux moyennes,* Schlegel, dans un voyage à Paris, s'était chargé, pour le compte du gouvernement prussien, et par zèle pour les études orientales, de faire graver et fondre des caractères indiens *devanagari;* ou du moins les moules et matrices de ces caractères devaient être envoyés à Berlin pour la fonte définitive. Bien des essais auparavant étaient nécessaires. Or, il arriva que, obligé de repartir avant ces

opérations d'essai, Schlegel ne vit rien de mieux que
de se donner Fauriel pour remplaçant, ou, comme il le
lui disait en style brahmanique : « C'est dans votre
sein que je compte verser cette fonte divine dont l'am-
broisie ne pourra couler qu'après mon départ. » —
« Conformément à votre permission, lui écrivait-il le
10 juin, je vous ai adressé le fondeur, M. Lion. Cela
vous coûtera quelques quarts d'heure, dont Vichnou
vous récompensera par des années divines. » — Et
quelques jours après : « Voici encore du plomb, mon
cher pandita, que j'ai soustrait à l'usage meurtrier que
les mlîcchas en font dans leurs guerres et consacré au
culte pacifique de Brahma. »

A peine retourné à Bonn, Schlegel se hâta d'écrire à
Fauriel pour constituer la correspondance qui, pendant
les mois suivants, fut en effet très-active entre eux.
Quelques extraits des lettres de Schlegel donneront
idée du tour de plaisanterie qu'affectionnait l'illustre
savant quand il avait bu les eaux du Gange, et du
genre de services dont il se reconnaissait redevable à
Fauriel, aussi bien que du cas infini qu'il faisait de lui;
M. de Schlegel, on le sait, ne prodiguait pas de tels
témoignages. Bien des mots *sanskrits* ornent et bla-
sonnent chemin faisant les lettres que j'ai sous les
yeux ; je choisis de courts passages, qui soient tout à
l'usage des profanes :

« (Bonn, 21 septembre 1821.) Vous êtes adorable, mon
très-cher initié et deux fois né, et je ne vous échangerais pas
contre quatre membres de l'Académie des quarante. Je suis
tenté de vous envoyer des bonbons moulés en forme de

14.

lettres devanagari. Sérieusement, vous me rendez un service immense, et je ne sais pas comment, sans vous, la chose aurait marché. Vos nouvelles sont satisfaisantes; pourvu seulement que M. Lion ne se relâche pas... »

« (Bonn, 5 novembre). J'ai vos deux lettres, cher Président de la typographie asiatique, et Souverain intellectuel des contrées entre l'Inde et le Gange, et je ne saurais assez vous exprimer ma reconnaissance de tous les soins que vous avez pris de mon affaire. Votre avant-dernière lettre m'avait donné des inquiétudes. Croyant avoir tout calculé, je ne concevais pas quelles nouvelles difficultés s'étaient élevées. J'attends avec la plus grande impatience l'échantillon que vous me faites espérer. Vous avez donc été réduit comme moi à faire le métier de compositeur : Vichnou vous en récompensera, cela vous vaut un million d'années de béatitude pour le moins... »

« (Bonn, 3 décembre). J'ai des grâces infinies à vous rendre, cher et docte Mécène, des soins exquis et savants que vous avez voués à mon affaire. Vraiment, je ne sais pas comment cela aurait marché sans vous... M. Lion a été payé. Je suis extrêmement satisfait de son travail, si toute la fonte est aussi bien soignée que les lettres qui paraissent dans votre échantillon. Il est délicieux, j'en ai été dans un véritable enchantement; c'est du bronze sur papier; depuis que les Védas ont été révélés, l'on n'a rien vu de pareil. J'ai l'air de me louer moi-même, mais vous savez que c'est le privilége des poëtes : *Exegi monumentum œre perennius.* »

« (Bonn, 20 avril 1822.) Très-cher ami et généreux protecteur de mes études, il y a un temps infini que je ne vous ai pas écrit; mais j'ai fait mieux, j'ai composé un livre ou du moins une brochure pour vous. Pour qui écrirait-on des choses pareilles, si ce n'est pour des lecteurs comme vous, qui embrassent toute la sphère de la pensée, et qui sont en même temps savants, patients, laborieux ? Le troisième cahier

de ma *Bibliothèque indienne* doit être entre vos mains, et
je souhaite qu'il vous satisfasse. Vous m'obligerez si vous
voulez en faire au plus tôt un article dans la *Revue encyclopédique* (1). J'ai aussi envoyé des exemplaires aux autres
pandits Je Paris. Chézy aurait dû parler depuis longtemps
de moi dans le *Journal des Savants,* et il devrait le dire
encore à l'occasion de ce nouveau cahier : mais, s'il est toujours dans le même abattement où je l'ai laissé, il n'y a rien
à espérer de sa part. Saluez-le cependant bien cordialement
de la mienne, et dites-lui, s'il veut me donner quelque
chose pour ma *Bibliothèque,* qu'il sera toujours le bienvenu,
et que je m'offre comme son traducteur... (Et revenant à ses
caractères, après quelques détails relatifs à leur perfectionnement :) Je suis vraiment confus de vous entretenir de telles
minuties ; mais songez que, lorsque Brahma créa le monde,
il soigna jusqu'aux antennes des fourmis. Et moi, qui ne suis
qu'un humble mortel, n'en ferai-je pas autant pour les caractères de cette belle langue révélée ? »

L'année suivante (avril 1823), Schlegel chargeait
encore celui qu'il vient d'honorer de tant de titres magnifiques, de collationner pour lui, à la Bibliothèque
du roi, les manuscrits du Bhagavad-Gîta dont il allait
publier une version latine ; il en a consigné sa reconnaissance dans la préface. C'était le moment où Fauriel se disposait au voyage d'Italie : Schlegel aurait
bien désiré l'attirer à Bonn, et il lui proposait, pour
le tenter, de lui arranger une chambre d'études dans
sa jolie petite bibliothèque, dont il lui avait fait plus
d'une fois la description : « La maison que j'occupe
est spacieuse, et un ami brahmanique y serait commo-

(1) Fauriel fit la note que Schlegel désirait, dans le *Journal de
la Société asiatique*, t. I, p. 44.

dément. » Fauriel se décida, sans beaucoup de lutte, pour sa chère Italie et pour Brusuglio. Mais, placé comme nous venons de le montrer, confident et un peu *partner* des meilleurs, une oreille aux brahmes, l'autre aux Lombards et aux Toscans, et, au sortir d'un épanchement d'Augustin Thierry sur les Anglo-Saxons, pouvant opter à volonté entre Milan et Bonn, entre Schlegel et Manzoni, on comprendra mieux, ce semble, toute son étendue intellectuelle et son rang caché.

La révolution de 1830 produisit enfin Fauriel, et ses amis, en arrivant au pouvoir, songèrent aussitôt à mettre sa science, trop longtemps réservée, en communication directe avec le public. Une chaire de littérature étrangère fut créée pour lui à la Faculté des Lettres. Si utile qu'il y ait été à des auditeurs d'élite, on a peut-être droit de regretter, je l'ai dit, que cette diversion prolongée, qui devint insensiblement une occupation principale, ait mis obstacle à l'entier achèvement de son entreprise historique. Ce ne fut qu'en 1836 qu'il publia le second des trois grands ouvrages qu'il avait de longue main préparés sur l'histoire du midi de la France. Le premier devait embrasser tout ce qui se pouvait découvrir ou conjecturer de positif ou de probable sur les origines, l'histoire et l'état de la Gaule, principalement de la Gaule méridionale, avant et pendant la domination romaine. Le troisième et dernier, le plus intéressant des trois, dont il aurait formé le couronnement, aurait présenté le tableau complet des provinces méridionales durant les siècles de renaissance et de culture : on retrouvera du moins la portion littéraire de ce tableau dans les volumes du cours sur l'*Histoire de la Poésie provençale,* qui s'impriment en ce moment (1). Le second ouvrage, le seul qu'on possède sous sa forme historique définitive, était destiné à établir le lien entre les deux autres : il comprend le récit des événements de la Gaule depuis la grande invasion des barbares au ve siècle jusqu'au démembrement de l'empire frank sous les derniers Carlovingiens. A travers cette longue et pénible époque intermédiaire, l'auteur s'attache plus particulièrement et avec une prédilection attentive à tout ce qui intéresse l'état du midi de la France, à tout ce qui peut y dénoter des restes de civilisation ou y faire présager des réveils de culture. Si discrète, si contenue que soit l'expression de sa sympathie, tout son cœur, on le sent, est pour ce beau et malheureux pays, où tant d fois de barbares vainqueurs fondent à l'improviste, coupant (ce qui est vrai au moral aussi) les oliviers par le pied et les arrachant jusqu'à la racine.

Il existe, sur cette période si obscure et si ingrate de l'histoire de France, d'autres ouvrages modernes plus vifs, plus animés de tableaux ou plus nets de perspective, d'une lecture plus agréable et plus simple. Des talents énergiques et brillants ont trouvé moyen d'y introduire de la lumière et presque parfois du charme ; mais, si je l'osais dire, ce charme, cette lumière même, lorsqu'elle est si tranchée, ne sont-ils pas un peu comme une création de l'artiste ou du philosophe, et

---

(1) Ils ont paru depuis (3 vol. in-8°, 1846).

jusqu'à un certain point un léger mensonge, en **allant
s'appliquer** à des âges si cruels et si désespérés ? **Pour
moi,** qui viens de lire au long les volumes de M. Fauriel, je crois en sortir avec une idée plus exacte peut-
être de l'ensemble funeste de ces temps. Il en résulte
une instruction triste et profonde ; s'il se mêle quelque
fatigue nécessairement (malgré tous les efforts de l'historien ou à cause de ces efforts mêmes) dans cette reproduction éparse et monotone des mêmes horreurs,
c'est bien la moindre chose que, nous lecteurs, nous
ressentions un peu en fatigue aujourd'hui ce qu'eux,
nos semblables, durant des siècles, ils ont subi en calamités et en douleurs. Sa conscience d'historien porte
M. Fauriel à **rechercher** et à représenter ces époques
morcelées, confuses, haletantes, telles qu'elles furent
au vrai ; il les rend avec leurs inconvénients, sans faire
grâce d'aucun. Il n'y établit pas de courant factice et
n'y jette pas de ces ponts commodes, mais artificiels,
comme font d'autres historiens ; son récit est *adéquat*
aux choses, comme dirait un philosophe.

M. Fauriel, nous l'avons assez marqué, ne visait en
rien à l'effet, ou plutôt l'effet qu'il désirait produire
était exactement l'opposé de ce qu'on appelle ordinairement de ce nom. Il ne voulait jamais occuper le lecteur de lui-même ; il se proposait uniquement de lui
faire connaître le fond des objets et de dérouler à la
vue, dans leur réalité obscure et mystérieuse, certains
grands moments de décomposition et de transformation sociale, jusqu'à présent mal démêlés. Dans ce but,
il croyait avoir à préparer l'imagination, l'intelligence

de ce lecteur moderne, et devoir l'acheminer dans le
passé avec lenteur et par voie de notions successives.
C'est un peu la raison pour laquelle il a été difficile à
un public paresseux de l'apprécier à toute sa valeur;
car il importe de le lire *consécutivement* pour saisir la
chaîne entière des idées, dont l'une n'anticipe jamais
sur l'autre et dont chacune ne sort qu'en son lieu. Je
suis assuré que quiconque lira son histoire de la Gaule,
puis son Cours, avec l'attention qui convient, sentira
que l'*effet* général est de lui agrandir la vue historique,
de lui montrer l'humanité sous d'autres aspects plus
larges et à la fois très-positifs, tellement qu'il devient
difficile, après cela, de se contenter de la manière extérieure de peindre propre à quelques historiens, ou
des petits traits de plume et des pointes perpétuelles de
certains autres ; mais, pour goûter ce genre d'exposé et
ne pas se rebuter des lenteurs, il faut se sentir attiré
vraiment vers le fond des choses et par ce qui en fait
l'essence. C'est à ce sérieux et solide intérêt, à cette
curiosité tout appliquée et tout unie, que s'adresse
M. Fauriel ; l'esprit qui se laisse guider se trouve, à la
fin, avoir gagné bien de la nouveauté et de l'étendue
avec lui. Quelqu'un, qui l'a bien connu, disait spirituellement de sa manière, qu'il procédait comme par
assises, graduellement, qu'il avait le procédé *en spi-
rale*. — Je ne prétends point, toutefois, à la faveur de
ces explications, que je crois justes, aller jusqu'à soutenir qu'il n'abuse point de sa méthode, qu'il ne l'aggrave point dans sa marche par la déduction trop
continue, trop complaisante, de ses indécisions et de

ses conjectures, et qu'il n'y joint pas, plus habituellement qu'on ne voudrait, des retards superflus d'expression, et ce qu'on appellerait du gros bagage de style. J'ai parlé tout à l'heure de sa manière de bâtir : on peut ajouter que l'échafaudage, chez lui, reste, jusqu'à la fin, inséparable du monument ; mais ces défauts-là sont assez sensibles, et nous avons dû insister plutôt sur les mérites intérieurs et plus cachés.

M. Fauriel, après avoir représenté l'état florissant de l'administration et de la civilisation romaine dans le midi de la Gaule au moment de la ruine commençante, se propose d'étudier les vicissitudes diverses et les degrés successifs de cette décadence à travers les invasions réitérées et le déluge croissant des barbares. Les premiers de ces conquérants qui forment établissement dans le pays sont les Visigoths, les moins opiniâtres et les moins écrasants de tous. L'historien qui, si impartial qu'il soit, se range manifestement pour les traditions romaines, et qui tient à honneur de les défendre avec Aétius, avec Majorien, avec les derniers des Romains, se montre moins défavorable aux Visigoths qu'il ne le sera aux autres races germaniques survenantes ; c'est que cette barbarie visigothe se montre elle-même aussi peu tenace que possible et aussi vite transformable qu'on peut le désirer. Déjà, sur la fin du Ve siècle, vers le temps de la mort d'Euric, si d'autres invasions n'étaient point venues compliquer le mal, celle des Visigoths avait perdu toute son énergie destructive ; la race gallo-romaine reprenait le dessus et opérait la fusion sur tous les points ; l'ancienne civilisation, malgré les atteintes et les altérations subies, était à la veille de refleurir et de triompher. Mais ces vagues signes précurseurs d'une saison plus douce disparurent bientôt devant une seconde et plus rigoureuse invasion ; les restes de la civilisation romaine, au moment de se refaire, se virent aux prises avec une nouvelle barbarie bien plus énergique et plus tenace que la précédente : on eut Clovis et les Franks.

Plusieurs historiens modernes ont attribué quelques avantages à ces invasions de races franchement barbares à travers les races latines corrompues ; ils en ont déduit des théories de renouvellement et comme de rajeunissement social moyennant cette espèce de brusque infusion d'un sang vierge dans un corps usé. M. Fauriel, malgré les fréquentes discussions qu'il soutint à ce sujet avec ses amis, ne se laissa jamais entamer à leurs théories plus ou moins spécieuses ; il était et demeura foncièrement antigermanique, en ce sens qu'il n'admit jamais que ces violentes et brutales invasions fussent bonnes à quelque chose, même pour l'avenir éloigné d'une renaissance. Il considérait tout crûment les barbares germains et en particulier les Franks (je demande pardon de l'image, qui rend parfaitement ma pensée) comme une suite de durs cailloux à digérer : tant que ce travail de rude digestion ne fut pas terminé, ou du moins très-avancé, il n'y eut pas, selon lui, dans la société autrefois gallo-romaine, de véritable réveil et de symptôme possible d'une civilisation recommençante.

Toute la partie relative à l'invasion des franks me

semble écrite avec une vigueur et une fermeté que **ne** conserve pas toujours la plume de l'historien ; le portrait de Clovis n'y est en rien flatté ni embelli : il suffit à M. Fauriel de quelques extraits, de quelques traductions littérales de Grégoire de Tours, pour faire ressortir cette naïveté de barbarie franke en tout ce qu'elle a de hideux, de féroce et d'imprévoyant jusque sous ses perfidies. Il excelle, en général, à profiter de Grégoire de Tours, comme précédemment il avait fait de Sidoine ; il cherche à rajuster, à rétablir la vérité historique à travers les lacunes, les crédulités ou les réticences partiales de l'un, comme il la dégageait de dessous la fausse rhétorique de l'autre. Grégoire de Tours et Sidoine, d'ailleurs, presque toutes les fois qu'il les cite et qu'il les discute, ont le privilége d'appeler sur ses lèvres un petit sourire, et une légère épigramme sous sa plume : ce sont les gaietés discrètes et sobres du grave historien. Le seul Dagobert, parmi les rois mérovingiens, lui paraît faire preuve de quelque instinct de civilisation et aspirer avec quelque suite à fonder l'unité; mais la race mérovingienne est à bout et ne mérite plus l'avenir. C'est du côté des vaincus du Midi, des Arvernes, tant qu'ils ont résisté, puis des Vascons des montagnes, c'est pour le parti de ces Gallo-Romains et Aquitains toujours broyés et toujours insoumis, toujours prêts à se relever sous leurs conquérants comme les Grecs sous les Turcs, que la faveur de l'historien se replie incessamment et se déclare. Il est ingénieux à les faire valoir, à les venger des injustices **des chroniqueurs grossiers, à donner**

un sens national à ce qui semblerait de vaines mobili-
tés d'humeur ou des révoltes purement personnelles;
le chapitre qui traite de la révolte de Gondovald, par
exemple, et qui offre presque l'intérêt d'un roman,
tire du point de vue de l'historien un sens sérieux et
nouveau, qu'on peut du moins entrevoir. Ces efforts
si souvent avortés de l'Aquitaine, ce que les adversaires appelaient les inconstances d'une race volage,
mais, à les mieux juger, ces opiniâtres et généreuses
résistances, s'organisent pourtant et prennent une régularité imposante sous la branche mérovingienne de
Charibert, laquelle, dans la personne de ses nobles
chefs Eudon, Hunold et Vaifre, s'identifie pleinement avec
les intérêts du pays. Il se fait là, au milieu des luttes
finissantes de l'anarchie mérovingienne, une sorte d'é-
mancipation du midi, une véritable *contre-conquête*,
comme la nomme M. Fauriel. Le midi de la Gaule va
encore une fois renaître, si quelque loisir lui est laissé;
on est, comme on l'était au lendemain des Visigoths,
à la veille d'une civilisation recommençante, si de nouveaux barbares ne viennent pas se ruer à la traverse
et en refouler les semences.

Les Arabes ont paru de l'autre côté des Pyrénées;
mais, eux du moins, ce ne sont pas des barbares.
M. Fauriel accueille cet épisode de son sujet d'un
coup-d'œil tout favorable; il y redouble de curiosité,
d'investigation tout alentour, en guide sûr et qui sait
les sources. Les relations compliquées de ce peuple
avec les Aquitains et les Vascons des frontières sont
traitées pour la première fois d'une manière lucide.

intelligente ; les effets lointains des révolutions arabes
intestines et leur contre-coup sur la lutte engagée
contre les Franks se marquent avec suite et s'enchaînent : il est telle révolte des Berbères en Afrique
qui, seule, peut expliquer de la part des Arabes d'Espagne un temps d'arrêt, un mouvement rétrograde, où
les chroniqueurs chrétiens n'ont rien compris. Toute
cette portion de l'ouvrage de M. Fauriel est neuve, im-
prévue; c'est une province de plus ajoutée à notre
histoire, et on la lui doit. Sa prédilection, d'ailleurs,
pour la noble culture et pour les instincts chevaleresques des conquérants de l'Espagne est manifeste;
il ne résiste pas à dessiner quelques-uns des traits de
leurs plus grands chefs en regard de la barbarie des
Franks. Ce n'est pas à dire pourtant qu'il déserte la
cause de ses Aquitains et de ses Vascons ; il la montre
seulement agrandie et ennoblie par de telles luttes,
dans lesquelles Eudon et Vaifre combattent à l'avant-
garde contre l'islamisme en champions de la chrétien-
té. Mais cette tâche leur est bientôt ravie par la fortune ; elle retombe à Charles Martel et à Charlemagne,
qui en confisquent aussi toute la gloire.

La nation franke, en danger de s'abâtardir avec les
derniers fils de Clovis, se retrempe sous les premiers
chefs de la branche carlovingienne. Une nouvelle impulsion est donnée à la race conquérante ; l'Aquitaine
s'en ressent. En vain les petits-fils de Charibert, qu'elle
s'est si bien acquis et assimilés, essayent d'y défendre
jusqu'au bout l'honneur du dernier rameau mérovingien contre l'usurpation, partout ailleurs légitime.

L'historien tient bon avec eux ; on dirait qu'il combat pied à pied à côté de Vaifre, dans cette espèce de Vendée désespérée, qui n'a laissé dans les chroniques que de rares vestiges. Lutte trop inégale ! l'Aquitaine est finalement reconquise, et toute reprise de civilisation encore une fois ajournée.

M. Fauriel est trop équitable pour ne point rendre à tout personnage historique la part qui lui revient, et pour sacrifier aucun aspect de son sujet. On a lieu toutefois de remarquer que Charlemagne ne grandit point dans ses récits ; il n'y apparaît qu'un peu effacé et dans un lointain qui n'ajoute pas précisément à l'admiration. Lorsque l'historien veut résumer en un seul chapitre l'ensemble de cette administration et de ce règne, il a l'intention parfaite de ne juger le monarque que sur des actes positifs, mais il ne l'embrasse peut-être pas suffisamment selon le génie qui l'animait. Il fait assez bon marché en Charlemagne des vues générales d'administration et de politique, et ne paraît l'apprécier, en définitive, que comme un grand caractère et une volonté énergique appliqués avec intelligence à des cas journaliers de gouvernement. Ce jugement peut être exact ; il a l'air d'être rigoureux. Puisque les documents historiques légués par ces âges sont si arides, si évidemment incomplets, ils réclament une sagacité qui les interprète et les achève. M. Fauriel le sait bien. Or, lui qui tire si heureusement parti d'un fragment, d'un vestige de poésies populaires, il n'applique pas également ici cet esprit de divination au grand homme ; les chroniqueurs pourtant ne nous ont

transmis de lui que des traits secs et nus, qu'il s'agirait aussi de révivifier. On peut observer que la méthode de M. Fauriel ne va pas à mesurer les colosses
historiques; il a besoin de diviser, de subdiviser; il ne
fait bien voir que ce qu'on peut voir successivement. Il
excelle à analyser et à recomposer le fond d'une époque, à suivre dans un état social troublé la part des
vainqueurs, la part des vaincus, à donner au lecteur
le sentiment de la manière d'exister en ces âges obscurs; puis, quand il ne s'agit plus des choses, mais
d'un homme et d'un grand homme, il hésite et tâtonne
un peu, ou du moins il s'enferme dans des lignes cir-
conspectes, rigoureuses; il ne rassemble pas son coup-
d'œil en un seul éclair ; ces éclairs sont la gloire des
Montesquieu. J'ai dit tout ce qui me semble des inconvénients comme des qualités.

Charlemagne, de son vivant, avait donné Louis le
Débonnaire à l'Aquitaine comme roi particulier, et le
pays, toujours prompt, se réparait déjà sous le gouvernement de ce jeune roi, qui en avait assez adopté d'a-
bord les mœurs et l'esprit. Il est très-remarquable de
voir, chez M. Fauriel, à quel point, même après tant
de recrues sauvages, après tant de mélanges qui avaient
dû la dénaturer, l'Aquitaine absorbait encore aisément
ses vainqueurs et les détournait vite à son usage ; on
pouvait toujours en dire plus ou moins, sans trop pa-
rodier le mot : *Græcia capta ferum victorem cepit.* Nous
n'essayerons pas un seul instant de suivre la fortune
du beau pays à travers les complications misérables de
l'anarchie carlovingienne ; cette anarchie pourtant le

servait. Par leur position la plus éloignée du centre, les contrées du Midi échappent de bonne heure à pres-que toute dépendance, et forment comme le nid le plus favorable à la naissante féodalité. En terminant son ive volume et le ixe siècle, M. Fauriel a la satisfaction de laisser l'Aquitaine tout à fait émancipée et rentrée dans ses voies, ayant usé deux conquêtes, deux dynasties frankes, ayant sauvé jusque dans ses morcellements une certaine unité morale, et prête enfin à se rajeunir au sein d'un ordre nouveau. C'eût été là l'objet d'une dernière œuvre historique qu'il se proposait de mener à terme, et dont l'inachèvement ne saurait trop se regretter.

L'analyse rapide qui précède donnerait une trop insuffisante idée du livre de M. Fauriel, si elle faisait croire qu'il se borne à retracer les destinées particulières de l'Aquitaine et de la Provence ; j'y ai dégagé ce milieu et comme dessiné ce courant, mais on le perd bien souvent dans la considération de l'ensemble. L'historien aime à déborder son cadre ; cette histoire du Midi est, à vrai dire, l'histoire générale de la Gaule entière durant cinq siècles. Toutes les grandes questions de races, d'institutions, de conflits entre les divers pouvoirs, y sont abordées; les solutions, pour ne pas être toujours aussi tranchées ou tranchantes que dans d'autres écrits plus célèbres, n'en ont pas moins leur valeur bien originale. Il y a telle de ces analyses appliquées à des masses confuses de faits et d'événements qui est capitale pour l'intelligence des temps ; et, sans sortir de la dernière partie, qui traite de l'anarchie carlovingienne, je ne veux citer que l'explication donnée par l'historien de la bataille de Fontanet, entre les trois fils de Louis le Débonnaire. On croit, grâce à lui, saisir le sens de cette horrible boucherie ; on comprend quelques-uns des motifs généraux qui ramassaient là, à un jour donné, tant de peuples ; on a enfin l'*idéal* d'une bataille, selon les idées des Franks, dans ce gigantesque duel *d'une terrible simplicité*. Il y aurait très-peu à faire pour que ces pages de M. Fauriel, même au point de vue de l'art, fussent un tableau achevé, d'un effet grandiose ; c'est par de tels côtés que son histoire, malgré tout, reste supérieure (1).

Avant et depuis la publication de son histoire, M. Fauriel fit insérer dans divers recueils, et dans la *Revue des deux Mondes* particulièrement, de nombreux morceaux littéraires, la plupart relatifs à son sujet favori, je veux dire à la poésie provençale. Le Cours qu'il professait à la Faculté des Lettres lui en fournissait le fond. Nous aurions à rechercher soigneusement les moindres de ces articles, comme pouvant nous rendre avec quelque suite les idées de l'auteur, s'ils ne devaient être beaucoup mieux représentés bientôt par la totalité de ses leçons sur l'*Histoire de la Poésie pro-*

---

(1) On peut lire dans le *Journal des Savants* (avril et mai 1838) deux articles de M. Patin sur l'histoire de M. Fauriel; aux éloges si mérités qu'il lui donne, M. Patin a mêlé quelques critiques de détail auxquelles je renvoie; j'en ajouterai une seule, toute petite, pour ma part : au tome IV de l'histoire, pages 207 et 227, je vois qu'il est encore question de Lantbert, comte de la marche de Bretagne, qu'on a dit être mort de la peste, à la page 168; il y a là quelque inadvertance.

vençale qui s'impriment à cette heure, et qui paraîtront vers l'automne prochain (1). Il nous suffira donc aujourd'hui de nous arrêter aux principaux articles et à ceux qui ont fait bruit. Les plus importants, de tout point, sont les douze leçons qu'il inséra en 1832 dans la *Revue* sur l'*Origine de l'épopée chevaleresque au moyen âge.* Guillaume de Schlegel, qui en prit occasion pour envoyer au *Journal des Débats* des considérations sur le même sujet (2), reconnaît à la publication de M. Fauriel toute la portée d'une *découverte.* Jusqu'alors on accordait volontiers aux poëtes et troubadours du midi la priorité et la supériorité dans les genres lyriques, et l'on réservait aux poëtes et trouvères du nord la palme du roman épique et du fabliau. M. Raynouard, qui avait tant fait pour remettre en lumière l'ancienne langue classique et les productions du midi de la France, n'avait guère dérangé cette opinion reçue. M. Fauriel, le premier, par toutes sortes de preuves et d'arguments d'une grande force, vint réclamer pour les Provençaux l'invention et le premier développement de la plupart des romans de chevalerie, non-seulement de ceux qui roulent sur les traditions de la lutte des chrétiens contre les Sarrasins d'Espagne ou sur les vieilles résistances des chefs aquitains contre les monarques carlovingiens, et qui forment le principal fonds de ce qu'on nomme le *cycle de Charlemagne,* mais encore de ces autres romans d'une branche plus

(1) Ces trois volumes comme on l'a déjà dit, ont paru.
(2) Le morceau de Schlegel est reproduit dans son volume d'*Essais littéraires et historiques* (Bonn, 1842).

idéale, plus raffinée, et qui constituent le *cycle de la
Table ronde*. Grande fut la surprise au premier moment,
grande fut la clameur parmi les érudits d'en deçà de
la Loire, parmi tous ceux qui tenaient pour l'origine
bretonne ou pour l'origine normande de ces épopées.
Nous ne voulons pas réveiller, nous osons constater à
peine d'ardentes querelles où l'on vit de spirituelles
plumes courir aux armes pour la défense de leurs
frontières envahies (1). On aurait dit qu'il s'agissait
de repousser une invasion du Midi redevenu à l'improviste conquérant. Le fait est que M. Fauriel, pour
commencer, réclamait tout le butin d'un seul coup, et
avec un ensemble de moyens, avec une hardiesse de
sagacité tout à fait déconcertante : « M. Fauriel, dit
Schlegel (rapporteur ici impartial et le plus éclairé),
veut que la France méridionale, féconde en créations
poétiques, ait toujours donné à ses voisins et qu'elle
n'en ait jamais rien reçu. N'étant pas placé dans l'al-
ternative ou d'adopter en entier son système ou de le
rejeter de même, nous allons en examiner un à un les
points les plus essentiels. » Or, en abordant successivement ces points, Schlegel donne gain de cause à
M. Fauriel sur un bien grand nombre. N'ayant pas
d'avis propre et personnel à exprimer en telle matière,
je dois me borner à signaler en ces termes généraux
l'état de la question. Il en est un peu des critiques les
plus sagaces, les plus avisés et les plus circonspects,

---

(1) Voir la *préface du roman de Garin le Lohérain*, par M. Pau-
lin. Paris (1833).

comme des conquérants : ils veulent pousser à bout leurs avantages. Il est très-possible que, sur quelques endroits de la frontière, M. Fauriel ait en effet forcé sa pointe et réclamé plus qu'il ne lui sera définitivement accordé. Il ne se contentait pas de passer la Loire et la Seine, il franchissait le Rhin et les Alpes, et s'efforçait d'asseoir en Allemagne, comme en Italie, l'influence provençale, d'en faire pénétrer le souffle jusqu'au nord de l'Europe. Sera-t-il fait droit, en fin de compte, à une si vaste ambition civilisatrice ? On m'assure qu'il ne lui sera pas concédé tout ce qu'il prétend en Italie, en Souabe ; on m'apprend que les Bretons résistent opiniâtrément, selon leur usage, et ne se laissent pas arracher une portion du *cycle d'Arthur*. La prochaine publication complète de son Cours fournira une base plus ample au débat. Mais ce qui est déjà hors de doute, c'est que, par lui, le sol indépendant de la poésie et de l'épopée provençale demeure singulièremen agrandi et en partie créé. On a dit de M. Raynouard qu'il avait retrouvé une langue, M. Fauriel a retrouvé une littérature.

La *Revue des Deux Mondes* a eu l'avantage encore de publier deux de ses plus excellents et de ses plus achevés morceaux biographiques, la vie de *Dante* (octobre 1834), et celle de *Lope de Vega* (septembre 1839). Cette dernière biographie a donné lieu à une assez vive discussion. Voulant raconter la vie et les aventures de jeunesse de Lope, M. Fauriel crut pouvoir tirer directement parti, à cet effet, du roman dramatique de *Dorothée*, dans lequel il était convaincu que le poëte

espagnol avait consigné à très-peu près sa propre his- '
toire. L'histoire est intéressante, romanesque, mais
entremêlée d'incidents qui ne sauraient faire absolument honneur à la moralité du personnage. Un littérateur instruit, consciencieux et particulièrement versé
dans l'étude de la littérature espagnole, M. Damas-
Hinard, qui s'occupait vers ce même temps de traduire
Lope de la Vega, vit dans la supposition de M. Fauriel
une témérité gratuite de conjecture, et surtout une atteinte portée à l'honneur du poëte. Il s'en exprima
avec chaleur, avec émotion, dans sa notice sur Lope (1).
M. Magnin, avec sa modération scrupuleuse et sa balance, s'est fait le rapporteur de ce procès dans un article du *Journal des Savants* (novembre 1844) ; je de-
manderai pourtant à ajouter ici quelque chose de plus
en faveur de l'opinion de M. Fauriel. Celui-ci, dans
son premier article sur Lope, n'avait point déduit les
preuves de sa conviction concernant la *Dorothée*; il
n'avait point dit d'après quel ensemble de circonstances et de signes distinctifs il croyait pouvoir assigner à cette pièce l'importance réelle d'une espèce de
biographie. Il l'a fait depuis dans son travail intitulé
les Amours de Lope de Vega (2). Ces preuves, je l'avoue
(et je parle ici d'après ma plus vraie pensée, indépendamment de ma fonction d'avocat naturel), me paraissent fort satisfaisantes et de celles dont les critiques sagaces n'hésitent pas à se prévaloir d'ordinaire

(1) En tête des *Chefs-d'œuvre du Théâtre espagnol.* — *Lope de
Vega.* — *Première série* (1842).
(2) *Revue des Deux Mondes* du 15 septembre 1843.

en cet ordre de conjectures. Si certains faits contenus
dans la *Dorothée* n'allaient pas jusqu'à entacher la jeunesse de Lope, je ne doute point que tout biographe
en quête de documents ne s'accommodât volontiers de
cette source, qu'une foule d'indices, très-bien relevés
par M. Fauriel, concourent à désigner. Et quant à ce
qui est de la moralité de Lope, qui se trouverait com-
promise par cette interprétation, j'avoue encore ne
point m'émouvoir à ce propos aussi vivement qu'on
l'a fait. N'oublions pas que la mesure de la moralité
varie singulièrement avec les siècles et selon les pays;
l'imagination des poëtes a été de tout temps très-su-
jette à fausser cette mesure. Il arrive souvent à un
poëte de s'éprendre si tendrement de son passé, même
d'un passé douloureux, même d'un passé déréglé et
coupable, qu'il s'y attache davantage en vieillissant ;
qu'il le ressaisit étroitement par le souvenir ; qu'au
risque de perdre plus tard en estime, il sent le désir
passionné de le transmettre, et qu'il a la faiblesse d'en
vouloir tout consacrer. Je recommande cette considération à ceux qui ont sondé dans quelques-uns de ses
recoins secrets cette nature morale des poëtes. Ajoutez-y, dans le cas présent, que l'imagination romanesque espagnole, en particulier, s'est toujours montrée d'une excessive complaisance sur le chapitre des
fragilités de jeunesse et des situations équivoques où
elles entraînent ; il suffit d'avoir lu le *Gil Blas* pour
s'en douter. — Par cette polémique, quoi qu'il en soit
par cette vivacité de riposte qui accueillait de graves
écrits sur des sujets anciens, le pacifique M. Fauriel

put s'apercevoir que, nonobstant ses lenteurs et son soin modeste de s'effacer, il n'échappait point entièrement aux petits assauts ni aux combats, qui sont la condition imposée à tous *découvreurs* et novateurs.

Nous aurions à caractériser son Cours à la Faculté des Lettres et à résumer quelques-uns des souvenirs de son enseignement, si son successeur, qui fut dans les dernières années son suppléant, M. Ozanam, ne nous avait devancé dans cette tâche par un complet et pieux travail auquel on est heureux de renvoyer (1). Dans son Cours en général, M. Fauriel ne fit que produire ce qu'il avait de tout temps amassé sur Homère, sur Dante, sur la formation des langues modernes, sur les poésies primitives ; ainsi fait-il encore dans les articles qu'il tirait de là. Ce genre de littérature ne lui coûtait presque aucune peine ; la forme n'étant pour lui ni un obstacle ni une parure, il n'avait qu'à puiser, comme avec la main, dans un fonds riche et abondant ; c'était devenu pour lui presque aussi simple que la conversation même. Je comparerais volontiers cette quantité de produits faciles et solides à des fruits excellents, substantiels, mais un peu trop mûrs ou *parés,* comme on dit, à des fruits qui ont été cueillis et tenus en réserve depuis trop longtemps, et n'ayant plus cette fermeté première de la jeunesse. La qualité nourrissante leur restait en entier.

C'est au milieu de ces travaux journaliers, de ces occupations ininterrompues, que nous avons vu M. Fauriel

---

(1) Voir *le Correspondant* du 10 mai 1845.

passer et tromper les saisons du déclin. Nous aurions,
si nous voulions bien, à énumérer encore : il publia en
1837, dans la collection des Documents historiques, le
poëme provençal sur la guerre des Albigeois; l'Académie des inscriptions et belles-lettres l'avait nommé en
novembre 1836 pour succéder à Petit-Radel, et il eut
bientôt une place dans la commission de l'*Histoire littéraire* : le xxᵉ volume de cette collection reçut de lui
l'article sur Brunetto Latini, et le xxiᵉ doit en contenir
plusieurs autres. Mais tous ces développements de l'é-
rudit et ces applications, en quelque sorte officielles,
trouveront ailleurs des biographes attentifs. Pour nous,
nous aurons assez atteint notre objet, si nous avons
réussi à montrer l'homme et l'esprit même. Durant la
seconde moitié de sa vie et après le coup qui, en
1822, en avait brisé la première part, l'amitié avait peu
à peu réparé les vides et comme refait cercle autour
de lui : c'était l'amitié encore telle qu'il la concevait
et la réclamait, une assiduité pleine de douceur dans
les choses de l'intelligence et de l'affection, et, comme
l'a dit le poëte,

Le jour semblable au jour, lié par l'habitude.

Ainsi, des nuances de joie, tenant aux satisfactions du
cœur, se mêlèrent pour lui jusqu'au bout aux applications de l'esprit, et il s'acheminait, sans trop la sentir,
dans l'inévitable tristesse des ans. Il mourut presque
subitement des suites d'une opération qu'on n'aurait
pas crue si grave, le 15 juillet 1844. Sa pensée vivra,
et rien du moins n'en sera perdu. Ses manuscrits,

transmis en des mains fidèles, seront publiés avec un choix éclairé (1). Sous une forme ou sous une autre, toutes les idées qu'avait conçues ce rare esprit sont sorties ou sortiront; sa renommée après lui se trouvera mieux soignée que par lui. De premiers et dignes hommages lui ont été payés sur sa tombe par M. Guigniaut au nom de l'Institut, par M. Victor Le Clerc au nom de la Faculté des Lettres; d'autres éloges viendront en leur lieu. M. Piccolos, dans le journal grec *l'Espérance* (Athènes, 28 août 1844), s'est fait l'organe des témoignages bien dus par ses compatriotes à la mémoire du plus modeste et du plus effectif des écrivains philhellènes. La France ne lui doit pas moins; le xixe siècle surtout serait ingrat d'oublier son nom, car on peut apprécier désormais avec certitude quelle place il a tenue dans ses origines, quel rôle unique il y a rempli, et quelle part lui revient à bon droit dans les fondations de l'édifice auquel d'autres ont mis la façade, et pas encore le couronnement.

Mai-juin 1845.

(1) Ils ont été légués par l'auteur à Mlle Clarke, à l'amie la plus dévouée et la plus attentive à s'acquitter de tous les soins que peut inspirer la piété du souvenir.

POST-SCRIPTUM.

Ce n'est pas une conclusion qu'un tel recueil comporte, et nous ne prétendons en effet ni conclure ni clore. Nous ferons certainement d'autres portraits contemporains, nous en avons déjà fait, en bon nombre, qui n'ont pu entrer dans les présents volumes, et, au moment même où nous achevons cette espèce de série, nous mettons sous presse un volume destiné à la compléter et à la poursuivre. Ainsi point de conclusion; nous aimons notre métier de critique et de *portraitiste*, nous le continuerons selon l'occasion et le moment, suivant que le cœur et la fantaisie nous le diront, et en tâchant de ménager de notre mieux les convenances diverses. Et à ce propos si quelqu'un s'étonnait que, malgré la dignité académique qui nous a été conférée depuis, nous persistions dans cette voie pratique, nous donnerons une fois pour toutes une explication très-nette et très-franche : en ambitionnant et en obtenant cette dignité, la plus honorable à laquelle puisse aspirer un homme de lettres, nous n'avons jamais considéré qu'elle dût nous empêcher d'être ce que nous étions devant, ni de faire *à très-peu près les* mêmes choses que nous nous sommes de tout temps permises. Si donc quelques-uns de nos confrères les critiques croient trouver qu'il serait de meilleur goût à nous de leur laisser le champ libre désormais et de nous taire, nous continuerons (ne leur en déplaise, et qu'ils nous le pardonnent!) de nous imaginer qu'il y a quelque honneur encore pour nous à rester leur confrère.

Il nous a semblé de plus que si cette circonstance nouvelle, si précieuse à nos yeux, en venant certainement compliquer pour nous les difficultés et multiplier les convenances, devait avoir un effet rétroactif et allait jusqu'à nous obliger à rétracter, à modifier les jugements du passé, il n'y aurait ni fond ni base solide à notre travail critique : nous n'avons donc pas hésité à maintenir dans presque tous les cas ce qui est écrit.

Que si maintenant, nous relisant nous-même comme nous venons forcément de le faire, nous avions à confesser notre propre impression et à faire entendre un aveu, nous dirions que, dans la suite de ces articles critiques et dans leur mode de justice distributive (s'il nous est permis d'employer un tel mot), il est certains manques de proportions et de gradations que nous regrettons de n'avoir pu mieux rajuster. En commençant cette réimpression, nous pouvions craindre d'avoir trop penché pour l'enthousiasme; en la terminant, un scrupule contraire nous vient, et nous aurions voulu, dans plus d'un cas, avoir mieux su tempérer l'éloge, de manière à ne jamais paraître le retirer et à n'avoir point à enregistrer les retours de nos jugements après les écarts. C'est surtout là où nous nous étions trop avancé d'abord qu'il nous a fallu revenir ensuite et dégager notre première fougue d'enthousiasme, pour la réduire à ce qui nous a semblé plus tard justesse et vérité. Il se trouve de la sorte que les poëtes, certains poëtes, et de ceux qui avaient le plus enlevé nos premières amours, peuvent sembler moins bien traités en définitive que des critiques, des historiens, des hommes que nous estimons et que nous admirons sans doute, mais dont tous pourtant ne sont pas à beaucoup près placés au même degré que les premiers dans notre évaluation des talents. Oh! que du moins les poëtes le sachent : quels que soient les ravissements et les prudences de l'âge mûr, c'est d'eux encore que nous nous préoccupons le plus. Les inégalités mêmes et les brusqueries du retour ne sont pas au fond une preuve d'indifférence. Ces graves études d'historiens, ces portraits aux teintes plus sombres qui ont insensiblement succédé aux premières et poétiques couleurs, en attachant sévèrement notre attention, ne suffisent pas toujours à satisfaire en nous ce qui s'y remue encore du passé. Quand nous relisons et récitons, de Lamartine, son *Lac* immortel, de Victor Hugo, sa passionnée *Tristesse d'Olympio* le souvenir sacré renaît vite en nous, et tout cet ordre de notre laborieuse sagesse d'hier est ébranlé. Et même dans de moindres élans, dans des notes plus simples, si elles sont vives, mélodieuses et sincères, il nous arrive d'hésiter. Nous donnerions toujours bien des choses, et (qui sait?) la critique elle-même tout entière peut-être, pour savoir rouvrir la source de quelques élégies adorées. Qu'une page première du poëte d'Elvire soit venue nous rendre au hasard quelqu'une des douces plaintes connues : *Lorsque seul avec toi, pensive et recueillie*, etc., etc...; *Ramenezmoi, disais-je, au fortuné rivage*, etc...; que Victor Hugo ait proféré, à une heure brûlante, cet hymne attendri : *Puisque j'ai mis ma lèvre à ta coupe encore pleine*, etc...; qu'Alfred de Musset lui-même, à travers son léger récit d'*Emmeline*, ait modulé à demi-voix : *Si je vous le disais pourtant que je vous aime*, etc., etc.; ces notes vraies, tendres, profondes, nées du cœur et toutes chantantes, nous paraissent, aujourd'hui encore, autrement enviables que bien des mérites lentement acquis. Tout ceci est uniquement pour dire qu'en nous appliquant de plus en plus aux matières dites sérieuses, il nous est pourtant difficile de ne pas regretter et saluer, au moment de les voir disparaître, les premiers rivages et les statues que nous avions une fois couronnées. Si critique et si rassis que nous devenions par le cours des choses, qu'il ne nous soit jamais interdit de nous écrier avec le poëte :

Me juvat in prima coluisse Helicona juventa!...

Mars 1846.

M. DAUNOU [1].

(Cours d'Études historiques.)

Je voudrais parler assez à fond d'un homme respectable que j'ai beaucoup connu, que j'ai pratiqué durant des années, et aussi familièrement que ce mot peut convenir à des relations où la déférence et, par moments, la dissidence sous-entendue avaient tant de part. Il semblera peut-être que ce soit venir bien tard aujourd'hui, et qu'il y ait peu de chose à ajouter aux hommages de plus d'une sorte qui lui ont été publiquement rendus. Nulle mémoire, en effet, autant que celle de M. Daunou, ne s'est vite couronnée de ce concert florissant d'éloges auxquels sa modestie échappait de son vivant. Il avait défendu qu'aucun discours ne fût prononcé sur sa tombe, mais il n'a pu réprimer

[1] Ici commençait le IIIᵉ volume de l'édition de 1855. Il portait en tête ce court Avertissement : — « Ce volume est le complément naturel de tous ceux que nous avons précédemment publiés : on y trouvera tour à tour des portraits de femmes, d'historiens ou de poëtes, et il contient de plus quelques études de l'antiquité (5 mars 1846). »

également les voix du lendemain. Peu après sa mort, M. Natalis de Wailly a parlé de lui dans le *Journal des Savants* et a retracé avec une précision affectueuse comme une première esquisse de cette grave figure. M. Taillandier, exécuteur testamentaire de M. Daunou, n'a pas tardé à publier, sous le titre de *Documents biographiques*, un excellent volume où le texte tout entier de cette vie si pleine est, en quelque sorte, établi, où toutes les pièces à l'appui sont compulsées, mises en œuvre, et les moindres curiosités littéraires soigneusement indiquées : on n'a plus guère, pour le fond, qu'à puiser là. L'examen des écrits a été repris ensuite et développé dans une *Notice* de M. Guérard avec le soin et la rectitude qui distinguent ce consciencieux érudit. Au sein des compagnies académiques, M. le baron Walckenaer, successeur de M. Daunou comme secrétaire-perpétuel des Belles-Lettres, a discouru de lui avec diversité et effusion (1); M. Mignet, l'éloquent organe des Sciences morales et politiques, lui a consacré un de ses cadres majestueux. M. Victor Le Clerc enfin, en tête du vingtième volume de l'*Histoire littéraire,* a plus particulièrement apprécié le continuateur des Bénédictins. Que reste-t-il à dire après tant d'habiles gens ? A les résumer peut-être, à creuser (ce qu'ils n'ont pu faire) de certains replis, mais aussi, je crois, à aborder M. Daunou par un côté qu'il n'entrait pas dans leur office principal de rechercher et de cé-

(1) On me fait remarquer que c'est peut-être une faute d'impression, et que c'est plus probablement *diffusion* que j'ai voulu dire.

lébrer, je veux dire le point de vue de l'*écrivain* proprement dit. M. Daunou aurait pu être membre de
'Académie française, il en aurait été infailliblement si
a modestie ne l'avait tenu à l'écart; c'est là un aspect
de son talent qu'il nous reste à démêler: l'homme de
style en lui, le critique littéraire, le connaisseur en
fait de langage. Nous n'interdirons pourtant pas à
nos souvenirs la liberté d'excursion sur les autres
points.

Que si, chemin faisant, nous sommes conduit, en
louant ce qu'il était, à marquer du même trait ce qu'il
n'était pas, et ce qu'il ne voulut pas être, ce que d'autres eussent pu considérer comme un développement
légitime, ou du moins glorieux, et comme une conquête, aurons-nous besoin d'excuse? Lui-même, dans
ses jugements littéraires les plus bienveillants, il n'apporta jamais de complaisance, et il sut relever le prix
du moindre de ses éloges en les retenant toujours dans
la limite de ce qu'il croyait la vérité.

Pierre-Claude-François Daunou naquit à Boulogne-
sur-Mer, au mois d'août 1761. Son père, chirurgien estimé, sorti de l'Agenois, était venu prendre femme
dans le Boulonnais et s'y établir. M. Daunou me paraît
avoir combiné quelque chose des deux patries. Sans
doute on aurait peine à lui trouver ce je ne sais quoi
d'entreprenant et d'insinuant qui est le facile apanage,
dit-on, des enfants issus de la Guyenne; lui, il se borna
à la douce malice du sage, à la finesse demi-souriante.
Mais son accent, travaillé peut-être en vue de l'enseignement public et des nécessités oratoires, était cer-

tainement plus marqué, plus cadencé, que ne l'est d'ordinaire celui du nord de la France, et semblait attester comme un vestige de l'origine paternelle. Il tenait d'ailleurs à sa vraie patrie et au vieux fonds boulonais par les qualités sagaces, avisées, modérées, lucides et circonscrites à la fois, et, dans l'expression si distinguée que ces qualités prirent en sa personne, on aurait pu reconnaître encore, plus qu'il n'aurait cru, quelques formes de l'esprit natal, l'air de famille d'un pays qui n'avait pas eu jusqu'à lui son représentant littéraire, où Voisenon, par bonheur, ne fit que passer, où Charron, hôte plus digne, fut convié une fois, où Le Sage est venu mourir (1).

Dans les dernières années, M. Daunou avait deux regrets qui seront partagés inégalement, mais qu'il semblait mettre sur la même ligne : il regrettait de n'avoir pas écrit l'histoire de Boulogne-sur-Mer et celle de l'Oratoire. C'étaient ses deux patries ; il les avait quittées toutes deux de bonne heure et pour n'y plus revenir, mais elles lui restaient gravées toujours.

Après d'excellentes études au collége des oratoriens de Boulogne, le jeune Daunou se décida à entrer dans la docte congrégation, n'étant âgé que de seize ans et

(1). Dans un article du *Journal encyclopédique* (octobre 1788), M. Daunou n'a pas laissé de railler l'ancien, le très-ancien Boulogne sur le peu de littérature du cru : sous le pseudonyme de *James Humorist,* il rend compte des singulières inscriptions qu'on avait mises à Wimille sur la tombe des infortunés aéronautes Pilâtre de Rosier et Romain, et il en prend occasion de décocher son trait malin à ses compatriotes d'avant 89. Tout cela a bien changé.

quelques mois. Son père s'opposait à ce qu'il fît son droit. Ses goûts de lettré l'éloignaient de la chirurgie ; il prit le parti de ce demi-cloître et ferma les yeux sur les inconvénients de l'avenir, séduit sans doute par une perspective de retraite et d'étude au sein de vastes bi bliothèques, par l'idée de ne pas changer de maîtres et de guides, lui timide et qui craignait avant tout le commerce des hommes.

Il était certainement pieux lorsqu'il entra dans l'Oratoire, il était croyant, du moins ; il ne l'était plus quand il en sortit. A quel moment précis ses convictions religieuses reçurent-elles modification et atteinte ? A lire quelques-uns des écrits qu'il composa dans les premières années de la révolution (1789-1791), et dans lesquels il cherche à démontrer la conciliation des mesures politiques récentes avec les croyances chrétiennes ou même catholiques, on serait tenté de conclure qu'il ne s'émancipa que vers cette époque et graduellement ; mais, comme on retrouve les mêmes ambiguités gallicanes dans son écrit sur la *Puissance temporelle des Papes,* c'est-à-dire à une époque où il était dès longtemps acquis aux pures doctrines philosophiques, on ne saurait s'arrêter à ce qui pouvait n'être chez lui que ménagement de langage. Il est à conjecturer que la foi première persista quelques années en lui, favorisée par l'étude, par la pureté des mœurs, dans cette vie abritée : on aimerait à se persuader qu'il croyait encore, lorsqu'il s'engagea définitivement, quelques années plus tard (1787), dans les voies irrévocables du sacerdoce, auquel semblait l'obliger d'ailleurs l'enseignement théologique qui lui était confié. Cependant un moment dut venir, antérieur à la révolution, où il ne se considérait plus, même sous ces beaux ombrages et dans ces maisons spacieuses de l'Ordre, que comme un captif, ou du moins comme un sage qui dissimule et qui sacrifie aux règles du dehors pour mieux s'assurer la liberté silencieuse du dedans. On a beaucoup parlé du relâchement de l'Oratoire en ces années finissantes ; je ne me permettrai pas de jugement général, et je crois tout à fait que la physionomie extérieure de l'Ordre était restée très-convenable, très-satisfaisante aux abords de la révolution. L'éducation qu'on y recevait n'avait pas cessé d'être excellente, et d'assez illustres témoins seraient encore là au besoin pour l'attester. Quant au fond, il n'y a plus guère à douter qu'il ne fût très-compromis sur plus d'un point. A côté de vertus très-réelles, de croyances assurément très-conservées, et dont les Adry, les Tabaraud et tant d'autres ont donné jusqu'à la fin des exemples persistants, il y avait un courant d'incrédulité qui circulait. J'ai moi-même, dans ma jeunesse, entendu de ces anciens oratoriens se racontant, se rappelant entre eux l'arrière-fond de leur vie et de leurs pensées en ces années de régularité extérieure. Le jeune Oratoire était en partie philosophique, et de la philosophie d'alors la plus avancée. Qu'on ait trouvé à Juilly, dans les tiroirs des anciens oratoriens, quelques cahiers contenant des extraits de Spinosa, matière de curiosité ou de réfutation peut-être, cela est moins parlant, moins significatif que ce qui se passait à voix

basse dans le jardin, à l'ombre du marronnier d'Hou-
bigant, autour du doux vieillard Dotteville. Ce père
Dotteville était un enfant naturel, si je ne me trompe,
d'un grand seigneur danois qui lui avait laissé 29,000
livres de rente. Tempéré d'humeur, sans passion aucune dès sa jeunesse (il disait lui-même qu'il avait
vécu et mourrait comme Newton), aimant uniquement
l'étude et la paix, il n'avait rien vu de mieux que d'entrer dans l'Oratoire et de se mettre à traduire Tacite,
champion un peu rude peut-être pour un si pacifique
attaquant. Bref, il était heureux, il était aimable ; il
avait à Juilly sa petite maison au bout du jardin, et,
lorsque le jeune Oratoire, quelque peu imbu des idées
philosophiques du jour, sentait des velléités de révolte
et de rupture, et les exprimait devant lui, il donnait
de bons conseils, ou du moins des conseils de soumission, de prudence, tels qu'un Érasme et un Fontenelle
dans le cloître les eussent aisément trouvés. On bais-
sait la tête après l'avoir entendu, et on n'éclatait pas.
Le bon Dotteville ne mourut qu'en 1807, à l'âge de
quatre-vingt onze ans ; il s'éteignit. Un matin, sentant
sa fin prochaine et croyant bien ne plus avoir à passer
une autre journée, il invita à un petit dîner philosophique un ami (j'ai souvent entendu ce récit chez
M. Daunou lui-même), et, après le repas auquel il ne fit
qu'assister, mais qu'il n'avait pas négligé pour cela,
prenant un air plus grave, il avertit cet ami qu'il se
sentait à bout de vivre, qu'il lui disait adieu une dernière fois et lui demandait pour service suprême de lui
faire une petite lecture. « Allez, lui dit-il, vous trou-

verez dans mon cabinet un livre (dont il désigna la place), apportez-le et lisez-le-moi à la page marquée. »
— L'ami, en allant chercher le livre, se demandait tout bas si le père Dotteville n'avait pas réfléchi à ce moment du grand passage, et si ce n'était point quelque lecture religieuse qu'il réclamait enfin. Il trouva le livre, l'apporta, et, l'ouvrant à la page marquée, il lut à haute voix. C'était Horace et l'ode à Posthumus : *Eheu fugaces, Posthume, Posthume!...* — Il m'a toujours semblé que c'est par ce côté de souvenirs que les anciens confrères de l'Oratoire et M. Daunou s'abordaient le plus volontiers. Je ne prétends aucunement que tout l'Oratoire fût ainsi, et que cet Ordre, même dans les années voisines du terme, n'ait pas eu des portions intactes, un ensemble imposant; mais qu'on n'ignore pas (ce qu'on fait trop dans les éloges officiels) qu'il y avait ce coin-là, *a parte*. Ce qui est bien certain encore, c'est que, lorsque De Lisle de Sales, le philosophe de la nature, s'en allait en Allemagne *faire ses remontes d'idées,* comme dit M. de Chateaubriand, il recevait, en passant par Troyes, un festin de bien-venue chez les oratoriens de cette ville, parmi lesquels était alors M. Daunou (1).

Aucune idée de blâme n'entre pour moi dans ce retour à des particularités oubliées; il importait seulement de bien constater l'insensible déclin d'une congrégation sage, modérée, polie, qui avait trop de fenêtres

---

(1) Il convient pourtant de faire remarquer que De Lisle de Sales avait été jeune dans l'Oratoire et qu'il avait pu naturellement y garder des relations.

ouvertes sur le monde pour que l'air extérieur n'y entrât pas très-aisément. Lors même que M. Danou fut moine, comme on dit, il ne lui arriva de l'être que dans ce milieu doux, orné et assez riant, qui lui ressemble.

De Troyes à Soissons, de Soissons à Boulogne, et finalement à Montmorency, M. Daunou passa dans les divers colléges de l'Ordre et monta par les divers degrés de l'enseignement. A la maison de Montmorency il fut chargé de la classe de philosophie, puis de celle de théologie. Il venait à Paris une fois par quinzaine environ, à pied durant l'été, se mettant en route avec le jour et lisant tout le long du chemin. Nous tenons d'un de ses anciens élèves de philosophie que le jeune professeur était là ce que nous l'avons vu depuis, timide, un peu embarrassé dans sa chaire, assez défiant des dispositions de son auditoire : il avait besoin que l'attention respectueuse dont il était l'objet le rassurât. C'est vers le temps de son entrée à cette maison de Montmorency que le sujet proposé depuis plusieurs années par l'Académie de Nîmes le tenta et lui fournit le texte de son premier succès : *Quelle a été l'influence de Boileau sur la littérature française?* Son discours, qui est moins un éloge qu'une discussion historique, remporta le prix et fut publié en 1787; il a reparu plus tard corrigé, augmenté, ou plutôt totalement refondu, en tête de l'édition de Boileau (1809), et de nouveau modifié en 1825; mais, dans sa première forme, il donne mieux idée des principes et du but de l'auteur. On y voit ce que ce discours fut réellement un ou-

16.

vrage de circonstance, venu à point dans la polémique
entamée alors, un écrit judicieux, d'une satire modérée, appliquée à son moment et sans exagération.
Lorsque plus tard, en 1825, l'éditeur de Boileau crut
devoir étendre sa polémique à Shakspeare, à Schiller,
aux Schegel, aussi bien qu'à la philosophie de Kant et
à celle de M. Cousin, il dépassa la donnée première :
les traits ne portèrent plus. Le discours sur l'*Influence
de Boileau*, sous cette première forme moins complète,
moins parfaite, me paraît donc en même temps plus
proportionnel et plus digne de l'excellent esprit de
M. Daunou. Il répondait convenablement à ce qu'a-
vaient répandu çà et là de restrictions et de critiques
Fontenelle, Voltaire, Marmontel, d'Alembert et Helvé-
tius ; il répondait plus vertement à ce que les littérateurs désordonnés, tels que Mercier et autres, étaient
en train de débiter d'impertinences. Ceux-ci ne se tin-
rent pas pour battus. Une lettre du chevalier de Cu-
bières au marquis de Ximenès mit en cause M. Daunou,
à qui on ne pouvait guère reprocher pour toute inexactitude que d'avoir confondu Charles Perrault avec son
frère le médecin : on lui imputait de plus (ce qui était
faux) d'avoir appelé écrivains *obscurs*, littérateurs *su-
balternes*, *tous ceux* qui n'avaient pas admiré Boileau.
« Cette manière de s'exprimer, disait-on, peut avoir
cours à l'Oratoire ou dans les colléges de l'Oratoire,
mais à Paris on parle plus poliment. » M. Daunou répliqua dans le *Journal encyclopédique* par une lettre (1),

(1) 15 août 1787.

suivie à distance de deux articles, et il y défendit son
opinion contre l'écrivain de qualité en homme qui
n'était ni du couvent ni du collége. La Harpe, qui professait en ces années au Lycée avec un éclat et une
vogue dont la lecture de son Cours ne saurait donner
idée, se trouva saisi du procès comme grand-juge, et
s'en acquitta surabondamment (1). L'ouvrage du jeune
oratorien fut cité et loué par lui en pleine chaire, honneur insigne et que nous voyons payé quarante ans
après avec usure. M. Daunou fit paraître, en 1826, le
travail le plus complet qu'on ait sur La Harpe, et dans
lequel, sans rien taire des défauts, des légèretés et des
palinodies, il insista sur les qualités durables. De plus,
en tout temps, il sut combattre le déchaînement de
Chénier contre les ridicules du célèbre critique, et il
contribua utilement à réduire cette colère de son ami
au frein de l'équité.

Ce succès de Nîmes et la discussion qui s'ensuivit
donnèrent à M. Daunou, dans l'Oratoire, une grande
réputation d'écrivain, que venait confirmer au même
moment un accessit remporté à l'Académie de Berlin.
Le sujet de cet autre concours était plutôt philosophique et de droit civil, *l'autorité des parents sur les
enfants.* M. Daunou y préludait à son avenir de légis-

---

(1) Voir, dans le *Cours de littérature,* son article Boileau. —
L'Année littéraire de 1787 (tome VIII, page 97) contient, au point
de vue classique, un article très-sévère sur le discours de M. Daunou; on lui adresse quelques reproches fondés. Mais qu'était-ce
que *l'Année littéraire* comme autorité, à cette date, en comparaison de La Harpe?

lateur, à la méthode qu'on le vit plus tard appliquer dans son livre des *Garanties individuelles*. Si j'osais rendre toute ma pensée, j'ajouterais aux justes éloges que mérite ce premier et déjà savant travail, que c'est d'un point serré, fin, d'un fil bien déduit et ingénieux sans doute, mais je dirais aussi qu'on n'est point entièrement satisfait en finissant. La lumière ne circule point à travers les mailles de ce réseau. Chaque détail semble exact et clair, une certaine obscurité recouvre l'ensemble. Cela tient, je crois, à ce que l'auteur, toujours occupé à se circonscrire, ne s'élève à aucun de ses points de vue qui domineraient le sujet. Il voit net, mais il ne voit que de près; il s'interdit les horizons. Cette impression que j'essaye de rendre se reproduira plus d'une fois en lisant de lui certaines pages politiques et philosophiques; on aura à s'étonner, à regretter qu'un aussi excellent esprit ait ainsi contracté l'habitude de se restreindre. Sa pensée a quelque chose de trop *rentré*. La qualité littéraire et de diction y trouve sans doute son compte, et elle y gagnera sur plus d'un point en finesse de repli, en concision malicieuse.

On a relevé ce passage du discours de Berlin, dans lequel le jeune auteur semble faire un retour secret sur la condition religieuse à laquelle il est lié; il s'agit de savoir jusqu'où s'étendra le pouvoir des parents sur les pactes de ceux qui sont en leur puissance : « Le plus cruel abus, écrit M. Daunou, c'est de forcer les enfants à des pactes, vœux ou mariages, auxquel leurs penchants répugnent. Lorsqu'on examina sérieusement si celui que *la dévotion de son père a fait moine* est tenu à ne point quitter ce genre de vie, l'ignorance et la superstition avaient effacé toute idée d'ordre et de justice (1). »

Quoi qu'il en soit de cette sorte d'allusion personnelle, où il ne faut voir peut-être qu'un trait de hardiesse philosophique sans autre intention, M. Daunou ne saurait passer aucunement pour avoir été malheureux dans l'Oratoire. Au moment où la révolution éclata, une fièvre d'enthousiasme saisit toutes les jeunes têtes, fit battre tous les jeunes cœurs ; on se dit qu'on allait trouver enfin la délivrance, et on s'imagina par conséquent que, la veille encore, on était nécessairement très-opprimé. On l'était bien légèrement au contraire, et il ne fallut point beaucoup de temps à M. Daunou pour le reconnaître. Ces mêmes années de Montmorency, qui lui semblaient peut-être un peu gênées lorsqu'il en prolongeait le cours, lui offrirent en s'éloignant, et lorsqu'il les revoyait du sein des orages, une sorte de perspective idéale de la paix abritée et du bonheur. Combien de fois, causant avec lui sur les conditions d'une existence heureuse, studieuse, socialement agréable et sérieuse à la fois, agitant en sa présence les diverses époques où l'on aurait aimé à vivre, il m'exprima son choix sans hésiter ! Le cadre d'existence qui lui aurait le plus souri, et auquel il serait revenu comme à son berceau,

(1) Il faut noter pourtant que les mots soulignés ici le sont chez M. Daunou également, et qu'il les donne à titre de citation connue : c'est de Rousseau, je crois.

eût été le xviiie siècle embrassé dans tout son cours, et trouvant son terme avant la révolution : on serait né vers la fin de Louis XIV, on serait mort à la veille de 89 (1) ; on aurait parcouru ainsi toute une carrière paisible, éclairée, avec des perspectives de civilisation indéfinies et croissantes qu'aucune catastrophe n'aurait désembellies. On aurait cru jusqu'à la dernière heure au bienfait ininterrompu des lumières, à l'excellence naturelle des hommes. Sans doute, dans ce libre vœu rétrospectif, M. Daunou ne songeait plus à se replacer tout à fait à l'Oratoire, mais n'importe ; on ne parle point ainsi d'une époque où l'on aurait été décidément malheureux.

Quatre-vingt-neuf, en éclatant, vint couper court à ce genre de vie modérément animé, le rendre impossible en même temps que le faire sembler insuffisant. Le dernier écrit purement littéraire que nous tróuvions de M. Daunou à ce moment est une *Épître* à Fléchier, imprimée dans le *Journal encyclopédique* (juin 1789). Ce sont les seuls vers que je connaisse de lui ; ils ne semblent guère propres à démentir ce qu'on a dit des vers de certains autres prosateurs excellents (2). Si on se de-

---

(1) Comme M. d'Argental, par exemple, qui, né en 1700, mourut en janvier 1788.

(2) M. Guérard indique encore deux autres pièces de vers insérées dans le même journal. M. Daunou n'avait point reçu de la nature ce qu'il faut pour dégager l'élément poétique proprement dit, pour saisir la poésie en tant qu'elle se sépare nettement de la prose, et qu'elle en est quelquefois le contraire ; la poésie, comme il l'entendait, et comme l'entendaient presque tous ses contemporains, n'était que de la prose plus noble, plus harmo-

mande pourquoi cet hommage si particulier à Fléchier, on y peut voir plusieurs sortes d'à-propos et de convenances, soit relativement à l'Académie de Nîmes qui avait couronné M. Daunou, et dont Fléchier était la grande gloire, soit dans le souvenir de la tolérance de Fléchier envers les protestants, au moment où ceux-ci recouvraient leurs droits civils. Mais la plus réelle de ces convenances se trouve dans le talent même de l'auteur : M. Daunou écrivain va droit à Fléchier par goût, comme il est allé à Boileau ; ils représentent à la fois pour lui le double modèle littéraire de ce judicieux et de cet ingénieux qu'il aime dans la pensée et dans l'expression.

« Un style grave, sérieux, scrupuleux, va fort loin, » dit La Bruyère ; cela peut parfaitement s'appliquer au style de M. Daunou, si l'on n'oublie pas que, chez lui, le *châtié* et l'*orné* font constamment partie du scrupule,

nieuse, de la prose dans ses plus riches conditions. Voici le début de son Épître :

> Je ne viens pas, Fléchier, t'ennuyer de ta gloire.
> Il suffit que la France adore ta mémoire ;
> Elle est juste envers toi, puisqu'elle te chérit :
> Ton éloge en nos cœurs est assez bien écrit.
> Naguère, de tes soins encor reconnaissante,
> Nîmes se retraçait l'histoire attendrissante
> Des bienfaits qu'un hiver (de 1709), dans nos fastes fameux,
> Te vit verser jadis sur tant de malheureux.
> D'un semblable fléau nous respirons à peine ;
> Mais on suit ton exemple, et la France est humaine.
> A ton amour, Fléchier, notre siècle a des droits.
> Tes vertus sont ses mœurs. Le plus juste des rois, etc.

C'en est assez pour juger du ton. M. Daunou avait alors vingt-huit ans.

et que le Nicole (pour prendre des noms) s'y relève du Fléchier.

Dès le 4 septembre 89, on voit M. Daunou prononcer un discours sur le *patriotisme* dans l'église de l'Oratoire à Paris, durant le service funèbre que ce district faisait célébrer pour les morts du 14 juillet ; quelques mots de ce discours se retrouvent exactement les mêmes que la dernière phrase d'une petite brochure anonyme intitulée *le Contrat social des Français,* et publiée le 23 juillet précédent ; ce qui, indépendamment des autres preuves, achèverait d'indiquer que ce *Contrat* est bien de lui : « Quel touchant spectacle que celui qu'offrait un *peuple aimable* lorsqu'il faisait avec tant d'harmonie les premiers pas vers la liberté ! » Style du temps, on le voit ; les plus sages ne l'évitaient pas. Nous nous garderons de trop insister sur cette époque essentiellement transitoire de la vie de M. Daunou, dans laquelle ses paroles, si rapides et si empressées qu'il les fasse, sont encore devancées par les événements. Diverses brochures et articles de journaux, de sa façon, nous le présentent essayant de concilier le caractère sacré que lui et ses amis de l'Oratoire n'ont pas dépouillé, avec les circonstances sociales nouvelles ; il s'applique à démontrer que la Constitution civile du clergé, telle que la veut l'Assemblée constituante, est sincèrement d'accord avec les principes de la foi catholique et avec les conditions de cette Église, y compris la primauté du pape et la supériorité de la juridiction épiscopale. Est-ce un simple vœu qu'il exprime ? est-ce un conseil de prudence et d'accommodement qu'il propose à ses amis de l'Oratoire et du clergé? ou bien enfin, est-ce une conviction vraiment sérieuse qu'il espère de faire prévaloir? En ce dernier cas, on aurait lieu de trouver qu'il n'appréciait pas suffisamment les deux forces aux prises, ni dans leur ensemble ni dans leur caractère; qu'en s'attachant à la stricte définition des termes, il ne tenait pas assez compte de l'esprit des choses; qu'il méconnaissait le vieil établissement catholique d'une part, et de l'autre semblait ne pas voir la marée philosophique montante, qui, ayant suscité un moment cette première réforme, devait aussitôt la déborder. Je suis toujours tenté d'en vouloir, je l'avoue, à cette méthode logique, à celle de Condillac en particulier, qui faisait ainsi appareil et illusion, à force de clarté, devant des yeux si bien organisés d'ailleurs. On affectait d'abord de tout définir, de réduire le problème à ses termes les plus nets, les plus précis, identifiant les *idées* et leurs *signes*, afin de raisonner ensuite au pied de la lettre; on simplifiait tout pour tout mieux résoudre, tandis que, dans la réalité, les choses vont se grossissant, se compliquant sans cesse par suite des passions, des intérêts, des intentions cachées. Il arrivait ainsi que la conclusion logique était en raison inverse du résultat que rendaient les événements, et qu'un coup d'œil plus étendu eût fait présager : cette conclusion si nettement déduite eût été triomphante, si les hommes eussent formé une classe de logique et de géométrie, une classe docile, et non pas un peuple.

Quoique ce défaut, qui tient à l'abus de la méthode dite d'*analyse,* n'ait pas laissé de restreindre, j'ose le croire, la portée de M. Daunou comme homme politique et public et comme philosophe, j'aime mieux pourtant ici, dans ses démonstrations en faveur de la Constitution civile du clergé, ne voir qu'un simple vœu honorable et de convenance, un mode d'*interprétation* utile qu'il propose jusqu'à la dernière extrémité, sans trop espérer de le faire accepter, et en se consolant lui-même très-aisément d'avoir à marcher au delà. « Phi- « losophes, s'écrie-t-il en faisant sous le masque ano- « nyme la leçon aux deux partis, philosophes, loin de « vous des procédés injustes ou des mesures impru- « dentes qui détacheraient de la cause commune à « tous les Français une classe de citoyens qui, après « tout, a servi cette cause en y attachant sa destinée! « Et vous, prêtres dociles à la loi, ne calomniez pas la « philosophie; c'est de ce nom qu'on appelle le plus « digne usage de la raison de l'homme; c'est un nom « sacré, ne le prononcez qu'avec respect; le plus sûr « moyen de discréditer vos doctrines religieuses et « d'accélérer la chute de vos autels serait de renou- « veler le scandale de ces déclamations fanatiques « devenues si ridicules, depuis un demi-siècle, dans la « bouche de vos prédécesseurs. Ah! soyez plutôt les « apôtres de la morale, les propagateurs du patrio- « tisme, les prédicateurs et les modèles de la tolé- « rance, et vous forcerez *longtemps encore* les amis de « la liberté de rendre hommage à l'utilité de votre « ministère. » — Ce *longtemps encore* est significatif : l'oratorien de la veille ne voyait au mieux dans le christianisme qu'une forme temporaire et provisoire;

mais pouvait-il bien espérer de convaincre à ce raisonnement humain les croyants sincères, d'amener à ce
rôle subalterne, à cette fonction d'adjoints-philosophes,
les prêtres encore dignes de ce nom? Je tire ce passage
d'une brochure anonyme de lui, publiée en 1792,
lorsque déjà la conciliation était très-compromise; on
y recueille sa dernière parole aux approches du
10 août, et comme son dernier cri d'alarme. Cette brochure, qui a pour titre *Union et Confiance, ou Lettre à
un émigré de mes amis,* est censée écrite par un aristocrate du dedans qui se félicite de toutes les brouilles
survenues entre les diverses fractions du parti victo-
rieux et qui met en scène un conciliateur peu
écouté; c'est une manière indirecte de signaler aux
amis de la révolution ce qui réjouit les adversaires et
ce qu'il faut par conséquent éviter. Qu'arriverait-il en
effet, s'écrie en finissant le faux aristocrate, qu'arriverait-il si ces coquins de révolutionnaires s'avisaient de
s'entendre? « Quel horrible avenir, monsieur le comte!...
« Je n'achève pas ce tableau déchirant des périls qui
« vous menacent, les angoisses d'un long exil, la honte
« du retour, et l'*horreur du pardon.* » J'ai voulu noter
ce dernier trait : ainsi, même au plus fort de l'attaque
et dans son plus vif entrain de persiflage, M. Daunou,
fidèle à ses sentiments humains, à ses principes d'équité
miséricordieuse, ne conçoit pas l'ombre d'une réaction
et d'une vengeance à exercer contre les ennemis de sa
cause, et ce qu'il a de plus épouvantable à leur offrir
en perspective, c'est l'*horreur* de se voir *pardonnés.* De
tels traits rachètent bien, convenons-en, quelques

déductions logiques un peu trop rigoureuses et quelques
essais d'équilibre impraticables.

A le bien considérer, M. Daunou, dans ce court prélude de sa vie publique, se dessine déjà pour nous tel
qu'il sera dans toute sa carrière. Même lorsqu'il se
détache d'un passé désavoué, même lorsqu'il répudie
le présent comme insupportable, remarquez-le bien,
il ne rompt qu'à demi, il n'éclate pas. Ne lui demandez
jamais ce coup d'œil décisif qui juge d'abord les situations d'alentour et qui les tranche; il n'ose, il semble,
dans son scrupule, traîner toujours quelque chose des
précédents avec lui. Au fond, son opinion est bien
prise : sa parole extérieure demeure voilée. Ainsi, ailleurs, nous le retrouverons, en mainte circonstance,
ferme et timoré, empêché et inébranlable. Sa conduite
durant la Convention et sous le Directoire fait, seule,
exception par des actes plus en dehors et constitue sa
vraie jeunesse : « Et encore je crois pour mon compte,
« dit quelqu'un qui l'a beaucoup étudié (M. Magnin),
« que la fermeté très-grande et très-réelle qu'il montra
« à cette époque était, comme le *Génie* de Socrate, une
« force toute d'arrêt et nullement d'impulsion. » Partout ailleurs, voyez-le, c'est évident : il rentre, il se
recouvre, il se retire. Philosophe *in petto,* il ne juge
pas, dès 89, qu'il soit temps de s'affranchir de sa robe
et de faire comme Sieyès et ces autres abbés, philosophes dès le premier jour. Il garde de l'oratorien et du
gallican dans les formes jusqu'en 92, de même
qu'après le 18 brumaire et sous le régime impérial, il
gardera du républicain de l'an III, sans rompre toute

fois avec l'Empire ni s'en abstenir absolument comme le firent La Revellière-Lépeaux, La Fayette, et autres opposants déclarés. Il commençait à se résigner à l'Empire vers 1810, vers 1812, quand c'eût été plutôt le cas d'y renoncer. Ainsi sous la Restauration, ainsi sous le régime de 1830 ; il subit beaucoup, résiste de côté et devance peu. On pourrait prendre, à chaque régime, des noms pour les opposer au sien et marquer en lui cette différence qui fait son originalité, sinon sa supériorité. C'est pourquoi le public ne s'est jamais accoutumé à personnifier en Daunou aucune grande situation, et nous n'avons à le classer en définitive qu'au premier rang des hommes distingués, quand d'autres, qui ne le valaient pas, ont paru des personnages supérieurs.

L'ancien oratorien et prêtre, l'homme d'étude et l'écrivain en lui, sauf de rares moments, sont toujours venus prendre en biais et tenir en arrêt l'homme politique.

Avant son entrée à la Convention, il convient de relever encore deux circonstances. Il fut l'auteur, le rédacteur du *Plan d'éducation* présenté à l'Assemblée nationale, en 1790, au nom des instituteurs publics de l'Oratoire (1) ; et depuis lors, dans les diverses assem-

(1) Ce *Plan d'éducation* essuya des critiques, et il paraît qu'il fut surtout attaqué par une personne assez au fait de l'Oratoire et qui probablement en était ; M. Daunou répondit en quelques pages non signées avec une singulière vivacité : « Les oratoriens, « dans leur projet d'éducation, disent que *la morale de l'Evangile* « *serait le chef-d'œuvre de l'esprit humain, si elle en était l'ou-* « *vrage ;* ils veulent que cette morale soit enseignée par tous les « instituteurs, et que dans chaque pensionnat il y ait un ecclé-

blées où il siégea, on le verrait figurer invariablement
comme membre ou rapporteur de presque tous les
comités et commissions d'instruction publique; questions toujours graves, trop souvent stériles, parce que
tous ces beaux plans et appareils d'organisation ne
valent que ce que les font dans la pratique les maîtres
eux-mêmes. Vers 1791 enfin, M. Daunou se mit à concourir pour le prix fondé par Raynal à l'Académie de
Lyon sur le sujet suivant : *Quelles vérités et quels sentiments importe-t-il le plus d'inculquer aux hommes pour
leur bonheur?* Il mérita le prix, et Napoléon Bonaparte,
autre concurrent, et grand philanthrope, comme on
sait, aurait eu vraisemblablement l'accessit; mais les
événements de 93 empêchèrent cette distribution
publique et se chargèrent en même temps de répondre
à la question de l'honnête académie en signes mani-
festes et foudroyants.

Entré à la Convention, M. Daunou inaugura, dès les
premiers jours sa vie publique, par le plus bel acte qui
l'honore, par son opinion et son vote dans le procès de
Louis XVI. Les trois écrits ou discours consécutifs où il
a consigné son avis attestent un sens judiciaire très-
remarquable, une méthode excellente et rigoureuse
qui, pour le coup, ne saurait, en pareil cas, déployer

« siastique chargé de remplir les fonctions sacerdotales auprès
« des élèves... Savez-vous ce que conclut de là mon libelliste dans
« son aristocratique impudeur? Il fait entendre que les auteurs de
« ce projet d'éducation et de leurs adhérents sont des *spinosistes*
« ou des *déistes* tout au moins. » Tout cela est très-bien raisonné,
condillaquement parlant, *e pure*... Le libelliste, comme on l'appelle, avait-il si grand tort ?

trop de précautions, trop de scrupules. Il distingue
très-bien entre la conviction morale et historique qu'on
peut avoir contre Louis XVI et la conviction judiciaire
qu'on n'a pas établie ni acquise. On le voit suivre pied
à pied la marche du procès, et à chaque moment il sait
découvrir, il ose proposer le procédé le plus sage, le
moins inique, le moins sujet aux conséquences subver-
sives et déshonorantes pour la naissante morale républicaine. Ce coup d'œil historique rapide, cette prévision
soudaine et lointaine que nous n'apercevons pas chez
Daunou à d'autres instants de sa vie publique, le sentiment d'équité et d'humanité les lui communique ici
et les lui suggère : il comprend aussitôt que de ce
premier pas que va faire la Convention dépend tout
son avenir et celui de la république qu'elle enfante.
La république en France ne sera-t-elle qu'une arme
révolutionnaire, ou sera-t-elle une forme possible et
durable? Cette question, selon Daunou, se pose déjà
dans ce premier vote solennel. Saint-Just, en opinant
pour que Louis XVI fût jugé par la Convention, avait
ajouté qu'après tout c'était là beaucoup moins un jugement qu'on demandait qu'une vengeance, un *combat,*
une *expédition :*

« Citoyens, répondait Daunou, la question entre
« Saint-Just et moi se réduit précisément à savoir
« s'il faut juger Louis XVI, ou *l'immoler comme César*
« *et d'autres tyrans.* Je n'opposerai peut-être à l'éner-
« gique opinion de Saint-Just que des considérations
« timides, plutôt dictées par des habitudes et par des
« craintes que par l'austérité de la philosophie républi-

« caine qu'il a seule interrogée. Je dirai cependant que
« César régnait quand des sénateurs l'immolèrent;
« qu'il ne suffit pas toujours qu'une vengeance ait été
« méritée par la victime; que nous sommes accou-
« tumés encore à vouloir qu'elle soit généreuse; que
« ce genre d'*expédition* se revêt essentiellement d'un
« caractère révolutionnaire, trop étranger aux circon-
« stances dont nous sommes environnés (1); que nous
« devons, non pas à *nous-mêmes,* mais à l'intérêt
« national, quelque *attention*, du moins, *à ce que l'on*
« *dira de nous;* que l'opinion des peuples, et surtout
« de nos propres concitoyens, sur le mode du jugement
« de Louis, pourra n'être pas indifférente au succès de
« nos autres travaux politiques; qu'enfin, selon des
« maximes qui peuvent bien mériter quelque examen,
« mais dont la fausseté n'est pas démontrée encore, il
« sera plus digne de la Convention nationale d'accuser
« un conspirateur que de *faire la guerre* à un ci-devant
« tyran, isolé, désarmé et prisonnier. »

Et ensuite, lorsque la Convention se fut constituée
juge : « Vous avez trouvé le moyen d'attacher au sort
« d'un seul homme les destinées de la nation et les
« espérances du genre humain. Croyez que, dans une
« délibération pareille, une Convention nationale ne
« pourrait sembler injuste et trompée qu'aux dépens
« du salut public; car il ne vous suffirait pas d'être

---

(1) Dans les moments les plus orageux d'alors, on se piquait de
dire que la révolution était close, qu'on enait le définitif : Daunou s'empare ici de la fiction *parlementaire* régnante, dans l'intérêt de son raisonnement.

« sages, vous devez encore le paraître. *Votre réputation*
« *est le premier besoin de la patrie.* »

Le style de Daunou, en cette occasion solennelle, ne
se borne pas à être exact, pressé et châtié, ce qu'il
est toujours; il s'élève, se dilate par instants, revêt des
expressions plus hardies et même pittoresques, qu'il
ne retrouvera jamais. Un peu de néologisme s'y mêle,
assez justifié certes et motivé par l'inusité et le monstrueux des circonstances. Rappelons une bien belle
page :

« Que l'enthousiasme soit quelquefois accusateur,
« du moins ne faut-il jamais qu'il soit juge, et il est
« affreux qu'il prononce des arrêts de mort. De tels
« arrêts outragent la nature : ils ne peuvent honorer
« que le crime lui-même qui les subirait. Je me défie
« de l'enthousiasme, lors même qu'il s'allie à des
« vertus douces et qu'il provoque des actions géné-
« reuses ; mais l'enthousiasme qui condamne est tou-
« jours férocité, et ce n'est qu'à l'équité froide, à la
« raison tranquille et calculante qu'est réservé le droit
« de punir. Ces vérités paraîtront communes, mais
« elles sont à l'ordre du jour, et, parmi les grands inté-
« rêts auxquels je crois qu'elles se rattachent, il en est
« un qui méritera l'attention des législateurs : c'est
« qu'il ne faut pas dénaturer le caractère national, il
« ne faut pas *ensauvager* les mœurs d'un peuple qui a
« été jusqu'ici doux, juste, humain, sensible, et qui,
« sous ce rapport, est sans doute fort bien comme il
« est. La sévérité d'un républicain n'est pas la barbarie
« d'un cannibale fanatique.... Il ne faut point appeler

17.

« *hauteur de la révolution* ce qui ne serait que la région.
« des vautours : restons dans l'atmosphère de l'huma-
« nité et de la justice. »

Et ailleurs, après une description un peu idéale de
ce que c'est que ce *peuple* tant invoqué : « Quant aux
« factions plus ou moins obscures, plus ou moins
« intrigantes, plus ou moins impuissantes, quant aux
« agrégations partielles qui agitent, qui divisent, qui
« assassinent, et que l'on s'obstine à nommer le peuple,
« elles ne sont pas plus le peuple que les marais ne
« sont la nature et que les reptiles ne sont l'univers. »

Ce style de Daunou, si contenu d'ordinaire, si en
garde contre les trop fortes images, s'élève donc invo-
lontairement en ces heures violentes et paraît comme
porté un moment par le souffle des grandes tempêtes.
On noterait d'autres modes d'expressions concises,
bien frappées, et qui lui sont restées plus familières ;
ainsi : « Je ne puis, disait-il, attacher aucun sens à
ces mots *pouvoir révolutionnaire,* et la Convention ne
saurait prendre, à mon avis, une idée plus fausse et
plus égarante de son caractère et de sa puissance. » Et
en parlant de Louis XVI, par manière de concession :
« Je dirais (si j'écrivais son histoire) qu'il combattit la
révolution selon l'oblique et *expectante* malice de son
cœur. » La concession peut sembler un peu forte, mais
l'expression, l'alliance de mots est énergique et neuve.
Et encore, faisant pressentir les effets désastreux d'une
condamnation par vengeance : « Voilà, disait-il, comment naîtront la pitié, le regret, la terreur, les accusations contre la Convention nationale, et tous les élé-

ments de trouble, de haine et de discorde, dont les
aristocrates, les royalistes, les anarchistes, les intri-
gants et les ambitieux, et tous vos ennemis intérieurs,
et tous les tyrans étrangers, vont s'emparer de toutes
parts avec la plus *meurtrière* émulation. »

On trouvera peut-être que je fais là de la rhétorique
en bien grave matière, et que je relève et souligne des
mots dans la situation où ils échappaient le moins
littérairement; mais Daunou pesait tous les siens aussi
soigneusement à la Convention, lorsqu'il réclamait
justice pour Louis XVI, que lorsque, devant l'Académie de Nîmes, il célébrait l'influence de Boileau. Et
je me souviens toujours que lui-même il aimait à citer,
comme exemple d'*atticisme,* une certaine petite phrase
d'un discours de Ducos à la Convention, petite phrase
qu'il fallait certes beaucoup de goût et une extrême
vigilance littéraire pour avoir saisie au passage et
retenue.

Daunou, à la Convention et dans les diverses assemblées dont il fit partie, comme dans son enseignement
public, n'improvisait pas; il écrivait toujours et récitait
avec nombre. Il y a plus, il croyait peu à l'improvisation chez les autres, et n'estimait guère que le discours
écrit. Il se méfiait de la parole vivante. Cela tenait
chez lui à tout un ensemble de jugements et d'habitudes dont nous retrouverons le pli en mille sens,
et ce n'était qu'un cas particulier de la préférence
déclarée ou même de l'estime exclusive qu'il accordait
en toutes choses à la méthode, à la précision, à la perfection de diction, au préjudice de l'esprit d'enthou-

siasme et de saillie. Il calomniait même l'improvisation, et ne voyait pas qu'en allant en gros au plus
pressé, le bon sens trouve souvent son compte; il pensait que l'improvisation et le peu de précision qu'elle
entraîne d'ordinaire avaient contribué à tout perdre
dans les assemblées publiques; il aurait voulu qu'on
pût être astreint, à la tribune, à se servir d'une sorte
de langage analytique, algébrique, où l'expression ne
dépassât jamais l'idée : chimère de Condorcet! L'homme
de cabinet et l'écrivain, chez Daunou, mettaient donc
toujours le cachet à l'orateur, et parfois le scellé. Cours
public et discours politique, il rédigeait le tout comme
un rapport, il couvrait des pages entières d'une écriture serrée, minutieuse, distincte, des pages écrites
jusqu'au bord, sans marge, et pleines comme sa vie.

Après son grand acte du vote dans le procès de
Louis XVI, et avant les jours de proscription, Daunou
prit part encore aux débats sur la Constitution de 93,
et il publia, contradictoirement au plan d'éducation
nationale de Robespierre, un *Essai sur l'instruction
publique*. Comme nous ne prétendons nullement donner
ici une biographie complète, nous pourrions nous taire
sur ces divers *contre-projets* de Daunou, ou nous borner
à en louer la sagesse, du moins la sagesse *relative*;
mais il y a lieu d'en tirer quelques vues directes pour
l'étude de l'homme et de l'écrivain. En faisant la part
de ce qui pourrait être concessions et en y cherchant
les seules convictions, celles-ci apparaissent assez à nu :
on y saisit au vif ce que Daunou est bien radicalement,
à savoir, le disciple de Sieyès et de Condorcet, le secta-

teur et l'organe des méthodes dernières qu'avait pro-
duites le xviiie siècle, et dont ce siècle, soi-disant sans
foi, était finalement idolâtre, pour ne pas dire esclave.
S'agit-il de la Déclaration des droits de l'homme et du
citoyen, peu s'en faut que Daunou n'attribue bon
nombre des maux qui ont éclaté depuis 89 au manque
de méthode et de précision qui s'est glissé dans la
Déclaration première : « Tous ceux qui avaient en
« France l'instinct de l'aristocratie, dit-il, sentirent le
« danger d'un travail de ce caractère, et, saisissant
« avec trop de sagacité le plus infaillible moyen d'en
« dégrader l'exécution et d'en énerver l'influence, ils
« donnèrent aux méditations du patriotisme les noms
« décriés de métaphysique et de spéculations abstraites,
« bien sûrs qu'il n'en faudrait pas davantage pour
« armer contre toute recherche un peu profonde,
« contre toute analyse un peu austère, l'impatient
« orgueil des esprits légers et le despotisme de l'inat-
« tention. Les projets les plus fortement conçus, spé-
« cialement celui de Sieyès, furent écartés sans examen,
« et la première injure que le peuple français reçut de
« ses mandataires, fut d'être regardé par eux comme
« incapable de recevoir une instruction solide et d'en-
« tendre le langage de la raison. On rédigea dix-sept
« articles dont l'incohérence, l'ambiguïté, l'impréci-
« sion, préludèrent à l'injustice et à la faiblesse des
« lois, aux humiliations constitutionnelles du peuple
« et à nos longues calamités. » Mais pour atteindre le
vrai en fait de déclaration des droits, que faut-il donc,
selon Daunou, et de quelle manière procéder? Et notez

que cette méthode que Daunou va énoncer s'applique
à toute autre étude morale, qu'il l'étendra plus tard à
l'enseignement de l'histoire, qu'il la préconisera en
toute occasion, qu'il y restera opiniâtrément fidèle jusqu'au dernier jour; c'était sa religion à lui : « Je juge,
« dit-il, de la Déclaration des droits comme d'un livre
« élémentaire, et j'y suis bien autorisé sans doute,
« puisqu'elle en sera réellement un.... Or, si nous vou-
« lons imprimer une marche plus sûre à l'esprit humain,
« je pense que les nouveaux livres élémentaires devront
« différer des anciens beaucoup plus encore par la mé-
« thode que par les objets : il ne faudra point qu'ils
« aient pour base des définitions scientifiques, des di-
« visions abstraites ou des principes généraux, mais
« des *sensations pures ou les comparaisons d'idées qui*
« *se rattachent le plus immédiatement à de pures sensa-*
« *tions.* Enseigner, ce n'est pas dicter ce qu'il faut
« croire, c'est faire observer ce qui a été senti; ce
« n'est pas inculquer des opinions traditionnelles, ce
« n'est pas même révéler à un élève les résultats des
« recherches que l'on a faites avant lui, c'est le diriger
« lui-même dans ces recherches et le conduire à ces
« résultats. La synthèse est le despotisme de l'ensei-
« gnement; elle maîtrise ceux qu'elle instruit, et l'er-
« reur est toujours à côté d'elle comme à côté de toutes
« les tyrannies. L'analyse, au contraire, n'exigeant
« d'autre docilité que l'attention, etc. » Suivent des
éloges desquels il résulterait vraiment que la clef universelle est trouvée, et dont on rencontrerait l'écho
monotone, sinon la rédaction aussi parfaite, dans toutes

les préfaces et dans tous les programmes d'alors. Nous touchons là du doigt la grande erreur et l'illusion philosophique de la fin du xviiie siècle. Nous n'en voudrions d'autre preuve que ce qui en est sorti d'effets en plus d'un genre. Qu'il puisse y avoir beaucoup de vrai dans ces prescriptions d'analyse, Joseph de Maistre n'a pas assez d'éclats de voix ni de sifflets pour le nier ; nous dirons simplement que l'erreur est d'y mettre tout, de croire que la méthode crée l'esprit et que le mot garantit l'idée, de passer le niveau sur les facultés humaines et d'en supprimer le jet naturel, de méconnaître, non pas seulement ce que le génie, mais ce que le bon sens apporte volontiers de libre et de vif avec lui. C'est assez indiquer ce que chacun sent, car nous ne péchons point par un tel genre d'excès aujourd'hui.

Judicieux esprit qui n'avait nul besoin d'exagérer l'instrument prétendu infaillible, Daunou n'a jamais cru pouvoir s'en passer ; il en a dissimulé du moins plus d'une fois les inconvénients, varié l'emploi et dirigé les applications aux pl   justes objets. « Il est maître en fait de méthodes, » a dit M. Mignet. Cet esprit d'ordonnance et de classification, il le porte en toutes choses, dans la création de l'Institut dont il est l'un des fondateurs, plus tard dans les bibliothèques qu'il administre, dans les Archives qu'il organise. Ainsi dans l'ordre des études et des idées : on pourrait dire qu'héritier fidèle, et, en un sens, héritier pieux des richesses d'un siècle dont il égalait presque la tâche à celle de l'esprit humain, il aima mieux classer que renouveler.

Comme écrivain, un inconvénient se marque toutefois. Sa plume excellente et correcte, et de plus si faite pour les délicatesses, pour les finesses de l'art d'écrire, s'empêche par instants tout d'un coup, s'appesantit et s'attarde dans ces prescriptions méthodiques qui reviennent plus qu'il ne faudrait. Elle redit, elle prolonge, elle ne parvient pas à recouvrir ce qu'il est impossible de fertiliser. En un mot, une barrière assez marquée sépare à certaines pages le classique Daunou des grands et parfaits écrivains du XVIIe siècle, je veux dire ce culte sans cesse proclamé de l'*analyse,* et tout ce qu'il suppose avec lui.

Pour revenir à ses travaux de la Convention en cette année 93, il dira, par exemple, en parlant du vaste bouillonnement de passions qui ne doit pas déconcerter le législateur : « qu'il faut que celui-ci *fasse, en quelque* « *sorte, un cours expérimental de l'immoralité publique;* « que, dans un temps calme, les éléments divers de la « société *ne donnent à la philosophie elle-même que des* « *sensations trop obscures,* et l'on a besoin, ajoute-t-il, « d'en recevoir de vives pour acquérir sur ces éléments, « sur leur nature, sur leurs mouvements, sur leurs pro- « pensions, la connaissance qui est strictement néces- « saire à celui qui veut les combiner. Je conclus que « c'est *avec tout le courage de l'espérance, mais avec toute* « *l'attention de l'analyse,* que la Convention nationale « doit faire une constitution...» Ces termes de *sensation,* d'*expérience* et d'*analyse,* ces traces de Condillac et de Lavoisier reparaissent perpétuellement : ils sont là à l'état d'éruption, si l'on veut; mais le style en resta gravé.

Son *Essai sur l'instruction publique* de cette même date (juillet 93) contient une singularité caractéristique et piquante. Il s'agit d'un détail d'enseignement, d'un détail minime en apparence, « mais que je crois, disait Daunou, d'un intérêt suprême pour le progrès de la raison publique, et par conséquent aussi pour le perfectionnement de l'organisation sociale. » Qu'est-ce donc? Il s'agit de la manière d'*apprendre à lire* aux enfants. Je ne saurais abréger cette page curieuse. « Cet enseignement, dit-il, quoiqu'il ait subi quelques « réformes, doit demeurer essentiellement vicieux tant « que l'épellation donnera des sons élémentaires tout « à fait étrangers au son total ou syllabique (1). Ob- « servez bien ce qui se passe dans les premières « leçons de lecture que vous donnez à un enfant. « Vous avez à l'instruire des conventions les plus « bizarres dont les hommes se soient avisés, et à peine « encore avez-vous le moyen de lui faire entendre que « ce sont là de pures conventions. Si, comme il arrive « presque toujours et comme il doit arriver en effet, si « votre élève attache quelque caractère de sagesse et « de vérité naturelle à ce que vous lui enseignez, votre « élève n'apprend à lire qu'en désapprenant à penser; « et certes il a trop à perdre dans cet échange. Votre « alphabet est le premier *symbole de foi* que les enfants « reçoivent, et après lequel ils embrasseront tous les « autres, car il n'y en aura point de plus absurde que

---

(1) Ainsi, pour lire AUX, on fait prononcer aux enfants *a, u, icse, ô*. Assez d'un exemple.

« celui-là. C'est, j'ose n'en douter aucunement, c'est
« l'épellation actuelle qui donne le premier faux pli à
« la pensée, qui transporte les esprits loin du sentier
« de l'analyse, et qui met l'habitude de croire à la
« place de la raison. J'invoque donc une réforme
« d'un plus grand caractère que celles qui ont été
« introduites jusqu'ici dans l'enseignement de la
« lecture. Je réclame, comme un moyen de raison
« publique, le changement de l'orthographe nationale,
« et je ne crois pas cette proposition indigne d'être
« adressée à des législateurs qui compteront pour
« quelque chose le progrès, ou plutôt, si je puis m'ex-
« primer ainsi, la santé de l'esprit humain. » Et il
continue d'expliquer parfaitement la réforme proposée,
et dont quelques portions ont prévalu, m'assure-t-on,
dans l'*abécédaire* d'aujourd'hui. Il paraît qu'on apprend
mieux à lire aux enfants qu'autrefois. Mais n'était-ce
pas, je le demande, s'exagérer fabuleusement l'influence des méthodes? N'était-ce pas recommencer à
la lettre un *symbole de foi* en même temps qu'on rejetait tous les autres avec horreur? Qu'on y voie du
moins combien Daunou était radicalement de son
siècle, et, sous ses airs timides, aussi rénovateur que
Condorcet.

Ceux qui ne l'ont vu et connu que comme académicien des Inscriptions, et dans ses travaux littéraires
des dernières années, ont pu goûter ses meilleurs fruits
et les mieux élaborés à notre usage; mais l'arbre tout
entier, le tronc, les racines sont là-bas.

Dans les premiers jours d'octobre 93, décrété d'ar-

restation avec les soixante-treize députés signataires
de la protestation contre les événements des 31 mai et
2 juin, Daunou entrait dans les cachots pour n'en sortir
qu'en octobre 94, après un an révolu. Transféré successivement dans diverses maisons, et finalement à
Port-Royal de Paris, qu'on appelait *Port-Libre,* il supporta cette terrible année avec la constance du sage,
prompt à ressaisir des heures pour l'étude, et comme
s'il n'avait fait presque que retrouver un cloître plus
étroit. Ses compagnons de captivité en ont tous parlé
en ces termes. Il lisait Tacite seul, il relut tout Juvénal
avec Dusaulx, aux moments où celui-ci (grand joueur,
et qui avait écrit contre la passion du jeu) ne jouait pas
au bouchon avec le marquis de ***. Mercier, autre in-
corrigible, ancien adversaire de Daunou sur Boileau,
maintenant son compagnon d'infortune, ne le faisait
plus que sourire. L'égalité d'âme était complète. Il profita de ce loisir pour étudier les éléments de géométrie
avec suite ; il composa même alors une grammaire générale qu'il écrivit sur des cartes. Cependant le 9 thermidor
avait sonné, et la prison ne se rouvrait pas; les douze
représentants du peuple détenus à Port-Libre adressèrent
à la Convention une réclamation énergique que Daunou
rédigea ; il y a de l'éloquence : « Si l'anarchie et la
« tyrannie *ont rassemblé dans le cercle étroit d'une*
« *année plus de forfaits et de désastres que l'histoire des*
« *calamités du genre humain n'en avait dispersé jus-*
« *qu'ici dans l'espace de plusieurs siècles;* si nous avons
« prévu et cherché à prévenir les malheurs du peuple
« dont nous sommes les représentants, pourquoi et de

« quel droit nous retient-on dans les fers? » Et arrivant
à l'accusation de *fédéralisme*, dont ils sont victimes,
celui qui vient de flétrir les bourreaux retrouve ses
anathèmes de grammairien-idéologue contre les expressions mal définies : « Les tyrans ont eu constam-
« ment recours à certaines dénominations odieuses, à
« de *vains noms* qui, *répétés sans cesse et jamais expli-*
« *qués*, semblaient désigner de grands crimes et n'é-
« taient réellement que les mots d'ordre des assassi-
« nats. La funeste puissance de ces *expressions magi-*
« *ques* est un vieux secret d'oppression... » L'éditeur
de Boileau trouvera plus tard des flétrissures presque
aussi vives pour caractériser les conséquences désas-
treuses qu'il attribuait à une littérature *vague* et *indé-*
finissable : toujours le même pli.

Cette adresse remit en mémoire à la Convention le
nom de Daunou et rappela ses titres acquis; dès les
premiers jours de sa rentrée, il prit un rang, une consistance politique qu'il n'avait pas eu le temps d'établir
jusqu'alors, et qu'il soutint pendant toute la durée du
Directoire. On peut dire que, depuis le moment de sa
rentrée jusqu'au 18 brumaire, il n'est pas, dans les
annales civiles et parlementaires de ce temps-là, un
rôle plus honorable, plus pur, plus considérable même,
que celui de Daunou. S'il n'eut pas son jour comme
Boissy-d'Anglas, il eut son *tous-les-jours*, ce qui n'est
pas moins difficile. Victime de la veille, il rentre avec
l'âme calme et déterminée à la justice, c'est-à-dire,
après de telles horreurs, à la clémence. Quoique sa
vertu se tienne plutôt d'ordinaire dans les lignes strictes

de l'équité, de la probité, et que le mot de grandeur
semble jurer avec lui, il offre, dans ces moments
d'après Thermidor, une sorte de grandeur morale par
cette tenue si ferme et si simple en des circonstances
de toutes parts si émues. Également opposé aux excès
de vengeance et de réaction contre la *queue* encore me-
naçante de Robespierre, aux excès de prévention et de
rigueur contre les factions nouvelles qui se lèvent au
nom de l'ordre, il maintient la doctrine républicaine
dans son antique droiture et dans une mesure inaccoutumée; il contribue au salut de la Convention en
vendémiaire, et n'aspire qu'au régime des lois. Principal rédacteur et conseiller de la Constitution de
l'an III, il mérite que ceux même qui s'en servent pour
la combattre, et que Fructidor ira frapper, disent de
lui, par exception : « Daunou, du moins, est avec
les *honnêtes gens*. » Retracer sa biographie complète
en ces années, ce serait repasser toute l'histoire; elle
le montrerait le rapporteur obligé, le promoteur de
presque toutes les bonnes mesures, l'orateur officiel,
irréprochable, qu'on aimait à présenter aux amis
comme aux ennemis dans les grandes et belles circonstances. Il faut choisir : nous nous bornerons à
le prendre à deux ou trois moments qui nous le
peindront.

Parmi les opinions arrêtées de Daunou qui en avait
tant, on n'en aurait pas trouvé de plus fixe et de plus
justifiable assurément que celle qu'il s'était formée de
la Terreur, des principaux personnages qui y figurent,
et particulièrement de Robespierre. Ce n'était point

parce qu'il avait été victime qu'il jugeait ainsi; il savait établir la différence entre les hommes d'alors, faire la part de la lâcheté, de l'ineptie, du fanatisme; mais sur Robespierre il était curieux et inexorable à entendre; le burin de Tacite, pour un instant, avait passé en ses mains. Dans un journal de Mercier, *les Annales patriotiques et littéraires,* Daunou rédigeait le compte rendu (anonyme) des séances de la Convention. Or, voici en quels termes, dignes de mémoire, il s'exprimait le 18 nivôse an III (7 janvier 1795), à l'occasion du rapport fait par Courtois au nom de la commission chargée d'examiner les papiers de Robespierre :
« Un tempérament bilieux, écrivait Daunou, un esprit
« étroit, une âme jalouse, un caractère opiniâtre,
« avaient prédestiné Robespierre à de grands crimes.
« Ses succès de quatre années, surprenants sans doute
« au premier aspect, et lorsqu'on ne les compare qu'à
« la médiocrité de ses moyens, ont été les effets natu-
« rels de ses haines meurtrières, de ses jalousies pro-
« fondes et ferventes. Il eut, à un degré suprême, le
« talent de haïr et la volonté de maîtriser. Il voulut
« être tyran, bien plus ardemment que la plupart des
« hommes ne savent vouloir être libres, et cette volonté
« vive, inflexible, toujours agissante, a tenu lieu de
« génie à bien d'autres oppresseurs de l'humanité... »
Je suis forcé, à mon grand regret, d'abréger cette page pour laquelle j'ai presque à demander pardon aux *néo-terroristes* d'aujourd'hui : mais voici l'adoucissement : « Quelque affreux que soit Robespierre d'après
« le portrait que nous en avons tracé, continue Daunou,

« Courtois a fait de ce personnage un portrait beau-
« coup plus horrible encore, et s'est attaché surtout à
« lui contester toute espèce de talent. Nous convenons
« que Robespierre n'a été ni un philosophe, ni un lé-
« gislateur, ni un éloquent écrivain, ni même un ora-
« teur supportable : il avait infiniment peu de con-
« naissances, et il était d'ailleurs trop occupé à haïr
« pour avoir le temps de penser. Nul talent ne lui
« manqua davantage que celui d'improviser : si l'on
« excepte une ou deux occasions où il fut assez heu-
« reusement inspiré par ses affections vindicatives,
« tout ce qu'il a dit sans préparation n'a été que le
« plus insensé verbiage que l'on ait entendu sur la
« terre, depuis que des paroles et des phrases y sont
« proférées par des hommes et par des oiseaux : per-
« sonne autant que lui n'a contribué à effacer parmi
« nous jusqu'à l'idée de la véritable éloquence des tri-
« bunes. A l'égard de ses écrits, nous croyons qu'ils
« n'ont mérité ni les adulations que leur prodiguait
« Desmoulins, ni tout le mépris dont Courtois s'est
« efforcé de les couvrir. L'art d'écrire est peut-être
« celui dont Robespierre eût le plus approché s'il l'eût
« cultivé davantage ; c'est le seul où il ait paru faire
« quelque progrès. L'on ne peut nier, à ce qu'il nous
« semble, qu'il n'ait quelquefois donné aux idées
« d'autrui des formes tout à fait tolérables, et que
« dans ses derniers discours, par exemple dans celui
« sur l'Être suprême, on ne rencontre du moins, au
« milieu de beaucoup d'inepties, certains traits, peut-
« être même certaines pages qui ne sont pas très-loin

« du talent. Courtois a cité en preuve de la médiocrité
« de Robespierre les corrections nombreuses, les ratures
« multipliées dont il surchargeait ses manuscrits :
« cette preuve, nous devons l'avouer, nous a paru bien
« étrange; nous aurions pensé, au contraire, que
« Robespierre ne savait point assez effacer. »

Remarquez la tendance naturelle de Daunou, et cette
appréciation littéraire finale qui est là comme pour
mettre le sceau. L'écrivain en Robespierre avait fini
pourtant par le fléchir un peu (1). On a d'autres pages
de lui sur les souvenirs de ces temps, les deux premiers chapitres d'une histoire de la Convention ; il est
profondément regrettable qu'il ne l'ait pas menée à
fin. Cette histoire - là est au moins à mettre sur la

---

(1) **Et** qu'on me **permette** d'ajouter encore le jugement qu'il
porte de Saint-Just; il est de ces choses qui, une fois dites, ne se
retrouvent pas, et l'article de Daunou d'ailleurs serait matérielle-
ment introuvable : « Courtois a tracé ensuite les portraits de
« Saint-Just et de Couthon; le premier, froidement cruel, homi-
« cide par caractère, n'avait pas eu besoin (comme Robespierre)
« d'être humilié pour être méchant. Il y a une disposition senti-
« mentale qui nous fait compatir aux infortunes des autres hommes
« et nous empêche au moins de leur nuire sans intérêt pour nous-
« mêmes ; cette disposition n'existait point dans Saint-Just ; cette
« fibre était déjà paralysée chez lui à vingt-six ans. On ne trouve
« dans ses écrits aucune trace de sensibilité ; ils en sont plus dé-
« pourvus encore que ceux même de Robespierre, auxquels ils sont
« très-supérieurs sous les autres rapports ; car, si l'on veut être
« sincère, il faut avouer aussi que Saint-Just n'était point sans
« talent, et qu'il apercevait quelquefois, avec une précision assez
« forte, sinon l'ensemble de l'organisation sociale, du moins quel-
« ques-unes des relations qui existent entre les éléments dont elle
« se compose. Pour Couthon, il mérita tous les mépris : il est
« indigne de tout souvenir... »

même ligne que celle de l'Oratoire ou de Boulogne-sur-Mer, qu'il regrettait de n'avoir pas retracées. On ne conçoit pas qu'un homme aussi laborieux que Daunou, et qui savait si bien que le style seul fait vivre, n'ait pas exécuté un tel projet une fois entrepris ; mais, sans parler du découragement qui s'empara de lui à un certain jour, il n'avait pas non plus le sentiment de l'art en grand, l'idée passionnée de l'œuvre, de l'œuvre individuelle et originale, du monument. L'étude et des articles bien faits, enfouis dans de gros recueils, suffisaient à son soin modeste ; il y avait à cet égard du bénédictin en lui.

Le bénédictin aussi avait des jours de soleil. Le rôle de Daunou, à l'Institut, dès l'origine et lors de sa formation, fut des plus marquants ; son nom sans faste n'échappa point aux honneurs du frontispice : c'est lui qu'on chargea de prononcer le discours d'ouverture à la première séance publique, à celle d'installation (4 avril 1796). Il s'y montra tout à fait à la hauteur de sa mission et parla comme le pouvait faire le premier élève politique et philosophique de Sieyès et de Condorcet, et plus littéraire que tous deux, plus maître en l'art d'écrire, véritable secrétaire-perpétuel et comme rédacteur testamentaire du xviiie siècle finissant. Dans ce grave discours encyclopédique, un certain souffle d'espérance circule : « Les orages mêmes que nous « venons de traverser, ce vaste ébranlement, ces dé- « sastres dont le souvenir doit être interdit à la ven- « geance, et ne doit pas être perdu pour l'instruction, « deviendront sans doute aussi une grande époque

« dans l'histoire de l'esprit humain. » L'enthousiasme
n'y est plus retranché, proscrit, comme nous l'avons
vu en d'autres endroits de Daunou; il dit de la philosophie, en indiquant ses relations et son alliance avec
les beaux-arts : « Elle sentira tout le prix de l'enthou-
« siasme qu'ils propagent et sans lequel il ne s'est
« opéré rien d'utile et de grand sur la terre. Si, dans
« les sciences même les plus sévères, aucune vérité
« n'est éclose du génie des Archimède et des Newton
« sans une émotion poétique et je ne sais quel frémis-
« sement de la nature intelligente, comment, sans le
« bienfait de l'enthousiasme, les vérités morales saisi-
« raient-elles le cœur des humains ? Comment circule-
« raient-elles privées de ce véhicule ? comment, dé-
« nuées de cette chaleur animatrice, pourraient-elles,
« au sein d'un grand peuple, se transformer en des
« sentiments, en des habitudes, en des mœurs, en un
« caractère ? Que deviendraient tant de maximes so-
« ciales, tant de généralités abstraites, si les beaux-
« arts ne s'en emparaient pas pour les replonger dans
« la nature sensible, les rattacher aux sensations d'où
« elles dérivent, et leur redonner ainsi des couleurs et
« de la puissance ? » Les *sensations* se retrouvent là
pour fixer la date et signer la théorie, mais le mouvement est juste et beau.

Deux ans après, le 18 septembre 1798 (fin de l'an vi),
Daunou, président du Conseil des Cinq-cents, répondait
au nom de l'assemblée à une députation de l'Institut
qui venait à la barre rendre compte de ses travaux
pendant l'année; il exhortait l'illustre corps à *la pro-*

pagation des idées et des sentiments qui conviennent le plus aux hommes libres, et laissait échapper cette parole tant contestée : « Il n'y a point de philosophie sans patriotisme, il n'y a de génie que dans une âme républicaine ! »

Si c'est un vœu que Daunou entendait exprimer, à la bonne heure ! Si c'est un fait et un jugement, comme on aurait droit de l'attendre d'un écrivain si précis, son désir assurément ici l'abusait ; cet axiome-là n'est ni plus vrai ni plus faux que celui qu'il énonçait ailleurs, que la vérité est toujours du côté de l'analyse, et l'erreur du côté de la synthèse. Approchait-il davantage de la vérité, lorsque, dans son *Cours d'Études historiques,* il disait avec plus de réserve : « A fort peu d'exceptions près, les noms honorables dans l'histoire des lettres le sont aussi dans celles des mœurs privées et publiques ; les plus grands écrivains sont à compter au nombre des meilleurs hommes de leurs siècles ? » — Mais, ce qu'il nous importait de noter, nous retrouvons dans ces élans, dans ces éclats imprévus de l'an vi, un Daunou auquel nous sommes moins accoutumés.

Quelque temps auparavant, le 10 vendémiaire an vi (1er octobre 1797), il avait prononcé, en plein Champ-de-Mars, l'oraison funèbre de Hoche. Ce jour-là, par un beau soleil d'automne, le Directoire en grand costume, La Revellière-Lépeaux en tête, sortit à pied de l'École militaire, précédé de tous les ministres, grands fonctionnaires, et des principaux corps de l'État ; chaque membre du cortége tenait à la main une branche de laurier ou de chêne. Puis, sur l'autel de la **patrie**, qu'entouraient des groupes de peupliers et des *candélabres supportant des cassolettes fumantes d'encens,* aux pieds de la statue de la Liberté, le Directoire ayant pris séance, La Revellière-Lépeaux célébra le héros dans un discours plein de bons sentiments et de déclamations théophilanthropiques. Lorsqu'il eut fini au milieu des sanglots, et que, comme intermède, quarante jeunes élèves du Conservatoire, *vêtues de blanc, les cheveux ornés de bandelettes et portant des écharpes de crêpe,* eurent chanté, autour du mausolée, une strophe de l'hymne de Chénier mise en musique par Cherubini; après que ces jeunes élèves, deux à deux, *d'une main tremblante et en détournant leurs regards où se peignaient l'attendrissement et la douleur,* furent venues déposer leurs branches de laurier aux pieds de l'effigie du mort (1); en ce moment solennel, le citoyen Daunou, membre de l'Institut national, et chargé par lui de faire le panégyrique du héros, s'avança, tenant à la main aussi sa branche de laurier, et parla sur les degrés du mausolée : «.... Oui, nous la conserverons, la « République, s'écriait-il en finissant, nous la conser- « verons pour qu'elle soit le temple de ta mémoire, « l'asile de ton vertueux père, et la gloire de tous les « guerriers qui l'ont défendue comme toi. Nous re- « pousserons la Terreur qui l'opprima, comme le roya- « lisme qui te proscrivit, et nous maintiendrons cette

_____

(1) Le procès-verbal officiel ajoute à cet endroit : « Une d'elles, *succombant à l'oppression du sentiment,* s'évanouit et tombe dans les bras de ses compagnes. »

« Constitution de l'an III, qui fut le constant objet de
» ton dévouement, de tes vœux, de tes espérances;
« nous saurons, à ton exemple, résister aux factions,
« braver les périls, et ne connaître sur la terre d'autres
« puissances irrésistibles que celles devant qui seule-
« ment a pu fléchir ton âme républicaine : la loi, la
« vertu, la nécessité et la mort. »

Daunou me paraît représenter très-bien l'éloquence
d'alors, celle de l'an III dans son meilleur ton, caractère
romain, style latin (conciones), marche un peu lourde,
très-grave du moins, ferme, nombreuse, un rare éclat,
mais qui frappe d'autant plus, un air stoïque : des Latins, si l'on veut, qui ont eu leur Condillac, mais qui
sont d'un bon siècle encore. Lorsque, plus tard, le
Consulat se lèvera dans sa gloire, quand le génie du
XVIIe siècle reparaîtra de loin sur l'horizon, et que
l'éloquence, comme le ciel, s'éclairera, on aura l'Éloge
de Washington et Fontanes.

Une question inévitable se pose ici : à voir ce grand
rôle extérieur de Daunou depuis Thermidor, cette mise
en dehors perpétuelle de ses talents et de sa personne,
on se demande : Était-ce donc bien là, en vérité, le
même que ce savant renfermé et ce politique circon-
spect que nous avons connu? N'y avait-il pas en lui,
durant ces années, un homme jeune, énergique, espé-
rant, dont le ressort, à un certain moment, s'est brisé
ou resserré du moins, et dont nous n'avons guère vu
que l'homme d'étude survivant qui s'était à la fin comme
recloîtré? J'ai déjà indiqué l'opinion de M. Magnin,
qui pense que, même en sa plus libre et sa plus éner-

gique allure, le Daunou d'alors était très-près de res-
sembler à celui que nous savons. Quelques faits toutefois permettront le doute un moment.

Lorsque ses illusions républicaines eurent été atter-
rées et anéanties par l'ambition de Bonaparte, après
l'élimination du Tribunat, après la suppression de la
classe des Sciences morales et politiques, vers 1803-
1804, Daunou, profondément affecté, se croyant de
plus menacé dans sa place de bibliothécaire par suite
de tracasseries avec son collègue Ventenat, fit une maladie grave, une de ces maladies nerveuses qui, coïn-
cidant avec un âge qui est critique aussi pour l'homme,
peuvent certainement altérer la trempe du caractère
et briser quelque chose en nous. Une angoisse inexpri-
mable s'était emparée de son âme; l'application lui
était devenue impossible, la lumière odieuse; un simple
coup de sonnette l'agitait et lui arrachait des larmes.
De la bibliothèque du Panthéon, où il logeait alors, on
le menait promener au Jardin des Plantes comme un
débile convalescent. Fouché, dont les émissaires n'é-
taient pas étrangers à ces motifs de terreur, le fit pourtant rassurer sous main, lui fit dire qu'il prenait les
choses trop à cœur (1). Marie-Joseph Chénier lui-même,
vers cette époque et sous le coup des déceptions pa-

---

(1) Daunou avait été très-lié avec Fouché, non pas à l'Oratoire,
mais depuis, à la Convention, où les rapprochaient les souvenirs
de cette commune origine. Fouché avait d'abord, ainsi que Daunou, des sentiments politiques modérés; la peur le jeta dans les
extrémités atroces. Après Thermidor, Daunou avait activement
contribué à le sauver de la réaction qui l'aurait atteint.

triotiques, éprouvait un ébranlement de ce genre, et
des soupçons d'empoisonnement traversaient son esprit. Jean-Jacques Rousseau, on le sait, et Bernardin de
Saint-Pierre, à un certain âge, éprouvèrent aussi de
telles crises ; ils n'y échappèrent qu'en conservant une
teinte de misanthropie chagrine et une sensibilité plus
ou moins aigrie. Daunou en triompha plus heureusement et retrouva son égalité d'humeur pour l'étude ;
mais une méfiance secrète s'infiltra ou s'accrut en lui ;
il eut, lui, on peut le dire, sa misanthropie, non point
exaltée comme Jean-Jacques ou aigre-douce comme
Bernardin, non point ardente et satirique comme Chénier, égoïste et oisive comme Sieyès, mais sa misanthropie studieuse. Il vérifia aussi, par son exemple, ce
mot du moraliste : « Il se refait vers le milieu de la
vie une manière de bail avec nos diverses facultés ;
bien peu le renouvellent. » Ce qui est vrai même dans
le cours naturel d'une vie arriva ici par secousse :
Daunou dut rompre, un certain jour, avec une partie
de son être ; il se replia au dedans, et, sous son enveloppe sévère, il déroba de plus en plus une de ces âmes
sensibles, délicates, à jamais contraintes et trop souvent consternées, qui ne recommencent plus l'expérience et n'en demeurent que plus fidèles aux em
preintes reçues.

Tout ceci, en restant parfaitement exact, n'empêche
point que, même en son temps de plus grand essor,
Daunou n'ait eu bien des velléités d'arrêt qui le faisaient identique au fond à ce que nous l'avons vu. Il ne
portait point la main aux choses de lui-même, de son

propre mouvement, mais seulement parce qu'il était
en demeure et en devoir de le faire. Sorti du Conseil
des Cinq-cents au mois de prairial an V et n'y devant
rentrer que par une élection l'année suivante, voyez-
le dans l'intervalle : il se confine du premier jour
dans sa Bibliothèque du Panthéon et ne s'occupe plus
que de mettre de l'ordre dans cette masse de livres,
d'organiser le catalogue ; c'est beau, c'est touchant de
la part de celui qui vient de contenir d'autres masses
et d'organiser la république ; mais était-ce là le fait
d'un homme politique actif et surtout d'un homme de
gouvernement en de telles circonstances ? M. de Talleyrand, ministre des affaires étrangères après le
18 fructidor, lui écrit une lettre aimable et coquette
pour lui offrir la place de secrétaire général auprès de
lui : Talleyrand doublé de Daunou, cela eût fait, convenons-en, une combinaison piquante et parfaite : chacun aurait eu de quoi prêter à l'autre. Daunou refusa
et resta au milieu de ses livres. Il refusa, non point,
je le crois, parce que c'était Talleyrand qui offrait, mais
parce qu'il aimait mieux garder son coin, quand il n'y
avait pas nécessité d'en sortir. D'autres, remarquez-le,
auraient été tentés d'accepter, précisément parce que
c'était Talleyrand lui-même, c'est-à-dire un nouveau
monde à étudier, d'autres relations à embrasser et à
saisir ; la curiosité les aurait poussés. Daunou n'avait
pas le principe de curiosité, ou bien quelque chose de
plus fort en lui le réprimait. Mme de Staël aussi fit
toutes sortes d'avances gracieuses en ce temps pour
l'apprivoiser ; elle ne réussit qu'à lui inspirer de la re-

connaissance et une estime affectueuse qu'il lui con-
serva au milieu des dissidences subséquentes. Les singularités sociales de Daunou, en cette phase du
Directoire, sont célèbres : son costume, bien moins
réglé que nous ne l'avons vu, trahissait, même aux
fêtes de Barras, le savant, le solitaire en grand effort
d'étiquette. Pour simplifier les choses, il n'avait qu'un
habit, et, quand il l'avait usé, il en achetait un neuf
tout fait, qui, tant bien que mal, lui allait toujours. La
seule conclusion que je veuille tirer de pareils traits
d'originalité naïve, c'est que, même en ces années de
familiarité et de liberté, où il jouait un grand personnage public et où il voyait le plus de monde; même
quand il était le parrain désigné de toutes les Consti-
tutions, filles de celles de l'an III, quand il allait par
delà les monts, en qualité de commissaire, organiser la
république romaine et y rétablir les *comices* et les *consuls,*
Daunou n'aurait point mérité qu'on dît de lui, comme
d'Ulysse, qu'il était un *grand visiteur d'hommes.* Il se
souciait des hommes pour les éclairer, s'il se peut, jamais pour les diriger et les manier. Quand Bonaparte,
de retour d'Égypte, et qui, dans les premiers jours de
son coup d'État, ne préjugeait naturellement les acteurs
d'alors que sur leur renommée acquise, eut l'idée un
moment de le faire consul, Rœderer, à qui il en avait
parlé, put dire ensuite : « Je l'ai bien guéri de cette
« idée-là, je l'ai fait causer une demi-heure avec lui (1). »

Les tristesses et les amertumes civiques de Daunou

(1) Sur les relations de Daunou et de Sieyès à cette époque de
crise et auparavant, j'indiquerai, sans le répéter ici, ce que j'ai

commencèrent après le 18 brumaire; il s'agissait de refaire au plus vite une Constitution, celle dite de l'an VIII; sa réputation classique en ce genre le fit choisir pour rédacteur. Il essaya d'une première rédaction, que Cambacérès qualifia de *malicieuse* et d'*hostile*; il y glissait plus d'un petit article préservatif contre l'usurpation, celui-ci, par exemple : « Si l'un des Consuls prend le commandement d'une armée, il est, pendant toute la durée de ce commandement, suspendu de ses fonctions consulaires, et il y est remplacé temporairement par l'un des tribuns que nomme à cet effet le Conseil des Deux-Cents, etc., etc. » Qu'on juge de l'effet sur le futur Consul. Bonaparte impatient coupa court à cette guerre méthodique, et, convoquant la commission chez lui, au Petit-Luxembourg où il était alors, dicta ses volontés : « Citoyen Daunou, prenez la plume et mettez-vous là. » C'était dit de ce ton qui se fait obéir. Selon le mot de Thibaudeau, Daunou écrivait d'une main les articles, en votant de l'autre contre, pour la forme. A partir de ce jour, la France eut un maître, et Daunou, après une honorable résistance, battit en retraite devant lui. Avec toutes sortes de conditions et de réserves, il capitula. S'astreignant à refuser toute position politique, il crut pouvoir se réfugier dans des fonctions administratives réputées scientifiques et littéraires : elles ne lui manquèrent à aucun moment. Bonaparte, qui lui avait dit un jour en colère qu'*il ne l'aimait*

écrit dans l'article sur La Fayette (*Portraits littéraires,* édition de 1852, tome II, page 180); je garantis la fidélité parfaite des détails, **que je retrouve ailleurs *moins exactement* racontés.**

pas, mais qui l'estimait et qui l'avait trop vu de près pour le craindre (1), savait où il pouvait utilement l'employer ; il n'en laissa passer aucune occasion : ce

(1) Voici un petit récit, entre autres, que je sais d'original. Bonaparte, après plusieurs refus de Daunou, voulut tenter un dernier effort; il s'agissait de le décider à être ou directeur de l'instruction publique, ou conseiller d'État, ou les deux choses à la fois. Il l'invita à dîner aux Tuileries : « Je veux vous présenter à ma femme, lui dit-il, elle a envie de vous connaître. » Daunou n'osa refuser. Il arrive, il est présenté à Mme Bonaparte ; il s'incline en profonds saluts, et se borne aux stricts monosyllabes. Après le dîner, Bonaparte l'emmène dans l'embrasure d'une croisée; le salon où ils étaient se vide, parce qu'on voit que le Consul veut parler d'affaires. Il entreprend Daunou en effet, le presse, ne lui laisse aucune objection sans réponse ; celui-ci, après ces raisons dites, n'avait plus qu'un *non* invincible à opposer. Le ton de Bonaparte s'élevait, il avait l'air de s'impatienter : les personnes qui se promenaient de long en large dans le salon voisin, militaires et aides-de-camp, retournaient de temps en temps la tête par curiosité pour ces éclats de voix qui leur arrivaient. Daunou s'aperçut de ce manége; la peur le prit : il se dit que cet homme était capable de tout, qu'il était certes bien capable d'avoir machiné ce dîner pour le perdre, de supposer tout d'un coup qu'on lui manquait de respect, qu'on l'insultait, que sais-je? de le faire arrêter immédiatement. Sa tête se montait, il n'y tint plus. Bonaparte, tourné vers la fenêtre, parlait sans le voir : Daunou avise dans un coin son chapeau, qu'il avait posé; tandis que le Consul achève une phrase, il y court, enfile les appartements e sort du palais. Tout ceci est vrai à la lettre, et je n'ajoute rien. — Ce n'est pas ce jour-là que Bonaparte lui dit : *Daunou, je ne vous aime pas,* mais en une autre occasion, dans quelque comité. Impatienté des objections de Daunou, il le fit taire en lui disant : « Vous, Daunou, je ne vous aime pas; » et il se reprit, en disant : « Au reste, je n'aime personne... excepté ma femme et ma fa- « mille. » — « Et moi, répliqua Daunou, j'aime la république. » (Voir, sur l'opposition de Daunou au Consul dans les années du Tribunat, le *Journal et Souvenirs* de Stanislas Girardin, t. I, p. 247, 249, 252, 258; la présentation de Daunou pour le Sénat

furent là contre Daunou ses seules malices et ses seules
vengeances. L'ancien garde des Archives impériales
n'était pas juste pour Napoléon. Ceux qui l'ont entendu
à ce sujet savent qu'il lui refusait, non-seulement toute
perception morale (ce qui se concevrait), mais presque
toute espèce de talent civil. Quant aux talents de guerrier, il se rejetait, pour n'en point parler, sur son in-
compétence, et, lorsqu'il avait épuisé les qualifications
les plus sévères, il concluait le plus souvent ainsi :
« Enfin, c'était un homme qui ne savait ni le français
ni l'italien. » L'écrivain chez Daunou reparaissait dans
ce trait final, qui, selon lui, était peut-être la plus
grande injure.

A peine remis de la secousse politique, Daunou se
dédommageait, et cherchait à se consoler par de bons
travaux académiques et littéraires. Son *Analyse des
Opinions diverses sur l'origine de l'Imprimerie* (1802)
est du lendemain de ses luttes au Tribunat. Après avoir
nettement exposé les diverses conjectures probables sur
cette origine si voisine et déjà obscure, le sage exami-
nateur conclut en toute humilité : « Il est assurément
« des objets sur lesquels le doute n'est qu'ignorance
« et obstination ; mais le doute éclairé est aussi une
« science, et c'est la plus pacifique. Il me semble au
« moins que le scepticisme que certaines discussions
« historiques provoquent ou entretiennent n'est ni la
« moins douce ni la moins saine habitude que l'esprit

fut considérée comme un acte d'hostilité déclarée contre Bonaparte.
Le nom de Daunou était un signal de guerre).

« humain puisse contracter. » Bien des nobles cœurs
qui veulent de la foi à tout prix se pourront scandali-
ser de cette conclusion à la Montaigne, qui met la santé
de l'esprit là où d'autres voient son plus grand mal ;
elle me plaît et me touche chez Daunou, elle est conforme à la nature de cet esprit judicieux et craintif,
au moment où, battu des orages, il se retrouve dans la
sphère paisible de l'étude et où il respire.

Sa *Notice des travaux de la Classe des sciences morales
et politiques,* lue la même année 1802 (séance du
15 germinal an X), contient une fine satire d'un mémoire de Mercier contre l'histoire, et cela par le simple
fait d'une analyse où le rapporteur choisit malicieuse-
ment ses points. Mercier put être content, et tout l'Institut avec le public avait souri. Daunou préludait ainsi
à ses petites notes du *Journal des Savants,* même à ses
extraits de l'*Histoire littéraire :* en maintenant l'extrait
littéral et fidèle, il sut en faire un genre de critique
fine, ingénieuse, qui parle tout bas.

Il publiait en 1803 un *Mémoire sur les Élections au
scrutin,* lu précédemment à l'Institut, et dans lequel
il s'attachait à déterminer mathématiquement le moyen
de recueillir, de vérifier avec le plus d'exactitude l'expression de la volonté générale, au moment même où
toute liberté de suffrages était ravie : un pur problème,
en effet, de récréation mathématique. A partir de
cette publication, on remarque une certaine lacune
dans ses travaux. C'est le temps de son découragement
profond et de cette maladie dont nous avons parlé.

En 1807, M. Daunou, qui était devenu garde des

Archives depuis décembre 1804, publia, par ordre du gouvernement et avec tous les soins d'éditeur, l'*Histoire de l'Anarchie de Pologne*, que Rulhière avait laissée manuscrite et inachevée. En 1810, il publia, par ordre également, son *Essai historique sur la Puissance temporelle des Papes*. Son édition de Boileau est de 1809. On remarquera combien M. Daunou choisissait peu de lui-même ses sujets de composition : il s'en laissait charger volontiers, en ne les acceptant sans doute que lorsqu'il les trouvait convenables à ses vues ; mais l'initiative, même là, venait d'ailleurs. Ne pourrait-on pas y voir une des causes qui attristent un peu son style, si destiné, jusque dans la gravité, à l'ingénieux et au délicat ? Cette vie n'avait jamais eu sa fantaisie, jamais une fleur ; son style s'en ressent. « Lire même ce qui plaît moins, n'écrire que ce qu'on aime, excellente hygiène intellectuelle, » a-t-on dit ; cela est vrai : à ce régime, l'esprit acquiert son sérieux, et le style garde sa légèreté naturelle. Je ne conseillerais jamais à un homme de style et de goût littéraire de faire trop de rapports et de ne jamais choisir ses sujets.

En Boileau, du moins, M. Daunou rencontrait une vieille connaissance, une matière de prédilection : aussi son Discours préliminaire de 1809, et celui, d'une plus grande étendue, qu'il a consacré à la Harpe en 1826, sont-ils peut-être ce qu'on a écrit chez nous de plus parfait (*ad unguem*) en ce genre de littérature critique, modérée et ornée. Les dernières phrases du discours sur Boileau étaient un hommage à Napoléon : « Aujourd'hui que toutes les émulations renaissent à la voix

d'un *héros couvert de toutes les gloires,* etc. » Dans
l'édition de 1825, cette conclusion a disparu, et se
trouve remplacée par une violente sortie contre la littérature romantique. J'aurais mieux aimé, même au
nom du goût, que l'éloge de Napoléon restât.

Il faut oser le rappeler : tous les écrits que publia
à cette époque l'honnête homme légèrement intimidé
payent le tribut obligé d'éloges au dominateur tout-
puissant, et ils portent à une certaine page le contre-
seing impérial pour ainsi dire. Je ne lui en fais point un
reproche, mais bien plutôt d'avoir passé, depuis lors,
à un dénigrement sans mesure (1). La Fayette n'a pas
négligé de relever en ses *Mémoires* une de ces incon-
séquences du républicain de l'an III qui renonçait sous
l'Empire à rester un grand citoyen : « Malgré l'assertion, dit-il (tome 5, page 231), qu'un *citoyen distingué,*
M. Daunou, a paru adopter dans un écrit récent, il n'est
pas vrai que *l'autorité arbitraire puisse suppléer aux
principes d'une administration nationale.* » M. Daunou
avait écrit quelque chose de tel dans sa notice sur

(1) Voir, dans la conclusion du livre des *Garanties individuelles,*
ce qu'il dit de l'*aventurier;* l'invective y déborde : «... Il deviendra, au dehors autant qu'au dedans, un potentat formidable dont
les princes flatteront l'orgueil, couronneront la *tête impure,* re-
chercheront *l'ignoble alliance.* » L'auteur n'a pas l'air d'admettre
qu'au dedans on ait pu servir l'Empire par d'autre motif que
par corruption et par cupidité. Il termine le hideux portrait en
montrant *l'ennemi du monde se précipitant lui-même, du faîte de
sa puissance artificielle, dans la profonde ignominie de ses propres
vices.* Cette page des *Garanties* est fâcheuse; elle le serait encore,
même sans qu'on la rapprochât de certaines autres pages de 1807-
1812.

Rulhière (1). Plus tard, en 1811, il lui échappait de dire à M. Joly, un de ses anciens élèves de Montmorency : « Après tout, c'est peut-être ce que nous pouvons avoir de mieux. » Il était maté alors et comme rallié.

Je parlerai peu, ou plutôt je voudrais peu parler, de son *Essai sur la puissance temporelle des Papes*. Napoléon le lui fit demander par Fouché comme arme dans sa lutte avec le saint-siége ; c'était proprement une batterie historique qu'il fallait dresser contre le Vatican parallèlement au coup de main de Miollis. Henri IV, en son temps, voyant que Rome tardait à le reconnaître, fit compiler par Pithou un *Recueil des déclarations, arrêts et actes* historiques, que des circonstances analogues avaient occasionnés sous les règnes précédents ;

(1) Pages **VI** et **VII** : **il ne fait qu'énoncer en cet endroit et développer avec une sorte de complaisance l'opinion de Rulhière. La Fayette put y relever bien d'autres passages : « C'est à *la suprême « loyauté* du Chef de l'Empire et à *l'invariable libéralité de ses « sentiments et de ses pensées,* que le public devra la pureté du « texte de cette histoire. » Napoléon voulait se faire de cette publication un auxiliaire dans sa campagne de 1807 contre les Russes ; on imprima en toute hâte afin de pouvoir arriver à temps et rejoindre la victoire : « L'indépendance de la Pologne, s'écriait vers « la fin l'éditeur en haussant le ton, est un intérêt de l'Europe « autant qu'un droit des Polonais, et la renaissance de ce vertueux « peuple sera l'un de ces vastes bienfaits dont l'histoire de Napo- « léon se compose. **Qui leur enseignera mieux que lui à se pré- « munir** contre toute domination étrangère par l'énergie de « l'administration intérieure? De qui pourront-ils mieux apprendre « qu'aucune illustration vieillie n'égale celle qui éclate; qu'aucun « nom suranné ne vaut un nom qui s'immortalise?... » Tout ceci est éloquent, et reste assez vrai pour qu'il n'y ait pas tellement à s'en repentir.

mais, au même instant, il ne faisait point enlever le pontife par ses gens d'armes mécréants. Pithou mit en tête du livre un avertissement en latin, où il protesta de son amour de la concorde et de sa haine du schisme : l'auteur du présent *Essai* en aurait-il pu dire autant avec sincérité ? On ne craindra pas de l'avouer : si son vote dans le procès de Louis XVI est le plus beau moment de la vie de Daunou, son livre sur les papes nous en paraît le moins agréable endroit. Juger l'ouvrage en disant qu'abstraction faite des doctrines latentes et du but, il offre un résumé substantiel, un narré pressant, du meilleur style et d'une modération très-suffisante à la surface, ce serait aussi prouver de soi-même trop de complaisance ou de simplicité. Ce livre est un acte. L'auteur, cette fois, cette seule fois, fait un pamphlet. Lui, ancien oratorien, et prêtre, il consent, par l'ordre et dans l'intérêt de celui qu'il appellera un tyran et qu'il abhorre, à accabler, à envelopper d'un tissu historique très-équivoque, très-artificieux, le vieux pontife alors persécuté, spolié, prisonnier ; il réclame contre lui les rigueurs (1) ; il termine ce livre anonyme, à fausses couleurs gallicanes, par les éloges les plus ab-

---

(1) « Dépouillé de tout pouvoir temporel et devenu le sujet de « l'un des princes de l'Europe, le pape excommuniera-t-il son « propre souverain? Tant d'audace ou d'extravagance est peu vrai-« semblable. Il est vrai que les siècles passés en offrent des « exemples ; mais on prendrait à présent une idée plus juste « d'un tel anathème : on n'y verrait qu'un libelle séditieux, « qu'une provocation publique à la révolte, qu'un outrage à la « majesté du prince et des lois, qu'un attentat punissable, quoique « impuissant. » (Édition de 1810, page 333).

solus du héros qu'il semble mettre au-dessus de Charlemagne (1), et dont il recevra à ce sujet diverses
sortes de récompenses : et tout cela, pour servir ses
propres opinions, à ce qu'il croit, et pour satisfaire ses
profondes rancunes. Qu'on retourne le fait comme on
voudra, qu'on le discute au point de vue de la justice
stricte, sinon de l'élévation et de la grandeur, cela
n'est pas bien. Daunou, cette fois, dut en vouloir à

(1) Dira-t-on que les éloges ne sont pas sans quelque réserve
implicite? « Ces limites (du pouvoir spirituel), dit l'auteur en ter-
« minant, *ont besoin* d'être posées par une main victorieuse, ca-
« pable d'en prescrire à toute ambition subalterne, et accoutumée
« à n'en point laisser au progrès de la civilisation, au développe-
« ment des lumières, à la gloire d'un grand empire. Abolir le
« pouvoir terrestre des pontifes est l'un des plus vastes bienfaits
« que l'Europe *puisse devoir* à un héros. La *destinée* d'un nouveau
« fondateur de l'empire d'Occident est de réparer les erreurs de
« Charlemagne, de le surpasser en *sagesse*, et par conséquent en
« puissance; de *gouverner*, de raffermir les États que Charles
« n'a su que conquérir et dominer ; d'éterniser enfin la gloire d'un
« auguste règne, en *garantissant*, par des *institutions* énergiques,
« la prospérité des règnes futurs. » Dira-t-on que ces mots, *ont
besoin, puisse devoir*, ne sont pas positifs; que la *destinée* assignée
ici au héros est une sorte de futur conditionnel ; qu'il est question,
chemin faisant, de *sagesse*, de *gouverner*, de *garantir*, et même,
en finissant, d'*institutions énergiques*, comme pour faire contre-
poids à la spoliation qu'on appuie? Pénibles équivoques, auxquelles l'auteur a bien pu penser, mais qui échappaient au lecteur : Napoléon n'en demandait pas davantage. — Ce livre, au
reste, était tellement une arme politique forgée *ad hoc*, que la
troisième édition, imprimée à l'Imprimerie impériale en 1811, fut
en très-grande partie détruite en 1813, au moment où l'on crut
enfin avoir arraché un nouveau Concordat au prisonnier de Fontai-
nebleau. Cette édition de 1811 contenait, entr'autres additions, un
exposé de la *conduite de la cour de Rome depuis 1800*, vrai factum
d'un canoniste de l'Empire.

Bonaparte doublement, à cause de cette faiblesse que le maître lui avait arrachée.

Habile à trouver la fibre secrète de chacun pour la faire jouer à son gré et l'adapter à ses fins, Napoléon avait été long à découvrir celle de Daunou, mais, pour le coup, il la tenait : il y avait quelque chose de plus avant que le républicain chez l'homme de l'an III, c'était le philosophe ; il y avait quelqu'un qu'il jugeait plus funeste encore que l'Empereur, c'était le Pontife. On le fit instrument et rouage par ce côté (1).

Infirmité de l'humaine nature! Tel est l'empire des préventions et des haines invétérées, peut-être seulement des fausses positions et des faux plis, chez les meilleurs, chez les plus sages! Daunou lui-même, tout en se piquant de modérer sa plume, ne sut pas triompher de l'inspiration : le vieux levain remonta. Lui, si humain pour les opprimés, il fut sans pitié ce jour-là, il ne vit que l'intérêt philosophique en jeu, et se remit en posture de gallican pour mieux frapper. — Un plus mémorable épisode de sa vie littéraire sous l'Empire est son amitié intime avec Chénier (2). En 1807, Daunou, qui avait quelques places à sa désignation dans les Archives, y nomma son ami; lorsque Napoléon

(1) Un moraliste a pu dire, en recouvrant l'amertume du résultat sous un air de grâce : Bien des honnêtes gens sont comme le Sommeil, au quatorzième livre de l'*Iliade*, quand Junon veut le séduire pour qu'il aille endormir Jupiter : elle lui offre un beau *trône d'or,* et il refuse; elle lui offre Pasithée dont il est amoureux, et il oublie tout, il succombe. »

(2) M. Labitte, dans la *Revue des Deux Mondes* (15 janvier 1844), nous en a déjà raconté avec intérêt plus d'un détail.

dut ratifier le choix, il le fit en disant : « Voilà un tour
que Daunou m'a joué. » A partir de cette date, ou
plutôt même depuis 1799, Chénier et Daunou se virent
presque tous les jours, et ils eurent l'un sur l'autre
une réciproque et salutaire influence. Un satirique spirituel, alors très-lié et depuis brouillé avec eux, allait
répétant à qui voulait l'entendre que, dans ce commerce habituel, si Daunou enseignait à Chénier la
grammaire, celui-ci lui enseignait en retour l'immoralité. Ce sont là de ces méchants propos avec lesquels il
est possible de tout flétrir. Le fait est que Daunou ins-
pirait à Chénier le goût de l'étude et des bons modèles,
le culte de la diction sévère, et que l'autre lui rendait
du mouvement et du monde, exhalait devant lui en
toute liberté son amère connaissance et inévitablement
son mépris des hommes. Des témoins (et il y en avait
peu) m'ont dit que lorsque Chénier, déjà atteint de la
maladie dont il mourut, arrivait là, se remettait en
haleine et entrait en verve, lorsqu'à dérouler les infa-
mies d'alentour et les palinodies qui le suffoquaient,
son accent éclatait avec colère, et que son œil noir lançait la flamme, il était beau et terrible ainsi. Daunou vit
dépérir de jour en jour cet ami précieux, le visita jusqu'à l'instant fatal, recueillit ses manuscrits, publia ses
œuvres, lui rendit enfin tous les suprêmes devoirs;
il n'en parlait jamais que comme d'un homme dont le
talent, dans ses derniers efforts, s'acheminait au génie.
Depuis la mort de Chénier, il n'eut plus d'autre ami
intime; ce cœur, une seule fois ouvert, se referma.

L'année même de cette mort, en août 1811, il était

chargé par l'Empereur d'aller à Rome pour faire expédier en France les archives pontificales, avec recommandation très-expresse de n'oublier la bulle d'excommunication de juin 1809, s'il pouvait s'en saisir. Aussitôt après l'arrivée et le premier classement des pièces, Napoléon les alla visiter à l'hôtel Soubise; il demanda tout d'abord, il prit et serra dans sa main la boîte qui renfermait la bulle de son excommunication, et un sourire indéfinissable de triomphe et d'orgueil lui échappa.

« ...... Aussi, l'excessif et profane usage de ces anathèmes, les a-t-il discrédités à tel point, qu'il serait aujourd'hui presque aussi ridicule de les craindre que de les renouveler. » Daunou avait écrit cela dans la conclusion de son *Essai*; il put voir à ce sourire si le maître était tout à fait de cet avis indifférent.

On n'a imprimé que depuis peu (1) un mémoire de Daunou sur le *Fatum* des anciens, qu'il lut à l'Institut en mai et octobre 1812, qui fit bruit alors, et qu'il avait ensuite comme retiré. C'est ce que l'auteur s'est permis religieusement de plus hardi; on se demande, en le lisant, où est cette grande hardiesse, tant il l'a encore voilée. Il résulte pourtant de la pensée du mémoire que, sous ces noms divers et assez vagues du Destin et de ses synonymes, les doctrines de la Providence et d'un Dieu intelligent, éclairé, étaient déjà celles des sages anciens, et que par conséquent le christia-

(1) Tome XV des *Mémoires de l'Acad. des Inscriptions et Belles-Lettres.*

nisme n'aurait pas eu à innover à cet égard **autant**
qu'on l'a dit; c'était comme un dernier trait hostile
que Daunou rapportait du séjour de Rome, une **arme**
d'idéologue sourdement forgée à l'ombre du Vatican.
Il concluait, du reste, tout comme dans sa discussion
sur l'imprimerie, avec sa prudence apparente : « La
« *pneumatologie* (on dirait aujourd'hui la psychologie
« ou l'ontologie, mais il affecte un mot qui sent la phy-
« sique pour rabaisser l'objet) est de sa nature une
« science qui ne peut étendre ni nos expériences immé-
« diates, ni les relations ou les témoignages, à moins
« qu'ils ne soient surnaturels. L'esprit de l'homme y
« tourne dans un cercle fort étroit; il peut bien varier
« les aspects, mais ce sont toujours les mêmes objets
« qu'il contemple, et par conséquent les mêmes notions
« qu'il exprime par différents signes. Combien donc
« sont à déplorer les dissensions cruelles auxquelles
« l'inévitable diversité de ces signes a servi de cause
« ou de prétexte, et qu'il semble aisé de comprendre
« qu'en de telles matières le plus sûr moyen d'être
« équitable et raisonnable, c'est d'être fort tolé-
« rant! » Boileau, dans sa satire de l'Équivoque, a
parlé des *chrétiens martyrs d'une diphthongue*, et Voltaire, à son tour, s'est égayé là-dessus. Est-ce à dire
pourtant qu'entre Sénèque et saint Paul ce n'eût été
qu'une querelle de mots? — Ce mémoire donnerait
une fausse idée des opinions philosophiques de l'auteur,
si l'on y voyait des conclusions expressément déistes.
Daunou restait en deçà; il était sceptique en ces matières, à la façon de Gabriel Naudé, et suivait volon-

tiers, comme lui, l'axiome des jurisconsultes : *Idem judicium de is quæ non sunt et quæ non apparent*. Ce qui ne tombe pas immédiatement sous les sens, ou ne peut s'en déduire avec précision, est absolument pour nous comme n'existant pas.

On conçoit qu'obligé de rentrer sa politique en 1802, Daunou se soit dédommagé en donnant plus de jour à sa philosophie : en 1814, le triomphe des influences religieuses l'obligea au contraire de rentrer à jamais cette philosophie : il put s'en dédommager en revenant, bien qu'avec quelques gênes, à ses théories et doctrines politiques. Les événements contradictoires des premières années lui apportèrent bien des transes, des froissements et des vicissitudes, mais aussi le réveil. Son rôle de député et d'opposant, durant toute la Restauration, fut des plus honorables et des plus utiles, sur la seconde ligne, celle de réserve. Par son *Essai sur les Garanties individuelles* (1818), il eut pourtant l'honneur d'exposer l'un des premiers, et avec cette netteté d'expression qui n'était qu'à lui (à lui et à Benjamin Constant, ce dernier sachant être plus limpide, plus agréable, et Daunou plus rigoureux), le programme motivé des légitimes et incontestables requêtes d'un libéralisme équitable. « Toute révolution politique, disait-« il, a des intermittences, et, chaque fois qu'elle s'ar-« rête, on s'empresse de proclamer qu'elle est terminée. « Si c'est trop souvent une erreur, c'est toujours un « vœu honorable, et l'on touche en effet de bien près « à ce terme, quand une loi fondamentale a déclaré, « promis, déterminé toutes les garanties individuelles;

« car il suffirait que cette loi fût fidèlement établie,
« littéralement observée par ceux qui l'ont faite, pour
« que le renouvellement des troubles devînt tout à fait
« impossible. »—Santa Rosa, dans une lettre à M. Cousin (juillet 1822), écrivait : « Je suis occupé à lire Dau-
« nou sur les *Garanties*. Cet ouvrage a deux parties dis-
« tinctes. Dans la première, l'auteur examine ce que
« c'est que la liberté ou les garanties ; il les caractérise,
« les décompose, les circonscrit ; tout cela me paraît en
« général bien conçu et bien fait. Dans la seconde par-
« tie, on recherche comment les divers gouvernements
« accordent ou délimitent ces garanties. Ici, Daunou
« n'est ni assez étendu ni assez profond. Dans mon
« ouvrage (Santa Rosa méditait un grand travail sur
« les gouvernements), je referai cette seconde partie
« sous un point de vue plus pratique que théorique,
« et j'entrerai dans des détails faute desquels l'ouvrage
« de l'oratorien ressemble à un livre de géométrie plu-
« tôt que de politique (1). » Cette critique ne peut
porter que sur la forme ; quant au fond, le livre de
M. Daunou n'a rien que de très-pratique. Je ne veux
pas dire que, transporté et traduit, comme il le fut alors,
dans les États de l'Amérique du Sud, il continuât d'être
applicable ; mais, en France, la société se faisait mûre
pour les garanties qu'il réclamait, que la raison pu-
lique se mit par degrés à vouloir, à vouloir avec passion, qu'insultée un jour et défiée, elle revendiqua,
trois matins durant, à la face du soleil, et qui sont à
peu près obtenues.

(1) Voyez *Santa-Rosa*, par M. Cousin (*Fragments littéraires*).

Ici, et à 'dater de cette lutte légale de 1818, commence, sans plus d'interruption ni de crise, le M. Daunou que nous avons tous connu ; nous nous attacherons à ce qu'il devint plus manifestement avec l'âge, au pur savant et littérateur. Pendant des années, grâce à la constance inaltérable de son régime et à la rigoureuse économie de ses heures, il sut mener de front trois ordres de travaux importants, dans lesquels son talent patient et sobre, arrivé à sa plénitude, trouvait des développements appropriés, suffisamment divers et parfois brillants: 1° le *Journal des Savants* dont il fut, dès la Renaissance (1816-1838), le rédacteur principal ou *éditeur*, comme on disait ; 2° la continuation de l'*Histoire littéraire,* dont il était une colonne, la colonne la plus ornée (1809-1838) ; 3° son *Cours d'histoire* au Collége de France, professé durant onze ans (1819-1830), dont on n'avait imprimé jusqu'ici que quelques extraits et analyses, qu'on publie enfin aujourd'hui pour la première fois, et qui ne formera pas moins de seize volumes très-remplis.

Sa manière de juger les ouvrages dans le *Journal des Savants* se rapportait en toute convenance à celle que ce journal a conservée, et que M. Daunou aurait seule retenue, quand tout le monde de nos jours l'eût abandonnée : elle consiste à se borner et presque à s'asservir à l'ouvrage qu'on examine, à *l'extraire,* à le suivre pas à pas, en y relevant incidemment les fautes ou les beautés, sans se permettre les excursions et les coups-d'œil plus ou moins étrangers. La critique moderne, même la meilleure (témoin la *Revue d'Édim-*

bourg), a bien dévié de cette voie prudente et de ce rôle où le juge se considère avant tout comme rapporteur. Le livre qu'on examine, et dont le titre figure en tête de l'article, n'est le plus souvent aujourd'hui que le prétexte pour parler en son propre nom et produire ses vues personnelles. Ici rien de semblable ; on fait connaître, sans tarder et dès la première ligne, l'ouvrage dont on doit compte aux lecteurs ; le plan, les divisions, quelquefois le nombre de pages, y sont relatés ; peu s'en faut que la table des matières n'y passe. Voilà bien des lenteurs ; mais aussi on apprend nettement de quoi il s'agit, on est en garde contre les témérités, et une juste finesse y trouve pourtant son recours dans le détail. Ces discrets avantages ne se montrent nulle part avec autant de distinction que dans les articles de M. Daunou. Si l'on regrette au premier abord qu'il ne se permette aucune conjecture rapide, aucune considération soudaine, générale et trop élevée, on s'aperçoit bientôt que, dans son habitude et presque son affectation de *terre-à-terre,* il trouve moyen de laisser percer ce qu'il sent, de marquer ses réserves, d'insinuer ses malices couvertes, de faire parler même son silence : il atteint véritablement à la perfection en ce genre exact et très-tempéré. S'il n'a en rien reculé les anciennes limites, il a, mieux que personne, creusé le champ et mis en valeur sur ce terrain étroit, les moindres parcelles. On peut citer, comme échantillons les plus complets, ses articles sur *la République* de Cicéron traduite par M. Villemain, sur les *Essais d'Histoire*

de France par M. Guizot (1), et sur les *Poëtes latins de
la Décadence* de M. Nisard (2).

On est tenté de s'étonner d'ailleurs, en parcourant
la liste considérable des articles signés de lui, qu'il ne
s'en rencontre pas un plus grand nombre dont les titres
nous invitent et appellent l'attention. Le critique, cela
est évident, ne se refusait pas assez à s'exercer sur des
sujets secondaires et quelque peu sombres, ou même
tout à fait ingrats. Comme il évitait volontiers de se
mesurer en face avec les plus célèbres ouvrages modernes contre lesquels il était purement négatif, il ra-
battait trop souvent sa vigilante, son incorruptible critique sur des livres à étiquette sérieuse, déposés à son
tribunal, et dont quelques-uns n'auraient pas mérité
tant d'honneur. Au risque de le trouver rigoureux, nous
l'aurions voulu voir plus fréquemment aux prises avec
les doctrines dont il se méfiait, comme, par exemple,
dans son examen des *Lettres sur l'Histoire de France,*
de M. Augustin Thierry (3).

(1) *Journal des Savants,* mars et décembre 1823.
(2) *Ibid.,* janvier 1835.
(3) *Journal des Savants,* décembre 1827. — M. Augustin
Thierry avait autrefois, dans *le Censeur européen,* parlé de l'enseignement de M. Daunou en des termes pleins de sympathie et
d'élévation : on peut lire l'article reproduit dans les *Dix Ans
d'Études historiques.* Cela n'empêcha point M. Daunou d'être
sans complaisance pour le jeune et si original historien, qu'il loue
sans doute et dont il constate le succès, mais qu'il ne classe point
à son rang. Je ne blâme pas, je remarque. De la part d'un esprit
sérieusement convaincu et qui croyait fermement à de certaines
vérités, cela est mieux. Et puis toutes les mesures étaient gardées.
Le procédé de M. Daunou pouvait souvent sembler strict, il n'allait
jamais jusqu'à être dur.

Les petites notes non signées, rejetées à la fin du journal, ont droit à une mention ; elles contiennent, sous leur enveloppe purement bibliographique, bien de piquantes malices résultant du seul fait de citations bien prises. Le grave éditeur semble par instants s'y égayer ; c'est comme son dessert.

Dans les nombreux travaux par lesquels il a contribué à l'*Histoire littéraire,* M. Daunou n'a guère fait que porter sa même manière, en l'appliquant à des morts, et sans paraître se croire autorisé à moins de réserve habituelle. Il extrait, il analyse les œuvres, il discute les points de fait : je ne dirai pas qu'il s'efface, car son jugement se marque implicitement dans le choix et la teneur de ses extraits mêmes ; mais ne lui demandez aucune de ces vues qui semblent lumineuses au prémier aspect, qui bien souvent ne sont que hasardeuses, par lesquelles toutefois un petit nombre de critiques supérieurs ont éclairé à cette distance des horizons jusque-là obscurs. Je ne voudrais pas faire tressaillir ses mânes en citant les Schlegel ou tel autre nom d'outre-Rhin ; pour preuve que la méthode analytique, appliquée à la littérature des âges passés et maniée par de bons esprits ne donne pas nécessairement certains résultats invariables, et qu'elle est encore ce que chaque esprit la fait, je n'opposerai à M. Daunou qu'un autre écrivain, bien connu de nous, et que la mort vient de réunir à lui avant l'heure. M. Fauriel, à qui on ne refusera pas d'être sorti également de l'école du xviiie siècle et du cœur même de la société d'Auteuil, esprit exact et scrupuleux s'il en fut, ne croyant aussi qu'à ce

qu'il avait recherché et constaté, mais ayant en lui un
goût vif de curiosité et d'investigation, l'étincelle de la
nouveauté en tout, M. Fauriel arrivait, dans l'histoire littéraire des âges précédents, à des résultats, à des aperçus
d'ensemble qui n'étaient point ceux de M. Daunou. En
ne demandant pas à celui-ci autre chose pourtant que
ce qu'il fit et voulut faire, on a de quoi se dédommager
dans le soin accompli qu'il y apporta et dans la précision élégante de l'exécution. On a beaucoup cité son
Discours sur l'état des lettres en France au treizième
siècle, qui est, en effet, le plus beau frontispice qui se
puisse mettre à l'un des corps d'une histoire monu-
mentale, non originale ; ce discours forme, à lui seul,
tout un ouvrage. La notice sur saint Bernard, plus
courte d'un peu plus de moitié, est aussi célèbre. Cette
biographie et ce jugement du saint peuvent se dire le
chef-d'œuvre de l'impartialité, venant d'un sectateur
du XVIIIe siècle ; on ne saurait demander plus. On y
admire, à la réflexion, la rare puissance qu'il a fallu
pour rassembler, pour coordonner et maintenir tant
de faits et de rapports divers si prudemment et si nettement exprimés, sans que la plume ou le compas (je
ne sais comment dire) ait dévié ni fléchi un seul instant
durant tout ce long travail. M. Daunou aime à envisager
ses sujets et ses personnages sous un angle peu ouvert,
et, une fois la mesure prise, il ne varie plus d'une
ligne dans tout le relevé : cela devient quelquefois
merveilleux de dextérité, de patience et de sûreté de
main. Nul autant que lui n'a su la propriété des termes, n'a possédé les ressources et les nuances de la

synonymie. On devine assez l'espèce de limites qu'il
s'impose, lorsqu'il s'agit de moyen âge. M. Victor Le
Clerc, en le célébrant dignement pour cet ordre de travaux, a cru pourtant devoir remarquer ce que l'habile
devancier omet systématiquement, se refuse tout à fait
à raconter et à reproduire dans ses résumés, d'ailleurs
si exemplaires, qui laissent seulement à désirer pour
la couleur et pour l'esprit des temps.

J'arrive au *Cours d'Études historiques*, la plus complète, la plus grandiose composition et le vrai monument de M. Daunou. On ne saurait assez se féliciter
que le zèle de l'exécuteur testamentaire, M. Taillandier,
ait procuré une publication que l'auteur (on ne voit
pas bien pourquoi) s'était interdite, qu'il avait même,
à un certain moment, interrompue avec alarmes, et
qui, en tardant encore, pouvait devenir difficile ou impossible. Remercions hautement aussi MM. Didot d'a-
voir consenti, en ce temps de spéculations hâtives, à
rendre ce service aux lettres sérieuses. L'apparence de
ce Cours est des plus sérieuses en effet, mais on est bien
payé de sa peine si l'on y pénètre. Fidèle à sa méthode,
l'auteur y adopte trois grandes divisions : 1° l'*examen*
et le *choix* des *faits*, premier travail préalablement nécessaire à l'historien, et qui comprend la question de
la certitude et des sources, celle des usages et du but
de l'histoire ; 2° la *classification* des *faits,* quant aux
lieux, quant au temps, c'est-à-dire *géographie* et *chronologie* ; 3° l'*exposition* des *faits,* ce qui aboutit à l'histoire proprement dite, telle qu'elle se dessine aux lecteurs ; les deux autres branches sont plutôt un travail

de cabinet pour l'historien. Ces deux premières parties
sont publiées, et le septième volume, le dernier paru
(qui traite de la manière d'écrire l'histoire), forme l'introduction de la troisième. Les résumés patients, les
discussions épineuses auxquelles l'auteur n'a pas craint
de se livrer, surtout dans les questions de chronologie,
sont plus souvent éclairées, ou même égayées, qu'on
ne pourrait croire, par les agréables ressources de son
esprit et les occasions littéraires qu'il a comme saisies
au passage. Lorsqu'il arrive à ce qu'il appelle la *chronologie positive,* M. Daunou ne fait guère qu'en tirer
prétexte pour retracer en douze leçons un *tableau succinct de l'histoire universelle,* dès avant Homère, jusqu'à
la mort de Voltaire. D'admirables et vigoureuses tou-
ches de pinceau et surtout de burin, des traits charmants, des médaillons bien frappés, ornent en mainte
page ce narré complexe et précis. Les grands hommes,
je le sais bien, sont trop souvent sacrifiés : Alexandre
est méconnu, outragé ; Mahomet n'encourt que l'anathème ; M. Daunou, qui a trop vu Napoléon, ne les
aime pas. Héros, aventurier ou brigand, c'est tout un
pour lui ; il est inexorable et sourd à cet endroit des
despotes et conquérants (1). Mais qu'un écrivain, un

(1) Voir sur Alexandre, tome VI, page 57 ; sur Mahomet, même
volume, page 160, et encore tome III, page 505. Mahomet est flétri
au delà de toute mesure : il cumulait en lui le conquérant et le
prophète. L'auteur lui refuse, ainsi qu'à son Koran, toute espèce
d'influence civilisatrice sur les destinées de l'Orient ; il aurait pu
interroger avec fruit là-dessus Bonaparte et ceux qui avaient vu
l'Égypte. Qu'y faire ? Mahomet, en son hégire, était très-peu de
l'an III assurément.

philosophe, un bienfaiteur incontestable des hommes se présente, que ce soit Confucius, Cicéron, Tacite ou Montesquieu, le narrateur ralentit sa marche et s'incline, son accent s'élève; ainsi, après les plus dignes hommages décernés au talent de Cicéron, il ajoutera ces paroles éloquentes : « Les juges sévères, qui pen- « seraient que son courage n'a pas toujours égalé ses « périls, le compteraient du moins au nombre des der- « niers amis de la liberté romaine. Ils avoueraient que « celui de tous les hommes qui a le plus vivement « senti le besoin d'une renommée vaste et immortelle, « a pourtant aimé sa patrie aussi passionnément que « la gloire. Jugeons-le comme l'ont jugé les triumvirs, « quand ils l'ont trouvé digne de ne pas survivre à la « liberté publique. » Sur d'autres écrivains qu'il juge plus en courant, il a de ces traits qu'on aime à retenir; ainsi de Montaigne : « Philosophe, dit-il, non de « profession, mais par nature, sans programme et sans « système, observant toujours et n'enseignant jamais, « Montaigne laisse errer sa pensée et sa plume à tra- « vers tous les sujets qu'elles rencontrent : *jamais on* « *ne s'est aventuré avec un tel bonheur.* » Il est impossible de mieux dire.

En terminant ce premier tableau succinct, dont il reprendra plus en détail et développera certaines parties dans la suite de son enseignement, M. Daunou conclut par une page qui est la plus éclatante manifestation en l'honneur du xviiie siècle ; il faut la citer en entier, parce qu'elle vérifie beaucoup de nos assertions précédentes sur l'auteur, et parce qu'elle résume et nous représente sous le jour le plus large et le plus lumineux toute sa doctrine.

« Ainsi, messieurs, disait-il, le xviiie siècle, sans te-
« nir compte de ses vingt-deux dernières années (il
« s'arrêtait en 1778, à la date de la mort de Voltaire),
« est à jamais mémorable par le rapide et vaste progrès
« des sciences mathématiques et physiques, et des
« arts qui en dépendent. Ces sciences ont communiqué
« leurs méthodes rigoureuses à tous les genres de con-
« naissances, et *contribué, quoi qu'on en ait dit, à rendre*
« *le goût plus pur et plus sévère.* Des disciples de Racine
« et de Boileau ont pris des rangs glorieux au-dessous
« de ces grands maîtres ; et *c'est bien assez rendre hom-*
« *mage aux meilleurs écrivains en prose du* xviie *siècle,*
« *que de laisser indécise la question de savoir si ceux de*
« *l'âge suivant ne les ont point surpassés.* Du moins,
« l'art d'écrire s'est appliqué à beaucoup de matières
« et à des sujets plus importants. Les sciences morales
« et politiques se sont agrandies, en subissant le *joug*
« *de l'analyse* (1). On a conçu une idée plus juste du
« caractère et du but de l'histoire ; on a voulu qu'elle
« devînt un tableau des mœurs et de la destinée des
« nations. L'antiquité a été plus attentivement et plus
« profondément étudiée. L'érudition elle-même s'est
« quelquefois polie ; on l'a vue s'efforcer de s'ennoblir
« par l'exactitude et l'utilité de ses recherches. La rai-
« son a peu à peu obtenu quelque influence sur les in-

(1) **Le** *joug,* c'est bien **le** mot, et qui accuse de lui-même
l'excès.

« stitutions publiques, et les passions politiques ont
« été, sinon toujours dirigées, du moins souvent modé-
« rées par les lumières. L'instruction s'est propagée
« dans plus de classes de la société, *et jusque dans les*
« *plus éminentes.* Les gouvernements se sont adoucis
« en s'éclairant. Des rois de l'Europe ont favorisé et
« honoré la liberté américaine. La philosophie, malgré
« les persécutions suscitées contre elle, et quelquefois
« malgré ses propres erreurs, a poursuivi dignement
« le cours de ses travaux, et a pris une place *mo-*
« *deste* (1) parmi les puissances qui dirigent les choses
« humaines. Sans doute, il a été commis beaucoup d'in-
« justices, essuyé beaucoup de malheurs durant ces
« soixante-dix-huit années; *mais ce sont encore celles,*
« *depuis le siècle des Antonins, où il a été le moins*
« *difficile et le moins périlleux d'exister.* » M. Daunou
consigne dans ce dernier mot ce vœu le plus cher
d'une vie philosophique heureuse et non périlleuse,
qui lui échappait souvent : c'était son idéal à lui.

Le tome VII, qui traite, je l'ai dit, de la manière
d'écrire l'histoire, mériterait un examen plus détaillé
et plus attentif qu'il ne m'est permis de le faire après
une course déjà si longue : il y aurait à dire sur certaines prétentions de méthode; Pline le Jeune n'avait
pas tellement tort dans ce mot souvent cité, et que
M. Daunou réprouve : *Historia quoquo modo scripta*
delectat, l'histoire sous toutes sortes de formes trouve
moyen de plaire ; les professeurs d'histoire ne sauraient

_____

(1) **Pas si modeste.**

être si coulants ; mais ce volume, à l'appui des préceptes, contient, ce qui vaut mieux, d'éloquentes ap-
préciations et des portraits achevés des grands historiens de l'antiquité : les modernes y ont aussi leur
part. Il faut se borner (1). — M. Daunou eut, en ses
dernières années, de douces satisfactions puisées à
l'estime publique et dues aux honneurs littéraires qu'un
choix libre lui déférait. Une piqûre assez irritante qu'il
reçut au sein de l'Académie des sciences morales et
politiques, lorsque celle-ci, à sa renaissance, osa lui
préférer M. Charles Comte, un écrivain inculte et des plus
agrestes, à titre de secrétaire perpétuel (elle s'est bien
dédommagée depuis en élisant M. Mignet),—cette blessure fut ensuite fermée et guérie par le choix que fit
de lui en cette même qualité l'Académie des inscriptions (1838). Sa vieillesse vigoureuse sembla reverdir
encore ou plutôt revenir à une maturité plus adoucie
pour produire des éloges académiques, modèles de précision toujours, mais aussi de grâce et d'une bienveillance que les préventions venaient de moins en moins
circonscrire et assiéger. On n'a pas oublié ses notices
exquises sur Vanderbourg, sur M. Van-Praët, et particulièrement sur M. de Sacy, chef-d'œuvre d'un genre
où le ton général est d'avance indiqué. En parlant de
l'orientaliste vénérable, du janséniste pieux, il lui fal-

(1) Je renverrai à un excellent article de M. E. de Sacy (*Journal des Débats,* du 29 novembre 1843) ; les caractères de ce cours
y sont parfaitement définis et rendus avec une vivacité qui
atteste non-seulement un lecteur d'aujourd'hui, mais un ancien
auditeur.

lut légèrement entr'ouvrir cet angle habituel de son jugement, et son talent plus souple parut y gagner : quelques accents du cœur s'y mêlèrent. Cet éloge de M. de Sacy peut se dire le *chant du cygne* de M. Daunou.

Dans sa dernière maladie, M. Daunou se montra ce qu'il avait été toute sa vie : au-dessous et au dedans de celui qu'on aurait jugé faible et trop aisément alarmé, se retrouva l'homme ferme et inébranlable. De misérables, d'odieuses tracasseries d'architecte empoisonnèrent sa fin ; cette persécution à part, qui le mettait hors de lui-même, il supporta ses maux sans se plaindre, interrompit le plus tard qu'il put ses occupations, régla scrupuleusement les dernières affaires littéraires dont il était chargé par l'Institut. Sa conversation avait gardé son caractère de sobriété et de douce malice : « Dans une de mes insomnies, disait-il, je suis arrivé à trouver la seule vraie définition qui convienne à notre gouvernement *parlementaire* : c'est un gouvernement dans lequel les députés font et défont les ministres, lesquels font et défont les députés. » Je ne donne, bien entendu, ce mot-là que comme le songe d'un malade. — Quand il vit ses derniers moments approcher, il voulut tout régler sur sa propre dépouille, conformément à ses principes immuables, et sans la moindre concession aux coutumes, aux bienséances plus ou moins sincères que d'ordinaire à cette heure on n'élude pas. Il fit mander dans la nuit du 19 au 20 juin (1840) son digne exécuteur testamentaire, et dicta une addition à son testament, addition dont le sens

et les termes avaient ce cachet de précision et de
propriété inséparable de sa pensée : « Après mon décès dûment constaté, mon intention est que mon
corps soit immédiatement transporté de mon domicile au *Jardin Louis,* sans annonce, discours ou cérémonie d'aucun genre, avant neuf heures du matin (1). »
Ceci écrit, il se fit donner le papier, le lut très-atten-
tivement et le signa *Pierre Daunou, testateur,* de
sa main défaillante. Il mourut le même jour, à dix
heures trois quarts du matin, moins de neuf heures
après cette expresse manifestation de sa volonté fixe et
indéfectible.

Qu'ai-je à dire encore? il ne me reste qu'à rassembler un peu au hasard quelques impressions et souvenirs qui achèveront de le montrer tel qu'il fut de près,
et là où les éloges réguliers ont pu moins le saisir. Il
se levait d'ordinaire à quatre heures du matin; sa lumière (lorsqu'il habitait la rue Ménilmontant) servait,
dans les saisons obscures, de signal et d'horloge aux
jardiniers et maraîchers de ces quartiers pour se lever
eux-mêmes. Quelquefois pourtant, quand l'insomnie le
prenait, il se levait plus tôt, et dès deux heures du matin : « Mais pourquoi ne pas rester au lit ? lui disait-
on ; le sommeil reviendrait peut-être, et cela du moins
repose. » — « Les pensées, répondait-il, viennent alors
en foule, le mieux encore est de se lever, de se mettre

(1) C'était le *Père Lachaise* qu'il indiquait, mais il désigna formellement le cimetière sous ce nom de *Jardin Louis* qu'il avait
porté autrefois, et sans vouloir proférer le nom néfaste en ce
moment suprême.

à *paperasser ; c'est encore la meilleure manière d'exister* (1). » Et il dut passer bien des heures assez douces en effet, des heures désabusées, monotones, mais tranquilles, dans lesquelles il goûtait le plaisir philosophique et sévère d'appliquer indifféremment son esprit, de sentir son instrument exact et sûr fonctionner sur des objets bien déterminés.

Un homme de haute et sagace observation (M. Rossi) divise tous les esprits en deux classes, quels que soient d'ailleurs leur qualité et leur degré : 1° ceux qui apprennent, qui sont en train d'apprendre, jusqu'au dernier jour ; 2° ceux (non pas moins distingués souvent) qui s'arrêtent à une certaine heure de la vie, qui disent *non* au but d'avenir, et se fixent à ce qu'ils croient la chose trouvée. M. Daunou était de ces derniers esprits ; arrêté de bonne heure quant aux idées, rédigé et fixé à un point qu'il jugeait celui de la perfection, il n'en sortait pas. Quelque paresse du fond se

_____

(1) On sait, chez Rotrou, les beaux vers du vieux Venceslas qui, lorsqu'on lui demande pourquoi il devance l'aurore, répond dans un tout autre sentiment :

> Oui ; mais j'ai mes raisons qui bornent mon sommeil :
> Je me vois, Ladislas, au déclin de ma vie,
> Et, sachant que la mort l'aura bientôt ravie,
> Je dérobe au sommeil, image de la mort,
> Ce que je puis du temps qu'elle laisse à mon sort ;
> Près du terme fatal prescrit par la nature,
> Et qui me fait du pied toucher ma sépulture,
> De ces derniers instants dont il presse le cours,
> Ce que j'ôte à mes nuits, je l'ajoute à mes jours.

Ici, au contraire, c'est plutôt pour ôter à ce que la vie a de trop vif que le savant, privé de sommeil, vaque au travail dès avant l'aurore.

cache ici sous le labeur extrême du détail. Cet état n'est
pas sans charme; je ne sais qui a dit : « Étudier de
mieux en mieux les choses qu'on sait, voir et revoir les
gens qu'on aime, délices de la maturité. » M. Daunou,
sans doute, étudiait, lisait toujours des pages nouvelles,
des détails nouveaux, mais il les faisait rentrer dans la
même idée. — Toutes les fois que certains sujets revenaient, il redisait invariablement les mêmes choses
(*solebat dicere*); il ne croyait pas qu'il y eût, sur aucun point connu, deux manières de bien dire et de bien
penser.

M. Guérard a remarqué que M. Daunou se raillait
volontiers de l'érudition, ce qui paraît singulier de la
part d'un érudit. C'est que M. Daunou était plutôt un
homme parfaitement et profondément instruit, et un
savant écrivain, qu'un érudit à proprement parler.

Il en est de l'érudit comme du moraliste : il sait une
quantité de points dans le vaste champ de la littérature et de la critique, comme l'autre dans le champ
de l'observation humaine; il s'y attache, il s'y enfonce,
il en tire lumière ou plaisir, il se les exagère parfois.
L'érudit a sa verve, son entrain, voisin de l'engoue-
ment. La conversation de M. Daunou annonçait plutôt
les caractères d'un esprit parfaitement instruit et judi-
cieusement méthodique; il savait et retenait les choses
essentielles; quant aux curiosités, aux raretés, à ces
autres points essentiels encore, mais plus cachés, il les
savait moins et ne les faisait point saillir. Il n'en savait
guère plus sur beaucoup de sujets que ce qu'il en
avait écrit; l'érudition qui vient de source déborde

bien autrement. Lui, quand il se laissait aller à sa nature, c'est-à-dire à sa culture favorite, il citait de préférence quelque beau trait, quelque beau mot, un beau
vers latin, en homme de goût et d'une suprême rhétorique, jamais de ces détails plus particuliers et plus
recélés qui attirent l'attention du philologue ou du
géographe, du découvreur et fureteur en quoi que ce
soit. Sa connaissance propre et vraiment familière
(quand il n'avait pas la plume en main), c'était le
champ vaste et varié de ce qu'on appelle *humanitas ;*
il aimait à s'y promener sur les routes unies, et il était
doux de l'y suivre.

S'il s'est montré épigrammatique contre l'érudition,
il ne l'était pas moins contre le bel esprit organisé. Il
avait même quelque propension à le voir là où son talent poli aurait dû mieux reconnaître sa parenté. M. Daunou a toujours été très-ironique (j'ai regret à le dire)
contre l'Académie française. Dans son mémoire sur les
Élections au scrutin, et pour en égayer apparemment
l'aridité, il trouve moyen de remarquer qu'en 1672,
époque si brillante du grand règne, l'Académie ne
comptait parmi ses membres ni Boileau, ni La Fontaine, ni Racine, qui avait fait *Andromaque* et *Britan-
nicus,* ni enfin Molière, qui n'en fut jamais. Il ne perdit depuis lors aucune occasion de renouveler ce genre
un peu usé de plaisanteries. Dans sa notice sur Rulhière,
il ne se lasse pas d'admirer que le discours de réception de cet académicien se puisse relire. Il ne voulut
jamais, pour son compte, s'exposer à pareille fête. A
la mort de M. de Tracy, on avait naturellement pensé

à lui, et quelques journaux en avaient parlé : il en fut presque effrayé, et se hâta d'écrire une lettre de deux lignes pour démentir sèchement. On peut croire qu'il redoutait aussi cette seconde partie de l'éloge public qui consiste à s'entendre juger et raconter en face, situation très-délicate en effet, et contre laquelle aucun front n'est aguerri.

Nul pourtant, ce premier moment passé, n'aurait été plus désigné que lui pour le travail du *Dictionnaire*; de la lignée de Girard, Beauzée et Dumarsais, il les résumait en les étendant; il avait, on l'a dit, la balance d'un honnête joaillier d'Amsterdam pour peser les moindres mots; il en possédait l'exacte valeur, l'acception définitive dans la durée des deux grands siècles, et surtout du XVIIIᵉ; précisément ce que Nodier, qui savait tant de choses d'avant et d'après, savait le moins. Si l'on a dit de celui-ci qu'il avait de la philologie la fée et la muse, M. Daunou tenait, pour sa part, la pierre de touche de la diction et le creuset de l'analyse moderne : ajoutez-y la grammaire générale toujours présente au fond, ce qui ne nuit pas. A voir combien il était peu satisfait de la dernière édition du *Dictionnaire,* on comprenait tout ce qu'il aurait pu apporter d'utile aux fondements de la nouvelle.

M. Daunou, en dépit de sa prévention peu justifiable, demeure surtout littéraire et d'une littérature d'académie. Sa vocation essentielle va de ce côté. En politique, malgré le grand rôle, il s'est retranché de bonne heure, par nécessité, par peur, par méfiance des hommes, en solitaire qui a été du cloître et qui craint toujours qu'on ne le lui reproche ; il n'est jamais rentré en lice qu'avec des réserves infinies et de très-prompts désespoirs. Il s'est rabattu constamment à l'étude, aux livres ; il a été, je l'ai dit, un misanthrope studieux.

Et là encore, remarquez sa tendance naturelle, il s'est retranché le plus possible ; il a visé à ne pas faire parler de lui ; il s'est renfermé dans les devoirs du professeur, d'académicien ; il s'est confiné et enterré, autant qu'il a pu, dans les recueils, dans les petites notes du *Journal des Savants,* s'effaçant de toutes les manières, et content de se réserver tout bas correction, finesse et malice ; mais les côtés un peu brillants de son talent qu'il aurait pu développer, peu s'en faut qu'il ne les ait retenus, j'allais dire opprimés à dessein. Mais non : des circonstances et des devoirs l'ont forcé, à son corps défendant, de les produire ; désormais son *Cours d'Études historiques,* arraché à l'oubli, le dira.

Un de ses gestes familiers trahissait en quelque sorte sa disposition habituelle : Le petit homme, aurait dit un physionomiste, a l'œil vif, le sourcil épais et fin, du nez et du menton, mais le haut du front un peu bas ; — et encore il ramenait sans cesse, il aplatissait tant qu'il pouvait sa perruque pour le dérober.

On a beaucoup parlé de ses vastes et nombreux instruments de connaissances : il est permis avec lui de préciser. Il savait très-bien l'italien classique, celui de l'Arioste et du Tasse, lisait la prose anglaise, celle du temps de la reine Anne, ne savait pas l'allemand, ne lisait pas Hérodote ni Thucydide à plein courant, mais assez pour vérifier exactement les textes des citations.

Ce qu'il savait à merveille et avec une distinction incomparable, c'était le français et le latin.

Pour le français, il se resserrait encore dans ses prédilections, et, sauf une ou deux exceptions, ne faisait
cas que de celui des deux derniers siècles. Quant au
très-vieux français, tout éditeur de Joinville qu'il était,
il ne croyait guère aux règles que M. Raynouard avait
essayé d'y établir, et, sur ces points comme sur tant
d'autres, il ne faisait que suivre en résistant, en niant
le plus possible.

Racine et Boileau, ou même Voltaire et Chénier à
part, il goûtait plus, on le conçoit, la prose française
que les vers. On peut remarquer que Boileau lui-même,
comme versificateur, lui laissait plus de scrupules de
détails qu'on n'aurait imaginé ; il exigeait, même du
poëte, la liaison des idées selon Condillac. Il jugeait
très-bas La Fontaine *un peu surfait,* et ne coulait pas
sans difficultés sur ce qu'on est convenu d'appeler ses
aimables négligences. En prose, il était un arbitre con-
sommé et souverain, mais encore très-armé de distinc-
tions ; il estimait, on l'a vu, la prose du xviiie siècle au
moins égale à celle du xviie ; s'il parlait magnifiquement de Bossuet et le comblait d'éloges sentis, il s'attachait pour son ordinaire à Jean-Jacques, et ne cessait
pas de l'admirer de près. Je l'ai entendu réciter par
cœur, comme modèle d'harmonie et de récitatif cadencé, la tirade du début de *Pygmalion ;* il articulait
chaque phrase, en y mettant l'accent, en y reconnaissant presque des longues et des brèves. Le style qui
sentait un peu la lampe ne lui déplaisait pas.

En latin, de même : il goûte fort Sénèque, mais sans préjudice de Cicéron ; il adore Tacite, mais sans moins apprécier Tite-Live. Sur Horace, sur Virgile, il rattrape toute sa sensibilité, sa finesse morale, sa jeunesse d'impressions, comme aux jours où il en causait sous les allées de Montmorency. C'était un esprit tout latin, exquis, acquis. C'est en latin, peut-être, qu'il a eu sa plus grande ouverture d'angle, toute son *envergure*. La conversation, quand elle dérivait là-dessus, devenait avec lui des plus intéressantes et des plus fines : sous son sourcil gris, son petit œil étincelait. Là il est original et exprime des opinions particulières sur Phèdre, sur Cornelius Nepos, qu'il ne craint pas de dégrader de leurs honneurs classiques usurpés.

Le livre de M. Nisard l'avait fort remis en train et en humeur sur ces sujets ; il était très-frappé de ce livre de M. Nisard, peut-être un peu trop, comme quelqu'un qui, peu accoutumé au moderne, le trouve tout d'un coup singulièrement gracieux sous ce pavillon.

Ses opinions sur les poëtes et les philosophes modernes, même sur les historiens célèbres de nos jours, seraient capables d'étonner. J'essayais un jour de le convaincre sur Lamartine, et je lui récitais la strophe :

> Ainsi tout change, ainsi tout passe,
> Ainsi nous-mêmes nous passons, etc. ;

il me répondit que c'était, en effet, fort bien *conjuguer* le verbe. Il accordait à contre-cœur quelque talent à Chateaubriand. Il ne craignait pas d'avouer que, dans les comités des Chambres dont il faisait partie, il lui eût été plus facile de s'entendre, ou du moins de contester, avec M. de Bonald qu'avec M. Royer-Collard (1). Ce sont là de ces extrémités de jugements qui marquent à la fois la limite et l'écueil ; je les appelle les *déportements* de cet homme judicieux.

Tout ceci dérivait en grande partie d'une même source. Habitué à trop accorder à la méthode, à la discipline, M. Daunou ne faisait pas d'acception intime, de distinction radicale entre les esprits. Il était prêt, par exemple, à mettre un bon sujet qui se soigne sur la même ligne qu'un beau génie qui se néglige, et peut-être il était à craindre qu'il ne le préférât à ce dernier. L'invention en toute chose ne le frappait point assez ; il ne lui donnait jamais le pas décisif sur l'ordre et sur l'expression. En érudition, il raillait volontiers les Saumaise, et il accordait un peu trop de crédit historique à Marmontel. Il n'entendait rien du tout, j'oserai dire, au grand homme non littéraire, et n'admettait pas plus Mahomet que Grégoire VII, pas plus Alexandre que Napoléon. Qu'est-ce que le génie ? *La raison sublime,* répondait-il avec Chénier ; mais si un seul des degrés qui, du bon sens, de la raison vulgaire, conduisent jusqu'au haut de l'échelle, se trouvait brisé, il était rétif et ne montait plus.

En chacun de ces points encore, on le trouverait bien fidèle au xviiie siècle, qui, tout matérialiste qu'il était en finissant, croyait surtout à l'éducation, à l'acquisition, au *fiunt* plutôt qu'au *nascuntur.*

(1) Il y avait en effet beaucoup de *condillacisme,* quant au procédé et à la forme, chez M. de Bonald.

A un certain moment, la génération qui surgissait vers 1822, surtout la jeune école historique, **venait à** M. Daunou comme à un maître et à un chef vénéré. Dans l'âge de la ferveur impétueuse et de l'enthousiasme, on est quelque temps avant de comprendre que le plus grand témoignage qu'on puisse souvent donner aux hommes arrivés et désabusés, c'est de se tenir à distance ou de ne les prendre que par les surfaces qu'ils offrent. M. Daunou éluda plus qu'il n'eût fallu ces hommages sincères, s'entr'ouvrit à peine et bientôt se referma. Il découragea sans doute alors plus d'un admirateur distingué dont le contact l'eût heureusement excité, et dont le mouvement l'eût rajeuni. Vers la fin, un peu plus seul ou plus indulgent, il paraissait moins insensible aux avances, et la connaissance personnelle de l'homme le faisait quelquefois revenir sur l'ouvrage.

Mais quand il avait quelque chose de direct contre une personne, il n'en revenait jamais : ajoutons vite que si le jugement chez lui pouvait, en de certains cas, sembler vindicatif, le cœur lui-même ne l'était pas.

La conversation, la familiarité avec lui, tel que nous venons de le décrire, ne laissait pas d'avoir ses difficultés, on le comprend ; il y avait une première glace à rompre, et, même lorsqu'elle était rompue, certains points demeuraient à jamais interdits et inabordables. Son commerce pourtant, lorsqu'on parvenait à s'y établir et à y faire quelques progrès, n'en avait que plus de prix. M. Natalis de Wailly a eu, mieux que personne, raison de noter cette « bienveillance qui, triomphant peu à peu de sa timide réserve, communiquait à son exquise politesse tous les charmes de l'affabilité. » — Entre gens d'autrefois, entre bonnes gens et du pays, M. Daunou retrouvait, à de rares moments, des éclairs de gaieté qui faisaient plaisir à voir, et on a pu l'entendre, après certains dîners où les vieux souvenirs étaient en jeu, se mettant tout d'un coup à fredonner quelque chansonnette de son jeune temps.

Tel qu'il vient de s'offrir et que chacun peut désormais le considérer avec nous, c'était un homme rare, non-seulement distingué, mais unique en son genre, un de ces hommes qu'il faut connaître pour recevoir la tradition, et qui pourtant avait son cachet à part entre tous les autres individus réputés comme lui du XVIIIe siècle ; c'était un caractère, une nature originale par son ensemble, médaille d'un autre âge conservée tout entière dans le nôtre, et où pas une ligne n'était effacée. En le dessinant comme nous avons essayé de le faire, en passant et repassant le trait sur les lignes de cette figure modeste, mais expressive, en y indiquant soigneusement les creux et les dégageant à nu, nous n'avons certes pas prétendu diminuer l'idée qu'on en doit prendre ; nous croyons plutôt que c'est ainsi que le vieux maître a chance de se mieux graver et plus avant dans la mémoire, et qu'au milieu de tant de physionomies transmises qu'un vague et commun éloge tendrait à confondre, la sienne, plus restreinte, demeurera aussi plus reconnaissable.

1er août 1844.

— Cette Étude sur M. Daunou a paru satisfaire bon nombre des personnes qui l'avaient le plus connu, mais évidemment elle n'a point satisfait M. Taillandier, celui même que j'ai appelé son *digne exécuteur testamentaire,* et dont je louais le volume de *Documents biographiques.* En publiant une seconde édition de cet Écrit, M. Taillandier s'est attaché à me trouver en faute sur deux points, où il a cru pouvoir me réfuter : 1° M. Taillandier suppose (page 224 de son Écrit) que j'ai fait une confusion entre les opinions de Daunou et celles de Rulhière ; que j'ai pris pour l'expression des sentiments de Daunou ce qui n'était sous sa plume qu'une analyse de ceux de Rulhière. Or, c'est une confusion que je n'ai nullement faite (voir précédemment page 44, à la note), et je m'étonne qu'un homme exact comme M. Taillandier me l'ait si adroitement prêtée. 2° M. Taillandier, contrarié d'une anecdote que j'ai racontée (page 40), a trouvé plus court de la nier (*Documents biographiques*, pages 196). Sans épiloguer sur le jour précis où la scène en question eut lieu, ce qui n'importe guère, je puis certifier que j'ai entendu le récit de la bouche de M. Daunou même et de celle d'une personne qui a vécu plus de quarante ans près de lui. Cette personne, un peu indiscrète en cela peut-être, mit l'anecdote sur le tapis; M. Daunou intervint pour expliquer, pour rectifier. J'écoutais, et je n'y ai mis que le sourire. C'est ce sourire qui m'a valu la réfutation un peu sèche de M. Taillandier, qui ne sourit pas. M. Daunou a eu ses dévots : bien jeune, je n'en ai jamais été avec lui qu'au respect et à l'estime.

Et comme dernier mot à ceux qui ne concevraient pas que cette estime pût s'allier avec un peu de critique, pas plus qu'ils ne conçoivent que quelques actes courageux puissent se concilier avec une habitude craintive, je dirai nettement : M. Daunou, tel que je l'ai connu dans les vingt et une dernières années de sa vie, était ce qu'on peut appeler une nature *timorée*, un *trembleur.* C'est cette disposition de son tempérament qui rend précisément si méritoires ses actes de courage moral dans le passé. Un grand fonds de constance morale jointe à un tempérament timide, voilà le trait singulier de ce caractère. Le biographe officiel fait tout ce qu'il peut pour en masquer et en effacer l'originalité ; ce sont gens qui ôteraient les rides à un portrait de vieillard. « Voyez-vous cela? disait Cromwell à son peintre, en lui montrant les rugosités et les verrues de son visage; il faut avoir soin de me le laisser. » Mais il est peu de gens qui osent prendre sur eux de le faire.

La lettre suivante de M. Daunou à M. de Pastoret a été communiquée à M. Sainte-Beuve :

« Monsieur le comte,

« *Les relations honorables et douces que j'ai eues avec vous à* l'Institut me déterminent à réclamer vos bons offices auprès du ministre de l'intérieur.

« Il vient de m'annoncer que mes services ne lui convenaient plus, et quelque vains que soient les deux motifs de cette décision, je la tiens pour irrévocable.

« Je m'abstiens même d'éclaircir le premier de ces motifs, qui est exprimé dans les termes les plus vagues et qui consiste en considérations politiques.

« Le second motif me tiendrait plus à cœur, parce qu'il concerne mes fonctions : le ministre dit qu'en passant *en d'autres mains,* l'administration des Archives deviendra moins dispendieuse.

« Par des mesures que je n'avais aucunement provoquées, et en allouant à des ecclésiastiques italiens des traitements considérables, on avait élevé à 155,000 fr. les dépenses des Archives. Dès le 1er juillet 1814, je les fis réduire à 120 ; je les bornai à 110 dans le budget de 1815 ; à 92 dans l'aperçu que je présentai pour 1816. Son Excellence m'ordonna de retrancher encore *12,000 francs environ,* et j'eus l'honneur de lui adresser aussitôt un deuxième aperçu qui limitait ces dépenses à 80,000 francs.

« Il est vrai que j'obtenais cette économie par des réductions proportionnelles sur chaque traitement, à commencer par le mien, et sans renvoyer aucun employé. Je n'ai jamais provoqué et ne provoquerai jamais de pareilles destitutions. Il s'agit d'employés qui ont 20, 30, 40 années de services, et qui, après avoir travaillé en divers dépôts particuliers d'archives, ont été successivement réunis, avec ces dépôts, en un seul établissement. Quant à leurs opinions politiques, je les ignore tout à fait, n'ayant jamais eu avec eux, depuis 11 ans, d'entretien sur ces matières.

« Au surplus, si Son Excellence désirait une économie plus forte que celle qu'elle m'avait prescrite, ou si elle voulait l'opérer par d'autres moyens, je n'avais assurément ni le pouvoir ni la volonté d'y mettre obstacle.

« Il ne m'a rien été répondu sur ce second aperçu, et au lieu de me prescrire d'autres dispositions, le ministre décide que l'administration des Archives doit passer *en d'autres mains.*

« J'avoue que cette décision me paraît, à tous égards, d'une injustice extrême. Mais cette cause, qui est la mienne propre et dans laquelle je puis me tromper encore plus qu'en toute autre, n'est point du tout, Monsieur le comte, celle que je vous prie de défendre. Quoiqu'une destitution soit toujours désagréable et quelquefois périlleuse, la mienne paraît désirée trop ardemment par Son Excellence pour qu'il y ait aucun espoir de lui inspirer d'autres sentiments.

« Ne pouvant plus prétendre à d'autres fonctions publiques, puisque celles dont je ne suis point incapable dépendraient plus ou moins du ministère de l'intérieur; ayant essuyé, depuis trois ans, des pertes considérables ; réduit à de faibles ressources; exposé à perdre, au premier jour, celles qui me restent à l'Institut, je dois pour ma propre conservation, pour celle d'une sœur âgée et de quelques autres personnes dont je prends soin, solliciter une pension de retraite. Trente-six ans de services non interrompus dans l'Instruction publique, dans les Assemblées, à la Bibliothèque du Panthéon et aux Archives, autorisent, je crois, cette demande. Je l'ai adressée au Ministre de l'Intérieur, et parmi les moyens d'en assurer le succès, je mets au premier rang, Monsieur le comte, vos bons offices auprès de Son Excellence, qui va décider sous très-peu de jours, peut-être dès aujourd'hui, de mon sort.

« Veuillez agréer, je vous prie, mes respectueux hommages.

« DAUNOU.

« Paris, 28 décembre 1815. »

LEOPARDI.

Le nom seul de Leopardi est connu en France ; ses œuvres elles-mêmes le sont très-peu, tellement qu'aucune idée précise ne s'attache à ce nom résonnant et si bien frappé pour la gloire. Quelques-uns de nos poëtes qui ont voyagé en Italie ont rapporté comme un vague écho de sa célébrité :

> Leopardi dont l'âme est comme un encensoir,

lisions-nous, l'autre jour, dans l'album poétique d'un spirituel voyageur. De telles notions sont loin de suffire. M. Alfred de Musset, il y a deux ans, publiant dans la *Revue des Deux Mondes* (1) quelques-uns de ces

---

(1) 15 novembre 1842. C'est dans la pièce intitulée *Après une lecture*. On se demande après quelle lecture ont été écrits ces vers. Serait-ce après une lecture de Leopardi ? Le début de la pièce ne l'indiquerait guère, quoique la fin semble le faire soupçonner. Tout cela n'est pas expliqué. Les meilleures poésies de M. de Musset sont trop sujettes à ces sortes d'incohérences. Mais assurément (je ne puis m'empêcher encore d'ajouter ceci) la plus criante incohérence, dans le cas présent, c'est d'avoir fait intervenir de but en blanc le plus noble, le plus sobre, le plus austère des

vers aimables et légèrement décousus que lui dicte la
fantaisie en ses meilleurs jours, a parlé de Leopardi
plus en détail, bien qu'à l'improviste et avec une sorte
de brusquerie faite d'abord pour étonner. Le poëte, se
fâchant contre les *versificateurs et rimeurs qui délayent
leur pensée*, s'écriait :

Non, je ne connais pas de métier plus honteux,
Plus sot, plus dégradant pour la pensée humaine,
Que de se mettre ainsi la cervelle à la gène
Pour écrire trois mots quand il n'en faut que deux,
Traiter son propre cœur comme un chien qu'on enchaine,
Et fausser jusqu'aux pleurs que l'on a dans les yeux.

O toi qu'appelle encor ta patrie abaissée,
Dans ta tombe précoce à peine refroidi,
Sombre amant de la Mort, pauvre Leopardi,
Si, pour faire une phrase un peu mieux cadencée,
Il t'eût jamais fallu toucher à ta pensée,
Qu'aurait-il répondu, ton cœur simple et hardi ?

Telle fut la vigueur de ton sobre génie,
Tel fut ton chaste amour pour l'âpre vérité,
Qu'au milieu des langueurs du parler d'Ausonie,
Tu dédaignas la rime et sa molle harmonie,

poëtes, pour appuyer une théorie où il est surtout question de
Lisette et de *Margot*, et où, pour *tout idéal d'art sérieux*, l'enfant
d'Épicure et d'Ovide s'écrie :

Vive d'un doigt coquet le livre déchiré
Qu'arrose dans le bain le robinet doré !

En vérité il semble, à voir cette théorie d'alcôve et de baignoire,
que M. de Musset n'ait pas fait une seule lecture, mais deux lectures à la fois, et qu'il ait commencé avec Crébillon fils la boutade
à la Gavarni qu'il couronne par Leopardi.

Pour ne laisser vibrer sur ton luth irrité
Que l'accent du malheur et de la liberté.

De tels traits, à coup sûr, sont caractéristiques du noble
talent que le poëte français invoque ici en témoignage.
Pourtant, si l'on a trouvé singulier que Boileau, s'adressant à Molière, lui dise tout d'abord par manière d'éloge :

Enseigne-moi, Molière, où tu trouves la rime,

il peut sembler également assez particulier que le premier éloge accordé ici à Leopardi soit de s'être passé
de la rime, ce qui est possible en italien, mais à de
tout autres conditions qu'en français, et ce qui d'ailleurs ne paraît point absolument vrai du savant poëte
dont il s'agit. Dans tous les cas, il y a sur Leopardi,
comme sur Molière, bien d'autres caractères distinctifs
qui frappent à première vue.

Trop étranger que je suis habituellement à l'étude
approfondie des littératures étrangères, persuadé d'ailleurs que la critique littéraire n'a toute sa valeur et
son originalité que lorsqu'elle s'applique à des sujets
dont on possède de près et de longue main le fond,
les alentours et toutes les circonstances, il semble que je
n'aie aucun titre spécial pour venir parler ici de Leopardi, et je m'en abstiendrais en effet si le hasard ou
plutôt la bienveillance ne m'avait fait arriver entre les
mains des pièces manuscrites, tout à fait intéressantes
et décisives, sur l'homme éminent dont il s'agit, et ne
m'avait encouragé à une excursion inaccoutumée, pour
laquelle je vais redoubler d'attention en même temps
que je réclame toute indulgence.

Le comte Jacques Leopardi naquit, le 29 juin 1798, à Recanati, dans la Marche d'Ancône; fils aîné du comte Monaldo Leopardi et de la marquise Adélaïde Antici, des plus nobles familles du pays, il reçut une éducation soignée sous les yeux de son père. Un prêtre de l'endroit, l'abbé Sanchini, lui enseigna les premiers éléments du latin; quant au grec, l'apprenant dès l'âge de huit ans dans la grammaire dite *de Padoue,* l'enfant jugea cette grammaire insuffisante, et, décidé à s'en passer, il se mit à aborder directement les textes qu'il trouvait dans la bibliothèque de son père; il lut ainsi sans maître, et bientôt avec une surprenante facilité, les auteurs ecclésiastiques, les saints Pères, tout ce que lui fournissait en ce genre cette très-riche bibliothèque domestique; le premier débrouillement fait, il lut méthodiquement, par ordre chronologique, plume en main, et, de même que chez Pascal, avec qui on l'a comparé, le génie mathématique éclata comme par miracle; ainsi le génie philologique se fit jour merveilleusement chez le jeune Leopardi; il devint un véritable érudit à l'âge où les autres en sont encore à répéter sur les bancs la dictée du maître.

On a souvent remarqué cette alliance, au premier abord singulière, du génie poétique et du génie philologique; mais ici elle a cela de plus particulier encore que le poëte énergique et brûlant qui va nous apparaître ne finit point par la philologie, ne s'y retira point après son premier feu jeté, mais qu'il débuta par là, et que, si ses souffrances précoces ne l'avaient impérieusement détourné des études suivies, c'est de ce côté sans

doute qu'il aurait, avant tout, frayé sa voie et poussé
sa veine patiente.

J'ai sous les yeux tous les manuscrits de Leopardi
qui datent de cette époque, manuscrits confiés par
lui-même à M. de Sinner, si capable d'en bien juger,
et qui en a publié des extraits (1). En tête d'un cahier
contenant le texte correct de la *Vie de Plotin,* par Por-
phyre, avec traduction latine et commentaire, on lit
cette attestation de la main du père de Leopardi :

« Oggi 31 agosto 1844, questo suo lavoro mi donò Gia-
como mio primogenito figlio, che non ha avuto maestro di
lingua greca, ed è in età di anni 16, mesi due, giorni due.

« MONALDO LEOPARDI. »

Un juge compétent à qui ce travail manuscrit a été
communiqué, Creuzer, dans le 3ᵉ volume de son Plotin,
en a tiré le sujet de plusieurs pages de ses *addenda.*
Lui qui a travaillé toute sa vie sur Plotin, il trouve
quelque chose d'utile dans l'ouvrage d'un jeune homme
de seize ans.

Les travaux philologiques et les excursions érudites
de Leopardi, vers cette époque de son adolescence et
de sa première jeunesse, feraient une longue et trop

(1) Sous ce titre : *Excerpta ex schedis criticis Jacobi Leopardii
comitis,* dans le *Rheinisches Museum;* Bonn, 1834. — Une faute
typographique qui s'y est glissée a causé une singulière méprise,
qui s'est reproduite depuis dans l'édition de Florence (1845);
M. de Sinner avait parlé d'un recueil, fait par Leopardi, des *fragments des SS. Pères;* or ces *SS. Pères* sont devenus, par un tour
de main de l'imprimeur allemand, *55 Pères,* et dès lors les plus
modestes ont répété que Leopardi avait recueilli les fragments de
cinquante Pères de l'Église. Il y en a un peu moins.

sèche énumération, si on la voulait complète ; singulier
prélude, ouverture bien austère, à la destinée toute
poétique qui suivra. Nous trouvons, en 1814, des commentaires de lui *sur la vie et les écrits de quelques rhéteurs du second siècle,* tels que Dion Chrysostome, Ælius
Aristide, Hermogène et Fronton. M. Mai n'avait pas
encore publié les lettres exhumées de Fronton à Marc-
Aurèle. Elles parurent à Milan en 1815 ; l'année suivante, Leopardi les traduisait. Le docte éditeur lut
plus tard le travail manuscrit de Leopardi et en tint
compte dans l'édition de Rome. Le même savant prélat
tint compte aussi pour son Denys d'Halicarnasse d'une
lettre critique à ce sujet, que Leopardi adressa en 1817
à son ami Giordani. Un *Essai sur les erreurs populaires
des Anciens* (Saggio sopra gli errori popolari degli Anti-
chi), composé par Leopardi dans l'espace de deux mois,
au commencement de 1815, nous présente déjà les
résultats d'un esprit bien ferme, mais contenu encore
dans les limites d'une foi sincère. Le jeune érudit, sans
se perdre dans de vagues considérations, et tout en se
laissant guider par une pensée jusqu'à un certain point
philosophique, expose et démêle, moyennant des textes
précis qui témoignent d'une immense lecture, les divers
préjugés des Anciens sur les Dieux, les oracles, la
magie, les songes, etc., etc. Un seul chapitre, celui
des *Pygmées*, a été imprimé par M. Berger de Xivrey (1).

(1) Dans l'ouvrage intitulé *Traditions tératologiques* (page 102).
— Dans la seconde édition de sa *Batrachomyomachie* (1837),
M. Berger de Xivrey a aussi inséré et traduit une dissertation de
Leopardi sur ce poëme, laquelle avait paru dans *lo Spettatore* de
Milan en 1816.

Le jeune auteur, en concluant, adressait à la religion une espèce d'hymne, une vraie prière d'action de grâces, et ceci fait trop de contraste à ce que nous verrons plus tard pour ne pas être ici relevé :

« Religion très-aimable, s'écriait-il, il est doux pourtant de pouvoir terminer en parlant de toi un travail qui a été entrepris en vue de faire quelque bien à ceux qui recueillent tes bienfaits de chaque jour ; il est doux de pouvoir, d'une âme ferme et assurée, conclure qu'il n'est point vraiment philosophe celui qui ne te suit ni ne te respecte, et que te respecter et te suivre, c'est être par là même assez philosophe. J'ose dire aussi qu'il n'a point un cœur, qu'il ne sent point les doux frémissements d'un amour parfait, qu'il ne connaît point les extases dans lesquelles jette une méditation ravissante, celui qui ne sait point t'aimer avec transport, qui ne se sent point entraîner vers l'objet ineffable du culte que tu nous enseignes... Tu vivras toujours, et l'erreur ne vivra jamais avec toi. Lorsqu'elle nous assaillira, lorsque essayant de couvrir nos yeux d'une main ténébreuse, elle menacera de nous entraîner dans les abîmes entr'ouverts sous nos pieds par l'ignorance, nous nous tournerons vers toi et nous trouverons la vérité sous ton manteau. L'erreur fuira comme le loup de la montagne poursuivi par le pasteur, et ta main nous conduira au salut. »

Il y a loin de ces très-jeunes élans aux réflexions amères et inexorables qui ont fait de Leopardi un des plus éloquents poëtes du désespoir ; il fut quelques années encore avant d'en venir à cette transformation, à cette conversion profonde et définitive de tout son être, à travers laquelle ses croyances, en périssant toutes, il faut le dire, ne montrèrent pourtant que plus à nu sa nature généreuse. Dans une note manuscrite

21.

de lui que j'ai sous les yeux, et qui a pour titre *Supplemento generale a tutte le mie carte*, je lis une dernière indication relative à un projet d'hymnes chrétiennes : le simple canevas respire encore les mêmes sentiments de piété affectueuse qu'exprimait la conclusion précédente (1). Ce papier doit être d'une date peu postérieure à 1819. On ne saurait se tromper en reportant la grande conversion philosophique de Léopardi entre les années 1820-1823.

Jusqu'ici donc nous n'avons affaire qu'à un jeune homme précoce, qui, confiné dans sa ville natale et du fond du nid paternel, dévore, jour et nuit, les livres anciens, ne s'effraye d'aucune étude épineuse, s'attache,

---

(1) Ce texte est trop imprévu dans la biographie qui nous occupe pour devoir être passé sous silence ; on en comprendra tout l'intérêt et le contraste en avançant dans le récit de cette destinée, si absolument dénuée de croyance consolante. Leopardi a fait route au rebours des Manzoni et des Pellico. Respectons, sans les juger, toute conviction sincère et courageuse, tout martyre noblement subi. Mais voici les pensées de ses jeunes ans :

« Al progretto degl' inni cristiani.

« Per l' inno al Redentore : Tu sapevi già tutto ab eterno, ma permetti alla immaginazione umana che noi si consideriamo come più intimo testimonio delle nostre miserie. Tu hai provata questa vita nostra, tu ne hai assaporato il nulla, tu hai sentito il dolore e l' infelicità dell' esser nostro, etc. Pietà di tanti affanni, pietà di questa povera creatura tua, pietà dell' uomo infelicissimo, di quello che hai redento, pietà del gener tuo, poichè hai voluto aver comune la stirpe con noi, esser uomo ancor tu... (Et après quelques autres projets d'hymnes *aux apôtres, aux solitaires*, il revient d'une manière touchante.) Per l' inno al Creatore o al Redentore : Ora vo da speme a speme tutto giorno errando e mi scordo di te, benchè sempre deluso, etc. Tempo verrà ch' io, non restandomi altra luce di speranza, altro stato a cui ricorrere, porrò tutta la mia speranza nella morte : e allora ricorrerò a te, etc. Abbi allora misericordia, etc. » Et il finit en quelques lignes par un projet d'hymne *à Marie.*

par choix, à défricher les portions les plus ingrates, ce
semble, du champ de l'érudition et de la critique,
recueille les fragments des Pères grecs' du second
siècle ou des historiens ecclésiastiques antérieurs à
Eusèbe, rassemble, commente en six mois (1815) les
débris, les œuvres authentiques ou supposées de Jules
Africain, et semble préluder en ses sillons pénibles avec
la vocation opiniâtre d'un Villoison ou d'un Tillemont.
Il serait trop extraordinaire pourtant que celui dont
on admirera tout à l'heure le génie mâle et la pureté
sévère n'eût pris d'abord l'antiquité que par ce côté des
rhéteurs, des sophistes ou même des écrivains ecclésiastiques et qu'il eût négligé précisément les chefs-
d'œuvre de grandeur et de grâce qu'elle nous a légués.
C'est que Leopardi, en effet, ne les négligeait pas; son
ardeur studieuse suffisait à tout, et dans les essais de
sa jeunesse, dans ceux particulièrement qui marquent
sa collaboration au *Spectateur* (1) de Milan durant les
années 1816-1817, on trouverait bon nombre de morceaux de lui qui préparent et dénoncent le poëte. Il ne
se contente pas de disserter sur la *Batrachomyomachie*,
il la traduit en vers, en sizains coulants et faciles,
comme aussi il fera pour le *Moretum* de Virgile. Il ne
se borne pas à éclaircir en critique les circonstances
peu connues de la vie de Moschus, il aspire à en *vul-
gariser* les charmantes idylles en *sciolti* plus ou moins
fidèles, premier coup d'essai, que bientôt son goût plus
mûr répudiera. *L'Odyssée* le tente ; pour être plus à

_____

(1) *Lo Spettatore,* revue bi-mensuelle.

l'aise en son entreprise, il n'a pas lu les deux premiers chants publiés à cette date par Pindemonte, et il marche seul et ferme en présence de son modèle, s'appliquant à en reproduire et presque à en calquer les traits de couleur et de caractère. En tête d'un fragment traduit de *la Théogonie* d'Hésiode (la bataille des Dieux et des Titans) il se livre à des réflexions approfondies et vives sur le mérite propre de cette poésie d'Hésiode, surtout dans *les Travaux et les Jours*; il la met presque au-dessus de celle d'Homère pour une certaine sincérité et ingénuité incomparable (*schiettezza*), il incline fort à la croire du moins supérieure en âge, et à ce propos il s'étend sur les conditions diverses qu'exige la traduction des poëtes anciens. Ici se déclare le studieux et passionné disciple, dont toute l'émulation va d'abord à les adorer. Il s'estimerait à jamais heureux de s'enchaîner comme traducteur à quelque illustre classique des premiers âges : « Qui ne sait, s'écrie-t-il, que Caro vivra autant que Virgile, Monti autant qu'Homère, Bellotti autant que Sophocle? Oh! la belle destinée, de ne pouvoir plus mourir sinon avec un immortel! » Des jugements très-particuliers sur les divers traducteurs italiens les plus admirés montrent à quel point ces questions de style l'occupaient, et combien il travaillait déjà à tremper le sien. Il insiste surtout (avec toutes sortes de précautions et de révérentes excuses) sur ce qu'Annibal Caro, en donnant à sa traduction de Virgile une couleur de simplicité aimable et de noble familiarité, un certain air dégagé (*sciollezza*) ou, si l'on veut de *désinvolture,* a légèrement faussé la noblesse de ton

et la magnificence habituelle de l'original. Il en vient
à conclure que le style de Parini serait plus sincèrement virgilien que celui de Caro. Lui-même, en 1817,
il publia un essai de traduction en vers du second
livre de *l'Énéide* qu'il admirait entre tous les autres,
et qu'il ne lisait jamais sans larmes.

Ce goût philologique qu'il avait développé et aiguisé
dans la lecture des anciens, Leopardi le portait aussi
dans l'étude et l'usage de sa propre langue; il revenait
à Dante et aux vrais maîtres d'avant *la Crusca.* Une
petite dissertation sur le participe *reso* (pour *renduto*)
et le verbe *sortire* (dans le sens de *uscire*), que la *Gazette
de Milan* avait compris en une même condamnation,
atteste à quel point il ne laissait passer aucun détail, et
combien il se préparait à être un vigilant écrivain. Il
conclut d'une quantité d'exemples que, des deux mots
proscrits par la *Gazette* puriste, le premier, c'est-à-dire
reso, est du très-bon italien, tout à fait usité et recom-
mandable, et que le second, *sortire* pour *uscire,* est
italien aussi, mais de bas aloi. Quelques années plus
tard (1826), Leopardi publiera une traduction d'une
ancienne chronique sacrée grecque ou copte (*Martyre
des saints Pères du mont Sinaï*), traduction censée faite
sur une version latine par quelque bon Italien du
XIVe siècle (1350) en prose contemporaine de celle de
Boccace, et il trompera à première vue les connaisseurs
les plus exercés. Le vieil Antonio Cesari, grand expert
en fait de *trécentistes,* y fut pris et y donna son approbation. Ainsi, chez nous, Paul-Louis Courier jouait à
l'Amyot. C'est par de telles études préparatoires, quand

on ne s'y oublie pas, c'est par de tels ingénieux secrets, longuement médités, que les vrais poëtes savent ressaisir, d'un puissant effort, les langues et les styles aux âges de décadence, parviennent à les arrêter au penchant, ou même leur font remonter avec honneur les pentes glorieuses.

En mai 1817, Leopardi se permettait une autre supercherie qui sent davantage son Chatterton ou son Macpherson; il publiait dans *le Spectateur* une traduction en vers d'un prétendu hymne grec *à Neptune,* qu'il donnait comme nouvellement découvert. Le tout était accompagné de notes et de commentaires destinés à jeter une docte poussière aux yeux. Enfin deux odes grecques dans le goût d'Anacréon s'ajoutaient comme provenant du même manuscrit. Leopardi, pour surcroît d'authenticité, produisait le texte de ces deux petites odes (de sa façon), et il s'excusait de ne les point traduire, sur ce qu'on ne traduit pas Anacréon. L'une de ces odes n'offre qu'une des milles variantes de l'Amour enchaîné de roses, l'autre est *à la Lune;* cette dernière a droit de passer pour un fort gracieux pastiche et trèspropre à faire illusion.

Pour achever de noter ce qu'il y a de mémorable dans ces préludes de Leopardi avant l'âge de vingt ans, j'indiquerai encore une dissertation de lui *sur la réputation d'Horace chez les anciens* (décembre 1816). Le jeune critique s'autorise d'un passage de Fronton, du silence de Velleius et de quelques autres indices, pour conjecturer qu'Horace, dans le siècle qui suivit le sien et même un peu au delà, était loin d'avoir acquis cette renommée classique incontestée qui ne s'est consolidée que plus tard. Il y aurait eu, du temps de Fronton, un retour aux anciens, aux plus anciens qu'Horace, et celui-ci en aurait souffert, comme, par exemple, Boileau, de nos jours, a pu souffrir d'un retour vers Regnier. Horace, en effet, selon Leopardi et selon quelques autres, aurait été en son temps un grand novateur, un artiste aussi habile que peu timoré en fait de langage; il s'était de plus montré sévère ou dédaigneux pour ses prédécesseurs, pour Plaute, pour Catulle, et dans cette réaction archaïque un peu tardive, dont Fronton était l'un des chefs, on le lui faisait payer (1).

Cependant, à travers cette diversité de travaux précoces, Leopardi mûrissait au talent, et le poëte original en lui allait éclater. En 1818, c'est-à-dire à vingt ans, il fit imprimer à Rome ses deux premières canzones, l'une *à l'Italie,* l'autre *sur le monument de Dante* qui se préparait à Florence. Une troisième parut à Bologne en 1820, adressée à *Angelo Mai* au sujet de *la République,* par lui retrouvée, de Cicéron. Le caractère de ces premières pièces et de celles qui suivirent est grandiose, mâle, généreux, et d'une inspiration patriotique aussi élevée que douloureuse. Les deux premières canzones avaient en tête une dédicace à Monti :

(1) Une autre cause encore, très-essentielle, de la *moindre* réputation d'Horace à l'origine : il imitait et reproduisait, comme lyrique, les Grecs (Sapho, Alcée, Bacchylide, Simonide, et tous les autres); et c'était même sa gloire. Mais les Romains avaient sous les yeux les originaux qui, à la rigueur, pouvaient dispenser d'Horace, tandis qu'à nous, Horace nous en tient lieu.

« Je vous dédie, seigneur cavalier, ces canzones parce que
ceux qui aujourd'hui plaignent ou exhortent notre patrie ne
peuvent que se consoler en pensant que vous, avec un petit
nombre d'autres (dont les noms se déclarent assez d'eux-
mêmes quand on les passerait sous silence), vous soutenez
la gloire dernière de l'Italie, je veux parler de celle qui lui
vient des études et particulièrement des lettres et des beaux-
arts; tellement qu'on ne pourra dire encore que l'Italie soit
morte. Si ces canzones étaient égales au sujet, je sais bien
qu'elles ne manqueraient ni de grandiose ni de véhé-
mence... »

Elles en sont empreintes en effet : bien que le sujet
en semble aujourd'hui un peu usé, roulant sur cette
plainte perpétuelle et cette désolation tant renouvelée
depuis Dante, et se prenant à cette moderne Italie, à
celle même d'Alfieri, de Corinne et de Childe-Harold, et
de laquelle Manzoni a dit qu'elle était

> Pentita sempre e non cangiata mai,
> « Repentante toujours et jamais convertie ; »

malgré cet inconvénient inévitable en telle rencontre,
le poëte se sauve ici du lieu-commun par son impression sentie et profonde. Pas un mot inutile n'est
accordé à la phrase ou à l'harmonie ; c'est la pensée
même qui jaillit dans son cri impétueux :

« O ma patrie, je vois les murs, et les arcs, et les colonnes,
et les statues, et les tours désertes de nos aïeux; mais la
gloire, je ne la vois pas, je ne vois ni le laurier ni le fer
dont étaient chargés nos pères d'autrefois. Maintenant désar-
mée, tu montres ton front nu et nue ta poitrine. Hélas! que
de blessures, quelles plaies livides, que de sang! Oh! dans

quel état te vois-je, ô très-belle Dame! Je demande au ciel et au monde : Dites, dites, qui l'a réduite ainsi? Et le pire, c'est qu'elle a les deux bras chargés de chaînes, de telle sorte que, cheveux épars et sans voiles, elle est assise à terre, délaissée et désolée, se cachant la face entre les genoux, et elle pleure. Pleure, car tu en as bien sujet, ô mon Italie, née pour surpasser les nations et dans la bonne fortune et dans la mauvaise.

« Si mes yeux étaient deux sources vives, je ne pourrais assez pleurer pour égaler ton malheur et encore moins ta honte, parce que tu étais maîtresse et que tu n'es plus qu'une pauvre servante. Quel est celui qui, parlant ou écrivant de toi, ne dise au souvenir de ton renom passé : En voilà une qui fut grande et qui ne l'est plus! Pourquoi, pourquoi? Où est la force antique, où sont les armes, la valeur et la constance? qui t'a pris l'épée à ta ceinture? qui t'a trahie? quelle ruse, ou quel long effort, ou quelle si grande puissance fut capable de t'enlever le manteau et les bandelettes d'or? comment et quand es-tu tombée d'une telle hauteur en si bas lieu? personne ne combat-il pour toi? n'es-tu défendue par aucun des tiens? Des armes ici, des armes! moi seul je combattrai, je tomberai seul ; et fasse le ciel que pour les cœurs italiens mon sang devienne flamme!

« Où sont tes fils? J'entends le son des armes et des chars, et des voix et des timbales ; dans les contrées étrangères tes fils combattent. Attention, Italie! prête l'oreille. Je vois ou crois voir tout un flot de fantassins et de cavaliers, fumée et poussière, et briller les épées comme les éclairs dans la nue. Et tu te tais et tu pleures, et tu n'as pas même la force de tourner ton tremblant regard vers la lutte douteuse! Pour qui donc combat dans ces champs la jeunesse italienne? O dieux, ô dieux! les glaives italiens combattent pour la terre étrangère. O malheureux qui tombe à la guerre, non point pour la défense des rivages paternels, pour la pieuse compagne et les fils chéris, mais frappé de la main d'ennemis qui ne sont pas les siens, pour le compte d'autrui, et qui en

peut dire en mourant : Douce terre natale, la vie que tu m'as
donnée, la voici, je te la rends!

« Oh! bienheureux et chers, et bénis les âges antiques, où
les nations couraient par bandes à la mort pour la patrie! et
vous, soyez à jamais honorées et glorieuses, ô gorges de
Thessalie, où la Perse tout entière et le destin furent de
bien moindre force qu'une poignée d'âmes héroïques et généreuses!... »

Et apostrophant ici les rochers, les arbres et la mer, le
poëte leur redemande le récit de cette mort invincible,
de cette chute triomphante, et il refait hardiment le
chant perdu de Simonide.

On l'a déjà remarqué avant nous (1), Leopardi s'est
toujours beaucoup préoccupé de Simonide; il ne l'a
pas seulement reproduit et restitué dans l'héroïque, il
a traduit ses deux morceaux mélancoliques d'élégie.
J'ajouterais qu'il n'a pas omis non plus le morceau satirique sur les femmes, si cette pièce ne paraissait devoir
être attribuée à un autre Simonide. Mais, en tout, il
semble que Leopardi, parmi les modernes, puisse être
dit un poëte du même ordre et de la même variété que
Simonide parmi les anciens. A côté des élans les plus
enflammés de l'hymne et de la louange des héros, il a
trouvé les accents les plus douloureux et les plus
directs de la plainte humaine.

Son second chant, sa seconde *messénienne*, comme on
peut l'appeler, au sujet du *monument préparé à Dante*,

_____

(1) M. Theil l'avait remarqué dans un article du journal *la
Paix* (4 mars 1837), où il parlait de Leopardi à merveille, mais
devant un public distrait et dans un lieu trop peu littéraire.

est dans le même ton que la première, mais encore plus empreinte, s'il se peut, de sombre et patriotique amertume. C'est à Dante poëte, à Dante, surtout citoyen et patriote qu'il s'adresse et qu'il demande assistance et recours dans cet abaissement du présent :

« O père illustre du mètre toscan, si à vos sacrés rivages il parvient quelque nouvelle encore des choses de la terre et de cette patrie que tu as placée si haut, je sais bien que tu ne ressens point de joie pour toi-même, car moins solides que la cire et que le sable sont les bronzes et les marbres au prix du renom que tu as laissé de toi ; et si tu as jamais pu, si tu pouvais un jour tomber de notre mémoire, que croisse notre malheur s'il peut croître encore, et que ta race inconnue de l'univers soit vouée à d'éternels gémissements!

« Mais non, ce n'est pas pour toi que tu te réjouis, c'est pour cette pauvre patrie, à l'idée que peut-être l'exemple des pères et des aïeux réveillera assez les fils assoupis et malades pour qu'ils relèvent tout d'un coup leur regard. Hélas! de quel long outrage t'apparaît flétrie celle qui te saluait, déjà si malheureuse, alors que tu montas la *première* fois au paradis! Et pourtant, auprès de ce que tu la vois aujourd'hui, elle était alors heureuse, maîtresse et reine. Une telle misère lui ronge le cœur que peut-être, en la voyant, tu n'en crois pas tes yeux. Je veux taire les autres ennemis et les autres sujets de deuil, mais non la France scélérate et mauvaise (*la Francia scelerata e nera*), par qui ma patrie à l'extrémité a vu de près son dernier soir. »

Je ne crains pas de rétablir ici le nom de la France, que Leopardi a supprimé dans ses corrections dernières, tout en laissant subsister le passage et en substituant par manière d'adoucissement l'appellation de cruelle (*fera*). Il ne pardonnait pas à la France la diminution et la confiscation de l'Italie sous l'Empire ; ces impressions d'enfance lui demeurèrent durables et profondes. Il redevenait de 1813, en écrivant cinq ans plus tard, et son accent répondait, on l'a remarqué, au cri d'imprécation des généreux Allemands Henri Kleist, Arndt et Kœrner. Ainsi, dans ce chant à Dante, il peint en traits sanglants la perte des légions italiennes durant la campagne de Russie, ces hommes du Midi ensevelis sous les glaces et, dans leur dernier regard vers leur mère adorée, se disant :

« Plût au ciel que ce ne fussent ni les vents, ni les tempêtes, mais le fer qui nous moissonnât, et pour ton bien, ô notre patrie ! Voilà que loin de toi, quand le plus beau de notre âge nous sourit, inconnus du monde entier, nous mourons pour cette nation qui te tue.» — «Et leur plainte, ajoute le poëte, ne fut entendue que du désert boréal et des forêts sifflantes. Ainsi ils rendirent le dernier soupir, et leurs cadavres, abandonnés à découvert sur cette horrible mer de neige, furent déchirés des bêtes féroces ; et le nom des braves et des meilleurs restera à jamais l'égal de celui des lâches et des méprisables. »

Mais le sentiment qui sera bientôt la clef du cœur même de Leopardi et que nous surprenons déjà, ce sentiment stoïque du calme fondé sur l'excès même du désespoir, lui inspire cette sublime consolation :

« Ames chéries, bien que votre calamité soit infinie, apaisez-vous, et que cela vous serve de réconfort, que vous n'en aurez aucun ni dans cet âge ni dans les suivants. Reposez au sein de votre affliction sans mesure, ô les vrais fils de celle dont le suprême malheur ne voit que le vôtre seul capable de l'égaler ! »

Nous retrouverions ailleurs encore des éclats de cette colère de Leopardi contre la France. Remarquons toutefois que cette colère même n'était pas de l'indifférence, ni même de la haine, et qu'il y a souvent plus près de la colère à l'amour que d'une froide et tiède amitié. A un certain moment, Leopardi songea sérieusement à venir habiter en France ; il croyait que ce n'est que là encore qu'on peut vivre hors de la patrie (1). Le jour où il voudra exprimer nettement sa pensée la plus chère, une profession de foi faite pour être montrée, nous verrons que c'est en français tout naturellement qu'il la consignera. Enfin, dans ses préventions pessimistes, contre lesquelles protestaient assez hautement ses propres efforts et ceux de plusieurs de ses nobles compatriotes, il estimait que la différence littéraire actuelle entre la France et l'Italie, c'est qu'en France il y avait encore quelques personnes qui cherchaient à bien écrire, et qu'en Italie il n'y en avait plus.

Un beau réveil pourtant s'opérait sur toute la péninsule en ces années; Leopardi, l'un des précurseurs, le présageait, sans assez y croire, dans son chant à Angelo Mai. Ce savant et actif investigateur

(1) «... E non mi fa punto meraviglia che la Germania, solo paese dotto oggidì, sia più giusta verso di voi, che la presuntuosissima, e superficialissima, e ciarlatanissima Francia. » On me dispensera de traduire : Leopardi écrivait cela de Florence à M. de Sinner, le 18 décembre 1832 ; et, moins de deux ans après (20 mars 1834), il lui écrivait de Naples : « Io per molte e fortissime ragioni sono desiderosissimo di venire a terminare i miei giorni a Parigi. » C'est ainsi que se résument le plus souvent et que se réfutent le mieux la plupart de ces grandes colères contre la France.

venait de retrouver la *République* de Cicéron après les *Lettres* de Fronton : on se demandait où s'arrêteraient de telles découvertes. Quoi! les antiques aïeux ressuscitaient de la tombe, et les vivants n'y répondaient pas ! Oh! du moins, lors de la grande renaissance des lettres, la ruine de l'Italie n'était pas consommée ; l'étincelle du génie circulait dans l'air au moindre souffle. Les cendres sacrées de Dante étaient chaudes encore, et le doux luth de Pétrarque n'avait pas cessé de frémir. Leopardi part de là pour célébrer le hardi Colomb, et l'Arioste, et le Tasse, en des couplets qui sont tour à tour de la plus gracieuse ou de la plus fière beauté. Je reprends le chant à ce qu'il dit de Pétrarque :

« Et tes douces cordes murmuraient encore au toucher de tes doigts, amant infortuné. Hélas! c'est par la douleur que naît et commence le chant italien. Et pourtant il pèse et mord moins cruellement le mal qui blesse avec douleur, que l'ennui qui étouffe. O bienheureux toi dont les pleurs furent la vie! Pour nous, l'ennui nous a serrés dans ses nœuds; pour nous, près du berceau comme sur la tombe, s'assied immobile le néant.

« Mais ta vie était alors avec les astres et avec la mer, audacieux enfant de Ligurie, quand au delà des Colonnes d'Hercule, et par de là les rivages où l'on croyait sur le soir entendre frémir l'onde au plonger du soleil, te confiant aux flots infinis, tu retrouvas le rayon de ce soleil qu'on croyait tombé et le jour qui naît quand pour nous il a disparu. Tout le contraste de la nature fut rompu par toi, et une terre inconnue, immense, servit de trophée de gloire à ton voyage et aux périls de ton retour. Hélas! hélas! le monde mieux connu ne s'accroît point, mais plutôt il diminue, et l'éther résonnant, la féconde terre et la mer paraissent bien plus vastes au tout petit enfant qu'au sage.

« Où sont-ils allés nos songes fortunés qui nous montraient
de ce côté l'inconnue retraite d'habitants inconnus, ou bien
le lieu d'abri des astres durant le jour, et le lit mystérieux
de la jeune aurore, et le sommeil caché du grand astre durant les nuits? Voilà qu'ils se sont évanouis en un instant,
et le monde est figuré sur une carte étroite; voilà que tout
devient semblable, et la découverte ne fait qu'accroître le
néant. Le vrai à peine touché l'interdit à nous, ô imagination chérie; notre esprit se retire de toi pour toujours; les
années viennent nous soustraire à ton premier pouvoir si
plein de prodiges, et la consolation de nos chagrins périt.

« Tu naissais cependant aux doux songes, et le premier
soleil te donnait en plein dans le regard, ô Chantre aimable
des armes et des amours... »

Je m'arrête, mais on comprend tout ce que va gagner
en poésie et en fraîcheur ce portrait de l'Arioste venant
aussitôt après les teintes sévères de la réalité. Ce beau
chant finit par un salut sympathique et un cri ardent
vers Alfieri, que Leopardi appelle *Vittorio mio* et auquel
il se rattache comme au dernier de la noble race, au
seul que ces temps de ruine aient laissé debout. Dans
la préface en prose de cette canzone, Leopardi rappelait le mot de Pétrarque : *Ed io son di quei che'l pianger
giova* (Et moi aussi je suis de ceux qui se plaisent à
la plainte): « Je ne dirai pas, ajoute-t-il, que la plainte
soit ma nature propre, mais une nécessité des temps et
de la fortune. »

Et en effet on ne peut douter, rien que d'après ces
débuts, de la nature avant tout mâle et antique de Leopardi; elle continuera de se dessiner de plus en plus.
Au milieu même de ses plaintes les plus tendres et de
ses mélancoliques élégies, la sobriété mettra le cachet;

pas une parole n'excédera le sentiment, et le stoïcien invincible se retrouvera au fond, jusque dans les amertumes les plus épanchées. La date de cette canzone à Angelo Mai (1820) était celle également du *Carmagnola* de Manzoni; le drapeau d'une réforme littéraire flottait donc enfin, et toute une jeune milice s'ébranlait alentour. L'*Anthologie* de Florence allait s'ouvrir pendant des années à d'honorables et ingénieuses tentatives (1). Plus jeune d'âge que la plupart des hommes de ce premier mouvement, le précoce Leopardi se trouve débuter en même temps qu'eux; il va en ligne avec les Manzoni, les Berchet, les Grossi, et ne vient à la suite de personne: il se lève de son côté, tandis qu'eux marchaient du leur. Le rapprocher de ces hommes éminents, de ces écrivains généreux, marquer les rapports exacts et les différences, conviendrait à des juges mieux informés et plus compétents que nous. Il nous semble que si, par ses audaces et ses rajeunissements de langage, par son culte de la forme retrouvée, Leopardi appartient à l'école des novateurs, il était du moins le classique par excellence entre les romantiques. Les autres se préoccupaient davantage de l'Allemagne, du moyen âge et des théories dramatiques: lui, il resserra et poussa uniquement ses efforts dans la haute poésie lyrique, et aussi dans des écrits en prose d'une extrême perfection. Je ne sais si Leopardi rendait toute justice au mouvement italien contemporain, dont

---

(1) Ce recueil littéraire, le meilleur de l'Italie, fut supprimé par un décret du grand-duc au commencement de 1833, après douze années environ d'existence.

il n'était lui-même qu'un des nobles organes, et s'il y reconnaissait autant de signes de parenté avec lui qu'on croit en découvrir à distance, mais je me plais à enregistrer ici le mot de Manzoni sur son talent : « Vous connaissez Leopardi, disait-il vers 1830 à un voyageur, avez-vous lu ses essais de prose? on n'a pas assez fait attention à ce petit volume; comme style, on n'a peut-être rien écrit de mieux dans la prose italienne de nos jours. » La candeur de l'illustre auteur des *Promessi Sposi* se reconnaît en cette parole.

Quant à ses vers, Leopardi se rattachait directement au style des anciens par Alfieri et Parini, et en remontant plus haut. La langue italienne a cela de particulier, d'avoir offert, depuis cinq siècles, plusieurs moments vrais de renaissance ; elle le doit à ce qu'à ses débuts elle eut le bonheur de compter des chefs-d'œuvre. Le courant dans l'intervalle peut s'égarer; mais il suffit de se remettre en communication avec les sommets pour retrouver le jet de la source. Après Dante, Pétrarque et Boccace, la langue italienne faiblit; la renaissance grecque et latine l'encombre de débris et semble l'étouffer. Il fallut que Politien avec Laurent de Médicis rouvrît la route à l'Arioste et aux autres grands poëtes de ce siècle. Après le Tasse, autre décadence, les concetti abandonnent et corrompent tout. Des hommes de talent au xviiie siècle, Parini, Alfieri et Monti, essayent un retour généreux et sévère; mais la révolution française interrompt et contrarie les efforts; l'invasion implante moins de gallicismes qu'on ne dit, elle nuit pourtant comme toute invasion: il fallut que cette œuvre de

Parini et d'Alfieri fût reprise par Manzoni, Leopardi et autres, et elle le fut avec un vrai succès. On ne saurait, en France, comparer ce privilége heureux de l'Italie (1) à nos efforts estimables et incomplets d'archaïsme studieux. Les Grecs avaient Homère à l'horizon, les Italiens ont Dante : voilà des marges immenses. Notre lointain horizon, à nous, ce n'est qu'une ligne assez plate. Nous ne remontons guère par la pratique au delà de Rabelais ou de Ronsard, et encore que d'efforts et de faux pas pour y arriver! Aussi le siècle de Louis XIV reste aisément, pour l'aspect de la langue, notre bout du monde; la colline est admirable de contour, mais elle est bien prochaine; entre elle et nous il n'y a guère d'espace pour ces évolutions que présente l'Italie, qu'accomplissait la Grèce, que l'Angleterre elle-même se peut librement permettre moyennant son Shakspeare.

Le caractère technique et la qualité des vers de Leopardi seraient à déterminer: il emploie assez volontiers, mais non pas du tout exclusivement, ni même le plus habituellement, les *sciolti* : à quelle école appartiennent les siens? Les critiques italiens en distinguent de deux sortes et comme de deux familles : ceux qui datent de Frugoni, plus fastueux, plus pompeux, plus redondants et colorés, et ceux de Parini, plus sobres,

(1) Ce point de vue, où l'on fait ressortir certains avantages de l'Italie quant à la langue poétique, a besoin d'être *balancé* et un peu rabaissé par la considération de quelques inconvénients très-réels. (Voir, dans nos *Portraits contemporains,* tome II, les discussions de Fauriel et de Manzoni à ce sujet, pages 540, 550.)

plus châtiés, d'une élégance plus discrète. A la première espèce on rapporte, comme variétés, les *sciolti*
de Cesarotti et ceux même, si perfectionnés, de Monti ;
dans la seconde se rangent ceux d'Alfieri, de Foscolo,
de Manzoni. On me fait remarquer que ceux de Leopardi, en se rattachant à cette dernière école pour la
netteté, paraissent avoir gardé de la facilité de l'autre :
les connaisseurs diront le degré exact et à quel point ils
les jugent bien frappés.

La rime joue d'ailleurs un rôle très-savant et compliqué dans les couplets des canzones de Leopardi ; elle
reparaît de distance en distance et correspond par intervalles calculés, comme pour mettre un frein à toute
dispersion. Elle fait bien l'effet de ces vases d'airain
artistement placés chez les anciens dans leurs amphi-
théâtres sonores, et qui renvoyaient à temps la voix
aux cadences principales. Qu'il nous suffise de signaler
cette science de structure et d'harmonie dans les
strophes de Leopardi, en réponse à ceux qui croiraient
encore qu'il a dédaigné la rime.

C'est aux environs de l'année 1820, et probablement
avant son premier voyage à Rome, que dut s'opérer un
changement complet dans les croyances intimes de Leopardi : il passa de la première soumission de son enfance à une incrédulité raisonnée et invincible, qui
s'étendait non-seulement aux dogmes de la révélation,
mais encore aux doctrines dites de la religion naturelle.
On a cherché à expliquer par des circonstances accidentelles cette révolution morale dans un homme d'une
pensée supérieure et d'une sensibilité exquise, comme

si l'esprit humain, quand il s'élève et que l'orage du
cœur s'en mêle, avait un si grand nombre de chances
entre les solutions. Leopardi, sous plus d'un aspect,
semblait primitivement destiné par la nature à la force,
à l'action, à la beauté virile : le feu de son regard, son
accent vibrant, le timbre pénétrant de sa parole, une
sorte de fascination involontaire qui s'exerçait d'elle-
même sur ceux qui l'approchaient, et dont la nature a
fait l'une des prérogatives du génie, tout semblait le
convier à l'expansion de la vie, au charme des relations
partagées (1). Mais de bonne heure son organisation
délicate s'altéra, son corps frêle ne réussit point à triompher du travail de la puberté; avant même que sa santé
fût totalement perdue, une inégalité d'épaule se prononça, et on a cherché à expliquer en lui par un douloureux ressentiment cette amertume incurable qui se
répandit dès lors sur les objets et qui, en toute occasion,
s'en prenait au sort. Byron a ressenti non moins amèrement un inconvénient beaucoup moindre. On a parlé
aussi d'une autre circonstance. L'abbé Gioberti, à qui l'on
doit cette justice que, chrétien et prêtre, il n'a jamais
parlé de Leopardi qu'en des termes pleins de sympathie et d'une admiration compatissante (2), a raconté

(1) Voici le portrait, un peu plus doux et presque tendre, qu'a
tracé de lui Ranieri dans la notice de l'édition de Florence (1845) :
« Il était d'une taille moyenne, courbée et frêle ; il avait le teint
blanc tournant au pâle, la tête grosse, le front large et carré, les
yeux d'un beau bleu et pleins de langueur, le nez fin, les traits
extrêmements délicats, la prononciation modeste et un peu voilée,
le sourire ineffable et comme céleste. »
(2) Voir le livre intitulé *Teorica del Sovrannaturale* (1838), page

qu'ayant connu le poëte à Florence, en 1828, et l'ayant
accompagné dans un petit voyage à Recanati, il entendit chemin faisant, de sa bouche, le récit de sa *conversion philosophique*, c'est ainsi que Leopardi la nom-
mait : la première impulsion lui serait venue d'un
personnage qu'il admirait beaucoup, littérateur influent
par son esprit et par ses ouvrages. Mais, de quelque
part que soit arrivée au jeune homme la première provocation au doute et à l'examen, et quand il en aurait
reçu l'initiative dans la conversation de quelqu'un de
ses amis philosophes, comme Giordani ou tout autre,
il faut reconnaître que l'esprit seul de Leopardi fit les
frais de cette nouvelle opinion dans laquelle il s'engagea, et qui lui devint aussitôt comme un progrès naturel et nécessaire de sa pensée, un sombre et harmonieux
développement de son talent et de sa nature. Nous
aurons assez d'occasions d'en étudier les traits et l'
forme tout originale entre les diverses sortes d'incrédulité et de désespoir.

Cette tournure décisive que prirent les opinions philosophiques de Leopardi, aussi bien que ces exhortations
de réveil patriotique, eurent pour effet d'aliéner de lui
son père, qu'on dit homme distingué lui-même, écrivain spirituel, mais qui ne pardonna point à son fils
d'embrasser une cause contraire. Toute la suite de

390. Il y rappelle à propos de Leopardi, ce beau mot de saint
Augustin, au début de ses *Confessions* : « *Fecisti nos, Domine, ad
te, et inquietum est cor nostrum donec requiescat in te* (Tu nous
as faits en vue de toi, ô Seigneur, et notre cœur est en proie à
une inquiétude sans relâche, jusqu'à ce qu'il trouve son repos en
toi). »

22.

l'existence du poëte en fut entravée et resta sujette à la gêne. Il ne put s'éloigner du gîte natal, qui lui devenait insupportable, sans que les ressources domestiques lui fussent parcimonieusement marchandées, ou même totalement refusées à la fin. Les détails précis qu'on pourrait donner sur certains instants de détresse d'un si noble cœur seraient trop pénibles.

Au mois d'octobre 1822, cédant aux instances de quelques amis, Leopardi quitta pour la première fois Recanati et se rendit à Rome, où ses relations s'étendirent. Il fut chargé de dresser le catalogue des manuscrits grecs de la bibliothèque Barberine. Il fit la connaissance de Niebuhr, qui l'apprécia dignement, et qui essaya même de lui faire donner un emploi par le cardinal Consalvi; mais on n'y consentait qu'à la condition que Leopardi embrasserait la carrière ecclésiastique. Niebuhr essaya encore d'attirer son jeune ami comme professeur à l'Université de Berlin. Dans sa seconde édition des vers retrouvés de Merobaudes, ayant profité de ses observations, il lui a rendu un éclatant hommage (1). En quittant Rome, il le recommanda vivement

(1) Parmi les érudits, dit-il à la fin de sa préface, dont les conjectures heureuses m'ont profité, est le comte Jacques Leopardi, que je me plais à signaler à mes compatriotes comme l'un des ornements actuels de l'Italie, comme l'une de ses futures et de ses plus certaines espérances. Mais il faut laisser à ce témoignage mémorable l'autorité de son texte tout à fait classique : « Comes « Jacobus Leopardius, Recanatensis Picens, quem Italiæ suæ jam « nunc conspicuum ornamentum esse, popularibus meis nuntio; « in diesque eum ad majorem claritatem perventurum esse, spon- « deo : ego, vero, qui candidissimum præclari adolescentis inge- « nium, non secus quam egregiam doctrinam, valde diligam, omni

à M. Bunsen, avec qui le poëte noua des relations toujours continuées. Pendant son séjour à Rome. Leopardi
inséra dans les *Effemeridi letterarie Romane* de savants
articles sur le Philon arménien d'Aucher, sur la *République* de Cicéron publiée par Maï; il donna une grande
dissertation critique sur la *Chronique* d'Eusèbe publiée
par le même infatigable Maï conjointement avec Zohrab.
Ce sont, assure-t-on, les plus importants parmi ses
travaux de ce genre; le jugement de Niebuhr nous
dispense d'y insister davantage. Ce séjour de Rome
fut peu propre d'ailleurs à faire revenir Leopardi de
certaines préventions et aversions déjà conçues. A côté
des satisfactions fort douces qu'il y recueillit, il ressentit bien des ennuis, bien des gênes, sans parler de celles
qui tenaient à sa situation personnelle. Il éprouva,
comme Courier, la jalousie et les mauvais tours de
certain bibliothécaire, de quelque collègue ou successeur de ce Manzi qu'il a fustigé sous l'allégorie du *Manzo*
(bœuf) dans des sonnets satiriques un peu trop con-
formes au sujet (1).

« ejus honore et incremento lætabor : » *Merobaudis carminum
Reliquiæ;* Bonn, 1824.)

(1) J'avais cru d'abord que c'était à cette époque même et pendant son voyage à Rome que Leopardi avait eu maille à partir
avec Manzi; mais celui-ci était mort en février 1821, et la vengeance de Leopardi remonte à l'année 1817 et se rattache à une
polémique littéraire dans laquelle Manzi s'était montré grossier.
Leopardi parle d'ailleurs avec dégoût, dans l'une de ses lettres, de
*la infame gelosia de' bibliotecarii, insuperabile a chi non sia inte-
ressato a combatterla personalmente.* Quand il énumère les congés
de la Vaticane et des autres bibliothèques, qui sont en vacances la
moitié de l'année, et qui, le reste du temps, profitent de toutes les

En 1824, parut à Bologne le premier recueil de ses *Canzoni,* contenant les trois premières déjà publiées et sept autres inédites. Le poëte était retourné de Rome à Recanati, à l'*abborrito e inabilabile Recanati,* comme il l'appelle. Sa santé s'altérant de plus en plus, et les études philologiques lui devenant presque impossibles, la douleur et la solitude lui inspirèrent un redoublement de révolte et de plainte; sa poésie en prit un plus haut essor, et son malheur, comme à tant d'autres, fit sa gloire. Il faudrait analyser chacune des canzones nouvelles de ce volume, car chacune a son caractère et ses beautés. Pour les noces de sa sœur Paolina, il compose un épithalame héroïque qui semble destiné à Cornélie : « Tu auras des fils ou malheureux ou lâches : préfère-les malheureux! » — En adressant une sorte de chant pindarique à un jeune homme *vainqueur au ballon* (ces sortes de jeux et de victoires ont beaucoup de solennité en Italie), il passe vite de la félicitation triomphante à un retour douloureux: l'antique palestre était une école de gloire; on courait de l'Alphée et des champs d'Élide à Marathon; mais ici, qu'est-ce? L'éphèbe, vainqueur des jeux, survit à la pa-

---

fêtes et de tous les saints du calendrier, sans compter deux ou trois jours de clôture régulière par semaine, il me rappelle le conte malin de Boccace imité par La Fontaine. Il semble tout à fait que le gouvernement de ce pays applique à la science *le calendrier des vieillards,* de peur qu'elle ne devienne féconde :

> On sait qui fut Richard de Quinzica,
> Qui mainte fête à sa femme allégua,
> Mainte vigile et maint jour fériable...

trie; il a sa couronne, et elle n'en a plus : « La saison
est passée; personne, aujourd'hui, ne s'honore d'une
telle mère. Mais pour toi-même, ô jeune homme! élève
là-haut ta pensée. A quoi notre vie est-elle bonne, sinon
à la mépriser? » — Le chant *au printemps,* où il
redemande à la nature renaissante l'âge d'or des fables
antiques, développe une pensée que nous avons déjà
entendu exprimer au poëte au sujet de la découverte
de Colomb; il se reprend d'un regret passionné à ces
douces illusions évanouies, irréparables :

« Hélas! hélas, puisque les chambres d'Olympe sont vides
et que l'aveugle tonnerre, en errant aux flancs des noires
nuées et des montagnes, lance à la fois l'épouvante au sein
de l'innocent et du coupable; puisque le sol natal, devenu
étranger à sa race, ne nourrit que des âmes contristées, c'est
à toi d'accueillir les plaintes amères et les indignes destinées
des mortels, ô belle nature; à toi de rendre à mon esprit
l'antique étincelle, si toutefois tu vis, et s'il existe telle chose
dans le ciel, si telle chose sur la terre féconde ou au sein
des mers, qui soit, oh! non pas compatissante à nos peines,
mais au moins spectatrice !

« Pietosa no, ma spettatrice almeno! »

— *Le Dernier Chant de Sapho,* tout vibrant d'une sauvage âpreté et tout chargé des plus sombres couleurs
de l'Érèbe, peut sembler, sous ce masque antique, un
cri presque direct de l'âme du poëte, à l'une de ces
heures où, lui aussi, il fut tenté de lancer sa coupe au
ciel et de rejeter l'injure de la vie :

. . . . . . Lucemque perosi
Projecere animas. . . . . . .

Mais c'est autour de la pièce intitulée *Bruto minor*
(*Brutus le jeune,* celui de Philippes), qu'il faut surtout
nous arrêter, parce qu'ici est la clef de toute la philosophie négative de Leopardi, le cachet personnel et
original de son genre de sensibilité poétique.

La pièce, dans l'édition première (Bologne, 1824),
est précédée d'une préface en prose : *Comparaison des
pensées de Brutus et de Théophraste à l'article de la mort ;*
on a eu le tort de supprimer ce morceau capital dans
les éditions subséquentes. Brutus, on le sait, près de
se percer de son épée, s'écria, selon Dion Cassius : « O
misérable Vertu, tu n'étais qu'un nom, et moi je te
suivais comme une réalité ; mais tu obéissais en esclave
à la fortune (1). » Et le vieux Théophraste, comblé de
jours et d'honneurs, à l'âge de plus de cent ans, interrogé par ses disciples au moment d'expirer, leur répondit par des paroles moins connues, non moins mémorables, et qui revenaient à dire qu'il n'avait suivi qu'une
fumée, et qu'il se repentait de la gloire, autant que Brutus de son côté se repentait de la vertu (2). Or, vertu
et gloire, chez les Anciens, c'étaient deux noms divers

(1) Les paroles de Brutus ne sont qu'une *citation* qu'il faisait
d'un ancien tragique inconnu : ce sont deux vers, alors célèbres,
qu'il appliquait à sa situation. Cela ôte un peu au sens absolu
qu'on y attache.

(2) Il y a beaucoup d'obscurité, au reste, et même d'incohérence
dans les paroles de Théophraste, telles que les donne le texte de
Diogène de Laërte. Leopardi les a légèrement façonnées en les
traduisant, et leur a prêté un sens plus net et plus absolu qu'une
critique philologique sévère n'est peut-être en droit de leur attribuer.

pour désigner à peu près le même objet idéal, but des
grandes âmes. Aujourd'hui, remarque très-bien Leopardi, ces reniements et, pour ainsi dire, ces apos-
tasies des erreurs magnanimes qui embellissent ou
mieux qui composent notre vie, et lui donnent proprement ce qu'elle tient de la vie plutôt que de la mort,
ces sortes de paroles sceptiques sont très-ordinaires et
n'ont plus de quoi surprendre : l'esprit humain, mar-
chant avec les siècles, a découvert la nudité et comme
le squelette des choses ; le christianisme a changé le
point de vue de la sagesse ; et elle consiste à dénoncer
à l'homme sa misère plutôt qu'à la couvrir et à la dissimuler. Mais il n'en était pas ainsi chez les Anciens, accoutumés, selon l'enseignement de la nature, à croire
que les choses étaient des *réalités* et non des *ombres,*
et que la vie humaine était destinée à mieux qu'à la
souffrance. Leopardi discute donc, avec une curiosité
aussi ingénieuse que pénétrante, le sens et la valeur
de ces paroles, alors si étranges, de deux sages. Il
agite très-longuement celle de Théophraste, plus étrange
encore, selon lui, en ce qu'elle semble moins motivée.
Quant au cri de Brutus, il le considère volontiers
comme le dernier soupir de l'antiquité tout entière, au
moment où va expirer l'âge de l'imagination. Brutus
meurt le dernier des Anciens, et il crie au monde qu'il
s'est trompé dans sa noble espérance. A partir de ce
jour-là, l'humanité dépouilla sa robe virile et entra dans
les années de deuil et de triste expérience. Les sages,
éclairés sur la vérité toute nue, durent chercher un
autre recours, non plus contre la fortune, mais contre

la vie elle-même. Rejetés de la terre, qui n'était plus tenable, ils émigrèrent ailleurs; ils essayèrent (c'est Leopardi qui parle) des perspectives chrétiennes et de l'autre vie, comme consolation dernière.

Tel est le point de vue de Leopardi, le pôle fixe auquel il rapporte désormais tous ses jugements et ses sentiments. Il considère Brutus comme le dernier des Anciens, mais c'est lui qui l'est. Il est triste comme un Ancien venu trop tard. Il n'a pas voulu rendre son épée et il est prêt à s'en percer dix fois le jour. Mélancolie haute et généreuse, invincible attitude, fierté muette et indomptable, il y a dans ce désespoir aussi bien des traits d'originalité (1).

(1) Dans un article sur les *Études d'Histoire romaine* de M. Mérimée, M. de Rémusat, vengeant les anciens Romains de quelques accusations trop promptes, a dit : « Auprès des vices de Rome, au déclin même des anciennes mœurs, que d'exemples de dignité, d'empire sur soi, de mépris de la souffrance et du danger! Auprès des violences sanglantes de quelques réactions passagères, quel respect habituel pour la vie des citoyens au milieu des luttes de la politique! Il n'était point d'inimitié de parti, point d'accusation capitale que le plus menacé des hommes ne pût conjurer à temps en s'exilant lui-même; et tel était leur amour pour ce qu'ils appelaient leur dignité, qu'ils ressentaient un voluptueux exil comme un cruel déshonneur, et que, dans une guerre civile, le vaincu, qui pouvait aisément sauver sa tête, aimait mieux, sans effort et sans bruit, se faire égorger noblement par un esclave. Il y a, dans la manière de penser et de sentir des anciens, de telles différences dès qu'on les compare à nous, qu'il faut, si l'on ne veut leur faire injustice, les connaître tout entiers. A les juger dans l'ensemble, les Romains n'ont point usurpé cette admiration traditionnelle qui s'attache à leur nom. Nos idées et nos lumières ont pu améliorer l'ordre social, mais je ne sais si les hommes des temps modernes sont meilleurs pour être plus faibles, et les pro-

Notre âge a compté d'autres poëtes et peintres du désespoir : Byron, Shelley, Oberman. Ces trois noms suffiraient pour parcourir une triple variété frappante d'incrédulité, de scepticisme et de spinosisme. Shelley abonde plutôt en ce dernier sens qu'il embellit, qu'il orne et revêt des plus riches couleurs; on a volontiers chez lui l'hymne triomphal de la nature. Oberman, étranger à toute ivresse, promène sur le monde son lent regard gris et désolé. Byron, si capable de retour éclatant vers l'antique, est celui qui a le plus de rapport avec Leopardi; et certes, l'un comme l'autre, ils durent méditer bien souvent ce sublime et désespéré monologue d'Ajax prêt à se tuer, en face de son épée. Mais Leopardi garde en lui, nous le répétons, ce trait distinctif qu'il était né pour être positivement un Ancien, un homme de la Grèce héroïque ou de Rome libre, et cela sans déclamation aucune et par la force même de sa nature. Il croyait que là seulement l'homme avait eu une vue simple des choses, un déploiement heureux et naturel de ses facultés. Il regrettait cette vie publique de l'*agora* et cette existence expansive en face d'une nature généreuse. Il oubliait un peu que Socrate déjà avait dit qu'il était impossible de vaquer aux choses publiques en honnête homme et de s'en tirer sain et sauf, et que Simonide avait déjà déploré amèrement la misère de la race des hommes; ou plutôt il ne l'oubliait pas, mais il croyait qu'à travers

grès ne sont pas des vertus. » Cette page est un beau commentaire de la manière de sentir de Leopardi.

ces plaintes et ces écueils inévitables, il y avait lieu, en ces temps-là, de vivre d'une vraie vie, au lieu d'être, comme aujourd'hui, jeté dans le monde des ombres.

Comme il faut pourtant qu'on soit toujours (si peu qu'on en soit) du temps où l'on vit, Leopardi en était par le contraste même, par le point d'appui énergique qu'il y prenait pour s'élancer au dehors et le repousser du pied. Mais de plus lui-même, sans s'en douter, il avait gardé du christianisme en lui ; les anciens n'aimaient pas, à ce degré de passion qu'on lui verra, l'*amour* et la *mort* ; quelques-unes de ses pièces semblent être d'un Pétrarque incrédule et athée (pardon d'associer ces mots !), mais d'un Pétrarque encore.

Car qu'on ne croie pas que Leopardi était tout entier dans les énergiques et farouches accents dont nous avons déjà cité maint exemple, et dont la paraphrase qu'il donne des paroles de Brutus est chez lui l'expression la plus superbe (1) : on a là le côté, pour ainsi

---

(1) En voici la fin : « O caprices du sort ! ô espèce fragile ! nous sommes la moindre partie des choses ; les glèbes teintes de notre sang, les cavernes où hurle l'hôte qui nous déchire, ne sont point troublées de notre désastre, et l'angoisse humaine ne fait point pâlir les étoiles.

« Je ne fais pas appel, en mourant, aux rois sourds de l'Olympe ou du Cocyte, ni à l'indigne terre, ni à la nuit ; je ne t'invoque point non plus, dernier rayon dans l'ombre de la mort, ô conscience de l'âge futur ! La morne fierté du tombeau se laissa-t-elle jamais apaiser par les pleurs, ou orner par les hommages et les offrandes d'une foule vile ? Les temps se précipitent et empirent : c'est à tort que l'on confierait à des neveux gâtés (*a putridi nepoti*) l'honneur des âmes fortes et la vengeance suprême des vaincus.

dire, historique de son talent ; c'est comme la ruine romaine dans le grand paysage ; mais souvent il s'y promène seul, rêveur, et animé d'une mélancolie personnelle, toujours profonde et à la fois aimable. Il publia à Bologne, en 1826, un petit volume pour compléter les *Canzoni,* et qui y fait par le ton un gracieux contraste. Les idylles, les élégies y tiennent la meilleure place. Nous oserons en reproduire quelques-unes en vers, prévenant le lecteur, une fois pour toutes, que nous savons toute l'infériorité de l'imitation, que nous avons par instants paraphrasé plutôt que traduit, et que bien souvent, par exemple, nous avons mis cinq mots là où il n'y en a que trois. Chez Leopardi, je le rappelle, pas un mot inutile n'est accordé ni à la nécessité du rhythme ni à l'entraînement de l'harmonie : la simplicité grecque primitive diffère peu de celle qu'il a gardée et qu'il observe religieusement dans sa forme. Malgré tout, nous croyons avoir mieux réussi de cette façon à donner quelque idée de la muse tendrement sévère (1).

Qu'autour de moi le sombre vautour agite en rond ses ailes ; que la bête féroce serre sa proie, ou que l'orage entraîne ma dépouille inconnue, et que le vent accueille mon nom et ma mémoire ! »

(1) L'Allemagne, toujours si au courant, possède, depuis plusieurs années, des traductions en vers du poëte. M. Bothe (le savant éditeur d'Homère) en a traduit quelques morceaux, et M. Karl Ludwig Kannegiesser, traducteur de Dante, a également traduit tout le recueil de Leopardi. Puisque j'en suis à ces indications d'outre-Rhin, je noterai aussi un excellent article biographique sur Leopardi, par M. Schulz, dans l'*Italia* (espèce d'almanach allemand rédigé à Rome par des Allemands qui vivent en Italie, année 1840), et des articles de la *Gazette d'Augsbourg* (septembre 1840), par M. Blessig.

L'INFINI.

J'aimai toujours ce point de colline déserte,
Avec sa haie au bord, qui clôt la vue ouverte
Et m'empêche d'atteindre à l'extrême horizon.
Je m'assieds : ma pensée a franchi le buisson;
L'espace d'au delà m'en devient plus immense,
Et le calme profond et l'infini silence
Me sont comme un abîme; et mon cœur bien souven'
En frissonne tout bas. Puis, comme aussi le vent
Fait bruit dans le feuillage, à mon gré, je ramène
Ce lointain de silence à cette voix prochaine :
Le grand âge éternel m'apparaît, avec lui
Tant de mortes saisons, et celle d'aujourd'hui,
Vague écho. Ma pensée ainsi plonge à la nage,
Et sur ces mers sans fin j'aime jusqu'au naufrage.

LE SOIR DU JOUR DE FÊTE.

Douce et claire est la nuit, sans souffle et sans murmure;
A la cime des toits, aux masses de verdure,
La lune glisse en paix et se pose au gazon,
Et les coteaux blanchis éclairent l'horizon.
Déjà meurent les bruits des passants sur les routes;
Les lampes aux balcons s'éteignent presque toutes,
Ma Dame, et vous dormez; car le sommeil est prompt
A qui n'a point d'ennui qui lui charge le front.
Et votre cœur ignore, en sa calme retraite,
Ma blessure profonde et que vous avez faite.
Vous dormez; et je viens, sous l'aiguillon cruel,
A ma fenêtre ouverte, en face du beau ciel,
Saluer cette antique et puissante nature,
Mais qui, pour moi chétif, ne fut jamais que dure :
« Loin de toi l'espérance, enfant, m'a-t-elle dit;
Oui, même ce rayon, l'espoir, t'est interdit.
Qu'en aucun temps tes yeux ne brillent que de larmes! »

— Ce jour-ci, qui finit, fut pour vous plein de charmes,
Ma Dame, un heureux jour de divertissement,
De triomphe; et peut-être encore, en ce moment,
Quelque songe léger vous rend à la pensée
Ceux à qui vous plaisiez dans la foule empressée,
Ceux aussi qui plaisaient... Oh! non pas moi, jamais!
Un souvenir, c'est plus que je ne m'en promets.

Cependant je me dis ce qui me reste à vivre,
Je cherche quand viendra le moment qui délivre,
Et je me jette à terre et j'étouffe mes cris.
Jours affreux à passer sous les printemps fleuris!

Non loin d'ici, j'entends à travers la campagne
Quelque chant d'ouvrier attardé, qui regagne
Sa chétive demeure, oublieux et content;
Et j'ai le cœur serré de penser que pourtant
Tout fuit, sans laisser trace; et déjà la semaine
A la fête succède, et le flot nous emmène.
Qu'est devenu le bruit des peuples d'autrefois,
Des antiques Romains et des citoyens rois?
Tes faisceaux, où sont-ils, colosse militaire,
Dont le fracas couvrait et la mer et la terre?
Tout est paix et silence, et le monde aujourd'hui
Ne s'informe plus d'eux qu'à ses moments d'ennui.

Dans ma première enfance, alors qu'un jour de fête
Nous rend impatients de l'heure qui s'apprête,
Ou le soir, au sortir du grand jour écoulé,
Tout douloureux déjà, dans mon lit éveillé,
Si quelque chant au loin, gai refrain de jeunesse,
M'arrivait, prolongeant sa note d'allégresse,
Et d'échos en échos dans les airs expirait,
Alors comme aujourd'hui tout mon cœur se serrait.

L'ANNIVERSAIRE.

O Lune gracieuse, un an déjà s'achève
Qu'ici, je m'en souviens, dans ces lieux où je rêve,
Sur ces mêmes coteaux je venais, plein d'ennui,
Te contempler; et toi, belle comme aujourd'hui,
Tu baignais de tes flots la forêt tout entière.
Mais ton visage, à moi, ne m'offrait sa lumière
Que trembante, à travers le voile de mes pleurs,
Car ma vie était triste et vouée aux douleurs.
Elle n'a pas changé, Lune toujours chérie;
Je souffre; et de mes maux pourtant la rêverie
M'entretient et me plaît; j'aime le compte amer
De mes jours douloureux. Oh! combien nous est cher
Le souvenir présent, en sa douceur obscure,
Du passé, même triste, et du malheur qui dure!

LE PASSEREAU.

Sicut passer solitarius in tecto.

Du haut du toit désert de cette vieille tour
Tu chantes ta chanson tant que dure le jour,
Passereau solitaire, et ta voix isolée
Erre avec harmonie à travers la vallée.
Dans les airs le printemps étincelle et sourit;
C'est sa fête, et tout cœur, à le voir, s'attendrit.
Il fait bondir la chèvre et mugir la génisse;
Et les oiseaux des bois, sous son rayon propice,
Célèbrent à l'envi leur bonheur le plus vif
Par mille tours joyeux : mais toi, seul et pensif,
Tu vois tout à l'écart, sans te joindre à la bande,
Sans ta part d'allégresse en leur commune offrande,
Tu chantes seulement : ainsi fuit le meilleur,
Le plus beau de l'année et de ta vie en fleur.

Combien, hélas! combien ta façon me ressemble!
Et rire et jeunes ans qui vont si bien ensemble,
Et toi, frère enflammé de la jeunesse, amour,
Délicieux orage au matin d'un beau jour!
D'eux tous mon triste cœur n'a rien qui se soucie,
Ou je les fuis plutôt et d'eux je me défie.
Seul et presque étranger aux lieux où je suis né,
Je passe le printemps qui m'était destiné.
Ce jour dont le déclin fait place à la soirée
Est la fête du bourg, à grand bruit célébrée.
Un son de cloche au loin emplit l'azur profond,
De villas en villas l'arquebuse répond.

La jeunesse du lieu, dans ses atours de fête,
Sort des maisons, s'épand sur les chemins, s'arrête
Regardant, se montrant, doux et flatteur orgueil!
Moi, pendant ce temps-là, je m'en vais comme er deuil
Par ce côté désert, évitant qu'on me voie,
Ajournant à plus tard tout plaisir, toute joie;
Et derrière les monts, dans les airs transparents,
Le soleil m'éblouit de ses rayons mourants,
Et d'un dernier regard il semble aussi me dire
Que l'heureuse jeunesse avec lui se retire.

Pour toi, sauvage oiseau, lorsque le soir viendra
Des jours qu'à vivre encor le Ciel t'accordera (1),
Tu ne te plaindras point, docile à la nature,
Passereau solitaire, et ton secret murmure
N'ira pas regretter la saison du plaisir;
Car c'est le seul instinct qui fait votre désir.
Mais, moi, si je n'obtiens de l'étoile ennemie
D'éviter la vieillesse et sa triste infamie,
Quand ces yeux n'auront plus que dire au cœur d'autrui,

(1) Il met *le stelle*, les étoiles, et non le *Ciel*, dans le sens vulgaire où on l'emploie comme synonyme de *Dieu*.

Quand suit tout lendemain plus terne qu'aujourd'hui,
Quand le monde est désert, oh! comment jugerai-je
Alors l'oubli présent, ma perte sacrilége?
J'en aurai repentir, et d'un cri désolé
Je redemanderai ce qui s'en est allé.

Nous aurions pu choisir d'autres pièces encore dans ce même caractère plaintif et passionné ; ce sont les sujets familiers et chers à tout poëte, premier amour, fuite du temps, perte de la jeunesse, réveil du cœur (*il Risorgimento*), mais relevés ici par une manière particulière de sentir, variations originales sur le thème lyrique éternel. On voit déjà, par le peu que nous avons cité, que Leopardi a aimé; il a l'air de n'avoir eu que deux amours (ce qui me paraît, en effet, très-suffisant), celui qu'il appelle *il primo amore,* d'où l'on peut conclure que ce ne fut pas le seul, et celui de la personne qui chantait si bien et qui mourut, celle du *Songe,* de *la Vie solitaire,* de *Silvia,* des *Souvenirs (le Ricordanze).* Le chant de la personne aimée joue un grand rôle dans ces diverses pièces. L'éclair de désir passionné qui se reflète si vivement dans la pièce *à Aspasie* ne mérite pas le nom d'amour. Il résulterait de ces témoignages poétiques que Leopardi n'a connu de ce sentiment orageux que la première, la plus pure, la plus douloureuse moitié, mais aussi la plus divine, et qu'il n'a jamais été mis à l'épreuve d'un entier bonheur. Mais ce ne sont là que des conjectures sur le coin le plus mystérieux de ce noble cœur.

Leopardi partagea entre Milan et Bologne les années 1825-1826. Obligé, par la sévérité de son père, de de-

mander secours à sa plume, il publia une édition des
vers de Pétrarque avec commentaires (Milan, 1826);
puis une *Chrestomathie* italienne, ou choix des meilleurs
auteurs, vers et prose (2 vol., Milan, 1827-1828). Les
lecteurs de Pétrarque ne sauraient désirer un meilleur
guide dans les mille sentiers du charmant labyrinthe ;
il s'y moque finement, à la rencontre, du commun des
lettrés italiens qui ne remontaient ni si haut ni si
avant. J'ai omis de dire que l'édition de ses poésies de
Bologne (1824) était accompagnée d'un commentaire
grammatical de sa façon, dans lequel il se défendait
contre les mêmes lettrés prétendus puristes. Ce commentaire affecte un ton de plaisanterie assez opposé
d'ailleurs à son caractère, et n'a été écrit qu'en vue de
la circonstance, pour faire pièce à quelques pédants à
qui il se plaît à en remontrer en fait de *classique*.

De 1827 à 1831, Leopardi passa la plus grande partie de son temps à Florence, sauf un voyage qu'il fit à
Recanati. Participant à la rédaction de *l'Anthologie*, entouré d'une société d'élite et d'amis déjà éprouvés
(Capponi, Niccolini, Pucci, etc.), il y aurait trouvé quelque bonheur sans doute, si ses infirmités n'avaient augmenté de jour en jour. Il recueillit et publia, en 1827, ses
Essais de morale (Operette morali, Milan), dont la plupart
avaient précédemment paru dans divers journaux ; c'est
le livre de prose auquel Manzoni décerne un si bel éloge.
Leopardi, tout en y étant fidèle à lui-même, nous y apparaît sous un nouveau jour : le grand moraliste que
recèle tout grand poëte se déclare ici et se développe
en liberté sous vingt formes ingénieuses et piquantes.

On peut trouver que, pour le cadre, l'auteur s'est souvenu des *Dialogues* du Tasse, et il le met effectivement en scène dans l'un des siens. Quant au fond, il ne relève que de lui-même et se classe, par la profonde et amère ironie, à côté de Lucien, de Swift et de Voltaire. Nous nous sommes souvenu, en plus d'un endroit, des *Contes philosophiques* et de *Candide* ; mais Leopardi ne s'en souvenait pas ; il est plus sérieux que Voltaire, alors même qu'il plaisante, et puis il va jusqu'au bout. On peut dire que le déisme de Voltaire est une inconséquence et souvent une dérision de plus. Leopardi a le malheur d'habiter en un scepticisme sans limites, et sa sincérité, lorsqu'il écrit, n'en suppose aucunes. Il a rang parmi le petit nombre de ceux qui ont le plus pénétré et retourné en tout sens l'illusion humaine. Un des dialogues les plus originaux et les plus frappants est celui de Ruysch et de ses momies. Ce grand anatomiste se trouve une nuit éveillé par le bruit des morts de son cabinet qui se sont remis à vivre, qui dansent en ronde et chantent en chœur un hymne à leur grande patronne la Mort ; c'est par cet hymne en vers que le dialogue commence. Ruysch éveillé regarde à travers les fentes de la porte, il a un moment de sueur froide malgré toute sa philosophie ; il entre pourtant : « Mes enfants, à quel jeu jouez-vous ? ne vous souvenez-vous plus que vous êtes des morts ? que signifie tout ce tintamarre ? Serait-ce par hasard la visite du czar (1) qui

---

(1) Pierre le Grand, dans son séjour en Hollande, avait visité le cabinet de Ruysch.

vous aurait monté la tête, et croyez-vous n'être plus
soumis aux mêmes lois qu'auparavant?... » Et l'un des
morts lui apprend que ce réveillon ne tire pas à conséquence, que c'est la première célébration de la grande
année mathématique qui s'accomplit en ce moment, et
que les morts n'en ont plus de ce rare sabbat périodique
que pour un quart d'heure. — Ruysch en profite pour
les interroger sur tant de choses qu'ils doivent savoir
mieux que les vivants ; et le quart d'heure est bientôt
passé, même un peu trop vite pour le philosophe et
avant qu'il ait obtenu toutes les réponses satisfaisantes (1). — Dans le dialogue intitulé *Parini, ou de la
Gloire,* Leopardi met dans la bouche du sage poëte
Parini, sous forme de conseils à un jeune homme, ses
propres réflexions, qui sont comme le développement
des paroles de l'antique Théophraste. Mais, après avoir
touché une à une toutes les vanités, tous les caprices
de la gloire, l'avoir poussée et harcelée en ses derniers
retranchements, Parini n'en conclut pas moins qu'il
faut suivre sa vocation d'écrivain quand elle est telle,
et obéir coûte que coûte à son destin, avec une âme
forte et grande (2). Ce petit traité fait songer à celui

---

(1) Ce dialogue, ainsi que celui *de la Nature et d'un Islandais*
et aussi *la Gageure de Prométhée,* ont été traduits en français par
M. de Sinner et insérés dans *le Siècle,* recueil périodique dirigé
par M. Artaud (1833, tomes I et II); ils furent alors trop peu re-
marqués.

(2) Parlant ailleurs de la gloire, à la fin de son *Épître au comte
Pepoli,* Leopardi l'appelle « non pourtant une vaine déesse, mais
une déesse plus aveugle que la fortune, que le destin et que l'a-
mour. »

de Cicéron *sur la Gloire,* qu'on a perdu ; il en est la réfutation subsistante. — Sous le titre des *Dits mémorables de Philippe Ottonieri,* Leopardi nous donne son propre portrait en Socrate, ses propres maximes pratiques ; c'est là encore qu'on sent à chaque mot un *Ancien* né trop tard et dépaysé. Le tout se résume dans cette épitaphe composée par Ottonieri pour lui-même :

LES OS

DE PHILIPPE OTTONIERI,

NÉ POUR LES ŒUVRES DE VERTU

ET POUR LA GLOIRE :

IL A VÉCU OISIF ET INUTILE;

IL EST MORT SANS RENOM,

NON PAS SANS AVOIR CONNU

SA NATURE ET SA

FORTUNE.

Le caractère de l'ironie socratique n'a jamais été mieux analysé et défini qu'au début de ce petit traité, digne d'être lu après Platon (1).

Comme je n'ai pas la prétention d'enregistrer au complet tous les écrits de Leopardi, je note seulement, au nombre de ses derniers travaux qui tiennent encore à la philologie, sa traduction de la chronique grecque

_____

(1) Bothe, en faisant connaître à l'Allemagne les *Dits mémorables d'Ottonieri,* les avait pris d'abord pour une biographie réelle d'un personnage de ce nom, et ne s'était pas aperçu que l'auteur, en établissant son Ottonieri à *Nubiana,* dans la province de *Valdivento,* entre d'emblée dans la géographie d'*Utopie,* de *Barataria* et de l'île des *Lanternes.*

précédemment indiquée (*Martyre des saints Pères du mont Sinaï*), en style *trécentiste*, qu'il publia en 1826 ; et peu après, en 1827, la traduction qu'il donna d'un discours de *Gémiste Pleton,* grand orateur et, qui plus est, penseur du Bas-Empire, venu trop tard ou trop tôt, et avec lequel il pouvait se sentir de certaines affinités (1). Vers 1830, la santé de Leopardi, âgé seulement de trente-deux ans, était tellement perdue qu'elle ne lui permettait que de rares instants d'application. Une édition de ses poésies, qui parut alors à Florence, était précédée de cette préface si touchante et si lamentable :

« Florence, 15 décembre 1830.

« Mes chers amis,

« C'est à vous que je dédie ce livre, où je cherchais, comme on le cherche souvent par la poésie, à consacrer ma douleur, et par lequel à présent (et je ne puis le dire sans larmes) je

(1) Leopardi attribuait une grande importance aux bonnes traductions, une importance proportionnée à l'idée qu'il s'était formée de l'excellence des anciens. Dans la préface qu'il mit au discours de Gémiste Pleton, il conteste l'opinion de son ami Giordani qui avait parlé de ce genre d'exercice comme n'étant profitable que dans l'enfance des littératures; pour lui il pense, dit-il, que « les « livres des Anciens, Grecs ou Latins, non-seulement sur toute « autre matière, mais en philosophie, en morale, et en de tels « genres dans lesquels les Anciens sont réputés si inférieurs aux « modernes, que ces livres, s'ils étaient, moyennant de bonnes « traductions, plus généralement répandus qu'ils ne le sont et « ne l'ont jamais été, pourraient améliorer beaucoup plus qu'on ne « croit les habitudes, les idées, la civilisation des peuples, et à « certains égards plus efficacement que les livres modernes. » — Dans la liste des écrits publiées ou inédits de Leopardi nous trouvons, en conséquence, bon nombre de traductions.

prends congé des lettres et de l'étude. J'avais espéré que ces chères études soutiendraient un jour ma vieillesse, et je croyais, après la perte de tous les autres plaisirs, de tous les autres biens de l'enfance et de la jeunesse, en avoir acquis un du moins qu'aucune force, qu'aucun malheur ne me pourrait enlever; mais j'avais vingt ans à peine quand, par suite de cette maladie de nerfs et de viscères qui me prive de l'usage de la vie et ne me donne même pas l'espérance de la mort, ce cher et unique bien de l'étude fut réduit pour moi à moins de moitié; depuis lors, et deux ans avant l'âge de trente ans, il m'a été enlevé tout entier, et sans doute pour toujours. Car, vous le savez, je n'ai pu lire moi-même ces pages que je vous offre, et il m'a fallu, pour les corriger, me servir des yeux et de la main d'autrui. Je ne sais plus me plaindre, mes chers amis; la conscience que j'ai de la grandeur de mon infortune ne comporte pas l'usage des paroles. J'ai tout perdu; je suis un tronc qui sent et qui pâtit. Sinon que, pour consolation en ces derniers temps, j'ai acquis des amis tels que vous; et votre compagnie, qui me tient lieu de l'étude, et de tout plaisir et de toute espérance, serait presque une compensation à mes maux, si la maladie me permettait d'en jouir comme je le voudrais, et si je ne prévoyais que bientôt peut-être ma fortune va m'en priver encore, en me forçant à consumer les années qui me restent, sevré des douceurs de la société, en un lieu beaucoup mieux habité par les morts que par les vivants; votre amitié me suivra toutefois, et peut-être la conserverai-je même après que mon corps, qui déjà ne vit plus, sera devenu poussière. Adieu.

« Votre LEOPARDI. »

Qui ne serait touché de la sensibilité profonde qui s'exhale en cette espèce de testament du poëte? Elle ne cessa d'animer jusqu'au dernier soupir les accents de Leopardi. Oserai-je exprimer ici une manière d'in-

terprétation que me suggère ce mélange, ce contraste
en lui d'incrédulité orgueilleuse et d'épanchement affectueux? Il semble que, lorsqu'on se met en rapport
par la croyance, par la confiance, par la prière (et encore mieux selon les rites sacrés, qui sont comme des
canaux établis), avec la grande âme du monde, on
trouve appui, accord, apaisement. Que si la créature
humaine s'en détache au contraire et ne trouve pas de
raison suffisante pour croire et pour espérer, comme à
la rigueur elle en a peut-être le droit, car les preuves
de raisonnement laissent à désirer, elle en est à l'instant
punie par je ne sais quoi d'aride et de désolé. Mais,
lorsqu'elle est noble et généreuse, elle trouve une
amère consolation dans le sentiment même de sa lutte
sans espoir et de sa stoïque résistance au sein des choses. Que si, de plus, elle est tendre, elle a pourtant
besoin de chercher autour d'elle des équivalents. Leopardi, qui ne croyait plus à Dieu, se mit à croire d'autant plus tendrement et pieusement à l'amitié dans tous
ses sacrifices et ses délicatesses. Ainsi l'âme humaine
en détresse se donne le change.

A partir de 1830, nous avons un témoignage direct
et continu de ses pensées et de ses souffrances dans
une correspondance familière et tout intime. M. de Sinner vit, en 1830, Leopardi à Florence; l'érudition fit le
premier lien, mais d'autres convenances plus précieuses
s'y joignirent. Leopardi, gagné à une entière estime et
amitié, confia, en octobre 1830, tous ses manuscrits
philologiques à M. de Sinner, qui ne cessa depuis lors
d'en faire le plus libéral usage, les extrayant, les com-

muniquant aux savants d'Allemagne qu'il savait occupés des mêmes matières, et pourvoyant en toute occasion à la gloire de son ami (1). Durant les six années qui suivirent (1831-1837), une correspondance aussi fréquente que le permettait l'état de santé de Leopardi se continua entre eux. Après un court séjour à Rome (1831-1832) et un retour passager à Florence, Leopardi était allé s'établir à Naples sur la fin de 1833, déterminé par un ami dont le nom restera désormais inséparable du sien. Antonio Ranieri, écrivain distingué lui-même, auteur d'une *Histoire du royaume de Naples,* avait connu pour la première fois Leopardi à Florence le 29 juin 1827, *jour anniversaire de la naissance* du poëte (l'amitié aussi, dans les cœurs passionnés, a ses dates mémorables) : il fut saisi aussitôt de ce je ne sais quoi d'attrayant qu'exerçait cette nature douloureuse et puissante ; après quelques absences, Pylade rejoignit son Oreste, il s'attacha à lui dès novembre 1830, pour ne le plus quitter jusqu'à la mort : « Ranieri, écrivait Leopardi, que la foudre seule de Jupiter pourrait arracher d'auprès de moi ; *col quale io vivo, e che solo il fulmine di Giove potrebbe dividere dal mio fianco* (2). »

(1) Un jour qu'après tous ces usages à peu près épuisés, M. de Sinner avait exprimé la pensée de renvoyer le dépôt confié, Leopardi lui répondait : « *Les fleuves retourneront à leurs sources* avant que je retrouve la vigueur nécessaire pour les études philologiques, et, quand ce miracle arriverait, mes paperasses, en revenant de vos mains aux miennes, ne feraient que perdre... *Prima i flumi torneranno alle fonti,* » etc.

(2) On se rappelle, au livre IV de l'*Odyssée,* le beau passage où Ménélas exprime devant Télémaque sa tendre amitié pour Ulysse,

— Nous donnerons deux ou trois passages de cette correspondance avec M. de Sinner ; elle est d'ordinaire en italien, et je traduis :

« De Rome, 24 décembre 1831.

« Je retournerai certainement à Florence à la fin de l'hiver pour y rester autant que me le permettront mes faibles ressources déjà près de s'épuiser : lorsqu'elles viendront à manquer, le détestable et inhabitable Recanati m'attend, si je n'ai pas le courage (que j'espère bien avoir) de prendre le seul parti raisonnable et viril qui me reste (1)... »

« Vous attendez peut-être que je vous dise quelque chose de la philologie romaine. Mais ma santé ici a été jusqu'à présent si mauvaise que je ne puis vous donner aucune information satisfaisante à ce sujet, étant obligé de garder presque toujours la maison. Il est bien vrai que j'ai souvent l'honneur de recevoir des visites littéraires ; mais elles ne sont pas du tout philologiques, et, en général, on peut dire que, si l'on sait ici un peu plus de latin que dans la haute Italie, le grec est presque ignoré, et la philologie presque entièrement abandonnée en faveur de l'archéologie. Comment celle-ci peut-elle se cultiver avec succès sans une profonde connaissance des langues savantes? je vous le laisse à penser. Il ne se trouve pas cette année à Rome de philologues étrangers de

et le vœu qu'il avait autrefois formé de le réunir à lui : « Je lui aurais, dit-il, fondé une ville dans le pays d'Argos et bâti des palais, le faisant venir d'Ithaque avec ses biens et son fils et tous ses peuples... et là nous aurions vécu unis ensemble, et rien autre chose ne nous aurait pu séparer dans cette douceur de nous aimer et de nous conjouir, avant que le noir nuage de la mort nous vînt envelopper. » Ici s'exprime et déborde dans sa plénitude le sentiment de bonheur des deux amis. Chez Leopardi, c'est l'amitié aussi profonde, aussi indissoluble, mais souffrante et sans bonheur.

(1) On devine trop quel est ce parti.

réputation. Je vois très-souvent le bon ministre de **Prusse**, le chevalier Bunsen, qui était ami du pauvre Niebuhr; il réunit toutes les semaines chez lui une société de savants, dont je n'ai pu encore profiter à cause de ma santé et de la distance où il demeure... »

Mais voici un passage curieux dans lequel, à l'occasion d'un article sur lui qu'avait inséré un journal de Stuttgard, *l'Hesperus* (1), Léopardi, au beau milieu d'une lettre écrite en italien, s'exprime tout d'un coup en français, comme pour rendre plus nettement sa pensée et pour adresser sa profession de foi à plus de monde. Je laisse subsister les deux premières lignes en italien comme elles sont :

« Florence, 24 mai 1832.

« Ho ricevuto i fogli dell' *Hesperus,* dei quali vi ringrazio carissimamente. Voi dite benissimo ch' egli è assurdo l' attribuire ai miei scritti una tendenza religiosa. Quels que soient mes malheurs, qu'on a jugé à propos d'étaler et que peut-être on a un peu exagérés dans ce journal, j'ai eu assez de courage pour ne pas chercher à en diminuer le poids ni par de frivoles espérances d'une prétendue félicité future et inconnue, ni par une lâche résignation. Mes sentiments envers la destinée ont été et sont toujours ceux que j'ai exprimés dans *Bruto minore.* Ç'a été par suite de ce même courage, qu'étant amené par mes recherches à une philosophie désespérante, je n'ai pas hésité à l'embrasser tout entière, tandis que, de l'autre côté, ce n'a été que par effet de la lâcheté des hommes, qui ont besoin d'être persuadés du mérite de l'existence, que l'on a voulu considérer mes opinions

(1) Cet article était de M. Henschel, connu honorablement en France par son édition du *Glossaire* de Du Cange.

philosophiques comme le résultat de mes souffrances particulières, et que l'on s'obstine à attribuer à mes circonstances
matérielles ce qu'on ne doit qu'à mon entendement. Avant
de mourir, je vais protester contre cette invention de la faiblesse et de la vulgarité, et prier mes lecteurs de s'attacher
à détruire mes observations et mes raisonnements plutôt que
d'accuser mes maladies. »

J'ajoute, avant de donner le commentaire, cette autre
phrase d'une lettre écrite de la campagne près de
Naples (22 décembre 1836), et qui touche, dans un
sentiment plus doux et avec délicatesse, cette idée de
la vie d'au delà ; cette fois je traduis :

« Adieu, mon excellent ami, j'éprouve un continuel et
bien vif désir de vous embrasser ; mais comment et où le
pourrai-je satisfaire ? Je crains fort que ce ne soit seulement
κατ' Ασφοδελὸν λειμῶνα (le long de la prairie d'Asphodèle) (1).
Ranieri vous honore et vous salue de toutes ses forces. Par-
lez-moi de vos études et aimez-moi toujours : adieu de tout
cœur ».

Ainsi, cette fois, à l'ami qu'il aurait voulu revoir et
qu'il désespérait d'embrasser encore, Leopardi ne disait pas tout à fait *non*, et il lui donnait rendez-vous
avec un sourire attendri et presque avec un *peut-être*
d'espérance, parmi ces antiques ombres homériques
de la *prairie d'Asphodèle*. — Quant au passage décisif
et qui concerne sa profession de foi, il se rattache de
près à la pièce lyrique qui peut sembler la plus belle
du poëte, et qu'on dirait avoir été composée à la suite

(1) *Odyssée*, livre XI.

de cette lettre irritée : je veux parler de son chant intitulé *l'Amour et la Mort,* dans lequel le ton le plus
mâle s'unit à la grâce la plus exquise. Il faut déses-
pérer de faire comprendre un tel chef-d'œuvre autre
part que dans l'original ; qu'on me pardonne de l'avoir
osé traduire et légèrement paraphraser, et qu'on devine, s'il se peut, à travers le plâtre et la terre de la
la copie, la fermeté primitive et tout le brillant du
marbre.

L'AMOUR ET LA MORT.

> Celui qu'aiment les Dieux meurt jeune.
> MÉNANDRE.

Frère et sœur à la fois, naquirent fils du Sort,
Éclos le même jour, et l'Amour et la Mort.
Le monde ni le ciel n'ont vu choses si belles :
De l'un naît tout le bien aux natures mortelles,
Et le plus grand plaisir, ici-bas départi,
Sur ce vaste océan d'où chaque être est sorti.
L'autre à son tour fait taire, apaise en souveraine
Tout mal, toute douleur, si vive qu'elle prenne.
C'est une enfant très-belle, et non point telle à voir
Que de lâches effrois la veulent concevoir :
L'enfant Amour souvent l'accompagne et l'emmène,
Ils volent de concert sur cette route humaine,
Portant à tout cœur sage allégeance et confort.
Et cœur ne fut jamais plus sage ni plus fort
Qu'atteint d'amour : jamais mieux qu'alors il ne prise
La vie a son vrai taux, et souvent il la brise ;
Car, partout où l'Amour se fait maître et seigneur,
Le courage s'implante ou renaît plein d'honneur,
Et la sagesse alors, non celle qu'on renomme,
Mais celle d'action, devient aisée à l'homme.

Lorsque nouvellement au sein d'un cœur profond
Naît un germe d'amour, du même instant, au fond,
Chargé d'une fatigue insinuante et tendre
Un désir de mourir tout bas se fait entendre.
Comment? je ne sais trop; mais telle est, en effet,
D'amour puissant et vrai la marque et le bienfait.
Peut-être que d'abord le regard s'épouvante
Du désert d'alentour où l'amie est absente;
Peut-être que l'amant n'a plus devant les yeux .
Qu'un monde inhabitable et qu'un jour odieux,
S'il n'atteint l'objet seul, l'idéal de son rêve :
Mais, déjà pressentant l'orage qui s'élève,
L'orage de son cœur, il tend les bras au port,
Avant que le désir ne rugisse plus fort.
Puis, quand le rude maître a pris en plein sa proie,
Quand l'invincible éclair se déchaîne et foudroie,
Combien, ô Mort, combien, au pire du tourment,
Monte vers toi le cri du malheureux amant!
Combien de fois, le soir ou plus tard à l'aurore,
Laissant tomber son front que la veille dévore,
Il s'est dit bienheureux, si du brûlant chevet
Jamais dès lors, jamais il ne se relevait,
Et ne rouvrait les yeux à l'amère lumière!
Et souvent, aux accents de la cloche dernière,
Aux funèbres échos de l'hymne qui conduit
Les morts sans souvenir à l'éternelle nuit,
Avec d'ardents soupirs et d'un élan sincère
Il envia celui que le sépulcre enserre.

Même l'homme du peuple, et le moindre garçon
A qui certes jamais Zénon ne fit leçon,
Même la jeune fille, humble enfant qui s'ignore,
Qui se sentait dresser les cheveux hier encore
Au seul mot de mourir, tout d'un coup enhardis,
Ils vont oser régler ces apprêts si maudits,
Méditer longuement, d'un œil plein de constance,

Le poison ou le fer, leur unique assistance,
Et dans un cœur inculte, et du reste ignorant,
La grâce de la mort à la fin se comprend :
Tant cette grâce est vraie, et tant la discipline
De l'amour vers la mort doucement nous incline!
Souvent, lorsqu'à l'excès le soupir enflammé
Ne laisse plus de souffle au mortel consumé,
Ou bien le frêle corps, mourant de ce qu'il aime,
Sous l'effort du dedans se dissout de lui-même;
Et la Mort, par son frère, en ce cas-là prévaut;
Ou bien l'Amour au fond redouble tant l'assaut,
Que, n'y pouvant tenir et fatigués d'attendre,
Le simple villageois, la jeune fille tendre,
D'une énergique main, jettent leurs nœuds brisés,
Et couchent au tombeau leurs membres reposés.
Le monde en rit, n'y voit que démence ou faiblesse,
Le monde à qui le ciel fasse paix et vieillesse!

Mais aux bons, aux fervents, aux mortels généreux,
Puisse en partage échoir l'une ou l'autre des deux,
Amour ou Mort, seigneurs du terrestre domaine,
O les plus vrais amis de la famille humaine,
Que nul pouvoir n'égale ou prochain ou lointain,
Et qui dans l'univers ne cédez qu'au Destin!
Et toi qu'enfant déjà j'honorais si présente,
Belle Mort, ici-bas seule compatissante
A nos tristes ennuis, si jamais je tentai
Aux vulgaires affronts d'arracher ta beauté
Et de venger l'éclat de ta pâleur divine,
Ne tarde plus, descends, et que ton front s'incline
En faveur de ces vœux trop inaccoutumés!
Je souffre et je suis las, endors mes yeux calmés,
Souveraine du temps! A quelque heure fidèle
Qu'il te plaise venir m'enfermer dans ton aile,
Sois certaine de moi : toujours fier et debout,
Résistant au Destin et luttant malgré tout,

Refusant de bénir le dur fouet dont je saigne
Et de flatter la main qui dans mon sang se baigne,
Comme fit de tout temps le vil troupeau mortel,
Sois-en certaine, ô Mort, tu me trouveras tel;
Et rejetant encor toute espérance folle,
Tout leurre où, vieil enfant, le monde se console;
Comptant sur toi, toi seule, et pour mon ciel d'azur
N'attendant que le jour impérissable et sûr
Où je reposerai ma fatigue endormie
Sur ton sein virginal, ô la plus chaste amie (1)!

Il me semble qu'après de tels témoignages, Leopardi n'a plus qu'à mourir. Il traînait à Naples ses
dernières années, séquestré du monde et de toute communication active avec le dehors, gêné par la censure
locale dans les éditions définitives qu'il voulait publier de ses écrits, mais jouissant du moins et profitant quelque peu des faciles douceurs de Capodimonte
et de Portici, mais entouré des tendres soins de son
fidèle Ranieri, et consolé aussi par quelques visites passagères, telles que celles du noble poëte allemand
Platen, qui s'en allait mourir en Sicile vers ce même
temps. Je ne fais qu'indiquer un dernier poëme en

---

(1) Les poëtes platoniques et dantesques ont souvent associé
aussi, dans leur sens, cette idée d'*amour* et de *mort*; ainsi Michel-
Ange avait dit (sonnet xxxv) : « Il n'est, pour s'élever de la terre
au ciel, d'autres ailes que celles de l'Amour et de la Mort. » —
En regard de cette poésie funèbre et souvent désespérée de Leopardi, j'aurais pourtant aimé à donner quelques pièces d'une inspiration aussi sincère et plus consolante; on en trouvera une, par
exemple, à la fin de ce volume, dans l'*Appendice*, et que j'ai traduite du poëte anglais Southey. Il en sort comme un souffle de
vie et d'immortalité.

octaves : *Paralipomeni della Batracomiomachia di Omero* (la suite de la Batrachomyomachie d'Homère), espèce de composition satirico-politique à laquelle s'amusait le malade à ses heures de relâche, et qu'il a menée à fin. Cette veine-là nous plaît moins chez Leopardi ; elle nous est d'ailleurs peu accessible, par la difficulté d'entendre ces sortes d'allusions. Nous nous tenons en ce genre à sa pièce adressée à Capponi sous le titre de *Palinodie,* dans laquelle il se moque très-agréablement de notre progrès proclamé par les journaux et de notre âge d'or industriel. Cependant le choléra avait fait invasion à Naples; Ranieri devait emmener son ami à la campagne, à Portici : au moment du départ, le 14 juin 1837, à cinq heures de l'après-midi, le malade expira subitement, non point du choléra, mais d'une hydropisie de poitrine arrivée à son dernier période. Il n'était âgé que de trente-neuf ans moins quinze jours. Quelques heures avant sa mort, sur la demande d'un ami, il avait écrit sur un album quelques vers d'une pièce, l'une des dernières qu'il ait composées, et dans sa pensée de deuil habituel : c'était sur le coucher de la lune (*il Tramonto della Luna*). De même que la lune en se couchant laisse désertes et sombres ces campagnes et ces eaux que l'instant d'auparavant elle argentait et qu'elle peuplait de flottantes images, de même la jeunesse en s'enfuyant laisse la vie toute déserte et ténébreuse. Et toutefois, vous collines et coteaux, vous ne resterez pas longtemps plongés dans l'ombre, vous retrouverez tout à l'heure, de l'autre côté de l'horizon, une aube

nouvelle, suivie d'un radieux soleil; et il ajoutait :
« Mais la vie mortelle, du moment que la belle jeunesse a disparu, ne se colore plus jamais d'une autre
lumière ni d'une autre aurore; elle est veuve jusqu'à
la fin, et, à cette nuit qui obscurcit tous les autres
âges, les Dieux n'ont mis pour terme que le tombeau. »

> Ma la vita mortal, poi che la bella
> Giovinezza sparì, non si colora
> D'altra luce giammai, nè d'altra aurora.
> Vedova è insino al fine; ed alla notte
> Che l'altre etadi oscura,
> Segno poser gli Dei la sepoltura (1).

Ce sont ces derniers vers qu'il venait précisément de
transcrire peu d'heures avant sa mort. — Par les soins
de son admirable ami, au milieu de toutes les difficultés d'une ville comme Naples livrée au choléra, il
fut transporté dans la petite église de San Vitale, hors
de la grotte du Pausilippe, et là, dans ces beaux lieux
où *cesse la douleur,* il repose non loin de Sannazar et
de Virgile. Depuis ce temps, Ranieri prépare l'édition
complète des œuvres, qui a subi tous les retards ordinaires en ces contrées de lenteur et d'entraves; mais
nous espérons que l'entreprise pieuse aura son issue.

Que si, nous-même, il nous a été possible en ce moment de payer un tribut, bien tardif, à la mémoire
d'un si grand esprit, d'un si vrai poëte, nous le devons

_____

(1) Se rappeler Horace, ode VII, livre iv :

> Damna tamen celeres reparant cœlestia lunæ;
> Nos ubi decidimus, etc., etc.

à cet autre ami de Leopardi, déjà cité plus d'une fois, et qui nous en a donné l'idée en même temps que le secours; si nous avons eu l'honneur de *verser un tombeau,* comme disaient les Grecs, sur cette noble victime du sort, il ne serait que juste d'inscrire sur la petite colonne du monument le nom de M. de Sinner autant que le nôtre.

13 septembre 1844.

(L'édition que nous appelions de nos vœux a paru à Florence, en 1845, chez Félix Le Monnier. Deux volumes, publiés par Ranieri, contiennent les *poésies,* les *œuvres morales* au complet, augmentées de plusieurs dialogues et de *pensées* inédites, et quelques *traductions.* Un troisième volume, publié par MM. Pellegrini et Giordani, renferme les *études philologiques;* ces derniers éditeurs, en voulant bien tenir compte de notre travail sur Leopardi et le mentionner avec indulgence, nous ont accordé le plus précieux des suffrages, celui qui pouvait nous flatter le plus, comme sortant de la patrie du poëte et venant de nos vrais juges.)

PARNY.

Nihil ficta severitate ineptius.
PÉTRONE.

Ce serait vraiment une trop sotte pruderie que celle qui m'empêcherait d'oser parler à ma guise d'un charmant poëte qui a eu, en son temps, de très-vives légèretés et de graves torts, mais qui a occupé une grande place dans la littérature de son siècle et du commencement du nôtre, dont les élégies ont été réputées *classiques* en naissant, que les plumes les plus sérieuses ont longtemps salué le premier des modernes en ce genre, et dont la mort a été pleurée par nos plus chers lyriques comme celle d'un Anacréon. J'ai autrefois parlé de Millevoye, et il m'est arrivé même d'écrire sur Léonard; oublier après eux, ou bien omettre tout exprès Parny, c'est-à-dire le maître, ce serait dureté et injustice. Plusieurs questions intéressantes et sur le goût et sur la morale sociale se rattachent, d'ailleurs, de très-près aux variations de sa renommée, et peuvent relever, agrandir même un sujet qui semblerait périlleux par trop de grâce.

Les très-nombreuses notices biographiques consa-

crées au poëte, notamment celle de M. de Jouy, son
successeur à l'Académie, de M. Tissot, son éditeur (1827)
et son ami, laissent peu à désirer; nous y puiserons
et aussi nous y renverrons pour plus d'un détail, en y
ajoutant seulement en deux ou trois points. Évariste-
Désiré De Forges (1) de Parny naquit, comme on sait,
à l'île Bourbon, le 6 février 1753. Ce fut probablement,
nous dit-on, la petite ville de Saint-Paul qui lui donna
naissance; depuis nombre d'années, la famille des
Parny a été connue à Bourbon pour habiter ce quartier,
et il est à présumer que c'est de ce centre que, par la
suite, elle a *rayonné* sur les divers autres quartiers
de l'île, tels que Saint-Denis, Sainte-Marie, où se trouvent maintenant des personnes du même nom et de la
même origine. « Dans un voyage que je fis à Saint-
« Paul, nous écrit un élégant et fidèle narrateur, j'allai
« visiter l'ancienne habitation du marquis de Parny,
« père du poëte; elle appartient aujourd'hui à M. J. Le-
« fort. Ce devait être dans le temps une maison de
« plaisance dans le goût français du xviiie siècle. Ados-
« sée à la montagne du Bernica, cette propriété con-
« serve encore un petit bois étagé sur les flancs de la
« *montée,* ses plates-formes en amphithéâtre, quelques
« restes de canaux et de petits jets d'eau, curiosités de
« l'époque; elle domine fort agréablement la plaine

(1) Ou *De Forge,* et non pas *Desforges,* comme le donnent
toutes les biographies. M. Ravenel a pris la peine de relever, dans
les Archives de l'Hôtel de Ville, ce nom exact de Parny tel qu'il
résulte de l'acte de décès du 5 décembre 1814, et aussi de l'acte de
mariage du neveu de Parny avec Mlle Contat.

« dite *de l'Étang,* couverte de rizières et coupée d'ir-
« rigations ; ces filets d'irrigation, après avoir fait leurs
« tours et détours, se rejoignent en nappe étendue à
« l'entrée de la ville (du côté de la *Possession*), et vont
« se jeter à la mer, à une lieue et demie environ de la
« *ravine* du Bernica. On appelle ainsi la gorge étroite
« et pittoresque formée par la montagne qui domine
« l'habitation : c'est un des sites les plus charmants de
« l'île. Bernardin y eût sans doute bâti de préférence
« la cabane de Virginie, si un heureux hasard l'avait
« tout d'abord porté en ce beau lieu, et l'île de France
« n'aurait pas tant à vanter ses Pamplemousses. Après les
« trois premiers petits bassins qu'on rencontre à l'entrée
« de la colline, si l'on persiste et qu'on pénètre à travers
« les plis de plus en plus étroits de la montagne, on
« arrive à un bassin parfaitement circulaire, bien plus
« vaste, d'une eau claire et profonde, réservoir ali-
« menté sans doute par des sources cachées et de
« toutes parts entouré de rochers escarpés et nus, du
« haut desquels tombe la cascade dite *du Bernica.*
« Ces masses rocheuses, d'un aspect sévère, sont ani-
« mées seulement du vol des ramiers sauvages qui s'y
« sont retirés ; les chasseurs y arrivent rarement et
« avec assez de peine. »

Voilà un beau cadre, nous dira-t-on, un cadre
grandiose, et que Parny ne saura pas remplir ; car,
s'il eut en lui du ramier, ce ne fut certes pas du ramier sauvage, et son vol ne s'éleva jamais si haut ; on
peut douter que, dans sa paresse, il ait songé à gravir
au delà des trois petits bassins. Quoi qu'il en soit, et

quoique lui-même il ait trop négligé de nous faire admirer en ses vers cette charmante solitude, dont il a
parlé en un endroit assez légèrement (1), c'est là,
c'est à l'entrée que la nature plaça son nid mélodieux, et jeune, de retour dans l'île à l'âge de vingt
ans, surtout vers la fin de son séjour, aux heures in-
quiètes où l'infidélité d'Éléonore le désolait, il dut
quelquefois promener vers ces sentiers écartés ses
rêves, ses attentes ou ses désespoirs de poëte et d'a-
mant (2).

A l'âge de neuf ans, Parny fut envoyé en France et
placé au collége de Rennes; il y fit ses études avec
Ginguené, lequel plus tard a publiquement payé sa

(1) Dans une lettre à Bertin, de janvier 1775.

(2) George Sand a célébré et, s'il en était besoin, poétisé, à la
fin d'*Indiana*, le site magnifique du Bernica ; c'est au bord de ce
ravin, en haut et en face de la cascade, que l'éloquent romancier
dispose la scène, le projet de suicide de Ralph et d'Indiana; je ne
répondrais pas qu'il n'y ait quelque fantaisie dans une description
faite ainsi par ouï-dire. Voici quelques vers dont on me garantit
l'exactitude et qui ont l'avantage d'être nés sur les lieux; on y
reconnaît tout d'abord, à l'accent, l'école qui a succédé à celle de
Parny :

> Ondes du Bernica, roc dressé qui surplombes,
> Lac vierge où le cœur rêve à de vierges amours,
> Pics où les bleus ramiers et les blanches colombes
> Ont suspendu leur nid comme aux créneaux des tours;
> Roches que dans son cours lava le flot des âges,
> Lit d'un cratère éteint où dort une eau sans voix,
> Blocs nus, ondes sans fond, site âpre, lieux sauvages,
> Salut! salut à vous, etc. . . . .
>
> (LACAUSSADE.)

Enfin, nous citerons encore la riche peinture de cette même vue
d'après nature, par M. Théodore Pavie (*Revue des Deux Mondes*
du 1er février 1844, page 438).

dette à ses souvenirs par une agréable épître de 1790, et par son zèle à défendre *la Guerre des Dieux* dans *la Décade.* Le jeune créole, à peine hors des bancs, trahit son caractère vif, enthousiaste et mobile; il songea d'abord, assure-t-on, à prendre l'habit religieux chez les Pères de la Trappe, et il finit par entrer dans un régiment. Venu à Paris, à Versailles, il y rejoignit son compatriote et camarade Bertin, qui sortait également des études; ils se lièrent étroitement, et dans ces années 1770-1773 on les trouve tous deux membres de cette joyeuse et poétique confrérie qui s'intitulait l'*Ordre de la Caserne* ou de *Feuillancour :* « Représentez-vous, madame, écrivait Bertin dans son « *Voyage de Bourgogne,* une douzaine de jeunes mili- « taires dont le plus âgé ne compte pas encore cinq « lustres; transplantés la plupart d'un autre hémi- « sphère, unis entre eux par la plus tendre amitié, pas- « sionnés pour tous les arts et pour tous les talents, « faisant de la musique, griffonnant quelquefois des « vers; paresseux, délicats et voluptueux par excel- « lence; passant l'hiver à Paris et la belle saison dans « leur délicieuse vallée de *Feuillancour* (1); l'un et « l'autre asile est nommé par eux *la Caserne...* » Et Parny, au moment où il venait de se séparer de cette chère coterie, écrivait à son frère, durant les ennuis de la traversée : « ... Mon cœur m'avertit que le bonheur n'est pas dans la solitude, et l'Espérance vint me dire à l'oreille : Tu les reverras, ces épicuriens aima-

(1) Feuillancour, entre Marly et Saint-Germain.

bles, qui portent en écharpe le ruban gris de lin et la
grappe de raisin couronnée de myrte; tu la reverras
cette maison, non pas de plaisance, mais de plaisir, où
l'œil des profanes ne pénètre jamais... » C'est ainsi,
je le soupçonne, si l'on pouvait y pénétrer, que commencent bien des jeunesses, même de celles qui doivent se couronner plus tard de la plus respectable
maturité ; mais toutes ne s'organisent point aussi directement, pour ainsi dire, que celle de Parny pour
l'épicuréisme et le plaisir. Son prétendu *Fragment d'Alcée* confesse ouvertement quelques-unes des maximes
les plus usuelles de ce code relâché :

> Quel mal ferait aux Dieux cette volupté pure?
> La voix du sentiment ne peut nous égarer,
> Et l'on n'est point coupable en suivant la nature...
> Va, crois-moi, le plaisir est toujours légitime,
> L'amour est un devoir, et l'inconstance un crime (1)...

 Les murs de *la Caserne* pouvaient être couverts et
tapissés de ces inscriptions-là comme devises. Dans *la
Journée champêtre,* l'un des premiers poëmes qu'il ait
ajoutés à ses élégies, Parny n'a fait probablement que
traduire sous un léger voile une des journées réelles,
une des formes de passe-temps familiers en ces délicieux réduits : les couples heureux se remettaient à
pratiquer l'âge d'or à leur manière et sans trop oublier
qu'ils étaient des mondains (2). Ces jeunes créoles,

(1) On lit dans la première édition (1778) ce vers beaucoup
plus conforme à la pensée du poëte :

> L'amour est un devoir, *l'ennui seul* est un crime.

(2) Cette interprétation très-vraisemblable de *la Journée cham-*

plus ou moins mousquetaires, se montraient fidèles en cela aux habitudes de leur siècle comme aussi aux instincts de leur origine.

Le créole de ces deux îles où notre élégie et notre idylle ont eu leur berceau, offre en effet des caractères d'esprit et de sensibilité très-reconnaissables. Pour peu que l'éducation et la culture l'aient touché, il est (à en juger par la fleur des générations aimables et distinguées que nous en avons pu successivement connaître), il est ou devient aussitôt disposé à la poésie, à une certaine poésie, de même encore qu'il l'est naturellement à la musique. Son oreille délicate appelle le chant, sa voix trouve sans art la mélodie. Indolent et passionné, sensible et un peu sensuel, il se fût longtemps contenté de Parny sans doute, mais Lamartine, en venant, lui a enseigné une rêverie qui complète le charme et qui ressemble, par moments, à la tendresse. Plus porté aux sentiments qu'aux idées, la jeunesse lui sied bien et devrait lui durer toujours : le créole est comme naturellement épicurien. M. de Chateaubriand, qui visita Parny vers 1789, a dit du chantre d'Éléonore, dans une simple image qui reste l'expression idéale de ce genre de nature et d'élégie : « Parny ne sentait point son auteur ; je n'ai point connu d'écrivain qui fût plus semblable à ses ouvrages : poëte et créole, il ne lui fallait que le ciel de l'Inde, une fontaine, un palmier et une femme (1).»

pêtre se trouve dans la belle et excellente édition des *OEuvres choisies* de Parny, de Lefèvre, 1827; on croit y reconnaître à mainte page la plume exacte et exquise qui, dit-on, y a présidé (M. Boissonade).

(1) C'est un souvenir des *Mémoires* que j'ose placer là ; quoiqu'il

Tel était Parny, ou du moins tel il aurait dû être, s'il n'avait suivi que ses premiers penchants et si l'air du siècle ne l'avait pas trop pénétré. Mais la nature voluptueuse du créole s'imprégna en lui de bonne heure de la philosophie régnante, et tout d'abord cette philosophie semblait, en effet, n'être venue que pour donner raison à cette nature ; l'accord entre elles était parfait. Tandis pourtant que la nature, sans arrière-pensée, n'aurait eu que sa mollesse, sa tendre et gracieuse non-

y ait des années que j'ai entendu ce passage, je ne crois pas citer trop inexactement. — Voici d'autres particularités que je tire de notes inédites de Chateaubriand écrites à Londres, en 1798, en marge d'un exemplaire de son *Essai sur les Révolutions* :

« Le chevalier de Parny est grand, mince, le teint brun, les yeux noirs enfoncés, et fort vifs. Nous étions liés. Il n'a pas de douceur dans la conversation. Un soir, nous passâmes six heures ensemble, et il me parla d'Éléonore. Lorsqu'il était près de quitter l'île de France, lors de son dernier voyage, Éléonore lui envoya une négresse pour le prier d'aller la voir ; cette négresse était la même qui l'avait introduit en de plus doux rendez-vous. Le vaisseau qui devait ramener Parny en Europe était à l'ancre : il devait partir dans la nuit. Qu'on juge des sensations que l'amant d'Éléonore dut éprouver lorsqu'après douze ans de silence, il reçut ce message, au moment de son départ, par cette négresse ! Que de souvenirs ! Éléonore était blonde, assez grande, non belle, mais attrayante, mais respirant la volupté. Au reste, il m'a dit que les sites décrits par Saint-Pierre dans *Paul et Virginie* étaient faux ; mais Parny enviait Bernardin.

« Fontanes m'a fait faire un dîner fort gai dans ma vie. Nous étions pour convives moi, Ginguené, Flins, le chevalier de Parny ; La Harpe, qui prétendait qu'il n'allait plus à ces parties de *jeunes gens,* nous avait envoyé sa femme. Mme Du F......, la *poëtesse* et la maîtresse de Fontanes, y était, et ce qu'il y a de bien français, c'est que le mari y était aussi et qu'il ne s'apercevait de rien. Grande chère, bon vin, pas trop *poëtes;* cependant nous ne pûmes nous empêcher de l'être un peu. »

chalance, la philosophie avait son venin ; il se déclare chez Parny en avançant. Un judicieux critique l'a remarqué, avant nous, en des termes excellents : « Les traces des principes à la mode, dit M. Dussault (1), parurent s'approfondir en lui par le progrès des ans ; et, sans avoir jamais été peut-être pour M. de Parny des règles bien arrêtées, elles devinrent d'insurmontables habitudes. Quand son cœur fut épuisé, il ne trouva plus qu'elles dans son esprit... » Oui, il vient un âge où ce qui n'avait été à nos lèvres que le sourire aimable et flottant de la jeunesse se creuse sensiblement et devient une ride : oh ! du moins que ce ne soit jamais la ride et le rire du satyre !

N'anticipons point sur les temps et jouissons avec Parny de ces premières et indulgentes années. A ses débuts donc, on le trouve dans toute la vivacité des goûts et des modes d'alors, très-imbu de cette fin de Louis XV et vivant comme vivaient la plupart des jeunes gentilshommes de Versailles, contemporains ou à peu près de cette première jeunesse du comte d'Artois. Si Parny n'avait continué que sur ce ton, écrivant vers et prose mélangés comme dans ses lettres de 1773 et de 1775 à son frère et à Bertin, il aurait été plus naturel encore que Dorat et Pezai, mais il ne se serait guère distingué des Bouflers et des Bonnard ; il n'aurait point mérité la louange que lui décernent unanimement tous les critiques de l'époque, d'avoir ramené, introduit l'émotion

(1) *Annales littéraires* de Dussault, tome IV, page 392, notice sur Parny.

simple et vraie dans la poésie amoureuse. Écoutons
Ginguené, par exemple :

> L'esprit et l'art avaient proscrit le sentiment ;
> L'ironique jargon, l'indécent persiflage
> Prenaient, en grimaçant, le nom de bel usage,
> L'Apollon des boudoirs (1), d'un maintien cavalier,
> Abordait chaque belle en style minaudier,
> Et, tout fier d'un encens brûlé pour nos actrices,
> Infectait l'Hélicon du parfum des coulisses.
> Ce fut à qui suivrait ce bon ton prétendu :
> En écrivant, chacun trembla d'être entendu ;
> Nos rimeurs à l'envi parlaient en logogriphes,
> Nos Saphos se pâmaient à ces hiéroglyphes,
> Nos plats journaux disaient : *C'est le ton de la Cour !*
> Tu vins, tu fis parler le véritable amour...

Ainsi Ginguené dit presque de Parny, comme on a dit
de Malherbe, qu'il fît *événement* ; et encore :

> Le bel esprit n'est plus ; son empire est fini :
> Qui donc l'a détrôné ? la Nature et Parny.

Et ce n'est pas seulement Ginguené, c'est-à-dire un
ancien camarade de collége qui s'exprime ainsi, notez-
le bien, c'est plus ou moins tout le monde, c'est l'*Année littéraire* (2), c'est Palissot, c'est Fontanes, c'est
Garat, et Garat bien avant le discours académique par
lequel il reçut Parny, mais dans ses jugements tout à
fait libres et des plus sincères. Dans un fort agréable
Précis historique de lui *sur la vie de M. de Bonnard* (3),

---

(1) Dorat.
(2) Année 1778, tome II, page 261.
(3) Paris, de l'imprimerie de Monsieur, 1785.

on lit : « C'était le moment où presque tous les jeunes
« talents, et même ceux qui n'étaient plus jeunes,
« voulaient mériter la gloire par des *bagatelles,* par des
« *caprices,* par des *fantaisies,* et semblaient croire que,
« pour se faire un nom immortel, il n'y avait rien de
« tel que des poésies fugitives : les poëtes n'étaient
« plus que des petits-maîtres qui parlaient, en vers
« gais, des femmes qu'ils avaient désolées, des *congés*
« qu'ils avaient donnés, et quelquefois même, pour
« étonner par le merveilleux, de ceux qu'ils avaient
« reçus ; des maris qu'on trompait pour les rendre heu-
« reux, et qu'on priait en grâce d'être un peu plus ja-
« loux que de coutume... » Au nombre des ouvrages
qui contribuèrent à ramener la poésie à la nature, Garat met en première ligne les poëmes de Saint-Lambert, de Delille et de Roucher sur la campagne, et les
élégies amoureuses des chevaliers de Bertin et de Parny.
Il y a là, selon nous, bien du mélange ; mais enfin
l'impression des contemporains était telle, et Voltaire,
qui avait salué le traducteur des *Géorgiques* du nom
de *Virgilius-Delille,* avait le temps, avant de mourir,
et dans son dernier voyage de Paris, de donner l'acco-
lade à Parny en lui disant : *Mon cher Tibulle !*

C'est de cette gloire, un moment consacrée, qu'il s'a-
git aujourd'hui de nous rendre bien compte. Il serait
vraiment fâcheux pour nous que ce qui a paru une
nuance si délicate et en même temps si vive aux contemporains de Parny nous échappât presque tout entier, et qu'en le refeuilletant après tant d'années, nous
eussions perdu le don de discerner en quoi il a pu ob-

tenir auprès des gens de goût ce succès d'abord universel, en quoi aussi sans doute il a cessé, à certains égards, de le mériter.

Parny avait vingt ans ; rappelé par sa famille à l'île Bourbon, il quitte à regret ses compagnons de plaisir et ne semble pas se douter que ce qu'il va trouver là-bas, c'est une inspiration plus naïve et plus franche d'où jaillira sa vraie poésie. Doué d'un goût musical très-vif et très-pur, comme l'atteste assez la mélodie toute racinienne de ses vers, mais de plus ayant cultivé ce talent naturel, il devint le maître de musique de la jeune créole qu'il a célébrée sous le nom d'Éléonore :

> O toi qui fus mon écolière
> En musique, et même en amour...

Dans ce temps, il y avait à Bourbon une très-grande disette de professeurs en tout genre ; on était réduit à faire apprendre à lire et à écrire aux jeunes gens, même aux jeunes filles, par quelque lettré de régiment. Le fils du marquis de Parny, brillant, aimable, nouveau venu de Versailles, dut être une bonne fortune pour la société de Saint-Paul ; sa condition lui ouvrait toutes les portes, ses talents lui ménagèrent des familiarités. La jeune personne, l'Héloïse nouvelle auprès de laquelle on l'accrédita imprudemment en qualité de maître de musique amateur, n'avait que de treize à quatorze ans. Le début de cette liaison, telle qu'elle se traduit même en poésie, ne paraît différer en rien de la marche de tant d'autres séductions vulgaires.

La surprise des sens a tout l'air d'y devancer celle du
cœur. Ce n'est qu'avec le temps que la passion se prononce, se dégage, et, sans jamais s'ennoblir beaucoup,
se marque du moins en traits énergiques et brûlants.
On a beaucoup discuté sur le vrai nom d'*Éléonore*; son
nom de baptême était, dit-on, *Esther*; quant à son
nom de famille, on l'a fait commencer par *B,* et l'auteur de la notice de l'édition Lefèvre (1827) se borne
à dire que la première syllabe de ce nom n'est point
BAR, comme on l'avait avancé. Puisque nous en sommes à cette grave et mystérieuse question qui a autant
occupé les tendres curiosités d'autrefois que le nom
réel d'*Elvire* a pu nous occuper nous-même, nous donnerons aussi notre version, qui diffère des précédentes.
Selon nous, et d'après des renseignements puisés aux
sources, *Éléonore* était Mlle Tr.......le (1), un nom assez
peu poétique vraiment. Son père, bien que descendant
d'une ancienne famille de l'île, n'avait point à faire
valoir de titres de noblesse. Aussi, quand on eut l'é-
veil, quand les conjectures malicieuses et peut-être
aussi, nous assure-t-on, *l'état de la jeune personne,*
amenèrent les parents d'Éléonore à presser le chevalier
de Parny de s'expliquer ou de rompre, celui-ci sollicita
en vain de son père la permission d'épouser. C'est ainsi
qu'il a pu dire en une élégie :

Fuyons ces tristes lieux, ô maîtresse adorée!
Non loin de ce rivage est une île ignorée...
Là je ne craindrai plus *un père inexorable.*

(1) Pourquoi ne pas articuler le nom tout entier? Mlle *Trous-
saille.*

Et ailleurs :

> Ici je bravai la colère
> *D'un père indigné contre moi;*
> Renonçant à tout sur la terre,
> Je jurai de n'être qu'à toi.

L'amant désespéré, contraint sans doute de quitter pour un temps le pays, fit un voyage, soit peut-être dans l'Inde, soit plus probablement en France (1). Quoi qu'il en soit, ce fut pendant cette absence qu'on maria Mlle T.......... à un médecin français arrivé depuis peu dans la colonie. Mais, avant la célébration de ce mariage, et pendant l'éloignement de Parny, Éléonore, nous assure-t-on (et ceci devient un supplément tout à fait inédit à l'*Eleonoriana*), eut une fille, fruit clandestin de ces amours si célébrées. Cette enfant, dont la naissance a été entourée de mystère et dont le sort a pu rester ignoré de Parny, fut enlevée à sa mère par les intéressés, et secrètement confiée aux soins d'une dame *Germaine*, mulâtresse, et mère elle-même de plusieurs enfants. Cette dame vint s'établir à Saint-

---

(1) J'incline tout à fait pour cette dernière supposition, et je crois que ce voyage obligé de Parny, qui amena la rupture, fut tout simplement son retour en France en 1775 ou 1776. Il n'apprit sans doute que plus tard, et peut-être à Paris même, le changement de destinée de celle qu'il avait quittée ; en effet, dans les premières éditions de ses poésies (1778-1779), l'on ne trouve rien ou presque rien encore de ce qui forme le quatrième livre des élégies, c'est-à-dire celui qui vient après le mariage et l'infidélité consommée d'Éléonore. Ce ne dut être que vers 1779-1781 que ce quatrième livre fut composé pour être définitivement clos et complété dans l'édition de 1784. Nous y reviendrons tout à l'heure.

Denis ; elle eut pour sa fille adoptive des soins vraiment maternels, et se conduisit toujours de manière à passer aux yeux de tous pour la véritable mère. « J'ai « particulièrement connu, nous écrivait un de nos « amis créoles, la personne qu'on dit être la fille de « Parny : déjà d'un certain âge quand je la vis, elle a « dû être fort jolie, sinon belle ; de taille moyenne, « blonde avec des yeux bleus, elle passe pour avoir eu « quelque ressemblance avec Éléonore, dans la mé- « moire, peut-être complaisante, de quelques anciens « du pays.

« La fille présumée de Parny, vivement sollicitée par « moi à l'endroit de ses souvenirs d'enfance, m'a dit, « ainsi qu'à plusieurs, se rappeler que dans son plus « jeune âge une dame belle et bien mise, étrangère « aux personnes de la maison, venait quelquefois la « voir, et la comblait alors de petits présents et de ca- « resses. De plus, elle a ajouté que la dame Germaine, « quelque temps avant sa mort, lui avait confessé « n'être pas l'auteur de ses jours, mais qu'ayant eu « pour elle les soins d'une mère, elle lui demandait, « avec le secret de cet aveu, l'amitié et les sentiments « d'une sœur pour ses enfants, en retour de ce qu'elle « avait eu pour elle de tendresse et d'affection. »

Après ce tribut largement payé au chapitre des informations personnelles, je me hâte de revenir à l'élégie ; notez bien que, chez Parny, elle serre toujours d'assez près la réalité pour qu'on puisse passer, sans trop d'indiscrétion, de l'une à l'autre. De retour en France après ces trois ou *quatre années*, comme il les appelle, *d'inconstance et d'erreurs,* on le voit, en 1777, publier ou laisser courir son *Épître aux Insurgents* de Boston, qui rend à merveille les engouements républicains de cette galante jeunesse. On ne risquait plus alors d'être mis à la Bastille pour de telles échappées ; on raconte seulement que ces vers :

> Et vous, peuple injuste et mutin,
> Sans pape, sans rois et sans reines,
> Vous danseriez au bruit des chaînes
> Qui pèsent sur le genre humain!

que ces vers, disons-nous, ou du moins ces mots *sans reines,* arrachèrent une larme à la noble Marie-Antoinette, jusque-là si peu éprouvée : ce fut toute la punition du poëte. L'année suivante, en 1778, paraissaient les *Poésies érotiques,* petit in-8° de 64 pages, ne contenant pas encore les plus belles et les plus douloureuses élégies, celles qui formeront plus tard le livre quatrième ; mais le petit volume est déjà assez rempli d'Éléonore pour que ce nom domine ceux des *Aglaé* et des *Euphrosine,* qui s'y trouvent mêlés. Il est à croire que le succès de ses vers éclaira l'auteur lui-même ; l'intérêt que le public se mit aussitôt à prendre à Éléonore, et que vinrent entretenir d'autres pièces à elle adressées dans les *Opuscules poétiques* de l'année suivante (1779), acheva de décider le choix du poëte-amant, et lui indiqua le parti qu'il lui restait à tirer de sa passion : dans les éditions qui succédèrent, les *Aglaé,* les *Euphrosine,* furent sacrifiées ; *l'inconstance devint un crime,* tandis qu'auparavant on ne voyait que *l'ennui* de criminel ; en un mot, Parny s'attacha à mettre de l'*unité* dans ses élégies et à pousser au roman plus qu'il n'avait songé d'abord. Ce fut alors seulement qu'il distribua ses pièces avec gradation et selon l'ordre où elles se présentent aujourd'hui : dans le premier livre, la jouissance pure et simple ; dans le second, une fausse alarme d'infidélité ; dans le troisième, le bonheur ressaisi, d'autant plus vif et plus doux ; dans le quatrième, l'infidélité trop réelle et le désespoir amer qu'elle entraîne. Il ne composa qu'après coup ce quatrième livre, dans lequel il sut combiner les sentiments vrais qu'il retrouvait au dedans de lui avec quelques circonstances peut-être fictives ou du moins antérieures (1). Cette portion d'art et de réflexion,

(1) Il se rencontre ici plus d'une petite difficulté de *chronologie* qu'il est presque pédantesque de venir soulever en matière si légère. Voyons pourtant. Parny dit qu'il revint dans Paris *après quatre ans d'inconstance et d'erreurs ;* il dit cela positivement dans une lettre de 1777 adressée à M. de P. du S. Parti de France à la fin de mai 1773, ces quatre années le conduiraient à 1777 comme date du retour ; mais il paraît qu'il était revenu auparavant, vers la fin de 1775 ou au commencement de 1776. Ce qui est certain, c'est que dans une lettre à Bertin, datée de Bourbon janvier 1775, il parle de son retour comme prochain ; et de plus une lettre de Bertin à lui (en supposant la date exacte) nous le montre revenu en France et plus que revenu en juin 1776, pleinement rendu aux plaisirs de la confrérie, et n'ayant pas du tout l'air d'un amant désolé. Il est à supposer que Parny n'apprit que plus tard le mariage d'Éléonore, résultat de son absence. Serait-il donc, par hasard, retourné à Bourbon vers 1778-1779, dans le temps où paraissaient à Paris les premières éditions de ses poésies? Ce voyage, dont je ne vois d'ailleurs aucune trace, concilierait tout. Quoi qu'il en soit, dans les belles élégies qu'il ajouta durant ces années suivantes, et qui sont celles du quatrième livre, Parny fit comme s'il

appliquée à des souvenirs encore tout brûlants et à des
émotions toutes naturelles, est ce qui a fait de ce dernier livre de Parny son chef-d'œuvre, la production
qu'il n'a plus jamais surpassée ni égalée.

Au début de ses élégies, Parny n'est que le poëte de
l'éveil des sens et de la puberté, de cet âge et surtout
de ces climats

> Où l'amour sans pudeur n'est pas sans innocence.

Il est le poëte de dix-huit ans, non de vingt-cinq. Il a
lu l'Épître de Saint-Lambert à Chloé, et il la continue.
Ce n'est que lorsqu'il avance et que la douleur l'éprouve
à son tour, qu'il s'élève par degrés et qu'il rencontre
de ces accents dont toute âme sensible peut se ressou-
venir, à tout âge, sans rougeur. Lamartine, c'est-à-
dire le grand élégiaque qui a détrôné Parny, sait encore par cœur cette élégie désespérée :

> J'ai cherché dans l'absence un remède à mes maux ;
> J'ai fui les lieux charmants qu'embellit l'infidèle.
> Caché dans ces forêts dont l'ombre est éternelle,
> J'ai trouvé le silence, et jamais le repos.
> Par les sombres détours d'une route inconnue
> J'arrive sur ces monts qui divisent la nue ;
> De quel étonnement tous mes sens sont frappés !
> Quel calme ! quels objets ! quelle immense étendue !

était retourné en effet à Bourbon, et comme s'il avait appris son
infortune sur les lieux mêmes. N'était-ce là, de sa part, qu'une
pure combinaison poétique ? Avec ces hypocrites de poëtes, on
n'est jamais sûr de rien. Dans tous les cas, l'effet littéraire fut à
merveille.

On le voit, la douleur a rendu Parny sensible à la grande nature; pour la première fois, peut-être, il gravit la ravine du Bernica et visite les sommets volcanisés de l'île; il s'écrie :

Le volcan dans sa course a dévoré ces champs ;
La pierre calcinée atteste son passage.
L'arbre y croît avec peine ; et l'oiseau par ses chants
N'a jamais égayé ce lieu triste et sauvage.
Tout se tait, tout est mort : mourez, honteux soupirs,
    Mourez, importuns souvenirs
    Qui me retracez l'infidèle;
    Mourez, tumultueux désirs,
    Ou soyez volages comme elle!...

Tout ce mouvement est d'une vérité profonde et d'une vraiment durable beauté ; il contraste admirablement avec l'invocation toute reposée, toute radoucie, d'une des élégies suivantes, et avec ce début enchanteur :

Calme des sens, paisible indifférence,
Léger sommeil d'un cœur tranquillisé,
Descends du ciel ; éprouve ta puissance
Sur un amant trop longtemps abusé!...

Ainsi toute cette fin se gradue, se compose ; mais c'est le cri de tout à l'heure qui domine et qu'on emporte avec soi. Rien que par ce seul cri Parny mériterait de ne point mourir. Millevoye, qui souvent nous offre comme la transition de Parny à Lamartine, et de qui l'on dit avec bonheur « qu'il faisait doucement dériver la poésie vers les plages nouvelles où lui-même n'aborda pas (1) », Millevoye, au milieu de ses vagues plaintes, n'a jamais de tels accents qui décèlent énergie et passion. On chercherait d'ailleurs vainement dans l'élégie de Parny quelque rapport avec ce que le genre est devenu ensuite chez Lamartine, quelques vers peut-être çà et là, des traces de loin en loin qui rappellent les mêmes sentiers où ils ont passé :

> Fuyons ces tristes lieux, ô maîtresse adorée,
> Nous perdons en espoir la moitié de nos jours!

Lamartine a presque répété ce dernier vers (2). Et dans l'élégie dernière de Parny, qu'on relise cet adieu final si pénétré :

> Le chagrin dévorant a flétri ma jeunesse
> Je suis mort au plaisir, et mort à la tendresse.
> Hélas! j'ai trop aimé; dans mon cœur épuisé,
>   Le sentiment ne peut renaître.
> Non, non, vous avez fui pour ne plus reparaître,
> Première illusion de mes premiers beaux jours,
> Céleste enchantement des premières amours!
> O fraîcheur du plaisir ! . . . .

En lisant ces vers, nous sentons s'éveiller et murmurer au dedans de nous cet écho du *Vallon* :

> J'ai trop vu, trop senti, trop aimé dans ma vie...

---

(1) M. Vinet, *Discours sur la Littérature française*, tome III de sa *Chrestomathie* (1841).

(2) C'est dans une élégie des *secondes Méditations* .

> Aimons-nous, ô ma bien-aimée...
> La moitié de leurs jours, hélas ! est consumée
> Dans l'abandon des biens réels.

On peut dire qu'en général l'élégie de Lamartine commence là où celle de Parny se termine, à la douleur, à la séparation, au désespoir; mais le poëte moderne a su rajeunir, revivifier tout cela par les espérances d'immortalité et par l'essor aux sphères supérieures : ainsi les plus beaux sonnets de Pétrarque sont ceux qui naissent après la mort de Laure. L'Éléonore de Parny, naïve et facile, manque d'élévation, d'avenir, d'idéal, de ce je ne sais quoi qui donne l'immortelle jeunesse; elle n'a jamais eu d'étoile au front. Il n'est peut-être pas un nom de femme, parmi les noms amoureux célébrés en vers, dont on n'ait plus parlé en son temps, dont on se soit plus inquiété, avec une curiosité romanesque. Cinquante années n'étaient pas encore écoulées que lorsqu'on prononçait simplement le nom d'Éléonore, on ne se souvenait plus de celle de Parny, on ne songeait qu'à la seule et unique Éléonore, à celle de Ferrare et du Tasse : il n'y a que l'idéal qui vive à jamais et qui demeure.

Si touchés que les contemporains aient pu être des grâces vives et naturelles de Parny, et de ses traits de passion, il ne faudrait pas croire que certains défauts essentiels leur aient entièrement échappé. Le *Mercure de France* (8 janvier 1780) sait très-bien regretter, par exemple, que l'expression de la tendresse ne se mêle pas plus souvent chez le poëte à celle de la volupté, et que l'amour n'anime pas de couleurs plus riches son imagination et sa veine(1). Dans les *Annales politiques*

(1) Cet article du *Mercure* est de plus assez sévère pour le style.

de Linguet (tome V, page 104), on fait remarquer très-justement que, si ce n'est pas la pudeur, c'est au moins la délicatesse, que M. de Parny a blessée, en disant à sa maîtresse dans sa pièce de *Demain*:

> Dès demain vous serez moins belle,
> Et moi peut-être moins pressant.

Et en effet, ce n'était pas à son Éléonore, mais à une certaine Euphrosine, que le poëte tenait d'abord ce langage si leste et si peu amoureux. On trouverait enfin dans les diverses critiques du temps la preuve qu'une foule d'expressions courantes et déjà usées, telles que *les charmes arrondis, les plaisirs par centaine, les chaînes* et les *peines* accouplées invariablement à la rime, et autres lieux communs érotiques, ne satisfaisaient pas les bons juges. Mais, malgré les réserves de détail que l'on savait faire, personne alors ne se rendait bien compte de ce qui manquait foncièrement à ce style, et comment il péchait par la trame même.

Dans une lettre touchante de Français de (Nantes), que j'ai sous les yeux, cet homme excellent, ce bienfai-

---

Il est vrai que Parny avait eu un tort d'irrévérence en disant à la fin de son premier recueil :

> Dans les sentiers d'Anacréon
> Égarant ma jeunesse obscure,
> Je n'ai point la démangeaison
> D'entremêler une chanson
> Aux écrits pompeux du *Mercure*.

L'*Année littéraire* (année 1778, t. II), en rendant compte très-favorablement des Poésies de Parny, n'avait eu garde d'omettre ce petit trait contre le journal adverse.

teur véritable des dernières années de Parny, l'appelle ingénument le *premier poëte classique du siècle de Louis XVI*. Oui, Parny était bien cela, il l'était dans son genre à meilleur titre que Delille ; mais le malheur c'est que l'époque de Louis XVI n'avait rien de ce qui constitue un *siècle* ; ce n'était qu'un *règne* d'un goût passager et d'un jargon poétique aimable. Parny sut se préserver mieux qu'aucun autre de la contagion, il sut s'en préserver à sa manière tout autant que Fontanes ; il ramena et observa suffisamment le goût et le naturel dans l'élégie, mais il ne créa pas le style. Or, il aurait fallu le retremper alors tout entier. Convenons qu'un poëte élégiaque n'est pas nécessairement tenu à de tels frais d'originalité ; il chante dans la langue de son temps, heureux et applaudi quand il y chante le mieux, et il n'a pas charge de refaire avant tout son instrument. Voilà ce qu'il faut dire pour rester juste envers Parny ; mais les circonstances n'en furent pas moins pour lui un malheur irréparable. Avec son organisation délicate et fine, avec ses instincts de simplicité et de mélodie, il est permis de conjecturer que, nourri à une meilleure époque, plus loin de Trianon, et venu du temps de Racine, il aurait été un élégiaque parfait.

Pour apprécier autant qu'il convient le mérite naturel et touchant des élégies de Parny, il suffit de lire celles qu'a essayées Le Brun, si sèches, si fatiguées et si *voulues*. Pour apercevoir d'autre part ce qu'il y aurait eu à tenter d'indispensable et de neuf dans la forme et dans la trame, il suffit de se rappeler les élégies d'André Chénier. Bertin, dont le nom ne saurait être

omis dans un article sur Parny, l'intéressant et chaleu-
reux Bertin, semble avoir mieux entrevu un coin de la
tâche qu'il eût fallu entreprendre; mais son louable,
son généreux effort d'émulation à la Properce est resté
inachevé.

Parny touchait à peine à l'âge de vingt-cinq ans, et il
semblait déjà embarrassé de sa très-jeune muse d'hier;
il disait à la fin de sa *Journée champêtre* :

> Il n'est qu'un temps pour les douces folies,
> Il n'est qu'un temps pour les aimables vers.

Mais, quand les vingt-cinq ans furent loin, ce dut être
bien pis. Tout le monde lui parlait d'Éléonore, et il
sentait que pour lui le souvenir même s'enfuyait, s'effa-
çait déjà dans le passé. Combien de fois il dut répondre
non sans un mouvement d'impatience, aux admirateurs et questionneurs indiscrets :

> Ne parlons plus d'Éléonore;
> J'ai passé le mois des amours!

Au fond, il pensait toujours comme lorsqu'il avait dit
dans sa riante peinture des *Fleurs :*

> Pour être heureux, il ne faut qu'une amante,
> L'ombre des bois, les fleurs et le printemps.

C'était le printemps qui lui faisait défaut désormais.
On a remarqué que certaines natures poétiques, volup-
tueuses et sensibles, se flétrissent vite; la première
fleur passée, elles ne donnent qu'un fruit peu abondant,
après quoi ce n'est plus qu'une écorce mince et sèche,

à laquelle, s'il se peut, s'attache un reste de l'ancien parfum. La forme même des traits change, ce qui était le nerf de la grâce devient aisément maigreur, la finesse du sourire tourne à la malice. Je ne veux pas dire que Parny ait jamais subi toute la métamorphose, ni même qu'il en ait donné signe tout d'abord. Il y eut bien des années intermédiaires ; ces années-là sont difficiles à passer. J'ai souvent pensé qu'un poëte élégiaque, qui, son amour une fois chanté, se tairait à jamais et *obstinément*, comme Gray, par exemple, agirait bien plus dans l'intérêt de sa gloire ; il se formerait autour de son œuvre je ne sais quoi de mystérieux, de conforme au genre et au sujet. Son chant, comme celui des oiseaux qui ne chantent que durant la saison des amours, s'en irait mourir vaguement dans les bois. Mais que voulez-vous? il faut bien faire quelque chose de son talent, lorsqu'une fois on l'a développé ; il vous reste et vous sollicite, même après que la fraîcheur ou l'ardeur première du sentiment s'est dissipée ; car, tout poëte élégiaque l'a dû éprouver amèrement, ce n'est pas tant la vie qui est courte, c'est la jeunesse.

En 1784, Parny sentit la nécessité d'une pause, et sembla vouloir mettre le signet à sa poésie ; il publiait la quatrième édition de ses *Opuscules,* édition corrigée et *augmentée pour la dernière fois :* « Nous pouvons assurer, disait l'avertissement, que ce Recueil restera désormais tel qu'il est. » Puis il quitta la France, retourna en passant à l'île Bourbon, et fit le voyage de l'Inde, où on le trouve attaché, en qualité d'aide de camp, au gouverneur. Mais cet exil occupé

lassa bientôt sa paresse ; il donna sa démission du service et de toute ambition, et, revenu à Paris, publia,
en 1787, son choix agréable de *Chansons madecasses*
recueillies sur les lieux, et qu'on peut croire légèrement arrangées. Cette attention inaccoutumée qu'il
accordait à des chants populaires et primitifs nous
avertit de remarquer que les *Études de la Nature*
avaient paru dans l'intervalle et cinq ou six ans après
la publication de ses élégies. La couleur locale, que
Parny n'avait pas eu l'idée d'employer en 1778, lui
souriait peut-être davantage depuis qu'il en avait vu
les brillants effets et le triomphe (1). A la suite des
chansons en prose, on lisait en un clin d'œil, dans le
mince volume, les dix petites pièces intitulées *Tableaux,* simple jeu d'un crayon gracieux et encore léger, mais où déjà l'on pouvait voir une redite, la
même image toujours reprise et caressée, une variante
affaiblie d'une situation trop chère, dont l'imagination du poëte ne saura jamais se détacher.

(1) Un de nos amis (M. Désiré Laverdant) qui s'est sérieusement
occupé de Madagascar, et qui a pris la peine de recueillir quelques chansons malegaches authentiques, nous confirme d'ailleurs
dans notre doute, et nous assure que les *Chansons madecasses* de
Parny sont tout à fait *impossibles* : « Il a inventé, nous dit-on, les
nuances de sentiment, les caractères qu'il prête à cet état de société, et jusqu'aux noms propres; c'est du Parny enfin, du sauvage
très-agréablement embelli. » La comparaison de quelques pièces
du vrai cru avec celles de Parny, et les considérations piquantes
que pourrait suggérer ce rapprochement, nous mèneraient ici
trop loin; nous espérons en tirer matière un jour à un petit chapitre supplémentaire. On n'en a pas besoin, en attendant, pour
conclure que Parny entendait le primitif un peu comme Macpherson, et pas du tout commé Fauriel.

La révolution éclata, et Parny, malgré les pertes de fortune qu'il y fit successivement et qui atteignirent sa paresse indépendante, ne paraît, à aucun moment, l'avoir maudite, ni, comme tant d'autres plus timorés, plus inconséquents ou plus sensibles, l'avoir trouvée en définitive trop chèrement achetée : la ligne littéraire qu'il y suivit invariablement atteste assez qu'elle comblait à certains égards ses vœux encore plus qu'elle ne décevait ses espérances. On raconte qu'il avait composé un poëme sur les *Amours des Reines de France,* et qu'il le brûla par délicatesse à l'époque où ce poëme aurait pu, en tombant entre des mains parricides, devenir une arme d'infamie contre d'illustres victimes. L'esprit humain enferme de telles contradictions et de telles particularités qu'au moment où, par un sentiment généreux, Parny jetait au feu son poëme galant sur les reines de France, parce qu'alors on les égorgeait, il se mettait à composer à loisir et sans le moindre remords cet autre poëme où il *houspillait,* selon son mot, *les serviteurs de Dieu,* tandis qu'ils étaient bien *houspillés* en effet au dehors, c'est-à-dire égorgés aussi ou pour le moins déportés. Nous touchons ici à son grand crime, à son tort vraiment déplorable, irréparable, et qui souille une renommée jusque-là charmante. Ah! que Parny n'est-il mort comme son ami Bertin au sortir de la jeunesse, à la veille des tempêtes sociales qui allaient soulever tant de limon! On se prend pour lui à le regretter. Quel glorieux souvenir sans tache il eût laissé alors, et quel libre champ ouvert au rêve! Cet aimable éclat s'est à jamais terni. Je ne crois faire, dans tout ceci, aucun puritanisme exagéré, aucune concession à des doctrines et à des croyances qu'il n'est pas nécessaire d'ailleurs de partager soi-même pour avoir l'obligation de les respecter dans la conscience de ses semblables, et surtout pour devoir ne pas les y aller blesser mortellement, lascivement et par tous les moyens empoisonnés. Dussault a très-bien dit de *la Guerre des Dieux* que ce poëme figurera dans l'histoire de la Révolution, encore plus qu'il ne marquera dans celle de la littérature, et à ce titre il réclame quelque considération sérieuse. Parny le composa depuis l'an ɪɪɪ environ jusqu'à l'an vɪɪ, époque de la publication ; dans l'intervalle, divers morceaux et même des chants tout entiers avaient été insérés dans *la Décade*, principal organe du parti philosophique. Au moment de l'apparition du volume, Ginguené, ancien camarade de collége de Parny, mais poussé surtout par son zèle pour la bonne cause, donna dans *la Décade* jusqu'à trois articles favorables (1), analyses détaillées et complaisantes, dans lesquelles il étalait le sujet et préconisait l'œuvre : « L'auteur, disait-il, l'a conçue de manière que les uns (les Dieux) sont aussi ridicules dans leur victoire que les autres dans leur défaite, et qu'il n'y a pas plus à gagner pour les vainqueurs que pour les vaincus. » Après toutes les raisons données de son admiration, le critique finissait par convenir qu'il se

---

(1) Voir les numéros du 30 pluviôse, du 10 ventôse et du 10 germinal an vɪɪ.

trouvait bien par-ci par-là, dans les tableaux, quelques traits « qu'une décence, non pas bégueule, mais philosophique, et que le goût lui-même pouvaient blâmer » ; il n'y voyait qu'un motif de plus pour placer le nouveau poëme à côté de celui de Voltaire, de cet ouvrage, disait Ginguené, « qu'il y a maintenant une véritable tartufferie à ne pas citer au nombre des chefs-d'œuvre de notre langue. » Le succès de *la Guerre des Dieux* fut tel, que trois éditions authentiques parurent la même année, sans parler de deux ou trois contrefaçons. Les petits vers anodins, comme du temps du *Mercure*, les madrigaux philosophiques pleuvaient sur Parny pour le féliciter. Quant à la rumeur soulevée chez les *rigoristes,* Ginguené n'y voyait que des cris suscités, soufflés aux simples par l'*adroit fanatisme* et par le *royalisme rusé.* C'est le même critique qui allait bientôt se montrer si sévère dans cette même *Décade* contre le *Génie du Christianisme* de son compatriote Chateaubriand. Ainsi d'honnêtes esprits, de recommandables écrivains ont leurs impulsions acquises, des directions presque irrésistibles, et se laissent emporter sans scrupule au courant d'une opinion, sous prétexte qu'elle est la leur (1).

L'année même où parut *la Guerre des Dieux,* et qui fut celle où s'exhalait le dernier soupir du Directoire, vit paraître une série de publications de même nature qui montrent à quel point la littérature alors n'avait

---

(1) Voir encore, si l'on est curieux de suivre l'engagement, *la Décade,* an VIII, troisième trimestre, p. 554, et quatrième trimestre, p. 47.

pas moins besoin que la société d'un 18 brumaire, je veux seulement dire de quelque chose d'assainissant et de réparateur. C'est à cette date de l'an VII que naquirent aussi *les Quatre Métamorphoses,* de Lemercier; les *Priapeia* de l'abbé Noël n'avaient précédé que de quelques mois (an VI); je mentionne à peine *le Poëte* de Desforges, et je passe sous silence le De Sade; mais une simple liste des ouvrages publiés en cette fin d'orgie est parlante, et déclare assez le progrès d'une contagion dont les hommes honorables n'avaient plus toujours la force de se préserver. Parny lui-même autrefois, dans un joli dialogue qu'il avait trop oublié, et qui eût été ici bien plus à propos, avait pu dire :

> Quel est ton nom, bizarre enfant? — L'Amour. —
> Toi l'Amour? — Oui, c'est ainsi qu'on m'appelle. —
> Qui t'a donné cette forme nouvelle? —
> Le temps, la mode, et la ville et la Cour (1). —
> Quel front cynique! et quel air d'impudence!
>
> . . . .
>
> Mais qu'aperçois-je? un masque dans tes mains,
> Des pieds de chèvre et le poil d'un satyre?
> Quel changement! . . . .

J'ai quelquefois pensé que, si le Directoire avait pu se prolonger un peu honnêtement, il serait sorti de là une littérature plus originale, plus neuve que la plupart des soi-disant classiques du moment n'étaient à même de le soupçonner. Selon Lemercier, qui s'en rendait

(1) Ce mot *la Cour* indique une date antérieure; le dialogue est en effet de 1788; mais qu'il s'appliquait bien mieux encore dix ans plus tard!

mieux compte, il s'agissait, par certains essais, de *re-poétiser* notre langue, devenue trop timide (1). Mais ce qui aurait toujours nui à la valeur de ces tentatives, c'est que l'époque était trop relâchée, trop gâtée pour rien engendrer de complet et qui fît ensemble. Je le répète, sur ce point littéraire aussi, il fallait un 18 brumaire. Bonaparte n'eut garde de s'y tromper : il étendit la main à la littérature comme aux autres vices de la société, et ne tarda pas à y ramener la décence, la régularité, et par malheur aussi le mot d'ordre qu'il imposait en toute chose. Le début du Consulat s'ouvre dans une assez belle proportion encore d'ordre et de liberté, et on sait quelles œuvres brillantes ont honoré cette date glorieuse. L'Empire y coupa court, et pécha par excès de police littéraire, comme le Directoire avait péché par le contraire. Quant à Parny en particulier, Bonaparte le considéra toujours un peu comme un des vaincus du 18 brumaire; il ne lui pardonna guère plus qu'aux idéologues. Pour lui, c'était un idéologue surpris un jour en gaieté et qui avait fait esclandre.

Le succès de *la Guerre des Dieux* ne fit que mettre Parny en verve, et il continua sur le même ton dans divers chants restés inédits et dans d'autres petits poëmes qui parurent sous le titre de *Portefeuille volé*, en 1805. Pour ne pas avoir l'air d'éluder le jugement littéraire, même en telle matière où la question morale et sociale domine tout, nous dirons une bonne fois que n'avoir lu la Bible, comme le fit Parny, que pour en

___
(1) *Décade* de l'an vii, troisième trimestre, p. 100.

tirer des parodies plus ou moins indécentes, c'était se
juger soi-même et (religion à part) donner, comme
poëte, la mesure de son élévation, la limite de son
essor. Après cela, nous ne ferons aucune difficulté de
reconnaître qu'il développe en cette carrière nouvelle
plusieurs des qualités épiques, un art véritable de composition, des agréments de conteur, et qu'il y rencontre,
dans le genre gracieux, bien des peintures fines et
molles, telles qu'on peut les attendre de lui : l'épisode
de *Thaïs et .Elinin* a mérité d'être extrait du poëme
dont il fait partie et de trouver place dans les *Œuvres
choisies*, où, ainsi détaché, il peut paraître comme un
malicieux fabliau.

Le grand écueil des élégiaques qui vieillissent (et
Parny y a donné en plein dans ses divers poëmes irré-
ligieux), c'est de ne savoir pas rompre avec l'image
séduisante qui revient de plus en plus chère, bien que
de jour en jour plus fanée. L'imagination n'était que
voluptueuse dans la jeunesse; elle court risque, en
insistant, de devenir licencieuse, si de graves pensées
nées à temps ne l'enchaînent pas. La seconde manière
de Parny est comme une preuve perpétuelle de ce triste
progrès, et on aurait peut-être, depuis lui, à citer encore d'autres exemples (1).

(1) Je donnerai ici une ode au *Plaisir* qu'on peut supposer traduite en prose d'un élégiaque étranger, allemand ou anglais; elle
exprime sous une autre forme la pensée que nous venons de rencontrer à propos de Parny; mais il y faudrait la fraîcheur de
touche d'un Gray ou d'un Collins :

« O doux et cher Génie, au regard vif et tendre; au vol capricieux, rapide; à l'accent vibrant, argenté, mélodieux; dont la chevelure exhale un

Parny, au reste (et ceci achève le tableau), ne paraît pas s'être douté, sous le Directoire, de l'excès d'orgie

parfum sous la couronne à demi penchée ; dont la main porte un rameau de myrte en fleur, ou d'amandier tout humide de gouttes de rosée qui brillent au soleil du matin ; ou qui, le soir, assoupis tes pas sur les gazons veloutés aux rayons de la lune ;

« O Dieu de la jeunesse et de la tendresse, langoureux comme une femme, hardi comme un amant ; volage, imprévu, consolateur ; — ô PLAISIR, à toi, avant que ma voix ait perdu son timbre qui pénètre et cet accent que tu connais, à toi mes adieux !

« Tu fus tout pour moi. Enfant, dans la maison sombre au foyer chaste, dans la cour sévère, je rêvais sans te connaître, je rêvais à toi. Aux champs, derrière la haie épaisse, je te sentais là, tu m'accompagnais : parfois la brise m'apportait d'étranges bouffées ou des soupirs. Mes premières larmes de poëte étaient vers toi, ô vague Enchanteur !

« Grandissant, dans la jeunesse, au milieu des traverses et des rudes travaux, tu ne m'apparus pas encore. Alors je te connaissais pourtant ; je t'avais vu de loin, sans t'atteindre. Je saignais, je souffrais. Non visité de toi, était-ce la peine de vivre ? je voulais mourir. C'est alors que la Poésie en moi chanta ; mais c'était toi, c'était le Plaisir amèrement désiré, qui la fit dès l'abord douce et profonde.

« Je te saisis, je t'atteignis enfin, ô Plaisir ; le long retard m'avait rendu comme insensé : je ne craignais pas dans ma fougue de déchirer les franges de ta tunique légère, d'arracher les fleurs de ta tête et de tes mains ; mais tout renaissait vite et se réparait comme sur la personne d'un Dieu. Tu me laissais, au sortir de tes bras, des tristesses délicieuses. Ce que la Muse a chanté par ma voix de plus pur, de plus chaste et religieux, c'est au retour de tes violents embrassements, ô Plaisir !

« L'Amour vint. Je n'ai jamais connu l'Amour sans toi, sans ton espoir, sans ta promesse, sans ta possession enfin et tes grâces abandonnées. Tu souris trop peu à nos amours que tant d'obstacles jaloux traversèrent ; tu y souris pourtant assez, ô Plaisir, pour que l'image en reste, au fond de mon cœur, pleinement couronnée.

« Hélas ! l'Amour a menti ! toi, tu ne mentais pas, ô Plaisir. Dans les détresses du cœur, dans mes fuites désespérées, combien de fois tout d'un coup, comme une Déesse au tournant d'un bocage, tu m'es apparu ! La tristesse s'envolait, je répondais à ton sourire ; je suivais tes pas, ô Consolateur, avec le sentiment de la mort dans mon sein ; j'étais heureux au bord du néant. La vie d'un soir était douce encore.

« Hélas ! les années sont venues ; tu m'es apparu plus rarement, et ton sourire chaque fois était moins beau. Quand je t'ai suivi, je déchirais encore ta tunique brillante, je froissais tes fleurs sur ta tête, mais, comme aupara-

d'alentour et de l'énormité du scandale dont lui-même
il pouvait dire si présentement : *Pars magna...* Dans
un *Hymne pour la Fête de la Jeunesse,* qu'il composait
pour le printemps de l'an VII, il faisait chanter à de
jeunes garçons :

> Loin de nous les leçons timides,
> Loin de nous les leçons perfides
> Et les vils préjugés que la France a vaincus
> Levons notre tête affranchie,
> Et que le printemps de la vie
> *S'embellisse toujours du printemps des vertus* (1)!

vant, elles ne se réparaient plus. Je te suis cher encore, ô Plaisir; tes bras
volontiers m'enchaînent; mais, en vieillissant, ne serais-tu donc plus comme
un Dieu? O toi qui fus mon seul charme renaissant, ma seule illusion constante, sois-le à jamais! Cessons plutôt que de douter; mieux vaut s'arrêter
à temps, mieux vaut renoncer à toi plutôt que de t'avilir! Reste pour moi
le Dieu au front humide, à l'œil brillant, à la branche d'amandier. La mort
habite dans mon cœur, mon deuil de toi est immense : deuil sacré! il est
désormais ma seule poésie! »

(1) *Décade* an VII, troisième trimestre, page 97, côte à côte avec
un fragment des *Quatre Métamorphoses.* — On a la lettre par laquelle Parny adressait sa pièce au ministre de l'intérieur, François
de Neufchâteau, *bonhomme* de lettres, s'il en fut, qui ordonnait
solennités sur solennités, lançait des circulaires en tous sens et
se donnait un mouvement extraordinaire pour rendre un air de
vie à cette fin de Directoire.

« Citoyen Ministre,

« Vous m'avez engagé à composer un Hymne pour la Fête de la Jeunesse. Je souhaite que celui-ci remplisse vos vues. Il conviendra aux Écoles
publiques si le chant est facile à retenir, c'est-à-dire moins savant que mélodieux. Si vous désirez quelques changements, je me ferai un devoir et
un plaisir de me conformer à vos intentions.

« Salut et respect.

« Paris, le 22 vendémiaire an VII.   « Évariste PARNY,

« *Rue Taitbout,* n° 15. »

L'hymne de Parny fut, en effet, publiquement chanté le décadi

L'illusion, on le voit, et l'oubli de l'ivresse étaient poussés un peu loin ; le réveil pourtant se préparait.

Au lendemain de l'apparition de *la Guerre des Dieux,* une place se trouvait vacante à l'Institut ; il s'agissait de remplacer Delille qui s'était obstiné, un peu tard, à émigrer. Parny arrivait sur les rangs et en première ligne ; mais le délire d'imagination auquel il venait de se livrer lui fit perdre des suffrages, et l'aimable Legouvé l'emporta sur lui. Ce ne fut que quelques années après, en 1803, que Parny eut le fauteuil, en remplacement de M. Devaisnes. Sa réception, qui eut lieu le 6 nivôse an XII (28 décembre 1803), fut un événement. La séance se tint dans la salle du Louvre, et ce fut une des dernières avant la translation de l'Institut aux Quatre-Nations. La société, qui renaissait et qui obéissait déjà à tout un autre reflux d'idées, y accourut en foule et dans les dispositions d'une curiosité quelque peu malicieuse ; c'était le même monde qui venait d'inaugurer le *Génie du Christianisme,* et tout récemment de faire le succès de la *Pitié* de Delille, succès qu'on peut considérer comme une revanche sociale de celui de *la Guerre des Dieux.* Garat, au nom de l'Institut, devait répondre à Parny, et l'on se demandait comment le philosophe se tirerait de l'endroit difficile. Parny ne put lire son discours lui-même, à cause de la faiblesse de sa voix et même d'une certaine difficulté de prononciation (1) : ce fut Regnault

10 germinal, même année, à la Fête de la Jeunesse (voir le *Moniteur* du 14 germinal).

(1) Ce n'était une difficulté que relativement au discours pu-

de Saint-Jean-d'Angély qui lui prêta son organe sonore.
Le discours de Parny, très-convenable, indique le pli
définitif de son esprit, une fois la première fleur envolée : quelque chose de juste, de bien dit, mais d'un
peu sec. Quoique le goût et la morale ne soient pas
exactement la même chose, il pouvait sembler piquant
de trouver si rigoriste sur le chapitre des doctrines
littéraires celui qui l'avait été si peu tout à côté Quant
à Garat, son discours dura trois quarts d'heure, ce qui
semblait alors très-long pour un discours d'académie ;
il parla de beaucoup de choses, et, lorsqu'il en vint à
prononcer le mot de *Guerre des Dieux,* l'auditoire, qui
l'attendait là et qui commençait à se décourager, redoubla de silence ; ce fut en vain : l'orateur sophiste
échappa à la difficulté par un vrai tour de *passe-passe*
assez comparable à celui par lequel il avait traversé
toute la révolution, en n'étant ni pour les Girondins
ni pour les Jacobins, mais entre tous. Ainsi, dans cette
fin de discours, il se mit à faire un magnifique éloge
de la piété tendre et sensible, puis, en regard, un non
moins magnifique portrait de la vraie philosophie ;
puis, au sortir de ce parallèle, il s'échappa dans une
vigoureuse sortie contre le fanatisme qui, seul, trouble
la paix si facile à établir, disait-il, *entre les deux parties intéressées ;* s'animant de plus en plus devant cet
ennemi, pour le moment du moins, imaginaire, l'orateur compara tout d'un coup le fanatique ou l'hypo-

blic; Parny avait la bouche fine et mince, le contraire de l'*ore
rolundo.*

crite à l'incendiaire Catilina lorsqu'il vint pour s'asseoir dans le sénat de Rome et que tous les sénateurs,
d'un mouvement de répulsion unanime, le délaissèrent
sur son banc, seul, épouvanté et furieux de sa solitude...
On se retournait, on regardait de toutes parts pour
chercher cet incendiaire, car il était bien évident que,
dans la pensée de Garat, ce n'était point M. de Parny.
Quelques honnêtes auditeurs s'y méprirent pourtant
et crurent que Garat avait voulu blâmer d'une manière couverte le récipiendaire. *La Décade,* dans son
article du 10 nivôse (an XII), s'attacha à *rétablir le fil
des idées* que les malveillants, disait-on, avaient tâché
d'embrouiller. Mais on avait devant soi des adversaires
mieux en état de riposter qu'en l'an VII. M. de Feletz,
dans un de ces articles ironiques du *Journal des Débats* comme il les savait faire, disait : « M. Garat vou-
« lait parler à M. de Parny de son poëme honteuse-
« ment célèbre de *la Guerre des Dieux.* En a-t-il fait
« l'éloge ? en a-t-il fait la censure ? Tel a été son entor-
« tillage, que ce point a paru problématique à quelques
« personnes ; mais ce doute seul déciderait la question,
« et prouverait que M. Garat applaudit au poëme (1)... »
Comme on était alors dans tout le feu du projet de
descente en Angleterre, Fontanes termina la séance par
la lecture d'un chant de guerre contre les Anglais,
mêlé de chœurs et dialogué, avec musique de Paisiello.

Aux environs de ce moment, Parny faisait écho aux
mêmes passions patriotiques, en publiant son poëme

(1) *Mélanges* de M. de Feletz, t. III, p. 519.

de *Goddam!* dont le sujet n'est autre que cette descente en Angleterre, la parodie de la vieille lutte de
Harold et de Guillaume. Tout cela est d'un esprit peu
étendu, trop peu élevé, d'un talent facile toujours et
parfois encore gracieux. Les amis, du reste, ne cherchaient point à dissimuler les défauts de cette œuvre de
circonstance, et les ennemis commençaient à dire que
M. de Parny, qui avait si bien chanté les *amours,* avait
un talent moins décidé pour chanter les *guerres* (1).
J'ai hâte de sortir de cette triste période et de cette
critique ingrate pour retrouver le Parny que nous avons
droit d'aimer. On le retrouvait déjà dans le petit
poëme d'*Isnel et Asléga* qui parut d'abord en un chant
(1802) et que l'auteur développa plus tard en quatre.
Cette douce et pure esquisse, ou plutôt ce pastel, aujourd'hui fort pâli, s'offrait en naissant avec bien de la
fraîcheur et dans toute la nouveauté de ces teintes
d'Ossian, que l'imitation en vers de Baour-Lormian
venait de remettre à la mode.

Dans cette même édition de ses *Œuvres diverses*
(1802) où se lisait la première version d'*Isnel et Asléga,*

---

(1) Il avait surtout prouvé ce peu d'aptitude à chanter, comme
dit Anacréon, *Cadmus* et les *Atrides,* par un certain dithyrambe
sur le vaisseau *le Vengeur* (*Almanach des Muses,* année 1795) ;
ce dithyrambe est certainement la chose la plus platement pro-
saïque qui se puisse imaginer. On conçoit que Le Brun, qui prenait ici une revanche éclatante sur son vainqueur en élégie, ait pu
dire un jour, dans un éloge un peu épigrammatique :

> Parny, demi-Tibulle, écrivit mollement
> Des vers inspirés par les Grâces
> Et dictés par le sentiment.

Parny s'était attaché à ne rien faire entrer que d'avoua-
ble et d'incontestable ; il y a réussi, et l'on peut dire
que depuis on ne trouverait à peu près rien à ajouter
au choix accompli qu'il fit alors. On y distinguait cette
mélodieuse *complainte,* imitée de l'anglais, sur la mort
d'Emma :

> Naissez, mes vers, soulagez mes douleurs,
> Et sans effort coulez avec mes pleurs...

On y goûtait surtout ces autres vers sur *la mort d'une
jeune fille,* et qu'on ne peut omettre de citer dans un
article sur Parny, bien qu'ils soient dans toutes les
mémoires :

> Son âge échappait à l'enfance.
> Riante comme l'innocence,
> Elle avait les traits de l'Amour ;
> Quelques mois, quelques jours encore,
> Dans ce cœur pur et sans détour
> Le sentiment allait éclore.
> Mais le Ciel avait au trépas
> Condamné ses jeunes appas.
> Au Ciel elle a rendu sa vie,
> Et doucement s'est endormie
> Sans murmurer contre ses lois :
> Ainsi le sourire s'efface ;
> Ainsi meurt, sans laisser de trace,
> Le chant d'un oiseau dans les bois.

Voilà de ces vers discrets, délicats, sentis, comme il
sied à l'élégiaque qui n'a plus d'amours à chanter d'en
laisser échapper encore ; si quelque chose en français
pouvait donner idée de ce je ne sais quoi qui fait

le charme dans le trait léger et à peine touché d'Anacréon, ce serait cette pièce où Parny, sans y songer,
s'est montré un Anacréon attendri. Je noterai aussi le
joli *tableau* intitulé *le Réveil d'une mère* ; on s'est étonné
que ces jouissances pures d'une épouse vertueuse, ces
chastes sourires d'un intérieur de famille aient trouvé,
cette fois, dans Parny un témoin qui sût aussi bien les
traduire et les exprimer ; mais c'est que les torts de
Parny, s'il n'en avait eu que contre la pudeur et s'il ne
s'était attaqué directement aux endroits les plus sacrés
de la conscience humaine, ne seraient guère que ceux
de l'époque qu'il avait traversée dès sa jeunesse. « Il
ne faudrait pas trop nous juger sur certaines de nos
œuvres, me disait un jour un vieillard survivant, avec
un accent que j'entends encore : *Monsieur, nous avons
été trompés par les mœurs de notre temps.* »

Le Parny de ces jolies pièces qu'on se plaît à citer
était bien celui qu'on retrouvait avec agrément dans
la société et dans l'intimité, aux années du Consulat
et de l'Empire, celui qui, n'ayant plus rien d'érotique
au premier aspect, rachetait ces pertes de l'âge par
quelque chose de fin, de discret, de noble, que tous
ceux qui l'ont approché lui ont reconnu. Plusieurs de
ses poésies portent témoignage de sa liaison étroite
avec les Macdonald, les Masséna ; c'est vers ce temps
aussi qu'il dut beaucoup à Français (de Nantes). Les
détails de cette dernière relation sont touchants et
honorent les deux amis. Les Muses, de tout temps, ont
eu à souffrir, elles ont eu souvent à solliciter ; seulement elle le font avec plus ou moins de dignité et de

conscience d'elles-mêmes. Théocrite, dans sa belle pièce intitulée *les Grâces ou Hiéron,* a dit : « C'est toujours « le soin des filles de Jupiter, toujours le soin des « chantres, de célébrer les immortels, de célébrer « aussi les louanges des braves et des bons. Les Muses « sont des déesses, et les déesses chantent les dieux, « tandis que nous, nous sommes des mortels, et les « chants des mortels s'adressent aux mortels. Donc, « lequel de tous ceux qui habitent sous l'aurore azu- « rée accueillera dans sa maison avec tendresse mes « Grâces qui s'envolent vers lui, se gardant bien de « les renvoyer sans présents? Car elles alors, toutes « fâchées, s'en reviennent à la maison, pieds nus, en « me reprochant grandement d'avoir fait un voyage « stérile, et, craintives désormais, elles attendent là, « assises sur le fond d'un coffre vide, tenant la tête « basse entre leurs genoux glacés ; et ce banc de re- « pos leur est bien dur, après qu'elles n'ont rien ob- « tenu!... »

Ainsi parlait Théocrite, accusant déjà son époque d'être toute à l'industrie et à l'argent. Je ne sais ce que répondit Hiéron; mais Parny, lui, n'eut point à se repentir d'avoir envoyé ses *Grâces* frapper à la porte du cabinet de Français (de Nantes), et elles ne lui revinrent point avec un refus. Nous sommes assez heureux pour pouvoir donner la lettre simple, sérieuse et digne que le poëte écrivait à l'homme en place en le sollicitant. Ici, n'oublions pas que nous sommes dans les temps modernes, et tout de bon (n'en déplaise à Théocrite) dans le siècle de fer de la prose ; l'Hiéron

ou le Mécène est un directeur général des droits
réunis.

« Monsieur le Directeur,

« La place de bibliothécaire en chef du Corps lé-
gislatif qui m'avait été promise ne sera point créée. Si
l'on avait pris sur-le-champ cette détermination, j'aurais sollicité, au nom des Muses, qui n'ont pas le privilége de pouvoir vivre sans pain, un recoin obscur
dans votre propre bureau. Il n'est sans doute plus
temps. Cependant je m'adresse à vous, sinon avec
espoir, du moins avec confiance. Le travail des bureaux ne m'est point étranger : j'ai exercé pendant
treize mois un emploi dans ceux de l'Intérieur, et je
ne me chargeais pas des choses les plus faciles. Je
suis toujours tout entier à ce que je fais : peut-être
même trop, car ma santé en souffre quelquefois.

« Agréez, monsieur le directeur, mes salutations
respectueuses.

« Év^{te} Parny,
« Rue de Provence, 32. »
« Paris, le 30 messidor (1). »

Cette lettre ne put être publiée du vivant de Français (de Nantes) ; un sentiment de délicatesse, que l'on
conçoit de sa part, répugnait à la livrer; « et puis il
ne faut pas, répondait-il agréablement, qu'en paro-
diant le vers de Boileau on puisse dire :

« Parny buvait de l'eau quand il chantait les Dieux ! »

(1) La date de l'année doit être 1804, c'est-à-dire l'année de la
formation des droits réunis.

Mais pourquoi n'oserait-on pas tout révéler aujour-
d'hui que vous n'êtes plus, ô homme excellent, si l'on
s'empresse d'ajouter que le poëte vous dut ces soins
d'une grâce parfaite, ces attentions du cœur qui ne se
séparent pas du bienfait, et si l'on remarque à l'honneur de tous deux, comme l'a très-bien dit M. Tissot,
que l'un garda toujours dans ses éloges la même pudeur que l'autre dans ses services?

Parny avait contracté, à la fin de 1802, un mariage qui le rendit, durant ses dernières années, aussi
heureux qu'on peut l'être quand le grand et suprême bonheur s'est enfui. La personne qui se con-
sacra à charmer ainsi ses ennuis et à consoler ses
regrets était une créole aimable, déjà mère de plusieurs enfants d'un premier mariage : la douceur de
la famille commença au complet pour Parny. On
raconte que, quelques années auparavant, celle qui
avait été Éléonore, devenue veuve et libre, et restée
naïve, avait écrit de Bourbon à son chantre passionné pour lui offrir sa main ; mais il était trop
tard, et Parny ne laissa échapper que ce mot :
« Non, non, ce n'est plus Éléonore. » — Celle-ci
alors, selon la chronique désormais certaine et très-
positive, se remaria, vint en France, habita et mourut
en Bretagne, et l'on se souvient d'elle encore à Quim-
per-Corentin.

Les dernières années de Parny ne furent point oi-
sives, et, dans sa retraite, il continua de se vouer à
des compositions d'assez longue haleine. *Les Déguisements de Vénus* marquent comme le dernier adieu, un

ou trop prolongé, à ces douceurs volages dont, plus
jeune, il avait dit :

> Sur les plaisirs de mon aurore
> Vous me verrez tourner des yeux mouillés de pleurs,
> Soupirer malgré moi, rougir de mes erreurs,
> Et même en rougissant les regretter encore.

On crut déjà remarquer, dans les nudités de ce badinage, quelque recherche d'invention et d'expression;
mais, dans son poëme des *Rose-Croix* (1807), ses admirateurs eux-mêmes se virent forcés de reconnaître
de l'obscurité et de la sécheresse, défauts les plus
opposés à sa vraie manière. C'était un signe pour Parny
de s'arrêter. Il parut le comprendre et ne fit à peu près
rien depuis ce temps, rien que des bagatelles plus ou
moins gracieuses, dont la négligence ne pouvait compromettre sa gloire. Cette gloire était réelle, et, malgré
les quelques éclipses et les taches qu'elle s'était
faites à elle-même, on la trouve, vers 1810, univer-
sellement établie et incontestée. Marie-Joseph Chénier, dans ce qu'il dit du poëte en son *Tableau de la
Littérature,* n'est qu'un rapporteur fidèle. Parny avait
la position et le renom du premier élégiaque de son
temps et, pour mieux dire, de toute notre littérature;
comme Delille, comme Fontanes à cette époque, il
régnait, lui aussi, à sa manière, bien que dans un
jour plus voilé et plus doux. Tout en se tenant *dans
son coin* (c'était son mot), il avait conscience de ce rang
élevé, de ce rang *premier,* et en usait avec modestie,
avec bienveillance pour les talents nouveaux, avec

autorité toutefois. On a ses billets et réponses en vers
à Victorin Fabre, à Millevoye, à M. Tissot, qui venaient de traduire avec feu *les Baisers* de Jean Second ;
aux compliments gracieux qu'expriment ces petits billets rimés, il savait mêler en simple prose et dans la
conversation des conseils d'ami et de maître (1).

Parny se montrait très-opposé, et presque aussi vivement qu'aurait pu l'être un critique de profession,
au goût nouveau qui tendait à s'introduire et dont les
essais en vers n'avaient rien, jusque-là, il est vrai, de
bien séduisant. On peut douter qu'il se fût jamais
converti, même en voyant des preuves meilleures

(1) Voici, par exemple, une de ses lettres adressée à M. Tissot,
au sujet de la traduction en vers des *Bucoliques*, dont ce dernier
préparait, vers 1812, une seconde édition ; on y sent bien la netteté
et la précision qui étaient familières à Parny :

« Lundi, 21.

« Point de notes marginales, mon cher Tissot ; elles sont toujours incom-
plètes et insuffisantes. Telle critique nécessiterait deux pages d'écriture ;
et même ces deux pages diraient mal et ne diraient pas du tout. Venez
demain mardi ; nous serons seuls depuis onze heures du matin jusqu'à neuf
heures du soir, y compris la demi-heure du dîner.

« Vous savez que je ne suis pas maître de mes idées ; quand elles arrivent, elles m'entraînent. Prenez-moi donc dans le moment où ma tête est
vide.

« Vous avez un rival, et ce rival est dangereux (*Millevoye*). S'il ne serre
pas d'assez près l'original, il rachètera en partie ce défaut par l'élégance
et l'harmonie du style. Aussi vous me trouverez sévère, sévérissime.

« Faites-moi un mot de réponse par Desmarets.   P. »

On aura remarqué cette espèce d'aveu que fait Parny qu'il n'est
pas *maître*, à certains moments, *de ses idées*, et que sa verve l'emporte : c'est qu'en effet, sous sa froideur apparente et sa sobriété
habituelle de langage, il avait, jusqu'à la fin, de ces courants secrets et rapides de pensée qui tiennent aux poëtes ; aux saisons
heureuses, et quand il ne fait pas encore froid au dehors, cela
s'appelle la *veine*.

Il est au contraire très-aisé de soupçonner ce qu'il aurait pensé des tentatives et des élancements mystiques de la lyre nouvelle, et on croit d'ici l'entendre répéter et appliquer assez à propos à plus d'un poëte monarchique et religieux de 1824, à certains de nos beaux rêveurs langoureux et prophètes (s'il avait pu les voir), qui, en ce temps-là, mêlaient par trop le psaume à l'élégie et tranchaient du séraphin :

> Cher *Saint-Esprit,* vous avez de l'esprit,
> Mais cet esprit souvent touche à l'emphase :
> C'est un esprit qui court après la phrase,
> Qui veut trop dire, et presque rien ne dit.
> Vous n'avez pas un psaume raisonnable.
> L'esprit qui pense et juge sainement,
> Qui parle peu, mais toujours clairement
> Et sans enflure, est l'esprit véritable.

C'est assez dire d'ailleurs combien il n'eût rien entendu, selon toute probabilité, aux mérites sérieux, aux qualités d'élévation et de haute harmonie qui sont l'honneur de cette lyre moderne. Parny était demeuré, à bien des égards, le premier élève de Voltaire; il est vrai qu'on doit vite ajouter, pour le définir, qu'il a été le plus *racinien* entre les voltairiens.

Dans l'habitude de la vie, surtout vers la fin, il restait assez volontiers silencieux, et pouvait paraître mélancolique, ou même quelquefois sévère. La maladie qui le retint, qui le cloua chez lui à partir de 1810, et dont l'un des graves symptômes était une enflure progressive des jambes, dut contribuer à cette altération de son humeur. Avant ce temps, il était de belle taille,

mince, élégant ; il eut toujours l'air très-noble, et l'âge
lui avait dessiné un profil qui rappelait, par instants,
celui de Voltaire, mais un profil bien moins accusé,
très-fin, et qu'Isabey a si délicatement touché de son
crayon. A considérer l'original de ce portrait, je son-
geais qu'il en est un peu pour nous du talent de Parny
comme de ce profil, et qu'il a besoin d'être bien regardé pour qu'on en saisisse aujourd'hui le trait léger,
le tour presque insensible. L'aimable Isabey, que j'interroge, traduit lui-même et complète d'un mot mon
impression en disant du visage et de la physionomie
de Parny : *C'était un oiseau.* Parny, comme on peut
croire, avait le ton de la meilleure compagnie; point
de bruit, point de fracas, rien de tranchant. Il parlait, ai-je dit, avec un petit défaut de prononciation :
c'était un parler un peu court, un peu saccadé, pourtant agréable et doux; quand il s'animait, son feu
se faisait jour, et sa conversation, sans y viser, arrivait
au brillant et au charme. A ces sorties trop rares, on
sentait que le poëte en lui aimait à se retirer au dedans, mais qu'il n'avait pas péri.

Parny mourut le 5 décembre 1814, avant d'avoir pu
même entrevoir le déclin et l'échec de sa gloire. Sa
mort, au milieu des graves circonstances publiques,
excita de sensibles, d'unanimes regrets, et rassembla,
un moment, tous les éloges. Comme on avait perdu
Delille l'année précédente, on remarquait que c'était
ainsi que, dans l'antiquité, Virgile et Tibulle s'étaient
suivis de près au tombeau. Certes, Parny était bien,
en toute légitimité, un *cadet de Tibulle,* comme il

s'intitulait lui-même modestement, tandis que Delille n'était au plus que *l'abbé Virgile*. Béranger, alors à ses débuts, pleura Parny par une chanson touchante et filiale; elle nous rappelle combien son essaim d'abeilles, avant de prendre le grand essor et de s'envoler dans le rayon, avait dû butiner en secret et se nourrir au sein des œuvres de l'élégiaque railleur. Il est à croire que, si l'on avait conservé quelques-unes de ces élégies toutes premières de Lamartine qui ont été jetées au feu, on aurait le lien par lequel ce successeur, trop grand pour être nommé un rival, se serait rattaché un moment à Parny. — Voilà tout ce qu'il m'a été possible de ramasser et de combiner ici sur le gracieux poëte, trop longtemps oublié de nous; et je n'ai voulu autre chose, en produisant ces divers souvenirs et ces jugements, que lui apporter en définitive un hommage, de la part de ceux-là même qui eussent le moins trouvé grâce devant lui.

1er décembre 1844.

APPENDICE.

———

LEOPARDI, page 363.

Je disais que j'aurais aimé à mettre en regard des poésies si senties mais si funèbres de Leopardi, et qui serrent le cœur, quelques poésies naturelles et également vraies qui le dilatent et le consolent. Les poëtes anglais, tels que William Cowper, ou ceux qu'on a compris sous le nom de *Lakistes,* offrent à chaque page des pièces dans ce genre moral, familier, domestique, que j'aurais voulu voir se naturaliser en France, et que j'ai tout fait à mon heure pour y introduire. Voici une de ces moindres pièces imitée de Southey, et adressée à l'un de ses amis qu'il désigne sous le nom de William, et qui était athée comme le *Wolmar* de *la Nouvelle Héloïse,* ce qui m'a fait substituer ce dernier nom.

L'AUTOMNE.

IMITÉ DE L'ANGLAIS, DE SOUTHEY.

Non, cher Wolmar, non pas! Pour moi, l'année entière,
Dans sa succession muable et régulière,
Ne m'offre tour à tour que diverses beautés,
Toutes en leur saison. — Au déclin des étés,
Ce feuillage, là-bas, dont la frange étincelle,
Et qui, plus jaunissant, rend la forêt plus belle

Quand un soleil oblique y prolonge ses feux;
Tout ce voile enrichi ne présage à tes yeux
Que l'hiver, — l'hiver morne, aride. En ta pensée
Se dresse tout d'abord son image glacée :
Tu vois d'avance au loin les bois découronnés,
Dans chaque arbre un squelette aux longs bras décharnés;
Plus de fleurs dont l'éclat au jour s'épanouisse;
Plus d'amoureux oiseaux dont le chant réjouisse;
La Nature au linceul épand un vaste effroi. —
Pour toi quand tout est mort, ami, tout vit pour moi :
Ce déclin que l'Automne étale avec richesse
Me parle, à moi, d'un temps de fête et d'allégresse,
Du meilleur des saints jours, — alors qu'heureux enfants,
Sur les bancs de la classe, en nos vœux innocents,
Les feuilles qui tombaient ne nous disaient encore
Que le très-doux Noël et sa prochaine aurore.
Pour tout calendrier j'avais ma marque en bois;
Et là, comptant les jours recomptés tant de fois,
Vite, chaque matin, j'y rayais la journée,
Impatient d'atteindre à l'aube fortunée. —
Pour toi, dans ses douceurs la mourante saison
N'est qu'un affreux emblème, et le dernier gazon
Te rappelle celui de la tombe certaine,
Durant ce long hiver où va la race humaine.
Tu vois l'homme écrasé, débile, se traînant
Sous le faix, et pourtant à vivre s'acharnant;
Car cette vie est tout. Pour moi, ces douces pentes
Me peignent le retour des natures contentes,
L'heureux soir de la vie, — un esprit calme et sûr
Qui, pour la fin des ans, réserve un fruit plus mûr;
Dans un œil languissant je crois voir l'étincelle,
Un céleste rayon d'espérance fidèle,
La jeunesse du cœur et la paix du vieillard. —
Tout, pour toi, dans ce monde est ténèbres, hasard :
Un grand principe aveugle, un mouvement sans cause
Anime tour à tour et détruit chaque chose;
Par tous les éléments, sous les eaux, dans les airs,
Chaque être en tue un autre : ainsi vit l'Univers;
Et dans ce grand chaos, bien plus chaos lui-même,
L'homme, insondable sphinx, ajoute son problème,

Crime et misère, en lui, qui se donnent la main;
La douleur ici-bas, et point de lendemain. —
Oh! ma croyance, ami, que n'est-elle la tienne!
Que n'as-tu, comme moi, l'espoir qui te soutienne,
Qui te montre la vie en germe dans la mort,
Le mal à se détruire épuisant son effort!
Dans la confuse nuit où l'orage nous laisse,
Que ne découvres-tu l'Étoile de promesse,
Qui ramène l'errant vers le bercail chéri!
Alors, ami blessé, ton cœur serait guéri;
Chaque vivant objet, que la trame déploie,
Te rendrait un écho d'harmonie et de joie;
Et soumis, adorant, tu sentirais partout
Dieu présent et visible, et tout entier dans tout!

FIN DU TOME QUATRIÈME.

TABLE.

CORBEIL. Imprimerie CRÉTÉ.

www.ingramcontent.com/pod-product-compliance
Lightning Source LLC
Chambersburg PA
CBHW061038030726

47504CB00002B/431